陳墨品金庸

上

陳墨——著

陳墨品金庸（上）——目錄

細說金庸一二三事

《書劍恩仇錄》

《碧血劍》

《射鵰英雄傳》

陳墨品金庸㊤——目錄

《神鵰俠侶》

陳墨品金庸（上）

目錄

細說金庸二三事

一、作家查良鏞

查良鏞有很多筆名，首先是金庸，此外還有林歡、姚馥蘭、樂宜、徐慧之、黃愛華等等，不同筆名代表了不同的文類，小說、散文、隨筆、藝術評論、時事評論、電影劇本等等，每一個文類的寫作都值得一說。今天專說他的武俠小說創作。凡有華人的地方，就有金庸武俠小說流行。金庸先生是擁有讀者最多的中文作家。天下華人，誰不知道金庸？

從一九五五年至一九七二年，金庸先生寫作了《書劍恩仇錄》等十五部小說。金庸先生把他的武俠小說書名頭一個字編成了一副對聯：「飛雪連天射白鹿，笑書神俠倚碧鴛」，指的是《飛狐外傳》、《雪山飛狐》、《連城訣》、《天龍八部》、《白馬嘯西風》、《鹿鼎記》、《笑傲江湖》、《書劍恩仇錄》、《神鵰俠侶》、《俠客行》、《倚天屠龍記》、《碧血劍》、《鴛鴦刀》等十四部書，此外還有一個短篇小說《越女劍》。

對金庸的武俠小說，有不同的態度和評價。很多人都讀過，也有很多人沒有讀過；在讀過金庸小說的人裡，有人喜歡，乃至非常喜歡；有人不怎麼喜歡，也有人非常不喜歡。這很正常。所謂蘿蔔白菜，各有所愛。

值得注意的，是極端的喜歡，和極端的不喜歡。

先說極端喜歡的一類。

一九八五年，臺灣遠景出版公司出版了第一批「金庸小說研究」書系，包括倪匡先生的《我看金庸小說》、《二看金庸小說》到《五看金庸小說》，以及《諸子百家論金庸》數冊。

一九九〇年起，大陸也有人開始研究金庸小說，出版了多部研究著作，其後，金庸小說研究走入大學課堂，有多部專門研究金庸小說的碩士、博士論文。

北京大學授予金庸法學榮譽教授的儀式上，北大中文系主任、著名現代文學研究專家嚴家炎教授說：「金庸小說是一場靜悄悄的文學革命」。後來，還有人發起簽名，提名金庸參與諾貝爾文學獎的角逐。

提名一個通俗文學作家角逐諾貝爾文學獎，倒也不是玩笑，一九九七年諾貝爾文學獎得主達里奧・福，就是一個帶領草台班走江湖的通俗戲劇家。他獲獎的理由是：「因為他繼承了中世紀喜劇演員的精神，貶斥權威，維護被壓迫者的尊嚴。」金庸小說就有與之類似的主題精神。而二〇一六年諾貝爾文學獎得主鮑勃・狄倫，也是通俗歌手，他的獲獎，也出乎很多人的意料。

再說極端不喜歡的一類。其中又有多種不同情況，一種情況是，他們覺得喜歡金庸的人把金庸神化了，只說金庸的好話，不批評金庸小說的缺點和危害，因此他們由反感神化，發展到反感金庸小說。

另一種情況是，壓根兒就排斥武俠小說，覺得武俠小說是下里巴人，甚至是文化垃圾，由此推理，金庸小說既然是武俠小說，往好了說，不過是下里巴人；往壞了說，那就是文化垃圾。在討厭武俠小說並排斥金庸的人裡，有一部分是看過金庸小說，但不喜歡它；另有一部分人是從來沒有看過金庸小說，對金庸武俠小說有「天生」的反感。

對最後一類人，我很熟悉，因為我自己在上大學中文系的時候，也是不看武俠小說，而覺得武俠小說一文不值，並且對喜歡武俠小說的人大加痛斥。我當時的判斷，來自流行觀念和刻板印象，給武俠小說貼標籤。後來看了金庸的《射鵰英雄傳》，才徹底改變了對金庸小說的觀感，成了金庸迷。

讀了金庸小說之後，就發現了一個問題：喜歡金庸的人和不喜歡金庸的人找不到共同語言，或者說，是找不到共同的評價標準。

實際上，武俠小說可以在類型文學、通俗文學的範疇內獲得合法身分，也可以在民間文學、大眾文學的範疇內獲得合法身分，還可以在文學生態學或文化生態學的視野下獲得合法身分。

認為武俠小說是文化垃圾，金庸小說是武俠小說，所以金庸小說也是文化垃圾，這一推理看起來邏輯嚴謹，但在概念和判斷上都存在問題，缺乏科學實證精神。

不妨換一個思路：故事是人類的精神食糧，武俠小說是一種故事類型，因而它也有精神食用價值。要評價武俠小說的高低，首先要看故事講得好與不好。金庸小說的故事講得非常精彩，所以人們喜歡它，並且高度評價它。

中國的小說，原本就是在民間大眾社會流行的通俗類型作品，古代中國早就有講史小說、言情小說、神怪小說、俠義小說等多種類型，產生了各自的經典作品。中國古典小說四大名著，正是四種不同的類型小說的經典之作，《三國演義》是講史小說的經典，《紅樓夢》是言情小說的經典，《西遊記》是神怪小說的經典，《水滸傳》是俠義小說的經典，也是武俠小說的直系祖先。

金庸的小說，是中國現代武俠小說的出類拔萃者。類型小說的特點，是相互模仿，並且自我複製。低層次武俠小說是模仿和複製他人之作，高一層次的武俠小說是自創秘方，但也難免自我複製；金庸小說的難能可貴，是既不模仿他人，也不自我複製。沒有新的創意，他就宣布封筆。另外，他花了十年時間對自己的連載小說進行全面修訂，這一做法，也是獨一無二的現象。

金庸小說的藝術和文化價值，在於它打破了雅俗邊界，可以雅俗共賞；在於它獨創一格而且博大精深。衡量一部文學作品的品質高低，要看讀者是否可以從不同層次、不同側面去欣賞它、評價它、與它對話交流。

魯迅先生評《紅樓夢》，說在這部書裡，「經學家看見易，道學家看見淫，革命家看見排滿，公子看見纏綿。」金庸小說正是如此，不僅是武俠傳奇之書，也是成長故事之書；是藝術創新之書，也是文化寓言之書；是人生經驗之書，也是心靈資訊之書。金庸小說研究著作雖然已經多達上百種，但卻遠遠沒有窮盡金庸小說的奧妙。

二、時評家查良鏞

所謂時評，即時事評論，同時也是世事評論，涉及政治、經濟、外交、社會、文化、民生等各方面。

金庸先生逝世後，他的秘書李以建先生寫了一篇文章，題目是《金庸的功夫，世人只識得一半》，意思是說，武俠小說創作並不是金庸先生的全部功夫，他還有另一半功夫不大為人所知。金庸先生被稱為「香江第一健筆」，這一封號並不是指他的武俠小說創作，而是指他的新聞社論和時事評論。《明報》的成功，有賴於金庸的兩枝筆，一是他的武俠小說，一是他的明報社評。

李以建先生是金庸先生的秘書，近十幾年的主要工作，就是查閱並整理金庸社評及專欄文章。李先生可以說是最熟悉金庸的社評及其相關專欄文章的人，他的觀點值得重視。金庸的明報社評及其新聞評論，是他留下的一筆豐厚的文化遺產。具體包括：

1、不署名的《明報》社評，寫了三十多年，數量有七千至八千篇。

2、署名徐慧之，發表於《明報》「明窗小札」專欄文章，歷時六年，近兩千篇。已出版有《明窗小札》上下冊，這還只是此專欄文章的一部分。

3、署名黃愛華，發表於《明報》「自由談」專欄上的「論祖國問題」（**涉及政治、經濟、社會、民生**）系列文章六十四篇，後結集為《論祖國問題》出版。

4、署名查良鏞的《在台所見、所聞、所思》，共三十七篇。

5、署名查良鏞，從一九八一年開始，在《明報》上發表了一系列有關香港回歸祖國的文章，後結集為《香港的前途》出版。

僅以上提及的部分，就有上萬篇文章，這是一筆極其豐厚的文化遺產。

香港張圭陽先生曾在《明報》工作過，他的博士論文正是《明報》研究，他的《金庸與〈明報〉》一書，當是《明報》社評研究方面的權威著作。據他介紹，《明報》社評可分為六大類，即有關中國大陸、有關中國臺灣、有關香港、有關華僑、有關蘇聯及共產主義、有關當時國際熱點問題。金庸對社評的要求，一是有精闢見解，二是提供知識資訊，立場鮮明而且前後一致，十年、八年以後看了也不後悔。

接下來的問題是，除了正式的社評文章外，為什麼還要開設「明窗小札」等專欄？最重要的原因，當然是作者有話要說，有些話不便在社評中說，就在專欄中說。

有意思的是，在「明窗小札」開欄時，徐慧之曾假裝自己是另外一個人，說是與金庸熟悉，如今獲得這份工作，非常開心云云。很明顯，在這裡，金庸先生是故意扮演徐慧之這個角色，其原因，當是不願意在一張報紙上出現太多同名作者，否則，就成了一個人的報紙，那就要讓人輕視，甚至讓人笑話。

金庸先生的社評文章及有關專欄文章，其價值當然不能低估。只不過，到目前為止，這部分文字只出版了一小部分，大部分仍在整理中，一般讀者很難見到，因而無法就其整體作出全面而準確的評價。我曾看過公開出版的《明窗小札》以及部分社評文章，因為所見不全，因而不敢作出總體性評說。

在我看來，金庸社評及有關專欄文章有幾個比較突出的特點，一是堅持人道主義價值（與孟子的民為貴、社稷次之、君為輕立場一致）；二是堅持「事實神聖，評論自由」的新聞觀點；三是堅持中立立場、自由意志和獨立思考，避免黨派意識形態影響，儘量減少立場偏見和情緒偏見；四是社評態度隨和親切、平易近人，語言通俗而生動，如與鄰人聊天。

金庸的社評和時事隨筆，有新聞價值、思想價值，如今事過境遷，其新聞價值或許會有所削減，但它的歷史文獻價值卻隨之提升：對一九六〇年代至一九九〇年代的中國大陸、臺灣、香港及世界的歷史研究而言，具有很大的參考價值。

金庸的社評文章，總體上是有理性、講禮貌的，旨在討論問題，追求真理和真相。最典型的例證，是他與《大公報》論戰時，《大公報》方面十分不客氣，扣帽子，打棍子，百劍堂主陳凡化名「張恨奴」批判金庸，就可見一斑。

而金庸的社評則相當克制，只討論問題，不罵人。一九六四年十二月廿二日的社評文章的題目是《有什麼不對，請原諒！》文章最後還說：「祝你們聖誕快樂！新年快樂！」

金庸社評文章，也不是全都溫文爾雅，而有個別例外。如一九五九年十二月十日的社評《最下流之胡適之》，就很不禮貌，也很不理性。

事情的背景是，胡適先生於這一年十二月八日在一次演講中說：「現在有許多報紙都刊載武俠小說，許多人也愛看武俠小說，其實武俠小說實在是最下流的。」這一說惹怒了金庸，也威脅到創刊不久的《明報》的生存和發展，因為早期《明報》就是以武俠小說連載吸引讀者，按照胡適先生的觀點，《明報》前景堪憂，於是就有這麼一篇社評。

胡適先生的判斷是「大膽的假設」，卻沒有做「小心的求證」，依據自己對武俠小說的刻板印象，此判斷就不無偏頗之處。金庸的社評以其人之道還治其人之身，偏頗更大。這是因為，胡適的演講只是個人立場，而金庸的社評則將個人立場、企業利益與思想評論混為一談，實際上是置於報紙公平立場之上，有違中立原則和傳媒倫理。

這也說明，一家報紙由一人說了算，存在明顯的局限。好在，這一情況只是特例，且發生在《明報》創刊初期，那時的《明報》還沒有以「大報」自詡，那時的金庸先生也還只是個寫武俠小說並用報紙銷售武俠小說的人。

三、報人查良鏞

報人有兩種，一是指為報紙工作的人，另一種是指自己辦報的人。金庸先生是二合一，既為報紙工作，也自己辦報。

他一生的工作經歷，始終與報紙有關。從一九四六年進入浙江《東南日報》，一九四七年考入《大公報》，一九四八年被派往香港工作，一九五九年創辦《明報》，到一九九四年正式退休，總共四十八年，其中四十七年都在為報紙工作——只有一九五八年曾短暫離開報社，到長城影片公司工作。因此，說金庸先生的一生，是為報紙工作的一生，是作為報人的一生，應該是毫無問題的。

金庸先生是報人，而且稱得上是「全能報人」。這樣說的證據之一，是他在《東南日報》、上海《大公報》、香港《大公報》和香港《新晚報》工作期間，曾分別當過報紙的外勤記者、電訊編譯、專欄編輯、專欄記者、副刊編輯和副刊專欄作家，在不同的崗位上，他都作出了自己的成績。

金庸作為全能報人，更重要的證據是，創辦《明報》之後，他是集投資人、社長、總編輯、總主筆、專欄作家於一身。在現代報業中，這些工作通常需要五個乃至更多的人擔任，原因很簡單，僅僅是作為社長，作為報社的決策人和管理人，不僅要管編務，要管印刷，要管廣告，要管員工工資和作者稿費，要管市場行銷，還要做報社日常運行管理，就足以讓一個人精疲力竭。而金庸先生身兼五職長達數十年，且看起來還勝任愉快，可見他是一個真正熟悉報紙業務的全能報人。

說金庸是全能報人，也許還不夠全面。因為明報集團裡，不僅有《明報》及《明報晚報》等多份報紙，還有《明報月刊》、《明報週刊》、《武俠與歷史》等多份刊物，還有明報出版社、明窗出版社等兩家出版社。這也就是說，作為集團董事局主席兼實際管理人，要有管理報紙、刊物、圖書出版的超級全能才行。

全能報人是如何煉成的？這是一個值得研究的題目。第一要點，應該是他總是能愛其所做，即不僅服從工作需要，且能通過學習，變外行為內行或半內行。

最典型的例子是，一九五二年調到《新晚報》編副刊的「下午茶座」，要編有關電影資訊與評論稿件，他對電影並不熟悉，怎麼辦？他就把自己變成熟悉電影的人，甚至達到專業影人的標準。更好的例子是，當工作需要他寫武俠小說，而他從未寫過武俠小說，怎麼辦？把自己變成了武俠小說家，且成了這一行當最好的。

最初的《明報》，只是一份刊載武俠小說及其他類型小說的娛樂小報。總共只有五六個人，三四條槍，迫使他不得不全力以赴，使出渾身解數。

一個人的時間和精力總是有限的，有限的時間和精力的合理分配，是金庸把自己煉成全能報人的重要秘訣。這一秘訣，值得深入研究。

報人的另一成功秘訣，是先進的新聞理念和敏銳的新聞直覺。「事實神聖，評論自由」這句話，說起來簡單，做起來難。成功的報人，必須真正做到這一點。

一九五九至一九六一年，中國大陸經歷了三年大饑荒，一九六二年，有許多大陸居民逃往香港求生，形成「逃港潮」。《明報》抓住機遇，一邊對逃港者實施救助，一邊大力報導逃港事件。《明報》的新聞關切為人矚目，發行量因此而有所增加。

一九六三年至一九六四年間，《明報》與《大公報》系展開了一連串論戰。事情的緣起，是中國大陸發展核武器，蘇聯嘲笑說：中國人連褲子都沒有，哪有能力發展核武器？

當時外交部長陳毅說，不管中國有多窮，「當了褲子也要發展核武器」，《明報》發表社論《寧要褲子不要核子》，引起了《大公報》的批判浪潮，當時《大公報》、《文匯報》、《新晚報》、《香港商報》、《晶報》等左派報紙群起而攻之，說《明報》造謠生事、反共反華、親英崇美、背叛民族，說查良鏞是漢奸、走狗、賣國賊。

此後，《明報》與《大公報》系又就核武器問題、人民公社問題、一中一台問題、要不要向國外輸出糧食問題、要不要民主與自由問題、修正主義問題等等，展開了大規模的筆戰。直到一九六四年底，大陸高層打招呼，這場筆戰才停歇。

陳毅說：《明報》那個社論，要中國人有褲子穿，那還是愛中國人嘛！筆戰引人注目，《明報》的知名度和報紙銷量也隨之上升。

一九六六年，中國大陸開展「文化大革命」，《明報》的報導和評論，不僅是香港人瞭解中國大陸的資訊來源，也被美國、英國等西方政要所重視。此時的《明報》，才真正升格為香港的新聞重鎮，也是全世界瞭解中國的權威性傳媒機構。

隨著《明報》發行量的增加，有了資金，金庸先生又決定創辦《歷史與武俠》、《明報晚報》、《明報月刊》、《明報週刊》、馬來西亞《新明日報》，以及兩家出版社：明報出版社、明窗出版社，還投資了一家旅遊公司。到一九九一年初，「明報企業有限公司」上市，明報事業達到巔峰。

作為報人，金庸無疑是非常成功的。在新聞傳播領域，金庸及其《明報》的成就應該如何評價？是一個複雜的難題。關鍵是，建立怎樣的比較坐標系，例如，《明報》與民國時期的《大公報》相比，成就如何？與《泰晤士報》或《紐約時報》相比，成就如何？

另一方面，金庸是全能報人，固然是他精力過人且才華出眾，但就報社的管理和運行而言，是否符合現代職場的精細分工標準？金庸作為明報創始人，也是明報輝煌的終結者，這算是成功還是不成功？對此肯定有不同的觀點和意見。對這些問題，需要專門的分析和研究。

四、譯者查良鏞

除了武俠小說家、新聞評論家、著名報人即《明報》老闆等顯赫身分之外，金庸先生還有若干不那麼引人注目的其他身分，比如，譯者，即從事翻譯工作的人。金庸先生是否可以稱為翻譯家？這要行家判斷，說他是譯者，不會有爭議。

我們的主人公成為譯者，有具體的背景原因。他小時候讀到過鄒韜奮先生的《萍蹤寄語》和《萍蹤憶語》，是鄒韜奮先生流亡歐美期間所寫的海外見聞錄，這讓他非常癡迷，從此產生周遊世界的夢想。

實現這一夢想的第一步，當然是要學好英文。他對英文的癡迷程度，有一件事可以證明：一九四三年考大學時，他報考了西南聯大外語系、中央大學外語系、四川大學外語系和中央政治學校外交系，這四所大學都錄取了他。

因為經濟原因，他選擇了中央政治學校的外交系。

被學校除名後，他到表哥蔣復璁任職的中央圖書館做臨時工。當時有一個專門發表翻譯作品的雜誌叫《時與潮》——時代的時，潮流的潮——在重慶很受歡迎，他受此啟發，曾邀集幾個同道者創辦了一個類似的雜誌，叫《太平洋雜誌》，也是專門發表翻譯作品。他自然是這個雜誌的策劃人、編輯和校對，沒有很好的英文水準，肯定做不了這件事。

這個雜誌第一期印了三千冊，被銷售一空，應該不會賠本。因為當時物價飛漲，小成本辦雜誌實在難以為繼，才作罷論。

抗戰勝利後，金庸回到浙江，進入《東南日報》工作，名義是外勤記者，實際上同時擔任英語電訊編譯。也就是專門收聽〈美國之音〉以及英國電臺的英語廣播，把重要消息記錄並編譯出來，供報紙發表。

英語電臺廣播不是以記錄速度播出的，要聽懂且要記錄，肯定需要很好的英語聽力和理解力才行。一九四七年，金庸報考《大公報》國際電訊編譯崗位，在一百多名報考者中脫穎而出，就是因為他的聽力、口譯和筆譯的水準超過其他人。

他在《大公報》的工作，也是收聽英語廣播，把其中重要的新聞消息摘要編譯出來，供報紙發表。這也就是說，金庸先生立足報業，是靠他的英語專長，靠他的英語聽寫能力和編譯能力。

抗戰結束後，《時與潮》雜誌也離開了重慶，搬到了上海。從一九四七年十月起，金庸在《大公報》工作的同時，還應邀擔任《時與潮》雜誌的專職編輯。與此同時，他自己還開始翻譯英語文章，在《時與潮》半月刊上發表。

短短幾個月，他就發表了大量譯作，如：《蘇聯也能製造原子彈》、《美國的通貨膨脹與物價管理》、《馬來亞的民族主義》、《維持和平的神秘武器》、《右派的自由主義》、《強權政治即是戰爭》、《美國物價高漲與對策》、《英國能挺過冬天嗎》、《英國議會做些什麼？》、《資本主義與世界和平》、《法國饑饉的原因》、《人間的天堂——瑞典》、《心理學家論政治》、《英國報業現狀》、《預言家》、《我怎樣寫暢銷書》等等。

一九四八年，金庸被派往香港《大公報》工作，仍然是做電訊編譯。直到一九五二年被調到《新晚報》擔任副刊編輯，主持《下午茶座》專欄。在當副刊編輯期間，他仍然利用業餘時間作翻譯，翻譯的文章在報紙上連載。例如：

1、以樂宜為筆名，翻譯美國記者傑克・貝爾登有關中國解放戰爭的長篇紀事報導的《中國震撼著世界》，一九五〇年至一九五一年，在《新晚報》連載了三百四十一天。後結集出版，上下冊，由香港文宗出版社出版發行，書名是《中國震撼著世界》。

2、以樂宜為筆名，翻譯了英國記者R・湯珊遜寫的長篇紀實報導《朝鮮血戰內幕》，一九五二年一月至六月在《新晚報》上連載了一百三十八天，後結集出版，同樣由香港文宗出版社出版發行。

3、他還以子暢為筆名，翻譯發表了美國作家勞遜的《美國電影分析》，法國教授莫洛亞的《幸福婚姻講座》。

4、以林歡為筆名，翻譯了美國的《荷里活的男主角》，蘇聯舞蹈家烏蘭諾娃的《我怎樣學舞》，等等。

5、一九五五年，他以金庸為筆名寫武俠小說，同時也用這個筆名翻譯英國哲學家羅素的《人類的前途》。

6、以金庸為筆名，翻譯出版了美國小說家達蒙・魯尼恩的長篇小說《最厲害的傢伙》（**香港三育圖書文具公司，一九五六年**）。

由以上例子可見，金庸先生的翻譯作品確實不少。

還有一件值得提及的事，是他一直想把英國大歷史學家阿諾德・湯恩比的巨著《歷史研究》翻譯成中文出版。這部巨著有十二大卷，從一九四六年在上海外文書店買到《歷史研究》的前幾卷後，金庸對湯恩比崇拜到無以復加，說若是能夠拜他為師，即使受盡苦難，乃至倒斃街頭，也是幸福的一生。

只可惜這部書涉及多種語言的文獻，當時他實在無法勝任，直到他看到臺灣譯本，才打消翻譯《歷史研究》的念想。假如他不做其他工作，專職從事翻譯，並且成功翻譯了《歷史研究》，或許可以成為真正的大翻譯家吧？

金庸是否可以稱為翻譯家？我不敢說。他的英語水準如何，我也不敢說，以我的英文水準，沒有資格去鑑定或評說。重要的是，金庸曾經是個譯者，翻譯過大量的時事新聞類、哲學學術類、藝術理論和評論類、紀實文學類和小說類英文作品，這是事實。

從事過翻譯工作這一事實，對我們瞭解和理解金庸其他方面的成就會很有幫助。首先，從事翻譯工作的人，眼界會有所不同，能夠見人所未見，甚或有先見之明。其次，從事翻譯工作的人，語言敏感和語言能力會有所不同，無論是對新聞寫作還是對文學寫作都會有所幫助。

再次，更為重要的是，翻譯工作需要理解他人的理解、感受他人的感受，這對新聞寫作有幫助，對文學創作有更大的意義。

五、影人查良鏞

查良鏞先生有一個筆名，叫林歡。林歡是作為電影人的專用筆名，正如金庸原是武俠小說家的專用筆名。

林歡作為電影人，在當年的香港小有名氣，但在臺灣和大陸則相對少為人知。有一次金庸到臺灣，與臺灣的一些電影人見面，說起自己也曾當過電影人，讓臺灣電影人大吃一驚。金庸先生只好自我解嘲說，既然大家都不知道我做過電影人，說明我做電影人很不成功。

成功不成功且不說，金庸先生確實做過電影人，是影評人、電影編劇、電影歌詞作家，還當過電影導演。

一九五七年底，金庸離開《新晚報》，加盟長城電影製片有限公司，做職業電影人，他在長城公司的工作，主要是擔任電影編劇，但也學習導演。只不過時間不長，前後只有一年多的時間。一九五九年初，他離開電影公司，創辦《明報》。

金庸一向喜歡看電影。一九五二年說起，他從《大公報》調到《新晚報》，做《新晚報》副刊「下午茶座」的責任編輯。他的工作重點，從政治、經濟、民生，轉移到娛樂、藝術和消閒。此前，他並不熟悉電影，對電影沒有系統的知識；此後，由於要編電影評論的稿子，還要經常回答讀者有關電影方面的問題，必須熟悉電影，而且懂得電影藝術。因為工作需要，他對電影的興趣得到了更好的發展。

金庸學電影的路子有三條，一是跑電影公司，找電影人聊天，報導電影人的工作和生活，一九五三年除夕，他參加長城公司迎新晚會，與影星樂蒂共舞的照片，還刊登在《長城畫報》上。二是看電影，幾乎每天都去電影院，至少看一部電影；三是看有關電影專業的文章和書籍，尤其是有關美國好萊塢電影的外文書刊——後來，他乾脆把一些重要的外文資料翻譯成中文，在報紙上發表，例如：他翻譯了《美國電影分析》，這是長篇大論，自一九五四年七月至十月在《大公報》上連載了八十六天，他用的筆名是子暢。他還翻譯了《荷里活的男主角》，分上中下三篇連載，還翻譯了《論〈碼頭風雲〉》，也分上中下三篇，筆名林歡，都在《大公報》發表。

金庸學習電影，見效很快。首先是以影評人的身分進入電影圈，先作影評人。

作為影評人，他以林歡、姚馥蘭、蕭子嘉、林子暢、姚嘉衣等多種筆名，分別在《新晚報》、《大公報》以及《長城畫報》等多種報刊上發表了大量電影評論文章。

具體說，一九五〇年九月四日在《大公報》發表影評（**白香光**），一九五三年四月廿八日開始以蕭子嘉、姚嘉衣、嘉衣、嘉等筆名「每日影壇」，發表六百五十篇以上影評。《新晚報》一九五二年六月一日到一九五三年二月，以姚馥蘭、林子暢等筆名，寫「馥蘭影話」、「子暢影話」總計約一百四十餘篇；《長城畫報》：一九五二年至一九五八年，以林歡、姚馥蘭、林子暢、鏞等筆名發表七十四篇影評、電影翻譯、歌詞。

在《長城畫報》上發表的文章，如：《古裝電影的要旨》、《京劇與電影》、《民族遺產與電影》、《電影中的舞蹈》、《舞臺與電影》、《文學作品改編電影》、《談電影音樂》、《電影的民族形式》、《談電影的配角》、《談電影風格》、《談演員的戲路》、《電影中的衝突》、《談紀錄片》、《中國民間藝術與電影》等等，那幾年，幾乎每期都有林歡的影評。發表在《大公報》和《新晚報》上的影評一共有多少？沒有人統計過，保守估計，至少不會少於五十篇，這意味著，他發表的電影文章超過一百篇。

進而，他不僅談電影、評電影，還動手寫電影劇本。署名林歡的第一個電影劇本，是根據郭沫若話劇《虎符》改編的《絕代佳人》，這個劇本很快就被長城公司採用，由李萍倩導演、夏夢主演，一九五三年出品，這部影片後來獲得了新中國文化部一九四九至一九五五年優秀電影獎榮譽獎。作為電影編劇的第一炮打響，於是他再接再厲，一九五三年到一九五九年，每年都有林歡編劇的電影上映。即：

一九五三年，《絕代佳人》，李萍倩導演，平凡、夏夢主演；

一九五四年，《歡喜冤家》，程步高導演，傅奇、夏夢主演；

一九五五年，《不要離開我》，袁仰安導演，傅奇、夏夢主演；

一九五六年，《三戀》，李萍倩導演，傅奇、夏夢主演；

一九五七年《小鴿子姑娘》，程步高導演，傅奇、石慧主演；

一九五八年，《蘭花花》，程步高導演，傅奇、石慧主演；

一九五九年《午夜琴聲》，胡小峰導演，平凡、陳思思主演。

作為編劇，每年都有劇本投拍，都已經算得上是成績不俗；更何況林歡還只是一個非職業編劇呢？一九五七年底，林歡正式加盟長城影片公司，他不僅擔任職業編劇，還正式學習導演。處女作是他自己編劇的《有女懷春》，與經驗豐富的老導演程步高聯合導演，由傅奇、陳思思主演；他有機會向老導演學習。

後來，他又與胡小峰聯合導演了越劇影片《王老虎搶親》，夏夢、李嬙主演。據金庸先生說，他之所以離開長城公司，主要原因是，劇本審查越來越嚴，以至於寫出來的劇本難以獲得拍攝機會。這也就是說，除了上面所說的那些劇本，肯定還有沒能搬上銀幕的劇本。還有哪些？可惜我們還不得而知。

對啦，林歡不僅是影評家，電影編劇和導演，還是電影歌詞作家。作為電影歌詞作家，他發表過《門邊一樹碧桃花》、《不要離開我》、《上轎歌》、《清潔整齊歌》、《一間小小的屋子》、《猜謎歌》、《懶惰的老爺來做夢》、《人好不怕家裡窮》等多首電影插曲的歌詞。

他的歌詞不僅通俗易懂，而且朗朗上口，有民歌風味，便於傳唱。他善於寫歌詞，可能與他當年，即一九四五年在湘西農場工作時，專門記錄收集過湘西民歌有關，據說他搜集了數千首歌，記滿了三大冊。

作為電影人，林歡或金庸有多大成就？那是一個需要專門研究的問題。我想說的是，金庸先生曾從事過電影工作，是貨真價實的影人。他的從影經歷，說明他的學習能力極強，只要工作所需，他總是不願做外行。不可忽視的是，他的這一段從影經歷，尤其是電影編劇的經歷，對他的小說創作肯定有積極的影響。

六、商人查良鏞

說查良鏞先生是商人，證據是，他是《明報》投資人和管理者，占《明報》百分之八十的股份，且一直擔任明報社的社長，後來成為明報傳媒集團董事局主席，是知名的成功企業家。

《明報》創辦時，總共只有十萬港幣的投資，而到一九九〇年代，明報集團的年利潤達到七千萬元之巨。

所謂商人，是指通過買賣謀利的人。企業家，尤其是新聞企業家，算不算商人？當然也可以算，理由是：新聞企業出售新聞消息，通過擴大報紙影響，提升報紙發行量，賺取訂報費及高額廣告費，合法謀求利益，新聞企業家怎麼不能算商人呢？

我說查良鏞先生是商人，還有進一步的證據，其一，是他創辦《明報》的初衷，據合夥人沈寶新先生說，是為了肥水不流外人田，自己的利益自己賺，即讓金庸小說的商業利潤最大化。其二，是《明報》上市及其股權轉讓，也是一個典型的商業行為，而且，可以算得上是一個非常成功的商業經營案例，值得專門研究。

這件事，金庸先生早就開始布局了。要將《明報》脫手，公開的原因是，他已年近七十歲，遲早總要退休，而他的三個孩子都不願接手明報集團；此外恐怕還有更深層的原因，那就是在電子傳媒發達、尤其是網路高速發展的時代，看到了紙媒體的黃昏。金庸先生做了兩件事，一是讓《明報》上市，二是在《明報》股票最高峰時，將自己持有的大部分股票出售掉。

上市之初，明報股票每股一塊多錢，後來漲到每股九塊多錢，金庸是在最高市價出售，後來股票就一直跌，回到一塊多。在這一過程中，很多人賠了錢，而金庸先生卻大賺了一筆。

金庸先生曾說過，他是浙江人，浙江人有經商的天賦。證據是：

1、做書商。一九三九年，查良鏞年方十五歲，還在上初中，曾與另外兩個同學一起編撰了一本《給投考初中者》，這本小書很暢銷，不僅在浙江省內發行，附近的幾個省分如福建、江西、安徽等省都有人購買這本書。所得利潤，供這幾位「小小書商」高中三年的生活補貼，以及去重慶參加大學入學考試的路費花銷。

幾年後，在重慶，查良鏞看到專門發表翻譯文章的《時與潮》雜誌，影響很大，也有利可圖，於是又邀集幾個同學湊錢，創辦了類似刊物，叫《太平洋雜誌》。第一期三千冊銷售一空，因為紙價飛漲，超出了他們的承受能力，只好作罷。

2、股票投資。極少有人知道，查良鏞先生還是一個成功的股票投資人。在一次接受記者採訪時，他說自己投資美國股票所賺的錢，超過了他的稿費收入。我們知道，金庸武俠小說的版稅收入一直不菲，如果他投資股票的收入超過稿費，那麼他在股票市場上的收入一定非常驚人。股票投資與買賣，是典型的商業行為。

3、其他投資。查良鏞先生是明報集團老闆，明報集團不僅有報紙、有刊物、有出版社，而且還有旅遊公司等部門。與此同時，他本人還隨時進行商業投資，例如房產。他雖沒有專門投資房地產，但所到之處，通常都要買房子，通過房子買賣，也賺了不少錢。

他曾說過，在英國讀書，買了房子，畢業離開英國時把房子賣了，大賺了一筆。出售明報集團之後，他還有自己的明河出版社，以及版權代理公司。此外，他還有其他更加純粹的商業投資行為，例如，他是「金庸茶館」公司的股東之一。

金庸先生到底投資多少個商業公司？我們不得而知，但我有一段親身見聞，可以與大家分享。大約是二〇〇五年前後，我和電視劇製片人張紀中先生到杭州見金庸先生，在吃夜宵時，聽到金庸先生打電話，說海外貿易投資的事。我不知道金庸先生做的是什麼生意，也不知道公司的名字是什麼，當時非常驚詫，老人家身家億萬，年過八十，仍然在做生意！金庸先生說，他做生意，等於消閒。

金庸先生不僅有商人的身分，有商業投資行為；更有商人的意識，和商人的天賦與能力。這也有很多例證可說，下面列舉幾個例子。

金庸先生作為明報老闆，開工資和稿費都精打細算，明報的工資和稿費在香港同業中不算最低，但也不是很高。他的朋友倪匡給《明報》寫稿，當面要求漲稿費，金庸先生當時不說話，後來給倪匡寫了一封長信，解釋不能漲稿費的諸多理由。這件事是倪匡的文章中寫的，應該可信。

網上有人寫過，燕妮和倪匡的妹妹亦舒都是《明報》專欄作家，專欄很受歡迎，兩人先後要求漲稿費，金庸先生當然不答應。對一位說：你又不花錢，要那麼多稿費幹什麼？對另一位說：你那麼喜歡亂花錢，給你漲了稿費，很快就會胡亂花掉，不漲！

有人說，這可能是有人創作的段子，即使是段子，也很符合金庸先生的經營理念。他在接受採訪時曾專門解釋過，作為一個企業老闆，必須精打細算，不能不顧成本亂漲稿費。

另一個例子，是金庸先生曾經以一塊錢人民幣的價錢，將他的《笑傲江湖》改編權賣給中央電視臺。

當時被新聞媒體廣泛報導，此事是真的。只不過，大家只知道前一半，而不知道後一大半，後一大半的事實是，中央電視臺繼續改編金庸的小說，那就不是一塊錢了，而是每部一百萬人民幣。不僅像《射鵰英雄傳》、《神鵰俠侶》這樣的四卷長篇要一百萬，像《書劍恩仇錄》、《碧血劍》這樣的兩卷本，也同樣要收一百萬改編版權費。

有一年梁羽生先生回廣西老家過中秋，要我去陪他。梁先生問我，你覺得我和金庸的主要差異是什麼？我的回答是：金庸先生善於經營，而您不善經營。意思是說，金庸先生的小說創作的經營能力，包括內部結構的經營能力，以及小說版權及改編權等方面經營能力，都遠遠超過了不善經營也懶得經營的梁羽生先生。

金庸先生在新世紀再次修訂小說，固然是精益求精，也是一種經營策略。

七、國士查良鏞

說查良鏞先生是國士。對「國士」要作一個簡單的界說，國士的「國」，是國家的國；國士的「士」，是文士與武士的士。所謂國士，是指關心國家大事、懂得國家大事、參與國家大事，且影響國家大事的人。

中國人大多關心國家大事，但懂得國家大事的人恐怕沒那麼多。進一步說，即便關心國家大事且懂得國家大事，有多少人有機會參與國家大事呢？再進一步說，那些參與國家大事的人，又有多少人當真懂得國家大事呢？能夠影響國家大事的人，就更是鳳毛麟角了。

人們稱查良鏞先生為社會活動家，當然是有道理的。社會活動家與國士有相通之處，只不過側重點有所不同，國士活動的側重點當然是國家大事，即有關國家層面的事務，關乎國家氣運與大勢。作為國士，不僅要有鮮明的政治理想，還要有基於現實的政治思考和政治謀略，總之要有獨立思考所得的真知灼見。

說金庸先生是國士，主要理由及直接證據是以下幾條。

1、早在一九七三年四月，金庸應邀訪問臺灣，會見了蔣經國，並且應邀參加「國家建設會議」。在會見蔣經國時，他曾勸蔣先生不要以「反攻大陸」為宗旨，因為反攻不可能成功，且會導致數百萬同胞的流血犧牲，而應注重經濟建設、民生發展，提升人民的生活品質。他把自己對臺灣社會的觀察與思考，寫進了《在臺所見、所聞、所思》的長篇報導中。

2、在大陸改革開放之後，他於一九八一年會見過鄧小平，一九八四年會見胡耀邦，一九九三年會見江澤民，成為國家領導人的座上賓。

鄧小平等國家領導人願意見查先生，首先是因為金庸是愛國者，也是愛港人，香港回歸前，他是「香港的中國人」；香港回歸後，他是「中國香港人」。其次是因為明報及金庸的社評，在香港，在海峽兩岸，乃至西方世界，都有一定的影響。

進而是因為早在「文化大革命」中及其後不久，明報一直對鄧小平的務實精神及改革開放國策高度讚賞，並為國家的改革開放獻計獻策。

最後，是因為金庸先生不僅對中國的傳統和現實有深度瞭解和理解，對西方國家，尤其是英美等國的政治和文化有深度瞭解和理解，而且對世界文明的潮流走向有深入瞭解和理解。對海峽兩岸關係，他也有深入考察和思考。

金庸先生會見國家領導人的過程，一部分被公開報導過；還有一些沒有被公開報導，有待將來的研究。

3、從一九八五年至一九八九年，金庸先生曾擔任香港基本法起草委員會政治體制起草小組港方召集人兼經濟體制起草小組成員，基本法諮詢委員會執行委員會委員，後來還擔任了香港特別行政區籌備委員會委員。這就不僅是關心和懂得，而且是實際參與，且有實際影響。

一九八八年，查良鏞和查濟民共同提出《政制協調方案》，又稱「雙查方案」、「主流方案」，成為《香港基本法》政治體制設計基礎方案。這一方案的指導思想，是保證香港回歸平穩過渡，兼顧中、英兩國的利益和面子，立足現實而逐步實現民主理想。

「雙查方案」即主流方案，當然是一個妥協方案，主流方案的妥協性，引起了激進的理想主義者的不滿，有人對金庸進行人身攻擊，這些人不明白，香港基本法的起草，不僅要照顧到中、英兩國及香港本地的利益，更要處理民主理想和政治現實性的矛盾。在複雜矛盾中，妥協方案才是可行且具有可操作性的方案，妥協乃是利益協商的重要手段，亦可說是民主的要義。金庸之妥協，是要保持香港穩定和繁榮，為此，他提出了一個公式：

自由＋法治＝穩定＋繁榮

由此可見，香港的穩定和繁榮是金庸考慮的要點。

他沒有把民主作為關鍵字列入他的公式中，並不是他不重視民主或不懂得民主的重要性，而是因為，自由和法治不僅是穩定和繁榮的基礎，也是民主的基礎。沒有自由與法治的基礎，即便有民主形式，民主也得不到保障，變成空洞的形式。更何況，不切實際的幻想和衝動偏激的情緒，無法通過現實的政治協商，解決不了現實問題。

金庸成為國士並非偶然。有以下幾點可以證明。

首先，出身於海寧世家的金庸先生，自幼就有書生報國的人生理想。他的第一個理想目標，是想要當外交官，當年他曾考取了西南聯大，也考取了中央政治學校，最後還是決定上中央政治學校外交系，因為這所學校培養外交官。

其次，金庸輟學後，又到東吳大學法學院進修。一九四九年，新中國成立，舊中國的海外資產的歸屬成了一個問題，金庸寫了論文《從國際法論中國人民在海外的產權》，以「人民主權」立論，於一九四九年十一月十五、十八日在《大公報》連載。這篇論文法學思想清晰，受到著名國際法專家、東京審判庭中國大法官梅汝璈先生的注意，梅先生邀請作者到新中國外交部工作。

再次，查良鏞於一九五〇年初從香港來到北京，被告知不能直接進入外交部，而只能先到中國人民對外友好協會工作。報國之夢破碎，只能失望而歸。

又次，在《明報》的社評中，可以清晰地看到作者的國士情懷。在有關中國大陸問題、有關臺灣問題、有關香港問題、有關華僑問題的系列論述中，充滿民生關切，也充滿了對國家政治、人民利益及文明轉換的積極思索。

有關金庸先生的政治理念和社會思想，目前還沒有人做專門化的系統梳理和研究，金庸的明報社評和《明窗小札》也沒有全部整理出來，沒有全部出版。等待將來吧。

八、學人查良鏞

今天要講的題目，是學人查良鏞。我使用「學人」這個詞，而沒有說他是「學者」，是因為二者之間雖然有共通性，也有細微區別。

學人和學者有共通性，即二者都是指熱愛學習且善於學習，追求知識、傳播知識且生產知識的人。二者的差異則是說，其一，在現代分工體系中，學者通常是職業性的，做學問是一種職業，即是在大學或研究機構從事學術研究工作的人；而學人則不一定是一種職業，只是一種愛好與特長。其二，在現代知識體系裡，學者通常是專業性的，如歷史學家、社會學家、傳播學家等等；而學人則是興致所至，在知識的海洋裡自由游蕩，對自己感興趣的學科都有所涉及，知識面非常寬廣，不拘於專業局限。

在學人這個題目下，有兩個相關案例值得分析。

1、院長、教授、博士導師事。

一九九九年二月，查良鏞被浙江大學聘為教授；三月，受聘出任浙江大學文學院院長；翌年，受聘擔任浙江大學文學院碩士研究生、博士研究生導師。這一聘任，經過傳媒報導，引發了不小的爭議。以至於二〇〇四年十二月廿一日，查良鏞辭去了浙江大學文學院院院長、博士生導師職銜。

有關金庸先生擔任大學教授、博士導師是否合適的爭議，應該沒有私人恩怨，而是就事論事。有一種意見認為，金庸不適合，理由很簡單，金庸先生既沒有相應的學歷和學位，也沒有在高校任職的資歷和相應的學術經歷。這種意見的依據，就是前面所說的學者的專業化、職業化標準，按照這兩個標準，提出了金庸不合適的意見。

另有一種意見認為，金庸是否有資格擔任教授和導師，要具體情況具體分析，假如讓金庸擔任文學教授，指導學生寫作有關香港武俠小說史的論文寫作，應該是沒有問題的；假如讓金庸擔任新聞學教授，指導學生新聞寫作和新聞學、新聞史的研究，也應該沒有問題。問題是，金庸不能到一個自己無法證明有資歷和資格擔任導師的領域裡去擔任導師。當然還有一種意見，那就是認為金庸合適擔任院長、教授、博士導師，浙江大學之所以聘任金庸，必有其理由。

2、攻讀博士學位事。我們知道，二〇〇五年，八十一歲的查良鏞遠赴劍橋攻讀博士學位。此事的背景是，劍橋大學授予金庸榮譽文學博士學位，金庸本人則希望能到劍橋攻讀博士學位。經過五年的學習和論文寫作，金庸於二〇一〇年，八十六歲時獲得劍橋大學哲學博士學位。先獲得榮譽文學博士、後攻讀歷史學專業，並獲得博士學位，是劍橋大學八百年校史上的一個空前記錄。

因為金庸是大名人，他的一舉一動都引人關注，也容易引起議論。金庸攻讀博士學位並獲得博士學位一事，同樣如此。有一些人以為他是因為當浙大教授引起爭議而受了刺激，要去攻讀一個博士學位來回擊那種爭議；有些人雖然不一定那麼想，但對金庸那麼大年齡還去攻讀博士學位不以為然，覺得他已經功成名就，沒有必要再去讀一個博士學位。

這兩種說法，都不見得準確。金庸去劍橋讀學位，其實來自更悠久的少年夢想，他的表哥徐志摩曾留學劍橋，金庸本人也希望自己在大學畢業後能到劍橋留學，也就是說，金庸去劍橋讀學位，實際上是要圓自己的少年夢想。

根據馬斯洛的需求理論，八十歲的金庸，在生物需求、安全需求、社交與歸屬需求、社會尊重需求都得到滿足之後，剩下的就只有自我實現需求，去劍橋攻讀博士學位，是金庸自我實現的路徑和方式。正因為已經功成名就，才去攻讀博士，攻讀學位不是為了功利目的，而是自我圓夢，即自我實現。

由此，我想到一個看起來似乎不成問題的問題：那就是：到底是學者更好學，還是學人更好學？這一問題當然並沒有標準答案，總是因人而異。說學者更好學固然有理，因為學習是學者的工作，是職業也是事業；但我也認識不少專業學者，一旦當上了教授、研究員，功成名就之後，就不再做學問，甚至不再學習了。而學人，因為愛好，而不是職業的功利性需求，始終保持強烈的求知欲。

我說金庸先生學人，而沒有說他是學者，是因為以下幾點原因。

首先，金庸先生好學而且勤學。他在上述多方面取得成就，有些成就還是他人難以企及，如果說金庸的成就有一種終極奧秘，毫無疑問就在於金庸先生持之以恆的好學深思。

金庸先生好學精神到了何種程度？有兩段話可以說明。一段話是他和池田大作對話時所說，說他當年看了英國歷史學家阿諾德・湯恩比的《歷史研究》，產生了一個強烈念頭，如果能受湯恩比博士之教，做他的學生，此後一生即使貧困潦倒、顛沛困苦，甚至最後在街頭倒斃，無人收屍，那也是幸福的一生。另一段話，是他對採訪記者說，假如人生只有兩個選項，一個是坐牢但可以讀書，另一個是自由但不准讀書，那麼他會選擇坐牢而能讀書。

在這個世界上，有幾個人能這樣想？有幾個人能這樣做？

其次，金庸先生善於學習，且學識淵博。在他的武俠小說中，我們看到他對中國歷史、地理、典章、文物以及詩詞歌賦、琴棋書畫、醫卜星相等豐富知識的運用；在他的社評、隨筆、評論文章中，我們看到他在國際政治、經濟、社會、法學、宗教、哲學、民生以及電影、音樂、舞蹈、文學、新聞等方面的知識與創見。當然並不是說他在所有領域都是專家，只是強調一點，那就是當工作需要的時候，他有足夠的學習興趣和學習能力確保工作之需。

再次，金庸先生是終生學習的典範。我們大家都聽說過「終生學習」這個概念，真正能做到終生學習的人有多少？

我聽李以建先生介紹說，金庸先生晚年仍然每天堅持讀書，不少於幾個小時。他在八十歲以後，還到劍橋大學去攻讀博士學位。什麼叫終生學習？這就是最好的例證。

九、金庸的文化思想

前面分別說了金庸作為作家、評論家、報人、譯者、影人、商人、國士、學人等八種身分，實際上他還有第九種身分，那就是思想者。

我認真考慮過，要不要把「思想者」列入金庸的角色化身之中？結果沒有列入，原因並不是我不敢肯定，而是不知道如何舉例說明，因為他沒有專門的思想著作。他的文化思想蘊含於他的武俠小說、新聞評論、文化隨筆之中。

有一點是可以肯定的，金庸創造了那麼豐富的精神文化產品，原因之一是他學識淵博，更重要的原因，則是他有敏銳而且獨到的文化思想。沒有思想，怎麼能做知識生產和文學創作？

「金庸的文化思想」是一個大題目，同時也是一個新題目。據我所知，到目前為止，還沒有任何一個人對這個題目進行過系統梳理，原因很簡單，是因為到目前為止，還沒有任何一個人通讀過金庸所有的文章及私人筆記。喜歡武俠小說的人，不見得會去讀他的時事評論、電影評論、文化隨筆；研究他的新聞思想的人卻又不見得喜歡他的武俠小說。實際情況是，即使有人讀了很多，恐怕也很少有人從文化思想方面去對金庸的精神成就作專門的探討與研究。

文化現象參差繁複，如蘇東坡說廬山：橫看成嶺側成峰，遠近高低各不同，不識廬山真面目，只緣身在此山中。要思考、評論和研究文化，須有比較參照系，須有較為恆定的座標。金庸先生從一九四八年起就生活在香港，香港有三個文化圈，即粵語文化圈、國語文化圈、英語文化圈，是東方文化和西方文化的交匯之地，其中有交融也有衝突。

金庸先生身為報人，立足於國語文化圈，穿梭於英語文化圈和粵語文化圈，有豐富的文化經驗，也有觀察文化差異和文化衝突的優勢。金庸先生喜歡讀古書，也喜歡讀外文著作，通過閱讀瞭解古今中外，這樣就有一個非常明顯的比較參考系和清晰的座標：古今為一軸線，中外是另一軸線。將某種文化現象放在這一坐標系裡，即可看出這一文化現象的地位，加以評說。

大體上說，金庸先生是開明的文化保守主義者，也是文化改良主義者，是溫和務實的文化思想者。在「文化大革命」開始之際，金庸在香港創辦了賠錢雜誌《明報月刊》，薈萃全球中國文化精英思想，其目的，就是要批判性地繼承中國文化傳統，圖謀有效的文化革新。

為了便利起見，我還是舉金庸武俠小說的例子，相對而言，熟悉他的武俠小說的人可能更多些。談及金庸武俠小說的成就，有人說，金庸在武俠小說的價值和成就，在於它創造性地呈現了中國歷史文化景觀，繼承了中國文化傳統，創造了「為國為民，俠之大者」的藝術形象，例如《射鵰英雄傳》。

只不過，《神鵰俠侶》卻出現了新情況。《射鵰英雄傳》的主人公郭靖是俠之大者，是

「為國為民，犧牲自我」；《神鵰俠侶》的主人公楊過是情之聖者，是「至情至性，實現自我」。在《神鵰俠侶》中，楊過與郭靖之間，有一場有關價值觀的重大矛盾衝突，那就是楊過與小龍女戀愛，在郭靖看來，有違「禮教大防」。這一次，作者站在楊過一邊，支持他的反叛行為。

郭靖維護禮教大防，是集體利益至上；楊過反對禮教大防，則是爭取個人自由空間。人們不假思索地認為，集體主義和個人主義是水火不相容，強調個人權益必然會傷害集體利益，而在《神鵰俠侶》中，我們看到的是，楊過這個個人主義者，最終在襄陽保衛戰中立下頭功，並且與郭靖攜手並肩，走向襄陽城。這說明，集體主義者郭靖與個人主義者楊過並非不可共存，實際上，他們聯手，才能取得文化戰爭的最後勝利。

有人說，金庸小說的價值，是民族主義、愛國主義思想。這當然也對，《射鵰英雄傳》的基本價值觀就是如此。但並非所有的金庸小說都立足於此，典型的例證是《天龍八部》，大英雄蕭峰的立場，是和平主義和國際主義。

小說《笑傲江湖》裡，沒有族群和國家間的矛盾鬥爭，這部作品也少有地沒有明確的歷史背景。用作者的話說，沒有歷史背景，是想概括三千年的權力鬥爭史。

這部小說的主題，是主人公令狐冲所代表的自由主義，與岳不群、左冷禪、任我行等人代表的權威主義的矛盾衝突。小說開頭，是劉正風金盆洗手，要脫離江湖組織，從事音樂事業，想做隱士。他的行為帶來了滅門之禍，五嶽盟主左冷禪不允許他金盆洗手。令狐冲與劉正風不同，他想做隱士，同時也是戰士；他的《笑傲江湖曲》是隱士之曲，獨孤九劍則是戰士之劍。也就是說，令狐冲與傳統的隱士不完全相同，他是一個新人，代表著一種新思想、新精神。

《鹿鼎記》是金庸的最後一部長篇，這是一部「反武俠小說」，因為小說的主人公既不武，也非俠。同時，這也是一部文化批判之書，也就是通過韋小寶的傳奇經歷，通過小說中的情節和場景的設置，通過幽默與諷刺的筆觸，對森嚴而堂皇的傳統文化進行了解構。從妓院到宮廷，從官場到民間，從王府到寺廟，從天地會到神龍教，韋小寶全都能「通吃」。這就意味著，那些看起來天差地遠的社會空間，實際上具有文化的同一性。

韋小寶所到之處，無論怎樣的神聖莊嚴，都會變得滑稽可笑。小說中最大的一個玩笑，是黃宗羲、顧炎武、呂留良、查繼佐等幾位傑出的文人、學者和思想家，竟然勸韋小寶這個小流氓當皇帝！

讀懂了這些玩笑，也就讀懂了金庸對傳統文化的思想態度，和批判深度。

十、金庸為何不喜歡別人研究他？

這個題目容易引起誤會，要解釋一下，我不是說金庸先生不喜歡別人研究他的武俠小說，而是說金庸先生不喜歡別人研究他本人，對別人寫他的傳記總是不滿意。金庸先生生前沒有寫自傳，曾公開說過，他不會寫自傳，因為他不想與別人分享他的內心秘密。

金庸先生逝世後，他的小女兒查傳訥女士接受採訪時，也證實了這一點：說她爸爸不寫自傳，也不喜歡別人寫他的傳記，說他爸爸的武俠小說就是他的傳記。

這一說很有意思，在金庸的武俠小說中，確實有不少作者傳記訊息。例如《書劍恩仇錄》中陳家洛在天山求學期間，母親去世；例如《碧血劍》的主人公袁承志父親蒙冤的資訊籠罩了整部小說；例如《神鵰俠侶》的主人公楊過被桃花島中學開除，又被全真教大學開除，與金庸在中學和大學兩次被開除非常接近，等等。

但武俠小說與傳記研究畢竟是兩回事。武俠小說不能替代傳記研究。金庸先生不寫自傳，不願意與人分享內心秘密，要保護自己的隱私權，對此我們雖覺遺憾，但也不能不接受，因為這是他的權利。

雖然胡適先生在將近一百年前就提倡文人學者寫自傳，他自己也出版了《四十自述》，但中國文人還是很少有寫自傳的習慣。錢鍾書先生更有一個妙論：說喜歡吃雞蛋的人，何必要認識生蛋的母雞？問題是，如果想研究雞蛋，又怎麼能不去設法瞭解生蛋的那隻母雞？

金庸先生是知名武俠小說家、《明報》集團老闆、知名的時事評論家和社會活動家，是社會公眾人物，所到之處就會成為新聞焦點，人們自然想要深入瞭解他，金庸傳記研究和傳記書寫，可以說是很普遍的社會需求。

近些年來，有多種金庸傳記出版。其中比較好的有兩種，一是香港作家冷夏寫的《文壇俠聖——金庸傳》，另一本是大陸學者傅國湧寫的《金庸傳》。這兩部金庸傳記，寫作態度是認真的，查找文獻資料也下了不少功夫，對傳主金庸先生也沒有明顯的偏見，但這兩部傳記，都無法得到金庸先生的首肯。前者還引發了一場官司。

為什麼金庸先生不喜歡別人研究和撰寫他的傳記？自己不寫傳記是一回事，不喜歡別人寫自己的傳記，那就是另一回事。為什麼會這樣？金庸先生去世了，這一問題，恐怕再也找不到準確答案了。然而，問題仍然存在，並且，這個問題本身，也成了我們瞭解和理解金庸到底是怎樣的一個人的關鍵性問題。

如今，我們只能推測，他之所以不願意或不喜歡別人研究自己的往事，最可能的原因，是往事中有太多心靈痛點，不願意被人隨意觸碰。金庸先生雖然事業有成，名揚四海，但卻也一生坎坷，有不少不堪回首的傷痛經歷。例如：

1、少年喪母。母親病逝時，他才十多歲。任何人遭遇這一不幸，都是無法彌補的人生遺憾。

2、高中被學校開除。對一個品學兼優且自視甚高的世家子弟，是奇恥大辱。更鬱悶的是，此事難以對人言。

3、大學又被開除。沒有大學畢業文憑，留學夢破碎，人生被徹底改寫。且工作中，難免有受辱感。

4、父親蒙冤被殺。雖說在理性上能夠理解這是大時代的悲劇，在所難免，但從《碧血劍》和《神鵰俠侶》中，可見其傷痛有多深。

5、第一次婚姻失敗。從他接受採訪的隻言片語中，知道是妻子的行為和選擇造成了他情感心理的濃重陰影。

6、被左派誣為「漢奸」、「豺狼鏞」，雖然《明報》因禍得福，但本人卻因此受傷。可參考《倚天屠龍記》中張三豐與少林寺的關係及其感慨。

7、第二次婚姻失敗。金庸在晚年接受採訪時說：他對不起第二任妻子。晚年有多少愧悔，就有多少無法治癒的傷痛。

8、中年喪子。長子查傳俠的自殺，不管是因為什麼，都是永遠都無法抹除的傷痛。假如與他的婚變有關，則傷痛加倍。

9、當教授被譏嘲。金庸被浙江大學聘為文學院院長、教授、博士生導師，被大學同行議論，此事對他有所傷害。傷害程度如何評估，則需要研究。

10、其他不為人知的秘密傷痛。在金庸先生的一生中，或許還有某些不為人知的傷痛，因為隱秘，才不為人知；不為人知的傷痛，或許是更大的傷痛。

金庸先生洞察人間世相，寫盡英雄豪傑，在我們的想像裡，他應該有大智大慧，能夠八風不動。只不過，真實的心靈，與我們的想像往往不一樣。金庸先生的心理狀況和情感特徵究竟如何？需要深入觀察和研究。

金庸先生為人謙和，禮貌周到，但內心極度自尊，也極度敏感，因而也就容易受傷，容易鬱憤。有一個小細節或許能說明問題。有人在金庸傳記中寫到他說話稍稍有些口吃，這應該是可見的事實；在金庸先生接受採訪時，言語訥訥，看起來確實有點口吃的樣子。既然是事實，何懼別人說？即使是傳記作者所說不十分準確，那也只是寫作者的功力問題，無損於傳主的形象。但金庸先生卻非常生氣，在接受採訪時專門談及，言下之意，是覺得說他有點口吃好像是對他的侮辱。

在旁觀者看來，這一判斷未免有點小題大做。進一步想，這種小題大做，以及訥言口吃現象本身，或許正是一種特殊的心理狀態的表徵。對此，精神分析學家佛洛依德有專門的研究。不過，我還是就此打住，否則，金庸先生的在天之靈會因此而不安。尊敬金庸先生，又想探索他內心秘密，這事有倫理衝突。

十一、新派武俠「新」在哪裡？

所謂新派武俠，說的是梁羽生、金庸的武俠小說。

梁羽生和金庸當時都是《新晚報》的編輯，奉《新晚報》總編輯羅孚之命，寫作武俠小說供報紙連載。所以，他們的小說也被稱為「《新晚報》派」。

《新晚報》是《大公報》的子報。《大公報》原是一份中立的報紙，在民國時期影響非常大。一九四九年新中國成立，《大公報》也改變了立場，支持共產黨新中國，並且接受新中國的意識形態及其價值觀。所以，新派武俠的新，首先是價值觀念的更新，也就是小說思想主題和敘事內容出新。

具體說：一是、認同人民史觀，也就是認為歷史是由人民創造的。二是、認同階級鬥爭的社會觀，也就是認為階級鬥爭是推動歷史前進的動力。三是，認同並堅持民族主義和愛國主義的情感立場。

下面舉例說。梁羽生的第一部小說《龍虎鬥京華》，就是以清末義和團運動為主線的傳奇故事。義和團中分為「扶清滅洋」派、「保清滅洋」派和「反清滅洋」派。主人公的師父柳劍吟是「反清滅洋」派，被「保清滅洋」派害死，主人公婁無畏、柳夢蝶堅持反清滅洋的立場，力圖報復殺師和殺父之仇。義和團中的反清滅洋派，是人民立場、階級鬥爭、愛國主義精神的集中體現，書中故事既政治正確，又有傳奇色彩，讓人耳目一新，因而受到讀者的歡迎。

金庸的第一部小說《書劍恩仇錄》，是陳家洛領導紅花會反滿抗清故事，加上回疆木卓倫部反暴抗戰故事，其中不但有民族鬥爭，也有階級鬥爭，還有兄弟情仇。這部小說的核心情節，是紅花會想利用乾隆皇帝是陳家洛的親哥哥這一秘密，試圖利用兄弟關係，讓乾隆反滿復漢，但紅花會上當受騙，差一點全軍覆沒。結局是，紅花會群雄遠赴回疆，做長期鬥爭的打算。這部作品同樣受歡迎。

梁羽生的第二部小說《草莽龍蛇傳》是《龍虎鬥京華》的續書。金庸的第二部作品《碧血劍》，主人公袁承志的父親袁崇煥，是明朝皇帝和滿族首領聯手所害，袁崇煥的部下成立了「山宗」組織，發誓要「並誅明帝清酋」。如何能達到目標呢？當然是加入李自成領導的農民起義隊伍，推翻明朝。

小說的人民立場、階級鬥爭觀念、愛國主義精神更加突出。只不過，小說的大部分故事情節，並不是直接講述李自成領導的農民起義軍，而是袁承志經歷的江湖傳奇，例如在衢州石梁鎮勇鬥溫家五老，在南京發掘寶藏，在北京與五毒教的衝突等等。

另一點值得注意的是，小說中的李自成形象，固然是正面英雄形象，李自成的英雄氣概讓人心折，與過去史書中的反賊、流寇的負面形象截然不同；但是在《碧血劍》的結尾，李自成進入北京之後，變得驕傲自滿，固步自封，而且目光短淺，以至於終歸失敗。故事結局發人深思，與後來的歷史小說《李自成》有所不同。

由於梁羽生、金庸小說的人民立場與愛國立場兼備，小說的故事情節超越了一般江湖情仇的狹隘糾葛，民族利益與國家利益至上，視野開闊，立意高遠，大氣縱橫。在梁羽生和金庸的小說中，主人公走南闖北，遍覽祖國萬里河山，不但讓讀者眼界大開，還能隨主人公臥遊天下，慰藉鄉愁。

新派武俠小說在形式與技巧方面也有新意。具體說，一是敘事語言的新；二是注重心理活動這一新維度；三是借用國外小說與電影的新技巧。

先說語言形式出新。此前香港武俠小說的主流，是「廣派」武俠。廣派武俠的特點，一是大多講述廣東及嶺南地區的武林人物的故事，二是在語言上多採取文言加國語白話加粵語方言的形式，叫「三及第」語言。

梁羽生和金庸都是五四新文化運動以後出生的，都是在一九四〇年代才上大學，且都是在以現代白話文報紙工作，他們的語言習慣完全是新式的。雖然《龍虎鬥京華》有開篇詞、結語詩，每個章回都有整齊的對聯回目，看起來是模仿古典小說，但小說的敘事語言卻大多是長句子，使用新概念，充滿文藝腔，符合當時年輕讀者的口味。

金庸小說也是如此，也有對聯回目，也是長句子新文藝腔，有意思的是，在一九七〇年代進行修訂時，金庸卻將自己小說裡的新文藝腔都改了，尤其是《碧血劍》這部小說，百分之八十的句子都進行了修訂，追求《射鵰英雄傳》式的「古風」。

再說心理的新維度。傳統小說大多以白描為主，很少有心理描寫，更不會把人物心理活動作為小說的一種新維度來展示。但在梁羽生和金庸的小說中，人物心理活動的描寫，成了一種常用的手段。最典型的例證，是金庸的《射鵰英雄傳》中，主人公郭靖對練武殺人的疑惑，以及對要不要練武的思考。結果是，他決定不再殺人，試圖忘卻自己學會的武功，形成一次重大危機。這種情況，在傳統武俠小說中是沒有的，也不可能有。

再說對國外小說和其他藝術技巧的借鑒。梁羽生先生自己就多次說過，他寫作《七劍下天山》，是受到愛爾蘭作家伏尼契的小說《牛虻》的影響，《牛虻》裡，有一個女主人公打男主人公一耳光，導致男主人公洗心革面的細節，也被梁羽生搬入了他的小說，讓易蘭珠和凌未風重現這一經典性故事橋段。

梁羽生先生說金庸是「洋才子」，金庸對外國小說和其他藝術的形式與技巧的借鑑更多，也更有特色。例如，《碧血劍》，就受到了英國女小說家達芙妮・杜・穆里埃的小說《蕾蓓卡》的影響，這部小說被希區柯克改編成電影《蝴蝶夢》，更加有名。

這部小說的最大特色，是以一個已經死去的人作為小說的主人公，新的文德斯夫人一直生活在已經去世的前文德斯夫人的陰影中。《碧血劍》的主人公是袁承志和夏青青，但小說中真正的主人公，卻是袁承志的父親袁崇煥，和夏青青的父親金蛇郎君夏雪宜，袁承志和夏青青始終在追逐父親的影子和故事。

再如，金庸小說《雪山飛狐》，讓一群武林人在遼東雪山頂上講故事，故事的焦點是胡一刀和苗人鳳兩位絕世高手滄州比武的經歷，由於立場各不相同，他們的故事也就呈現完全不同的版本。

這一敘事形式，與日本大導演黑澤明的《羅生門》非常相似，電影中的兇殺案目擊者，給出了各不相同的證詞，相互指證對方是兇手。這部電影是根據日本著名小說家芥川龍之介的小說《筱竹叢中》改編的。

《雪山飛狐》的敘事方式，在中文小說中前所未有，當然讓人興味盎然。在這部小說中，金庸還有一個創舉，那就是小說的開放式結尾：胡斐發現了苗人鳳的一個破綻，那一刀是否砍下去？作者不給出結論，讓讀者去想。

金庸借鑑西方文學，成就最為突出、意義最為重大的，是對成長小說模式的借鑑。

成長小說又叫啟蒙小說，最早起源於德國，是浪漫主義文學的一個重要成果。從《射鵰英雄傳》開始，金庸有意識地借鑒成長小說模式，講述小說主人公從小到大的成長經歷、成才過程、成功理由。小說主人公郭靖的成長，從江南七怪當老師的中小學時代，到拜洪七公為師的大學和研究生時代，層次分明，再加上全真教掌門人馬鈺和女友黃蓉這兩位輔導老師，使得郭靖成長和成才故事，不僅令人信服，而且十分生動。此後，成長小說模式就成為金庸小說的主要模式。

新派武俠小說的新，當然更應該包括梁羽生、金庸這兩位作家的獨創出新。尤其是金庸，他的成就更高，是因為他不願意自我複製，追求不斷獨創和原創。在《射鵰英雄》獲得「武林盟主」的聲譽之後，更加自覺地在價值觀、主人公的個性、敘事模式與技巧等方面追求新意。《神鵰俠侶》的主人公楊過，與《射鵰英雄傳》的主人公郭靖，不僅個性截然不同，而且秉持的價值觀也完全不同，他們之間還因為「禮教大防」及「殺父之仇」而產生嚴重的對立和衝突。其後的《倚天屠龍記》、《天龍八部》、《鹿鼎記》等小說，每一部都與眾不同。

金庸小說的創新，說來話長，暫且打住。

十二、金庸筆下相對失敗的人物形象

說金庸筆下相對失敗的人物，很可能讓一些金庸迷吃驚：金庸小說中也有相對失敗的人物？答案是肯定的。只不過，這裡說的失敗，是「相對失敗」。例如《射鵰英雄傳》裡的西毒歐陽鋒，在一般武俠小說裡，算得上是一個過得去的人物，此人名氣很大，給人印象也很深。但相對於金庸小說而言，尤其是相對於金庸此後的小說如《神鵰俠侶》、《倚天屠龍記》、《天龍八部》而言，就要算相對失敗。

為什麼呢？因為這個人物，是沒有來由的壞蛋，也就是概念化的壞，有些所作所為並不符合一代宗師的身分與心理，如果他是個徹頭徹尾的壞蛋，那麼北丐、南帝、中神通這些俠義道正人君子，怎麼會和他玩「華山論劍」？到了《神鵰俠侶》中，歐陽鋒的形象有了重大變化，與《神鵰俠侶》中人性化的歐陽鋒形象相比，《射鵰英雄傳》中概念化歐陽鋒形象，當然就是「相對失敗」。

歐陽鋒是小說裡相對次要的人物，在金庸小說的主人公裡，有沒有相對失敗的形象？也是有的。例如《書劍恩仇錄》的主人公陳家洛，《碧血劍》的主人公袁承志，《雪山飛狐》和《飛狐外傳》的主人公胡斐，都要算是相對失敗。

金庸先生本人曾說過，他的小說，後期的比前期的好些。這話說得實在，陳家洛、袁承志、胡斐等人物形象，全都是他前期小說的主人公。

先說陳家洛。說這個人物形象相對失敗，理由是，作者對這個人物雖然有所設計，但設計方案可謂美而空。陳家洛的父親陳世倌是歷史人物，是雍正時的文淵閣大學士，他不但出身世家，文武雙全，又不費力地當上了紅花會的總舵主，長得還帥，似乎所有的優點都集於一身。

在最初連載本中，陳家洛還曾參加科舉考試，獲得解元頭銜，也就是浙江省第一名舉人。十五年後，作者修訂時，才將他的解元頭銜革除了，只當他是普通秀才。可是，在小說中，這個人物並沒有顯示出秀才書生的真正特質，讀者只記得他的「百花錯拳」和「庖丁解牛掌」。

陳家洛的個性形象相對失敗，最重要的證據，是他在政治鬥爭和情感生活兩方面，都沒有顯示出足夠的個性和行為主動性。在政治方面，作為紅花會總舵主，擔負天下漢人反滿抗清的重任，但從小說開頭到小說結尾，我們都沒有看出他本人有什麼獨立的政治主見，以及相應的政治謀略；假如說他因為年輕，缺少應有的政治經驗或政治智慧，也沒有看到他主動彌補自己的局限，主動地學習、思考或研討。在小說中，他只是按照前總舵主于萬亭的安排，利用與乾隆皇帝是同胞兄弟這一特殊身分，勸說乾隆皇帝恢復漢文化體制。對哥哥乾隆，缺少尊重在前，缺少警惕在後，在這一改變歷史的重大行動中，顯得被動，而且弱智。

在情感生活方面也是如此。接受「翠羽黃衫」霍青桐的定情短劍在前，接受香香公主喀絲麗偎郎示愛在後，兩次都是被動接受女方感情，在情感上缺乏主動性。

若說這是要表現少數民族在情感方面落落大方，襯托漢族青年的拘謹被動，好像又不是作者的用心。陳家洛偏向喀絲麗而疏遠霍青桐，不僅是因為喀絲麗更美，也更天真，不像霍青桐那樣能力超群，讓陳家洛自慚形穢。作者想要通過這個情節揭示陳家洛的漢族小男人的卑微心思嗎？好像也不是。

總而言之，陳家洛的形象相對失敗。這也並不稀奇，畢竟《書劍恩仇錄》是作者第一部武俠小說，心思都花在編故事上，對人物形象塑造關注不夠，且顯然也有些力不從心，沒有能力讓人物與故事平衡，更做不到人物支配故事情節。

再說袁承志。在第二部小說《碧血劍》中，主人公形象降了調，不再文武雙全，也不再玉樹臨風，袁承志是「黑不溜秋的廣東蠻子」，心智聰慧機警，為人忠厚淳樸，但也只是如此而已。這個人物到底是灑脫還是拘謹？到底是憨厚還是果敢？在小說中都難以看清，這個人物的形象，實在談不上什麼個性光彩。

之所以如此，是因為作者對這一人物功能性設計的重視程度，超過了對他成長與個性的書寫。

《碧血劍》的特點，是讓袁崇煥、「金蛇郎君」夏雪宜這兩個已經去世的人作為小說的真正主人公，讓小說中充滿這兩個人物的故事及其影子，這樣一來，袁承志就成了主人公的影子，很像是袁崇煥、金蛇郎君夏雪宜故事的口述歷史採訪人，作為小說敘事主人公的重要性當然就會大大降低。

不僅如此，作者還讓袁承志擔負了「歷史導遊」的功能職責。袁承志本是個復仇者，要報父親袁崇煥被冤殺之仇，因而要「並誅明帝清酋」，一方面是師父穆人清要他顧全大局，不要擅自行動；另一方面，明朝和滿清的歷史也不能因他的行為而改變，所以他的復仇始終是被動的，甚至曖昧。

他也到了明朝皇宮、滿清皇宮，但都只是作為偷窺者，或者是歷史場景的導遊人，而無法做一個復仇的行動者。他的復仇希望全都寄託在李自成起義軍身上，他也投身李自成麾下，但同樣只是作為歷史的觀察者和導遊人，而不是故事的主人公。

由於作者對袁承志的功能設計主要是介紹他人，而不是表現自己，也就是在明末清初之交的歷史故事中充當導遊，所以袁承志本人的形象自然就會模糊。

再說胡斐。《雪山飛狐》的主人公並不是胡斐，而是胡斐的父親，已經去世的胡一刀，胡斐的地位很像《碧血劍》中的袁承志。雖然他也出場了，但出場的時間很短，作者自然無法對他的形象做精細刻畫，也就可想而知。

為了彌補這一缺憾，作者又寫了《飛狐外傳》，這部書是以胡斐為主人公。從胡斐小時候開始寫起，一直到他長大成人，行俠江湖。作者想要把胡斐塑造成一個「真正的俠客」，在孟子的「富貴不能淫，貧賤不能移，威武不能屈」的大丈夫三條標準之上，再加三條標準，即「不為美色所動，不為哀懇所動，不為面子所動」。這樣一來，胡斐形象就成了這些概念的演繹，自主性得不到充分發揮，自然也就沒有多少生動個性可言。

《飛狐外傳》的主要故事情節，是胡斐追殺南霸天鳳天南，這一行為的動機，固然是仗義行俠，卻也是出於胡斐對佛山鍾阿四一家的強烈愧疚。若不是因為他多管閒事而又缺乏江湖經驗，鍾阿四一家雖然受冤蒙難，或許還不至於有滅門之禍。胡斐要追殺鳳天南，是要為鍾阿四一家討回公道，也是對自己冒然行為的過失進行積極補償，但作者卻忘了這一點。

更嚴重的是，胡斐的個人命運及其心理動機，在小說中被大大忽視了。武俠世界有一條不成文的規則，是父仇不共戴天。胡斐的父親胡一刀與苗人鳳在滄州比武，最後死於非命，按理說，胡斐應該找苗人鳳報仇才對。在小說中，胡斐從未主動想去找苗人鳳，偶然的機會見到了苗人鳳，苗人鳳也承認胡一刀死於他手，胡斐卻莫名其妙地逃開了，且從此不再與苗人鳳見面。

不是說胡斐一定要殺死苗人鳳，而是說，胡斐至少應該追究父親胡一刀的死亡真相。

胡斐似乎並不重視父親胡一刀的死亡真相，此前既不向重要知情人平四叔詢問，此刻又不向當事人苗人鳳求證，此後更將這件事拋到腦後，再也不曾想起。一個對父親死亡真相都不在乎的人，怎麼可能關心他人的生死，行俠江湖？

順便說說苗人鳳，在《飛狐外傳》裡，苗人鳳的形象也不周全。他一生羨慕胡一刀夫婦，而胡夫人自殺前將兒子胡斐交給他負責，當時他誤以為胡斐被害了，從此不再尋找，那也就罷了；但在小說中見到長大成人的胡斐，竟放任胡斐逃走，從此不再關注。這樣的苗人鳳，怎能說得上是與胡一刀惺惺相惜的俠義中人？

《飛狐外傳》中胡斐形象單一，心思糊塗，個性曖昧，是因為作者對這個人物（**也包括苗人鳳**）缺少設身處地的體驗。之所以如此，則是因為作者想把他塑造成一個符合某些道德標準的概念化人物。概念化人物，必然會相對失敗。

十三、金庸小說有什麼魔力？

金庸小說的魔力，是一個誘人的題目。肯定有各種各樣的解說，我想用幾個片語來概括：成人的童話，革新的類型，變化的模式，文藝的武功，個性的俠義，迷離的情感，寓言的傳奇，模擬的虛構，風雅的通俗，反省的鄉愁。

成人的童話，是數學大師華羅庚先生總結的，我以為，這句話是武俠小說，尤其是對金庸小說魔力的最好的概括。

「成人的童話」這個概念，最先是魯迅先生在童話《小約翰》譯本引言中提出的，根據魯迅先生的意思，是指成人而不失赤子之心者的讀物。成人的童話具有重要的意義，對中國文化而言尤其如此。我們的文化傳統，向來羨慕兒童的「少年老成」，其結果，則往往製造許多「成年的兒童」即心智不成熟的大人。成人的童話，有助於人格心靈的健康成長。

革新的類型，有很多人不喜歡武俠小說，這很正常。但其中有一部分人沒有讀過武俠小說，尤其沒有讀過金庸的武俠小說，只是根據自己對武俠小說模式的一般經驗或想當然來批評金庸小說，這就有些不大符合實事求是的精神規範了。金庸小說是對武俠小說類型的革新。北大嚴家炎教授在《一場靜悄悄的文學革命》中說，金庸小說「是精英文學對通俗文學改造的全能冠軍」，這是對金庸小說的「革新的類型」的最重要的概說。嚴家炎教授老成持重、學風嚴謹，他的話值得深思、討論和爭辯。有興趣的讀者，可以去看嚴老師的《金庸小說論稿》。

金庸小說不僅有革新的類型，更有變化的模式。也就是說，金庸小說不僅與傳統的武俠小說不一樣，他本人的小說也在追求變化，每一部作品都與前一部不一樣。《書劍恩仇錄》是一種敘述模式，《碧血劍》就創新了：這部作品的主人公竟然是沒有出場的兩個人物：袁承志的父親袁崇煥和夏青青的父親金蛇郎君。緊接著的《雪山飛狐》有更大的變化，它用羅生門式的講故事的方式，在一日的講述之中呈現百年的歷史，最後，胡斐對苗人鳳的那一刀還不知是否砍下。

金庸小說的革新的類型和變化的模式，是全面的。如果說，武俠小說是由武功、俠義、情感和傳奇幾種重要的因素組合而成的話，那麼金庸小說對這幾個因素本身都有重大的革新和改變。武功方面，前面已經說了，金庸小說的武功是「文化的武功」，不必再說了。俠義方面，金庸小說是「個性的俠義」，這話有兩重含義，一重含義是，金庸小說注重人物的個性刻畫，這是一目瞭然的：陳家洛是一種性格，袁承志是另一種，胡斐又是一種；「射鵰三部曲」中的三位主人公郭靖、楊過、張無忌的個性完全不同。

另一重含義，是金庸小說的價值觀，也是在不斷向現代化方向拓展和深化的。金庸小說的俠義精神的基礎，與其他武俠小說並沒有什麼不同，即行俠仗義、鋤強扶弱、除暴安良；金庸小說的與眾不同之處，在於其俠義精神在不斷變化拓展，既有基於集體主義、民族主義、愛國主義的俠義，也有個人主義、國際主義、和平主義的俠義。

我說到「國際主義」時，總有人覺得驚奇，這有實事為證：《天龍八部》中的蕭峰、段譽、虛竹這三個主人公，都不是尋常的民族主義者，也不能用愛國主義概念來解釋他們的行為和心理，這三個人都是人道主義者，在當時，他們的行為具有寶貴的「國際主義」精神，蕭峰之死，既不是為了宋國、也不是為了遼國，而是為了民族的和平。金庸小說的俠義，並不都是基於集體主義的。從郭靖的「為國為民、犧牲自我」到楊過的「至情至性，實現自我」，我以為，這就是基於集體主義的俠義與基於個人主義的俠義鮮明對照，《笑傲江湖》中的令狐冲，顯然也是楊過這一類的，只是個性有所不同。

再說「迷離的情感」。金庸小說的情愛描寫，得到了作家三毛的稱讚，這可不是偶然的。金庸小說的情愛描寫，不僅豐富多變，而且充滿了變數，甚至充滿了對人類情感的未知領域的探索，《飛狐外傳》中馬春花一生癡愛的不是丈夫徐錚，也不是商寶震，而是福康安；《天龍八部》中的虛竹和銀川公主相愛，竟然不知道對方的模樣；誰能說得清，《笑傲江湖》中的令狐冲，對岳靈珊和任盈盈這兩個姑娘的愛，究竟哪個更深？甚至，我們也不能判斷，楊過對小龍女的追求，可以完全抹殺他對郭芙的情不自禁。男歡女愛，既包含身體的欲望，也包含社會的風尚，更包含精神的迷戀，其中的每一個維度，都充滿了變數，從而充滿了未知。金庸小說的「迷離的情感」，寫出了人性和人生的複雜度。

再說「模擬的虛構」和「寓言的傳奇」，這也是金庸小說的突出特點。模擬的虛構，包含對歷史的模擬，典型做法是將江湖傳奇和江山歷史融為一體，將虛構的傳奇人物與真實的歷史人物集聚一堂，這一點，梁羽生先生的小說也是如此。

但金庸小說的模擬，不僅包含對歷史的模擬，還包含對社會的模擬，和對人性的模擬，進而，他還將歷史、社會和人性的模擬，創造成「寓言的傳奇」，這是其他武俠小說所未有的。典型的例證是《笑傲江湖》，這部小說沒有具體的歷史背景，但我們從中可以讀出三千年中國歷史的寓言真相，政治權力的爭鬥，基於人性，又改變甚至扭曲人性。

再說「反省的鄉愁」。金庸小說之所以能夠被全球華人所喜愛，其中最大原因，是全球的華人讀者能夠在金庸小說中獲得鄉愁的慰藉。可以說，金庸小說是寄託文化鄉愁的重要載體或媒介。

但金庸小說中的歷史、文化傳統，是經過金庸先生批判性思維的產物，金庸小說自始至終貫穿了這種對傳統文化的批判，而到最後一部作品《鹿鼎記》，文化歷史批判精神也達到巔峰，這部作品對武俠的傳統也進行了深刻的反思和犀利的批判。主人公韋小寶，可與魯迅筆下的阿Q相提並論，可謂歷史文化批判之旅的最佳導遊。所以說，金庸小說中的鄉愁，是反省的鄉愁，金庸小說構建的歷史文化傳統，是經過反思和批判的現代的傳統。

十四、金庸小說的武功設計

武功打鬥是武俠小說的突出特徵，也是武俠小說作者必備功夫。通常的武功設計和描寫，無非寫實、虛構、虛實結合三種。寫實當然就是按照各家拳法與劍法等等，如實寫來，但想要一招一式都寫對，實際上無法做到，因為在武俠小說中，總有一些虛構門派，你無法寫實。這樣做，其實既無必要，也不討好，因為武俠小說畢竟是虛構故事，且訴諸人的想像，只不過是遊戲而已。虛構功夫的極致是神化，還珠樓主《蜀山劍俠傳》中的神仙怪物的功夫，往往出人意表。更多的武俠小說對武功的設計和描寫，是在虛構與寫實之間，有那個意思就可以了。

金庸小說中的武功描寫，當然也使用上述幾種方法，他雖不專門練武，但可以按照各派武功套路去寫。更多的當然是虛構和想像。而且，金庸的想像，往往別出心裁，能夠把武功學理化，也能夠把武功藝術化。

在他的第一部小說《書劍恩仇錄》中，就有了武功學理化的嘗試。典型的例子，就是他首創的「百花錯拳」，即：「擒拿手中夾著鷹爪功，左手查拳，右手綿掌，攻出去是八卦掌，收回時已是太極拳，諸家雜陳，亂七八糟，旁觀者人人眼花繚亂。」之所以說這套拳法是學理化的武功，因為它的要點是「似是而非，出其不意」八個字，具體如何組合並不是重點，重點在讓對手防不勝防，讓對手防不勝防的武功，當然是有道理的武功。在同一部書中，陳家洛還學習了「庖丁解牛掌」，這套武功的學理就更加明顯，若能像庖丁解牛那樣練武，「以神遇而不以目接」，當然會非常厲害。

金庸的藝術化武功，例子也很多。最突出的是，他把琴棋書畫的技藝都化入武功之中，《碧血劍》中的木桑道長，把圍棋的棋子當作暗器，這還只是初級階段。真正的高級階段，是《天龍八部》中的涵谷八友，每個人都是藝術家，每個藝術家都把自己擅長的技藝變成了武功；另一個例子是《笑傲江湖》中的梅莊四友，即黃鍾公、黑白子、禿筆翁和丹青生，他們的琴聲、棋盤、畫筆和書法，都是絕世武功。這樣的武功，讓人有藝術想像的快感。

藝術化武功的例子，還有《連城訣》中的唐詩劍法，美麗詩句如「落日照大旗，馬鳴風蕭蕭」和「大漠孤煙直，長河落日圓池」等等，都成了劍法的名稱，這種藝術化的劍法，當然動人。而書中人物戚長發把「唐詩劍法」故意說成是「躺屍劍法」，大煞風景，卻是意味深長。《神鵰俠侶》中的玉女心經、《鴛鴦刀》中的「夫妻刀法」，又是另一路子，每一招式的名稱，都是情侶或恩愛夫妻相處的美麗場景，令人神往。

金庸創造性的武功設計，遠不止學理化、藝術化。金庸的獨門功夫，是武功的個性化，和武功的心理描寫功能。所謂武功的個性化，是說金庸小說的主人公，大多有一套自己的獨門武功，主人公的武功，又常常是主人公個性的暗示。前面提及的「百花錯拳」，不僅有學理化成分，也有個性化的暗示：創造這套武功的袁士霄，在愛情生活中就「錯」得離譜；而這套功夫的傳承人陳家洛，就更是「開頭是錯，結尾還是錯」。

《碧血劍》的主人公袁承志，不僅學習了華山派武功，也學習了木桑道長的武功，還學習了金蛇郎君的武功，而袁承志的個性，也就兼有華山正氣、木桑靈便和金蛇郎君灑脫和刁鑽。《射鵰英雄傳》中的郭靖，是以「降龍十八掌」成名，而他的個性，也正像這套掌法一樣簡單、質樸、渾厚、沉實。

《天龍八部》中段譽的凌波微步，以及時靈時不靈的六脈神劍，也是他個性的一部分。《笑傲江湖》中令狐冲的獨孤九劍，即活學活用、料敵機先、隨機應變、無招勝有招等等，不但符合武術技擊的學理，同時也是令狐冲個性的深入刻畫。《鹿鼎記》中韋小寶的撒石灰、揑陰囊、腳底抹油等等「絕技」，當然是韋小寶這傢伙的個性和為人處世的生動寫照。

金庸的武功還有心理描寫功能，典型的例子是《神鵰俠侶》中楊過的「黯然銷魂掌」。我們知道，這套掌法，是楊過在小龍女失蹤後所獨創的。這套掌法的名稱，來源於南北朝時的文學家江淹的《別賦》，即「黯然銷魂者，別而已矣。」這套掌法的每一個招式名稱，都是楊過在思念小龍女時的心理寫照，徘徊空谷，呆若木雞，拖泥帶水等等，無不體現出楊過失去小龍女之後的了無生趣的心理特徵。

最神奇的是，當楊過和小龍女重逢，心裡充滿夫妻團圓的喜悅，這套武功竟然發揮不出來了。直到楊過以為自己要被金輪法王打死，要與小龍女死別，這套武功才重新顯示出驚人的威力。能把武功寫成心理計量器，只有金庸能做到。

還有一個精彩的例子，一般讀者可能想不到，那就是《倚天屠龍記》中張無忌學習太極拳和太極劍，那是張三豐剛剛創造出這套武功，而張無忌也是現學現賣，與西域少林派的高手過招。與尋常練武不同，張三豐不問張無忌記住了多少，而是問他忘記了多少，忘記得越乾淨徹底，就越好。

這種學習方法，含有極為深刻的學理。這一套太極功夫，正是張無忌的獨家功夫，因為那時候，張三豐的所有弟子都還沒有學會這套功夫。說這套功夫不僅是一套武功，也是張無忌個性和心理狀態的深刻寫照，因為太極功夫不僅是一套武功，而且是一種思維方式，甚而還是一種特殊的心理狀態。

人們都知道「太極生兩儀，兩儀生四象，四象生八卦」，但很少認真去想，在八卦、四象和陰陽兩儀之前，「天地未開，混沌未分陰陽之前的狀態」，即太極狀態。張無忌出生於冰火島，回歸大陸後即身中玄冥毒掌，多年徘徊於生死之間，而後又面臨父黨與母黨即武當派與天鷹教的正邪之分，一直痛苦萬分。書中的冰與火、生與死、父黨與母黨、正派與邪派，無不是陰陽兩儀之象，而張無忌的努力目標，則是要融合與超越，化解武當派與天鷹教之間的矛盾衝突，進而化解六大門派與明教之間的矛盾衝突，也就是以太極圓轉之力統一兩儀。

張無忌做到了這一點。之所以能夠做到，也正是因為張無忌具有「太極心」或「太極性」。人們以為張無忌沒性格、沒主見，卻不知道張無忌的心智與個性，如太極那樣混沌和圓潤，靈性和仁愛混沌一片，長江大河，節節貫通。

十五、金庸筆下的精神官能症患者群

每一個金庸迷，都要遭遇一個問題：金庸小說到底好在哪裡？回答當然是：金庸小說的文學成色更足，藝術成就更高。

何以見得呢？文學是人學，所謂文學成色和藝術成就，體現於「人學」認知和表現水準的高低。很多武俠小說家揚言要「寫人性」，其中絕大多數都無法落實，只能說說而已。金庸說要寫「性格與情感」，說到就做到了。其中奧妙，在於「寫人性」的宣言雖然堂皇，但卻很空洞，無法落到實處；而「寫性格與感情」，則與個人有關，能夠真正落實。

金庸小說的突出成就之一，正是寫出了諸多不同的人物形象。他的每一部小說的主人公，都有獨特個性形象，各不相同。《書劍恩仇錄》的陳家洛書生意氣而頭腦簡單，個性也不十分突出，於是開頭是錯、結尾還是錯。《碧血劍》中袁承志，少了書生氣，多了幾分活潑天性，有時幽默，有時滑稽，就要可愛得多。《射鵰英雄傳》中的郭靖，從質樸的草原之子，到為國為民的俠之大者，個性更加突出而堅實。《神鵰俠侶》中楊過，聰明伶俐，情感偏激，飽經磨難而終成大器，與郭靖的個性截然不同，但卻殊途同歸。《倚天屠龍記》中的張無忌的個性又是一種，比郭靖聰明，比楊過仁厚，於是有獨家的圓潤隨和。《連城訣》中的狄雲是「老實人」，《俠客行》中石破天是「天真漢」；《天龍八部》中，段譽有王子的高貴，虛竹有小和尚的迂腐，蕭峰則是大英雄本色。《笑傲江湖》中的令狐冲，是嗜酒如命、放浪不羈、飄逸灑脫的浪子，也是追求「笑傲江湖」的自由人。而《鹿鼎記》中的韋小寶，則是人見人笑，但也人見人愛的中國式小混混。

在小說創作過程中，明確追求寫出不同的性格，也寫出確實不同的個性形象，當然是一種了不起的文學成就。但是這些還不是金庸小說文學成就的全部。金庸小說最突出的成就，在於他有獨門功夫，那就是對精神異態、情感變態，也就是心理疾病的精妙摹寫。佛洛依德的無意識心理學揭示了，人類無意識世界廣袤無邊且深不可測，而意識或理性則不過是海上冰山。套用老托爾斯泰的話說，理性的常態的人大多是相似的，非理性的變態的人則各有奇葩。而金庸小說的獨門功夫，正是寫出了無法自控的情感，及種種心理變態症候。

《書劍恩仇錄》中的余魚同形象，比主人公陳家洛形象更加生動，是因為此人無法自控的情感狀態，顯然更有心理深度。而天山雙鷹關明梅、陳正德夫婦與天池怪俠袁士霄的奇異三角，其實是三位輕微精神官能症患者的病態表現。

《碧血劍》中女主角的夏青青忌妒成狂，表面看是一種個性，實際上是一種神經症：因為從小沒見過父親，且父親話題是溫家的禁忌，使得她從小就沒有心理安全感；看起來頤指氣使，驕狂不可一世，實際上這姑娘的內心深處極度自卑。她之所以忌妒成狂，源於安全感的嚴重匱乏，和無意識的深度自卑。也就是，把所有異性都當作自己的潛在對手，因為自卑，所以嫉妒；又因為並不自知，所以才不可理喻。

《碧血劍》中，還有一個更加典型的精神官能症患者，那就是五毒教中的何紅藥，此人種種不可思議的行為，不過是由於情感傷痛導致極其嚴重的心理扭曲所致，看似如同鬼魅，實際上是精神疾病，更準確地說，是嚴重的精神錯亂。有精神分析常識的人，大可對這個人物的行為和心理做出系統分析。

《射鵰英雄傳》中的梅超風，也是典型的精神官能症患者。而《神鵰俠侶》中，精神官能症患者更多：武三通、李莫愁、公孫止、裘千尺，這些人的共同點，是情感強烈而情商極低，自我期許高過實際情況，兩者的差異形成了扭曲心靈的力量，長久的壓抑導致瞬間爆發，常常一發而不可收拾。

《倚天屠龍記》中的滅絕師太為什麼那麼殘酷而且固執？原因並不是她道德敗壞或喪盡天良，而是因為她患有精神官能症。用佛家話說，就是六根不淨，情欲洶湧，但身為掌門，又不得不謹守門規，強自壓抑。壓抑的力量有多大，反彈的力量就有多大，這種壓抑不住的反彈力量只能在對犯規門徒或邪教徒眾的殺戮中才得舒緩。無論她怎樣道貌岸然，那匪夷所思的殺戮行為，把她內心壓抑、扭曲的病態暴露無遺。

《連城訣》中的萬震山，為什麼會夢遊並在夢遊中砌牆？那其實是一種神經症的表現。因為貪婪，他和兩個師弟聯手殺了自己的師父；進而又和兒子聯手，殺了師弟戚長發，並把戚長發砌入夾牆中。白天無法疏解的巨大心理壓力，自然要在夢遊狀態中作擬態呈現。

《俠客行》中的雪山派掌門人白自在為何自大成狂？同樣是精神官能症的表現。世間自大者，內心必然空虛且脆弱，自大程度越高，就越是空虛而脆弱。一旦遭遇無法掌控的局面，隨時有爆發病症的危險。白自在的病症，不僅在孫女跳崖、兒媳發瘋、老伴離家出走，更在於丁不四兄弟前來鬧事，謊稱白家史小翠去了碧螺島，所有這些，都不由白自在掌控。更恐懼的是，俠客島邀客使者隨時會來，他們的武功高到不可思議，白自在的自我期許隨時會被他們打得粉碎。於是他瘋了，自大成狂，只不過是一種疾病形式而已。

金庸的每一部書中，都有精神官能症患者。而《天龍八部》一書，更是患者成群。段延慶、慕容博、慕容復等權力狂，葉二娘、蕭遠山、鍾萬仇、游坦之等復仇狂，岳老三、丁春秋、康敏等虛名狂，以及雲中鶴等情欲狂，以及段正淳、刀白鳳、木紅棉、甘寶寶、王夫人、阿紫等癡情狂，無不是精神官能症患者。

在這一意義上上，所謂「天龍八部」，大可作為精神官能症患者的別名。《天龍八部》一書的偉大成就，也正在於寫出了人類精神官能症的種種動機與情狀。《天龍八部》的文學成就自不待言，其中極為豐富的病例、病歷和病理，不僅值得文學評論家深入研究，也值得精神分析學家和心理學家深入研究。

《書劍恩仇錄》

一、《書劍恩仇錄》：出人意料的「百花錯拳」

《書劍恩仇錄》是金庸的第一部武俠小說，一九五五年二月八日開始在香港《新晚報》上連載。寫武俠小說，是《新晚報》總編輯安排的任務，可以說是工作需要。此前，梁羽生的《龍虎鬥京華》在《新晚報》連載，受到讀者的歡迎，《香港商報》約了梁羽生的第二部，而《新晚報》不能空，於是要金庸替補上場。

為《新晚報》寫連載武俠小說，要求只有三點，一是要有傳奇故事，以便滿足讀者的好奇心；二是要有新意，符合《新晚報》的意識形態立場和相應的價值觀；三是要有武打，以便滿足讀者的好鬥心。這三條，《書劍恩仇錄》都做到了。

先說傳奇。《書劍恩仇錄》的故事核心，是取自作者家鄉的一個民間傳說。說海寧籍侍讀學士陳世倌，兒子剛剛出生不久，就被胤禛皇子用自己的女兒替換了，這個被替換的孩子，就是後來的乾隆皇帝。

乾隆皇帝是漢人之子，是一個驚人的大奇聞，小說也正是基於這一秘密展開。紅花會總舵主于萬亭，曾帶領「奔雷手」文泰來進入皇宮，把這一秘密告訴了乾隆。于萬亭臨死前，又遺命其義子陳家洛繼任總舵主，陳家洛是陳世倌的第三子，也就是乾隆同胞兄弟。讓陳家洛當紅花會總舵主，當然是要讓陳家洛利用與乾隆同胞的關係，讓乾隆恢復漢人身分，恢復漢人衣冠，把滿清王朝變成漢人王朝。

這個故事，也就成了兄弟相爭的故事。乾隆對此事的態度如何？是否願意冒險復漢？就成了書中最大的懸念。

小說開頭，是從遠處開始，通過武當名宿陸菲青的視角，看紅花會群雄「千里接龍頭」，看紅花會文泰來被官方抓捕，看陳家洛在危難之際就任紅花會總舵主。同時還見證另一條故事線索，那就是官方將回疆部落首領木卓倫，率領女兒霍青桐及族人，要奪回被搶的珍貴典籍《古蘭經》。通過陸菲青的視角，看陳家洛等人幫助霍青桐奪回經書，看霍青桐贈送匕首給陳家洛。

有了陸菲青這一視角，不僅找到了一個導遊，隨時解說江湖奧妙和故事背景，還有一個好處，那就是他不是紅花會中人，不能參與紅花會的核心機密，對紅花會及陳家洛的奮鬥目標並非全知，須等待作者抽絲剝繭，這就增加了故事的神秘趣味。

再說價值觀。陳家洛和乾隆雖然是兄弟，但因乾隆是皇帝，是統治階級的最高層，而陳家洛則代表紅花會，站在漢族人民的立場上，所以，兄弟之爭本質上又是統治階級與被統治階級的鬥爭。乾隆在孝心傳統、兄弟情誼和階級立場、個人利益之間，患得患失，徘徊不定，最終選擇保護自己的既得利益，試圖將紅花會骨幹一網打盡，這就暴露了統治階級的殘酷本性。

這一設計，完全符合新時代的意識形態。書中的大內高手張召重，雖是出身於武當派，是陸菲青的師弟，但因張召重利祿熏心，死心塌地地站在當權者一邊，也就成了陸菲青的階級敵人。無論是同胞兄弟還是師兄弟，親不親，路線分。這就是小說的價值觀。

陳家洛出身於官宦世家，父親陳世倌是清朝的大官，為什麼陳家洛會流落江湖，成為紅花會的總舵主？這涉及陳家洛母親徐潮生的傷心往事，她與于萬亭兩情相悅，但卻身不由己，父母包辦婚姻，將她許配給了陳世倌。有情人不能成為眷屬，徐潮生終生鬱鬱寡歡，她讓小兒子陳家洛認于萬亭為義父，無非是想安慰畢生孤獨的于萬亭，彌補此生的情感缺憾。

陳家洛的命運，取決於母親不幸的婚姻，而母親的婚姻不幸，源自包辦婚姻，這一設計，也符合新時代的價值觀。

再說武功打鬥。若沒有武打，武俠小說就不成其為武俠小說。武功打鬥設計的好壞，當然就是評說武俠小說成色的標準之一。這部書中寫到了陸菲青的武當派劍法，也寫到了周仲英的少林派武功，且都寫得像模像樣。

陳家洛第一次出手，是與周仲英較量，先後打出了多種武術套路，例如少林拳、八卦游身掌、太極拳、武當長拳、三十六路大擒拿手、分筋錯骨手、岳家散手等等，無法戰勝周仲英。於是他打出一套新的拳法來：擒拿手中夾著鷹爪功，左手查拳，右手綿掌，攻出去是八卦掌，收回時已是太極拳，諸家雜陳，亂七八糟，旁觀者人人眼花繚亂。這套拳法叫作「百花錯拳」，是陳家洛的師父袁士霄獨創的武功，要旨是「似是而非，出其不意」，也就是「百花易敵，錯字難當」。這是作者的武學新奉獻。

有意思的是，用百花錯拳可勉強對付周仲英，但卻不敵真正的高手張召重。於是在小說最後，陳家洛在迷宮中又學會了回人創的「庖丁解牛掌」，這是作者對武學的另一大創新。這一創見的妙處，一是「以神遇而不以目接」的庖丁之技，與武打技擊理路相通。二是「庖丁解牛」寓言來自《莊子》，漢人讀《莊子》有固定思路，甚至有刻板印象，而回人讀《莊子》能從中獲得武學啟發，則是因為他們沒有成見，因「誤讀」而能創新。三是沒有讓陳家洛從開始就打遍天下無敵手，而是讓他不斷學習，才能戰勝最主要的敵手張召重。

綜上所說，《書劍恩仇錄》本身，就如一套出人意料的「百花錯拳」，讓喜歡傳奇的讀者心滿意足。說這部小說是傳奇，其中卻有歷史，有乾隆、福康安、李可秀等真實歷史人物；若說這部小說是歷史故事，其中精髓卻仍然是虛構的武林傳奇。作者說，歷史學家不喜歡傳說，而小說家喜歡。

《書劍恩仇錄》還有兩點，值得一說。

一是，小說中有不少鮮明的人物形象。其中紅花會的骨幹，按照身分、體態及性格類型加以區分，相互間形成對比，於是更加鮮明。如二當家無塵道長是獨臂，性格火爆；三當家趙半山則是心寬體胖，又是精通暗器的「千臂如來」。四當家相貌英俊、高大挺拔；

五當家徐天宏就身材矮小、機智過人；六七當家偏偏是一對孿生兄弟，面相陰沉，心狠手辣，號稱黑無常、白無常。

二是，小說中有多條愛情故事線索穿插。陳家洛與霍青桐、香香公主姊妹一再陰差陽錯，結局出人意表。余魚同癡戀有夫之婦駱冰，而李沅芷又癡戀同門師哥余魚同，這對年輕人的情感歷程，歷盡曲折坎坷。單純憨直的大姑娘周綺，與滿肚子心機的徐天宏不打不相識，由冤家變成情侶，讓人忍俊不禁。陳家洛的母親徐潮生和義父于萬亭相愛而不能相守，讓人唏噓感慨。而天池怪俠袁士霄，與天山雙鷹陳正德、關明梅夫婦，形成古怪有趣的三角戀，更是大有文章。

然而，這畢竟是作者的第一部小說，當然有其弱點。首先，是主人公陳家洛的形象，設計得過於完美，而完成得不能盡如人意。他承擔的是不可能完成的任務，非但無法盡展其才，反而要為完成使命而委屈多多，這一人物形象算不上十分突出。其次，小說要講好故事，卻一不能篡改歷史，二要符合新時代的價值觀，故事的走向自然要受到局限，故事中的人物戴著鐐銬跳舞，作為相當有限；其中反派人物，如乾隆、張召重等，就更難免有概念化的痕跡。

二、假定情境中的乾隆

乾隆是清朝的第四位皇帝，是著名歷史人物。這位歷史人物，也經常出現在武俠小說中。《書劍恩仇錄》中的乾隆，是假定情境中的的藝術形象。因為這個乾隆竟然是浙江海寧陳世倌夫婦的兒子。

乾隆是漢人的兒子，是作者家鄉流行多年的一個傳說。作者說，在構思第一部武俠小說時，很自然地想到這個傳說，並利用了這個傳說。小說中，紅花會總舵主于萬亭之所以選擇陳家洛作繼任總舵主，就因為他是乾隆的同胞兄弟，可勸說其大哥利用皇帝身分和權位反滿復漢。

關於書中乾隆形象，要討論三個問題。一是，兄弟之親與父母之恩。二是皇帝之尊與草莽之義。三是，個人利益與民族認同。

先說第一個話題，兄弟之親與父母之恩。

乾隆在小說中第一次露面，是在杭州西湖彈奏《錦繡乾坤》，陳家洛與他初次見面。乾隆化名東方耳，陳家洛化名陸嘉成。陳家洛彈奏《平沙落雁》，乾隆居然能聽出大漠情懷、金戈之聲；看陳家洛折扇上詞章書法，又說納蘭性德詞的逸氣直追蘇東坡、周邦彥，書法模擬褚遂良、黃庭堅，可謂修養深厚，見識不凡。更重要的是，此次見面，陳家洛與乾隆之間似有超乎陌生人的親近感。

乾隆第一次露面，是在當天晚上。陳家洛為救文泰來夜探提督府，發現東方耳就是乾隆，處理政務，神態威嚴，與日間風流儒雅的模樣截然不同。侍衛白振追趕陳家洛，陳家洛索性讓他去約乾隆，當晚在西湖上再會。乾隆居然也應約而來，就不再是詞曲彈奏、書畫品評，而是讓屬下比武，對抗之意明顯。

兩人第二次見面，是在海寧。陳家洛回家，在家中樓前院中見到了大量乾隆題寫的匾額、詩碑。意外的是，天后宮裡的神像，竟與陳家洛母親徐潮生的形象一模一樣。更意外的是，陳家洛在拜祭父母時，發現乾隆也在此處拜祭。這一次，乾隆知道了陳家洛的真實身分，而陳家洛仍然不理解乾隆為什麼要獨自祭奠自己的父母親。即便如此，兩人攜手觀潮時，乾隆說要撥款修海塘，後與陳家洛約定互不傷害。乾隆說，你有什麼需求，儘管對我說。陳家洛說希望他釋放文泰來，乾隆說這人不能放。陳家洛說，那他就要動手救人。最後，乾隆送陳家洛一塊暖玉，上有銘文：「情深不壽，強極則辱。謙謙君子，溫潤如玉。」

乾隆與陳家洛三次見面，身分不同，形象也不同。作為陌生人，乾隆風流儒雅；作為君王，乾隆不怒自威；作為拜祭者，乾隆神秘兮兮。作者安排乾隆三次露面，目的是暗示他的身分和情感。對陳家洛，他有兄弟之親；對陳世倌夫婦，他也在偷偷履行孝子之禮。作為一個人，乾隆顯得頗為有情有義。

再說第二個話題：皇帝之尊與草莽之義。

乾隆的情義是有限度的。當日于萬亭、文泰來進宮，說他是漢人陳世倌之子，他的第一反應，當然是難以置信。但于萬亭說出了他身上的胎記，又讓他不能不信。震驚之餘，一面求證，一面恐懼。

為了求證，所以找來當年的乳母，乳母證實了于萬亭的說法，即他確實是漢人陳世倌的兒子。他恐懼，是因為若太后知道有人洩露了他的身世秘密，他的皇位就可能不保。所以，他殺了乳母，又抓捕了知情人文泰來。他的想法很明確，即殺掉所有知情人，確保皇位無虞。乾隆不敢殺文泰來，是因為文泰來暗示，還有皇帝身分的證據掌握在其他人手中。

乾隆第四次露面時，作者換了一種筆法，開始對這位皇帝冷嘲熱諷。例如：「他最愛賣弄才學，這次南來，到處吟詩題字，唐突勝景，作踐山水。眾臣工匠恭頌句句錦繡，偏偏珠璣，詩蓋李杜，字壓鍾王，那也不算稀奇。」

又如，乾隆嫖宿玉如意時，書中說：「古往今來，嫖院之人何止千萬，卻要算乾隆這次嫖得最為規模宏大，當真是好威風，好煞氣，於日後『十全武功』，不遑多讓焉。」又說後人作《西江月》，說「刺嫖二客有誰防？屋頂金鉤鐵掌。」最後，乾隆還是被紅花會抓走了，書中說：這是「皇帝不知何處去，此地空餘象牙床。」

文泰來終於被紅花會救出，陳家洛也終於知道于萬亭為什麼要他繼任總舵主，是要他利用與乾隆同胞兄弟關係，勸乾隆設法驅除韃虜，恢復漢人江山。紅花會劫持了乾隆，將他囚禁在六和塔頂，餓了他兩日兩夜，逼迫他穿漢服，又當著他開批判會，控訴滿清政權的罪惡、官府的歹毒，傾吐貧窮百姓傷痛和無辜。

到第三天陳家洛出現，開口就稱他為哥哥，要他排滿復漢。乾隆猶豫再三，最後終於答應了陳家洛，並與紅花會群雄舉杯盟誓。所以如此，一方面是因為被劫持，不得不為；另一方面，也因為乾隆好大喜功，被陳家洛說得心動。只有天山雙鷹不參加盟誓，還公開說，他們不相信皇帝，不相信乾隆有此真心。

再說第三個話題：個人利益與民族認同。

乾隆回到北京皇宮，很快就改變了主意。即使沒有皇太后的逼迫，他也不會把排滿複漢的誓言進行到底。原因很簡單，即那樣做固然可以青史留名，但也風險巨大，而保持現狀對他顯然更有利。當民族認同與他個人利益直接衝突時，他毫不猶豫地把個人利益置諸首選。所謂雄才大略，不過是貪天之功為己有。皇帝至尊威風八面，一旦面臨生死考驗，就會露出膽小心虛的真面目。

陳家洛並不知道，乾隆已經打定主意要違背諾言，迅速將有關他身世的文件付之一燭。派人去抓香香公主喀絲麗，不僅表現他的好色本性，更是他胸無大志的充分體現。明知喀絲麗與陳家洛相愛，卻要奪人所愛，讓陳家洛去勸喀絲麗，一方面是因為好色，同時也是以進為退。他以為，假如陳家洛無法勸說喀絲麗投入他的懷抱，他就有理由不遵守自己的承諾。但沒想到，陳家洛居然肯為大義犧牲私情，當真將喀絲麗再度送進皇宮，堵死了乾隆的退路。而喀絲麗並不迅速就範，讓乾隆妒火攻心，暴露出殘忍無情的真面目，要將陳家洛及紅花會群雄一網打盡。若不是喀絲麗冒死為紅花會送出訊息，紅花會群雄勢必上當中毒。

乾隆要將紅花會群雄一網打盡，除了作為皇帝而要消滅反叛者，並以此向太后表明自己忠誠心跡外；還有一個原因，那就是要報復當日在杭州六和塔上受辱之仇。作為皇帝至尊，竟然被這些草莽英雄嬉笑怒罵，侮辱糟蹋，是可忍孰不可忍？

當日紅花會群雄的這種安排，想要打擊皇帝的囂張氣焰，以便談判順利，看起來是個高明主意，卻沒想到此事會有嚴重的後遺症。這樣說，不僅是說紅花會當日的行動方案並不高明；甚至也不僅是說勸說乾隆反滿復漢的主意本身就過於天真；而是說，有關乾隆皇帝是漢人的傳說，聽起來好像有理有據，實際上是蒙昧無知。說得嚴厲些，這一傳說的心理動機，是可憐又可悲的精神勝利法。

三、周綺的個性與愛情

周綺是西北武林大豪鐵膽周仲英的女兒，是紅花會七當家武諸葛徐天宏的妻子。此人有個綽號，叫「俏李逵」，是形容她長相俊俏，性格魯莽。因為兩個哥哥早逝，她從小受父母寵愛，免不了要惹事生非。文泰來投奔鐵膽莊時沒有見到莊主周仲英，就是因為周綺惹了禍，周仲英去給人賠禮道歉了。

書中展示了周綺與徐天宏從相識到相愛的過程，可謂別開生面，妙趣橫生。在這一過程中，俏李逵周綺的個性和愛情，展現得十分生動鮮活，值得專題討論。

關於周綺的個性和愛情，要討論三點，一是，她為什麼討厭徐天宏？二是，她為什麼要救助徐天宏？三是，她的個性與愛情。

先說第一個話題：周綺為什麼討厭徐天宏？

周綺討厭徐天宏，是有目共睹的事實。從第一次見面開始，大姑娘周綺對紅花會的這位七當家，就怎麼都看不順眼。一是因為他生為男人，身材竟然比她還矮；二是因為他號稱武諸葛，滿肚子壞主意，成天就是想法騙人害人，這就更讓俏李逵想起來就生氣。

如果換作別人，看不順眼就看不順眼，有什麼看法都放在心裡，但周綺姑娘卻做不到，她的性格特點，是心裡有什麼看法或想法，都忍不住要公開說出來。偏偏紅花會總舵主陳家洛在分配任務時，將周仲英、周綺、駱冰和徐天宏分在一個小隊，這下可就熱鬧了。周綺覺得徐天宏的一舉一動都討厭，越瞧越不順眼，越想越不對勁，忍不住要對徐天宏冷嘲熱諷。任憑父親周仲英板臉斥責也好，駱冰笑著勸解也好，徐天宏低聲下氣忍讓也好，全都不管用。

周綺討厭徐天宏，還有深一層的原因。那就是，由於十歲的弟弟年幼無知，洩露了文泰來藏身之處，以至於文泰來被張召重抓走，父親在盛怒之下，失手將弟弟打死，母親一氣之下離家出走；而紅花會群雄趕來，不分青紅皂白，認為是父親不顧江湖道義，出賣了文泰來；紅花會群雄不僅與父親大打出手，而且還火燒了鐵膽莊。一夜之間，周綺失去了弟弟，失去了母親，失去了家，心中的鬱悶憤怒可想而知。

父親為什麼要以德報怨？為什麼要幫紅花會去救文泰來？這些問題，超出了周綺的理解能力。她認定了這一切都是紅花會不好，尤其是徐天宏不好，因為什麼壞主意都是他出的，他不是武諸葛嗎？周姑娘心裡不爽，就要找人撒氣，而現在，徐天宏就是她撒氣的對象。

她也不是故意如此，當真是看徐天宏不順眼，打架的事不能幹，只有不斷譏諷對方，才能釋放滿腔鬱悶。偏偏徐天宏鬼點子多，故意惹她生氣，讓她加倍憤懣，欲罷不能，只有不斷挖苦對方。

周綺討厭徐天宏，還有更深層的原因，那就是，不是冤家不聚頭。所謂冤家，有時候是仇人，有時候是情人。周綺把撒氣的焦點集中於徐天宏，固然是因為他個子矮、鬼點子多，讓人看了生厭；但也因為徐天宏吸引了周綺的注意力。如果不是時時注意對方，如何能發現對方處處討厭？只不過，這種心理奧妙遠遠超出了周大姑娘的認知能力，若說她對徐天宏有什麼愛意關切，打死她也不信。

再說第二個話題，周綺為什麼要救助徐天宏？

有意思的是，在成千上萬的清軍圍攻中，偏偏讓周綺與徐天宏遇上了，而且偏偏徐天宏還受了傷。周大姑娘面臨一個問題：救還是不救？這問題沒有難倒周綺，她決定救人。只不過，徐天宏受傷昏迷，該如何救人？這才是真正的難題，這難題超出了大姑娘的能力，周綺於是大哭，淚水滴落在徐天宏臉上，讓他清醒。徐天宏讓她挖肉拔針，她照做了；徐天宏讓她假扮妹妹，她也照做了。徐天宏再度昏迷，她還去文光鎮找來醫生曹司朋，還順手殺了當地惡霸唐秀才。

周綺為什麼會救助徐天宏？最直接的原因當然是徐天宏是她的同行者，是自己人，自己人遇難，當然不能不救。深一層的原因，是周綺雖然性格莽撞，但卻天性善良，無論如何都不會見死不救。還有最深層的原因，周大姑娘弄不懂自己對徐天宏的討厭情緒中竟然還有別的成分，暫時不說也罷。

此後，周綺不得不與徐天宏同行。同行的過程，既是兩人相互瞭解的過程，更是周大姑娘長見識的過程。兩人沿路閒談，徐天宏說些江湖上的軼聞掌故，周綺聽得津津有味；徐天宏說江湖中的種種規矩和禁忌，詳加解釋，周綺更是興味大增。她對徐天宏說：「你早些跟我說這些不好嗎？以前老跟人家拌嘴。」周大姑娘忘了，要拌嘴的不是徐天宏，而是周大姑娘本人。好在，這些都煙消雲散了。

這一日來到潼關，找到悅來老店，不料只有一間上房，店小二勸他兄妹同住，徐天宏說一間就一間，還隨手將周綺拉進了房間。周綺滿臉通紅，正要發怒，徐天宏說，看到了鎮遠鏢局的童兆和。說來也巧，周綺發現自己的母親被鎮遠鏢局的人綁架了，按照大姑娘的脾氣，立即就要衝進去救出母親。徐天宏說，對方人多，只能計取，不能力敵。最後，徐天宏果然想出妙計，救出了周大娘，還讓周綺姑娘親手殺了在鐵膽莊放火的童兆和，為弟弟和母親報了大仇。

再說第三個話題：周綺的個性與愛情。

周綺與母親團聚之後，母親得知女兒一直與徐天宏一路同行，大吃一驚。詢問徐天宏的婚姻狀況，周綺還問：為什麼問這個？是不是要給他做媒？是要把許家姑娘說給他嗎？母親無奈，只得把話說明了：你大姑娘與單身男人住一間房，以後如何嫁人？周綺很委屈，也很生氣，說我和他清清白白，如何不能嫁人？這對母女都是性子急，大吵大鬧，各說各理。徐天宏意識到問題的嚴重性，為了維護周大姑娘的清白，他提前離開，說感激周綺救助之恩，但會為此保守秘密。

徐天宏走後，周綺又著急、又失落，躺在床上不起來，既不吃飯，也不理母親。有經驗的媽媽已經知道，女兒愛上了徐天宏，可她自己還不知道。好在他們先後來到開封，再度相逢，周綺找到徐天宏說，媽媽不願見爹爹，要徐天宏設法讓父母和好。徐天宏做到了，父母和好之時，周大姑娘興奮不已，主動說起了與徐天宏一路同行事，意在表揚「他」如何如何有智謀。等到她意識到自己說漏了嘴，為時已晚。

也正是因為這一說，讓陳家洛、周仲英不約而同要讓周大姑娘和徐天宏成為夫妻。陳家洛還讓徐天宏入贅周家，以便彌補紅花會對周家的虧欠。對這個婚約，徐天宏和周綺自然都樂意，這對冤家終於成了佳偶。

周綺的個性固然急躁魯莽，卻也單純善良，且天真爛漫。與徐天宏相識並同行的過程，是周綺個性展示的過程，也是她心智成長情感發育的過程。從此以後，周綺不再討厭徐天宏的鬼點子。尤其是在黃河決口時，周綺讓徐天宏設法救助災民，而徐天宏想出劫兆蕙軍餉救濟災民的主意並大獲成功，周綺對徐天宏的計謀與智慧自會更加欣賞欽佩，而徐天宏的形象從此越來越高大。

四、小知識分子余魚同

今天要講的題目是，小知識分子余魚同。

余魚同是紅花會中排名第十四位的領導人，分管聯絡和情報工作。此人癡戀已婚的駱冰，最後與同門師妹李沅芷相愛並結婚。

說此人是「小知識分子」，是因為此人在參加紅花會之前，曾考中秀才。作者在刻畫這一人物形象時，受到當年中國大陸意識形態的影響，小說中余魚同的形象，完全符合新中國對小知識分子的定性。具體說，就是輕浮淺薄、個人英雄主義、自以為是等等。按照新中國的知識分子政策，余魚同這樣的小知識分子，只有經過痛苦的思想改造，才能成為真正可信任的革命者。小說中的余魚同的經歷，就是最好的證明。

關於余魚同，要討論三個問題。一是，他淺薄外露的個性。二是，他自以為是的愛情。三是，他洗心革面的自我改造歷程。

先說第一個話題，余魚同淺薄外露的個性。

余魚同第一次露面，是在大西北的一個旅店中。其時紅花會四當家文泰來正在這裡養傷，並被官府爪牙攻擊，吹笛報訊，進而奚落官府鷹犬，最後大打出手。幸而得到武當派同門師叔陸菲青的幫助，讓文泰來轉危為安，而後護衛文泰來、駱冰夫婦一起投奔鐵膽莊。

在這一情節段落中，余魚同的行為看上去似乎無可挑剔，但無形中卻暴露了他個性張揚和輕浮。首先，他的樂器和兵器是一支金笛，金笛就是他的身分符號，故意引人注目，表現自己。其次，他還主動洩漏自己的身分，說自己在紅花會中坐第十四把交椅。再次，他介紹自己的名字時，說自己叫余魚同，是君子和而不同的同，不是破銅爛鐵的銅，顯得十分輕佻。

作者的原意，或許是要表現這個人物的瀟灑個性。在李沅芷這樣初入江湖的少女看來，余魚同如此言行，也確實可能被當成瀟灑風流。正是在這種情形下，李沅芷對余魚同有了深刻印象。問題是，余魚同不僅是紅花會骨幹，而且還是主管聯絡和情報的幹部，在滿清統治的國土上，是不折不扣的地下工作者，如何能這樣自我張揚？他的這種個性，與他的身分豈不是自相矛盾？如此張揚，豈不是很容易被官府鷹爪抓獲？豈不是要對革命事業造成嚴重的影響和損失？

余魚同的個性與其身分不符，還有一個例證。那就是當他在一座酒樓上聽到鷹爪閒談，得知朝廷鷹爪要把被俘的文泰來押解到杭州，他並沒有選擇立即把這一重要情報報告給總舵主陳家洛，而是憑一時衝動去解救文泰來。此時的余魚同，完全沒有考慮自己的主要職責是打探情報，更沒有考慮押解文泰來的鷹爪眾多，其中不乏高手，他單槍匹馬不可能救人，而只能是自投羅網。其結果，不僅沒有送出情報，耽誤紅花會群雄救人，且讓朝廷鷹爪警惕，增加救人的困難。

再說第二個話題，余魚同自以為是的愛情。

余魚同之所以如此衝動，原因是他自覺到對不住文泰來，要以冒險贖罪。之所以對不住文泰來，是因為他曾對文泰來妻子駱冰嚴重非禮。那是當文泰來在鐵膽莊中被張召重抓獲，駱冰六神無主之際被余魚同救出，但到半夜時，他居然對駱冰又摟又親，駱冰驚醒後，不僅給了他一耳光，還差點要和他拼命。

之所以如此，是因為余魚同自從第一次見到駱冰，就不由自主地愛上了駱冰。無奈駱冰此時已嫁給了文泰來，是結義兄弟的妻子，當然是道德禁忌。此後多年，他也曾自我克制，以至於用自傷自殘的方式警醒自己，但仍然無法消除自己的癡心。

情不自禁地愛上某個人，可謂是人之常情，算不上是什麼錯誤。若能發乎情、止乎禮，即與世間道德倫理無涉。問題是，余魚同癡心不改，有更隱秘的自以為是之心，一是覺得文泰來年紀較大，而駱冰與自己的年紀更相配；而是覺得自己的文才相貌，比文泰來更勝一籌，自己才是駱冰更理想的愛人。

也就是說，余魚同對駱冰的不軌行為，不僅是非常嚴重的道德瑕疵，同時還暴露了小知識分子狂妄自大的老毛病。駱冰說，文泰來是真正的男子漢大丈夫。言下之意是，她即使沒嫁給文泰來，也不會愛上余魚同這樣自以為是的小白臉。這一番斥責如同當頭棒喝，給余魚同這個小知識分子好好地上了一課。讓他意識到自己的問題不是愛情引發了心病，而是小知識分子的心病導致了扭曲的愛情。

再說第三個話題：余魚同洗心革面的自我改造歷程。

玉不琢不成器，像余魚同這樣的小知識分子，若不經歷艱難的自我改造，若不能徹底脫胎換骨，就不能成為真正的革命者。從此，余魚同經歷了極其艱難的自我改造歷程。這一歷程的真正起點，是在杭州李可秀提督府中，為拯救文泰來而奮不顧身，讓烈火燒毀了俊俏的面容。這一行為，只是革面，而非洗心。

有意思的是，余魚同癡戀駱冰，而同門師妹李沅芷卻又癡戀余魚同。即使余魚同燒毀了俊俏面容，李沅芷仍癡心不改。余魚同長期躲避李沅芷的追求，表面原因是，他心裡只有駱冰，再也裝不下別人。實際上，還有一層原因，那就是李沅芷是滿清提督李可秀的女兒，她出生的家庭，是紅花會革命的敵對階層。余魚同從此鬱鬱寡歡，燒傷能治癒，思想改造卻不那麼容易。小知識分子余魚同，聽到「你既無心我便休」的唱詞，首先想到的是出家為僧，讓同行的文泰來莫名其妙。文泰來不懂得余魚同是想選擇逃避，逃避李沅芷，逃避駱冰，逃避自己的思想改造，他的這一行為，仍然表現了小知識分子的幼稚病。

好在，余魚同畢竟靈性未泯，知道無法自我逃避，就選擇了勇敢去面對。面對自己的第一步，就是向文泰來勇敢坦承自己對駱冰的非禮行為，並取得文泰來和駱冰的諒解。其後，就是讓自己的思想和行動回到紅花會英雄群體的正確軌道上來。重要標誌之一，是學會把集體利益置於個人情感之上，為了找到殺師仇人張召重，不惜委屈自己，向李沅芷求婚。穆斯林智者阿凡提果然深諳人性，他對李沅芷的指點，不僅幫助了李沅芷，實際上，也間接教育了余魚同。

以上分析，是要證明作者塑造余魚同這一人物形象，受到新中國初期知識分子觀念和有關政策的影響。年輕讀者不熟悉當年的知識分子觀念，或許有些不知所云。換一個角度看，余魚同的形象仍然有非常重要的審美價值和認知價值，不妨把余魚同的故事當作這個年輕人精神成長的過程。

余魚同的故事讓我們懂得，當我們年輕時，不免會自以為是，總覺得自己是世界的中心，總是只能感知自己的得失與悲喜。當我們真正長大成人時，不僅懂得自己與他人的邊界，更懂得自己與他人、與集體、與世界其實是一個不可分割的整體。

五、翠羽黃衫霍青桐

霍青桐是回疆部落族長木卓倫的女兒，香香公主喀絲麗的姐姐，陳家洛的情人。《書劍恩仇錄》這一書名，就來自陳家洛領導紅花會群雄幫助霍青桐部族奪回經書，霍青桐回贈陳家洛傳世短劍。在隨父兄東來奪回古本《可蘭經》的故事情節中，由於作者採取了側寫之法，即從陸菲青、李沅芷、紅花會群雄的視角講述木卓倫部眾奪回經書，霍青桐的翠羽黃衫雖然明麗，三分劍法也引人注目，但她的個性形象還不是十分突出。直到陳家洛等人先後抵達回疆，被清軍圍困，霍青桐奇謀破敵，讓四萬清軍全軍覆沒，這一人物形象才真正突出，燦然生輝。

關於這一人物，要討論幾個話題。一是，重重壓力下的霍青桐。二是，霍青桐的傷痛及其治癒過程。三是，霍青桐形象的意義。

先說第一個話題：重重壓力下的霍青桐。

霍青桐奇謀破敵，智計過人，讓紅花會武諸葛徐天宏自慚不及，固然值得欽佩。更值得欽佩的是，她是在重重壓力之下指揮作戰。

第一重壓力，是內心的失意與傷感。她將短劍贈送給陳家洛，不僅是表達感激，也是表示愛情。陳家洛接受了，表明他也明白短劍為定情之物。可是造化弄人，陳家洛遇到了香香公主喀絲麗，喀絲麗也愛上了陳家洛，並在偎郎大會上公開表達。自己的情人竟與自己的妹妹相愛，霍青桐的失意與傷痛可想而知。問題是，大敵當前，整個部族處於生死存亡的關鍵時刻，要拯救自己的部族，就必須克制自己的傷痛，擱置自己的失意，做自己該做的事。霍青桐正是如此。

第二重壓力，是心硯的跪求。霍青桐聽到陳家洛等被圍的情況，立即覺察到這是敵人設置的陷阱，此時派兵進入陷阱救人，無異於自投羅網。但心硯救主心切，更不懂軍事謀略，誤以為霍青桐是嫉妒陳家洛與喀絲麗相愛，故意見死不救。這小子又跪又拜，哭鬧不休，無異於在霍青桐傷口上不斷撒鹽。值得注意的是，不僅心硯這樣想，連心計過人的武諸葛徐天宏也這樣想。霍青桐仍要挺住。

第三重壓力，是父親木卓倫的不理解。木卓倫初通軍事謀略，霍青桐說那裡是陷阱，他很快就明白了。在霍青桐的要求下，他也將此次作戰的指揮權交給了女兒。但當女兒指派一支老弱組成的人馬去救人時，木卓倫還是被情緒所左右。在他看來，陳家洛和紅花會有大恩於部族，須得將救人置於首要考慮。女兒只考慮大局而輕忽救人，是不是別有心思？木卓倫在衝動之下，說霍青桐嫉妒妹妹，故意不派精兵去救人。這話對霍青桐而言，無疑是把她的心靈傷口再度撕開。

第四重壓力，是來自部下將領的挑戰。霍青桐佈置一部分人去誘敵深入，但部屬卻公然不服從，說若是讓他去打勝仗，他會服從；而若讓他去打敗仗，他就不服從。這位部屬拒絕服從軍令，固然是因為頭腦簡單，缺乏軍事常識，只看局部，而不理解戰爭大局；但在內心深處，或也有性別歧視的無意識原因。軍情十萬火急，霍青桐不得不斬殺拒絕服從的部屬，內心壓力，無以復加。

在這種情況下，霍青桐仍然指揮一萬五千部屬，讓四萬清兵全軍覆沒。其軍事天才顯露無遺，而她的堅強的意志品質也得到了前所未有的淬煉和展示。

再說第二個話題，霍青桐的傷痛及其治癒過程。

戰爭勝利了，霍青桐卻吐血病倒了。此時萬眾歡呼，父親、心硯等人也紛紛前來，向霍青桐賠禮道歉。但她內心傷痛卻不是任何賠禮所能治癒。她愛陳家洛，但陳家洛卻與她妹妹在一起；她愛妹妹，而妹妹卻愛上了她的心上人。霍青桐悄然出走的情節，為這一人物形象提供了新的側面：她是戰爭奇才，卻也是傷情少女。任何政治軍事智謀，都無法解決她的問題，更無法治癒她的傷痛。

獨自前往師父住處的旅程，霍青桐的傷痛以極為奇特的方式自癒。首先，她遭遇了關東三魔，這三人正是要找翠羽黃衫報仇。好在他們並不認識霍青桐，霍青桐不能力敵，只能計避。對付好色的顧金標，雖然讓霍青桐心疲力竭，卻也轉移了霍青桐的注意力，心裡傷痛不至於繼續蔓延。其次，師父關明梅夫婦及時趕到，趕走了關東三魔，給她服下了療傷良藥，讓她感受到溫暖關懷，也讓她得到了必要的休眠，對傷痛治療自有進一步療效。雖不能治癒，至少可以延緩病痛。

陳正德夫婦聽說霍青桐的遭遇，立即動身去追殺陳家洛和喀絲麗，讓霍青桐無法獨自休養，在追趕師父的途中，再度落入關東三魔之手，卻也讓她在狼群包圍圈裡，再次見到了陳家洛和妹妹喀絲麗。

心病還要心藥醫，陳家洛既是她心病的根源，卻也是她的對症心藥，若不被心病纏死，就是被心藥治癒。陳家洛和喀絲麗對她的親切關懷，讓她的心病得到緩解。對陳家洛的關愛，讓她打起精神，要在絕境求生，開始了醫治心病的另一個療程。

在陳家洛和顧金標的賭賽中，霍青桐連連支招，一是提醒陳家洛，用火摺子對付狼群；二是在對方認輸後，提示陳家洛，等對方先入圈；三是提醒陳家洛暫時不要殺顧金標。這三招，確保陳家洛立於不敗之地，從而確保三人的安全。

最後，霍青桐讀懂了短劍中的秘密，發現了大漠迷宮，霍青桐姐妹和陳家洛一起死裡逃生。不僅擺脫了狼群，也擺脫了張召重和關東三魔。陳家洛說三人死活在一起，讓霍青桐的心病出現了根本性轉機。回疆本有一夫多妻習俗，喀絲麗喜歡如此，陳家洛也有此意，豈不是解決三角難題的最佳方式？

再說第三個話題，霍青桐形象的意義。

作者刻畫霍青桐這一人物，當然是想要描繪回疆英雄兒女的颯爽風姿。只不過，霍青桐智慧、堅毅和果敢形象如此出色，對比之下，漢人英雄顯得黯然無光。首先，霍青桐的所作所為，遠遠超過了紅花會的武諸葛徐天宏：不僅軍事智慧上不如對方，而且還以小人之心度君子之腹，在道德境界上也有明顯差距。

更嚴重的是，霍青桐的成熟心智和個性精神，也遠遠勝過書中第一主人公陳家洛。陳家洛愛上喀絲麗，疏遠霍青桐，固然是因為機緣巧合，卻也暴露了這位主人公的小男人心理，霍青桐的心智個性光芒四射，讓他自慚形穢，從而讓這位在大男子主義文化薰陶中長大的漢族青年嚴重不適。

作者寫作霍青桐與陳家洛愛情波折時，可能沒有考慮陳家洛的無意識動機，在這一意義上說，霍青桐形象對陳家洛的影響力，很可能超出了作者的設想。但這也正是藝術創作的奧妙所在：最出色的藝術創作，常常會在靈感爆發過程中，超出作者原處的設想。老托爾斯泰寫作安娜・卡列尼娜就是如此，看來，金庸寫作霍青桐與陳家洛的故事時，也出現了類似情況。當香香公主犧牲，陳家洛悲痛欲絕時，霍青桐突然出現，像是情人，也像是姐姐，還像是人生導師。

陳家洛飽讀詩書，遠不如霍青桐從真實生活中獲得經驗智慧。

六、玩沙遊戲治療天山雙鷹

香香公主喀絲麗愛上了陳家洛，讓姐姐霍青桐黯然神傷。打了勝仗後，霍青桐吐血病倒，獨自悄然離開，趕往師父天山雙鷹住處。禿鷲陳正德、雪鵰關明梅聽說陳家洛拋棄了他們的愛徒霍青桐、愛上了香香公主喀絲麗，憤懣不已，決定要殺了這兩個人，為徒兒報仇解氣。

在路上，雙鷹與陳家洛和喀絲麗相遇了，二老聽說這二人是來尋霍青桐，決定稍晚再下手殺人。喀絲麗不知道二老要殺人，提議大家一起玩削沙遊戲。一場遊戲下來，不但雙鷹沒有對陳家洛和喀絲麗動手，而二老的心病也明顯好轉，很快就逐漸痊癒。這是小說中最神奇的情節安排。

玩沙遊戲如何能治癒天山雙鷹的心病？要分三個話題說，其一，心病症狀及其原因。其二，削沙遊戲過程及其療效分析。其三，心病治癒過程及其奧妙。

先說第一個話題，天山雙鷹的心病症狀及其原因。

天山雙鷹是一對怨偶，兩人無法分開，卻也無法和合，隨時隨地都會爭吵不休。禿鷲陳正德喜歡吃醋，見不得妻子與男性說話，隨時會陰陽怪氣地冷嘲熱諷。雪鵰關明梅則看不上小心眼的丈夫，隨時會有針鋒相對的回應。兩個人都不愉快，且都把自己的不快歸咎於對方，所以任何一個話題都說不到一起去。

這種狀況由來已久，最早的原因與天池怪俠袁士霄有關。袁士霄是關明梅的同門師兄，兩個人算得上是青梅竹馬，誰都以為兩個人會成為一對戀人，但袁士霄卻離開了關明梅，一去多年無消息。離開的原因，部分是無法忍受關明梅處處爭強好勝，且不願處處低頭服軟；另一部分原因是袁士霄胸懷大志，想要學會天下武功精髓。關明梅失去了袁士霄的消息，幾年後嫁給了陳正德。

這對新婚夫婦結婚不久，袁士霄卻又突然出現，無法重續前緣，卻又不願離開，對關明梅和陳正德的生活形成了嚴重干擾。陳正德曾想武力驅趕袁士霄，關明梅卻不願與他聯手對敵。只好離開中原，遠赴回疆，希望躲開袁士霄的干擾。想不到到回疆不久，袁士霄竟又跟蹤而來。雖然不再干擾，但心病已經形成，陳正德懷疑妻子與師兄藕斷絲連；關明梅既矛盾、又失意、更不快，丈夫陳正德就成了她的出氣筒。久而久之，夫婦間的交流模式固化，陸菲青等與他們相熟的友人無不知曉。

再說第二個話題：削沙遊戲過程及其療效分析。

這一天陳正德夫婦要殺陳家洛和喀絲麗，喀絲麗不明就裡，提議大家一起玩削沙遊戲。遊戲很簡單，先堆起一堆沙，然後每個人從沙堆上削下一點，直到沙堆成為一支細細的沙柱，搖搖欲墜，誰碰倒沙柱就算輸，輸了的人要受罰唱歌跳舞。

第一場遊戲是陳正德輸了，他說他不會唱歌跳舞，拼命推脫，關明梅看到丈夫憨態可掬，心中愉悅，堅持要丈夫遵守遊戲規則。陳正德無法推脫，只得唱一段崑腔《販馬記》：

「我和你，少年夫妻如兒戲，還在那裡哭……」，陳正德一邊唱，一邊看著妻子。關明梅心動，抓住了陳正德的手。

妻子的舉動，讓陳正德受寵若驚，眼前朦朧一片，淚水湧入眼眶。關明梅對丈夫微微一笑，兩人都感覺到從未有過的親密。遊戲結束後，喀絲麗在關明梅的懷中睡著了，關明梅將喀絲麗送入帳篷，夫妻商量何時動手殺人，但卻只是說說而已，兩人都沒有殺心，最後相擁睡去。第二天早晨，二老留言離去，他們的夫妻關係從此改觀。

削沙遊戲為何能治療陳正德夫婦的心病，讓爭吵一輩子的夫妻開始和好？看起來十分神奇，實際上理由充足。這對夫妻幾十年來，若不是聯手對敵，就是相互爭吵，從未有過如此輕鬆消閒的時刻。在遊戲中，每個人都變得單純，無形中改變了慣有的情緒心理模式。陳正德露出窘態和憨態，關明梅湧起柔情和愛心，回憶起新婚甜蜜，關明梅的一個小小的把手動作，即讓丈夫熱淚盈眶，讓關明梅意識到，丈夫吃醋拌嘴其實是因愛而起，自己多年沒有好好相待，實在是委屈了丈夫。關明梅溫柔一笑，徹底融化了陳正德心裡的冰川。

陳正德夫婦原來是要殺人，結果卻被喀絲麗治療了多年的心病，不僅是因為遊戲，也因為喀絲麗的美麗與天真。他們沒有一見面就下手殺人，雖說有種種理由，說到底是不忍心：如何忍心殺害喀絲麗這樣純真的天使？陳正德夫婦無兒無女，霍青桐既是他們的徒兒，也是他們的孩子，只不過霍青桐個性獨立而剛硬，不似喀絲麗這樣柔弱美麗讓人愛憐。答應陪喀絲麗玩遊戲，本身就是長者愛憐弱小的方式，在遊戲中，二老也彷彿回到過去、甚至回到童年。

在這場遊戲中，二老的心理經歷了一次洗滌，變得更為單純明淨。治療心病的良藥，不僅僅是遊戲，更重要的是遊戲中人。是喀絲麗倡議遊戲，改變了陳正德夫婦固有的交流方式，遊戲中的這些心思、動作和表情，是一種全新的互動交流。而在這種新的交流互動中，夫妻二人都享受到前所未有的愉悅，障礙消除，愛意暢通，發現了固有的生活方式之外別有洞天。

再說第三個話題，陳正德夫婦心病治癒過程及其奧妙。

這場削沙遊戲，並沒有徹底治癒天山雙鷹的心病，但其療效明顯，可以說是他們心病痊癒的關鍵拐點。此後，陳正德的心情有了明顯的變化。證據是，再見情敵袁士霄，不再是醋意大發，無名火起，而是毫不猶豫地伸手救人。

袁士霄驅趕騾羊，本是要將狼群引入佈置好的陷阱，陳正德拯救袁士霄，讓誘餌失去了指引，等於是好心辦了壞事。難得的是，陳正德沒有責怪袁士霄不懂得感恩，而是虛心詢問對方，為何說他救人壞了事？袁士霄說買這些動物誘餌幾乎讓他傾家蕩產，陳正德不但說他包賠，而且還要跟袁士霄一起為消滅狼群盡力。

陳正德改變了行為方式，是因為關明梅改變了心思。陳正德越是這樣做，關明梅就越是歡喜，夫妻關係就越是和順，由此進入良性循環，多年的心病也就逐漸治癒。終於在消滅狼群之後，關明梅當著袁士霄公開說出：「一個人天天在享福，卻不知道這就是福氣，總是想著天邊拿不著的東西，哪知道最珍貴的寶貝就在自己身邊。現今我是懂了。」

這一席話，讓陳正德紅光滿面，神采煥發，這是心病徹底治癒的確證。關明梅所說的身邊寶貝，是指夫妻心裡的真愛。

小說最後，陳正德夫婦在北京皇宮再度刺殺乾隆。陳正德身受重傷，生命垂危時，要關明梅與袁士霄重續前緣，這可不是吃醋，而是真心地關心對方，把對方的利益置於自己之上。關明梅給出了出人意料的回答，那就是自刎殉夫。陳正德跟著抹了自己的脖子，這對爭吵了一生的怨偶，終於共同完成了令人震撼的愛情故事結局。這一結局，正是從那一場削沙遊戲開始。

《碧血劍》

一、《碧血劍》：傳奇性與歷史感

《碧血劍》是金庸的第二部小說，一九五六至一九五七年在《香港商報》上連載。

這部小說沿用了《書劍恩仇錄》的故事模式，即把江湖傳奇和江山歷史拼貼在一起，講述歷史人物袁崇煥的兒子袁承志上山學藝、下山復仇的故事。袁崇煥被崇禎皇帝冤殺，袁承志復仇的對象是明朝皇帝崇禎。與《書劍恩仇錄》不同的是，《碧血劍》的主要故事內容，是袁承志走江湖，與歷史及歷史人物只是擦肩而過。

袁承志走江湖，分為不同的故事段落。每段故事有不同因由，產生不同的衝突形式，展示不同的人間風貌。如：浙江衢州段，溫青青搶了李自成的軍餉，袁承志要幫義軍奪回，於是單身鬥五老。江蘇南京段，閔子華邀集江湖好手，找金龍幫主焦公禮復仇，袁承志得知其中隱情，於是假扮金蛇使者，充當和事老。

山東道上，袁承志攜帶大量珠寶北上，響馬強盜蜂擁跟隨，袁承志裝傻充愣，讓強盜內訌，而後再顯身手；適逢官兵來襲，袁承志又幫強盜滅官兵。河北道上，袁承志結識蓋孟嘗、拯救安大娘，並將對付義軍的外國大炮毀壞。在北京，遭遇五毒教，發現太監曹化淳私通滿洲，在宮廷政變時，袁承志當了崇禎的臨時護衛；而當李自成進京時，袁承志又做了開路先鋒。崇禎自殺身亡，復仇不了了之，接到師父來信，辭官前往華山，救了紅娘子，失望去海外。

每段故事中都有打鬥，每次打鬥的形式都不一樣。在浙江衢州石梁鎮，袁承志使用金蛇郎君破陣遺法，獨鬥溫家五老的五行陣。在江蘇南京，袁承志是用正宗的華山派內功、劍法，教訓驕傲自大的華山派弟子；要與二師兄歸辛樹比武，則不得不施展木桑道長的神行百變。在山東道上，面對大群強盜及上萬名官兵，首先是鬥智，其次是鬥勇，又次是江湖義氣和民間立場，而不是單純的武功。在河北，袁承志充當救人者，破壞大炮事則由神偷胡桂南大展神威。在北京，袁承志先扮偵探、再扮間諜，正派內功和邪派技藝無所不用。

小說刻畫了溫家五老、呂二先生、焦公禮、洪勝海、沙天廣、程青竹、鐵羅漢、胡桂南等一批江湖人物的生動形象。更有意思的是，每段故事中，都會出現一個年輕女性角色。在袁承志上華山學藝之前，就有一個小女孩安小慧；在衢州石樑鎮故事中，出現了女主人公青青，安小慧也再次出現；在南京故事中，有金龍幫幫主的女兒焦宛兒；在山東道上，有青竹幫幫主程青竹的徒弟阿九；在河北，居然出現一個葡萄牙美人若克琳；北京，則有五毒教的年輕教主何鐵手。

這些角色的安排，部分出於敘事的需要，部分是出於娛樂性需求：每個姑娘出現都會讓夏青青醋意大發，讓袁承志忸怩不安，讓讀者獲得觀賞之樂。

從上面的介紹可以看出，連載版《碧血劍》是個追求娛樂性的武俠傳奇故事，作為武俠傳奇故事，小說寫得很有娛樂性，很吸引人，可得高分。

只不過，金庸並不以此為滿足。在集中修訂時，對這部小說作了較大規模的加工，並且增加了五分之一的內容。最明顯的修訂，是小說開頭和結尾遭遇官兵和義軍的倒楣書生，連載版中是歷史人物侯朝宗，而修訂版改成了海外書生張朝唐。這一改動的好處是增加了諷喻性：海外書生朝唐山（中國），唐山卻非理想國。張朝唐先後被官兵、義軍誣為強盜，則說明官軍與義軍竟是異曲同工。

在連載版中，李自成義軍進京後的亂象，只是點到為止，不過數百字。而修訂版中則增至上萬字篇幅，袁承志在北京的住處遭搶劫，在連載版中是官軍所為，而在修訂版中則改為義軍所為。權將軍劉宗敏聽說崇禎的公主美貌，居然派兵到袁承志府上，試圖強奪阿九。而李自成本人，也志得意滿，不可一世，不聽李岩苦口婆心，霸佔吳三桂小妾陳圓圓。義軍在進京後，以極其驚人的速度腐敗變質，讓人觸目驚心。

修訂版中，還增加了一段意味深長的情節，即袁承志和李岩漫步街頭，聽到一個無名的瞎子的歌唱，歌詞中說：「無官方是一身輕，伴君伴虎自古云。歸家便是三生幸，鳥盡弓藏走狗烹。」以及「今日的一縷英魂，昨日的萬里長城」。這段歌唱，既預示了李岩被李自成冤殺的結局，也照應了袁崇煥被崇禎冤殺的往事，總結了當權者誅殺功臣的悲劇性歷史規律。所有這一切，大大增強了小說的歷史感，而小說的主人公袁承志，正是這段歷史見證人。

修訂版還增加了程青竹向袁承志講故事段落，講述他的哥哥程本直的故事，出於對袁崇煥的崇敬，主動申請陪伴袁崇煥最後一程。

在修訂版中，還增加了兩大段與滿清勢力有關的情節。一是七省武林泰山聚會後，適逢滿清軍隊在山東沿海搶劫，袁承志率領武林英雄及投降官兵截殺清兵先鋒隊。一是袁承志率夏青青、洪勝海等人前往盛京，試圖刺殺皇太極，親眼見證了多爾袞與嫂子偷情，並暗殺皇太極的過程。這兩大段內容，是要把「山宗」即袁崇煥舊部及袁承志「並誅明帝、清酋」的誓言落到實處，自有其道理。因為袁崇煥最令人敬仰的事蹟，正是主動為國鎮守邊關。袁承志想要繼承父親的遺志，就不能不對清兵、清酋採取行動。連載版故事中絲毫沒有涉及此事，是明顯的疏忽；修訂版增加這方面的故事情節，算是彌補了這一缺憾。

總體上說，連載版注重傳奇性和娛樂性，而修訂版在保持傳奇性和娛樂性的基礎，又增加了小說的歷史感和思想性，使得小說藝術品質有明顯提升。

只不過，凡事過猶不及。在修訂《碧血劍》時，作者產生了一個新奇的想法，那就是，這部小說的主人公不是袁承志、夏青青，而是他們的父親，即歷史人物袁崇煥和傳奇人物夏雪宜。也就是要模仿英國小說家達芙妮・杜・穆里埃的小說《蕾蓓卡》，亦即希區柯克據此改編的電影《蝴蝶夢》，讓現實中人始終生活在死去之人的陰影中。按照這一奇想，小說《碧血劍》實在難以達標。於是，作者還專門寫了一篇《袁崇煥評傳》，附於修訂版書後，彌補小說之不足。

作者這樣做，好處是讓虛構傳奇的主人公袁承志與歷史人物袁崇煥的關係拉得更近，使得小說的歷史感更足；但同時也有副作用，那就是容易扭曲《碧血劍》的傳奇本質，造成評價標準的紊亂。在傳奇標準中，袁承志所作所為，都可以被理解和接受；而在歷史標準中，袁承志的個性與行為要受到種種「應然」標準所束縛，即他要報仇，必須去殺崇禎、皇太極，但他又不能改變歷史，於是只有左右為難，一個生動的傳奇主人公，變成傻傻的歷史劇看客，恐怕得不償失。

二、口述歷史中的金蛇郎君

金蛇郎君夏雪宜，是小說女主人公夏青青的父親。袁承志在華山學藝時，發現了金蛇郎君的埋骨之處，取得了他的金蛇劍、金蛇錐，且從他留下的《金蛇秘笈》中學到許多知識。其中最重要的知識，是如何對付五行陣。

也可以說，袁承志是金蛇郎君的武功傳人，因為金蛇郎君已經去世，成了武林傳說中人，在不同人物的回憶和講述中，金蛇郎君的形象截然不同，在穆人清口裡，他是邪門外道；在焦公禮口中，他是大俠高人，在溫儀口裡，他是不朽的情人；在溫氏五老口裡，他是十惡不赦的惡棍；何紅藥口裡，他是情人，也是騙人魔頭。眾說紛紜，莫衷一是，金蛇郎君到底是怎樣的一個人？需讀者以口述歷史片斷去分析和拼貼。

關於金蛇郎君，要討論的問題是：其一，作為瘋狂的復仇者；其二，作為溫柔體貼的有情人；其三，作為救人厄難的俠義中人。

先說第一個話題，金蛇郎君作為瘋狂的復仇者。

穆人清說金蛇郎君是邪門外道，代表了武林正派的普遍看法。此人行為放誕，性格乖張，武功毒辣，外號金蛇郎君，按名門正派的價值觀念和行為規範衡量，此人的確是邪門人物。也就是說，武林正派的判斷和傳言並不錯。

問題是，夏雪宜為何變成了金蛇郎君？他的性格和行為是如何形成的？答案是，因為溫方祿強姦了他的姐姐，並殘酷地殺害了他的全家。只要想像那一殘酷的場景，就能感受到夏雪宜當時受到多麼強烈的刺激；正是在如此強烈的刺激下，夏雪宜充滿仇恨，成了瘋狂的復仇者。此後人生只為一念，就是為家人報仇。

但他的武功不是溫方祿的對手，要找溫家兄弟報仇無異於以卵擊石，怎麼辦？不能力敵，就用毒攻。於是夏雪宜前往雲貴，到五毒教偷竊蛇毒、偷學用毒技藝。進而欺騙了五毒教主的妹妹何紅藥，以甜言蜜語讓何紅藥震魂顛倒，不僅教他用毒，且還陪他進入五毒教禁區去取金蛇劍。但夏雪宜猶不知足，將五毒教三寶，即金蛇劍、金蛇錐、藏寶圖一同取了。對何紅藥而言，夏雪宜確實是騙子，因為此時的夏雪宜被仇恨所綁架，心裡只有仇恨，沒有愛情，為達目的，不擇手段。

練成金蛇劍和金蛇錐後，夏雪宜獲得金蛇郎君綽號，並展開了復仇行動。先是將元凶溫方祿殺了，裝進箱子，託溫南揚運回石樑老家；其後宣布溫方祿欺辱了他姐姐，殺了他家五口，他要加以十倍報復，即要玷污溫家十名婦女，殺死溫家五十人。

夏雪宜的復仇行為確實瘋狂而且殘忍，讓溫家人心惶惶，風聲鶴唳，草木皆兵。溫家人對夏雪宜既恐懼又憤恨，把金蛇郎君視為魔鬼瘟神，自是不難理解。只不過，溫南揚的回憶和敘述，有明顯的認知局限和道德局限。

再說第二個話題，夏雪宜作為溫柔體貼的情人。

在溫儀的口述中，金蛇郎君夏雪宜的形象截然不同。所以如此，原因非常簡單，因為夏雪宜對溫儀的態度發生了根本性轉化，原本是要侮辱溫家女子，報復姐姐被辱之仇，但遇到溫儀，夏雪宜不但沒有欺侮她，更沒有殺害她，反而對她呵護備至，而且為她而中止了對溫家的復仇行為。夏雪宜和溫儀本是不共戴天的仇家兒女，竟出人意料地成了兩情相悅的情人。

問題是，夏雪宜為何不欺辱溫儀，反而愛上溫儀？若不仔細思索，很容易把夏雪宜的情感態度轉變當作命運的安排。

實際上，作者的這一設計安排，有一定的心理依據。夏雪宜對溫家展開報復已經有一段時間，殺了溫家不少人，滿腔怨憤得到了痛快淋漓的宣洩。此時的夏雪宜已經恢復了部分理性，雖說仇恨還沒有徹底消除，他還會繼續復仇行動，但此時已不像開始時那樣仇恨填膺了。理性恢復的同時，也恢復了正常人的感知，夏雪宜才會以正常人的目光打量溫儀。只要不把溫儀當作復仇對象，就很容易發現，溫儀不但十分美貌，而且善良溫柔。另一方面，溫儀得知夏雪宜所遭受的家庭慘劇，對夏雪宜的看法自然也會有所變化，這位復仇的惡魔，原來也有令人同情的傷痛和苦衷。消除仇恨偏見，能夠打量對方、瞭解對方，就不難理解對方、同情對方，最後相互吸引就不無可能。

五毒教的何紅藥同樣美貌而癡情，只不過那時候夏雪宜被仇恨所綁架，根本就沒有談情說愛的心思，只想到如何利用對方，成全復仇的願望。與溫儀相遇時，情況已大不相同，如上面所說，夏雪宜的仇恨得到發洩，良知得以恢復，人性本能也就得到了生長培育的空間。不同的情境，決定了夏雪宜不同的行為選擇，溫儀和何紅藥的情感也就有了截然不同的結果，這，就是情感命運的真相。

再說第三個話題，夏雪宜作為救人厄難的俠義中人。

夏雪宜究竟是怎樣的一個人？南京金龍幫幫主焦公禮提供了一份口述歷史證詞，他口中的金蛇郎君夏雪宜，是一位江湖奇俠。夏雪宜得知焦公禮殺害閔子葉的原委，在仙都派十一名弟子找焦公禮報仇時，他驅退了復仇者，並護送焦公禮上仙都山，向仙都派掌門人黃木道人說明情況。

這段故事，是焦公禮決定自殺時，私下對自己子女說的，沒有任何造假的理由。焦公禮的口述歷史，為夏雪宜的個性形象，提供了一個新的解釋維度。袁承志偷聽了這段故事，決定幫助焦公禮，特意以金蛇郎君傳人的身分，出面調解閔子華挑起的爭端。

夏雪宜與焦公禮非親非故，幫助焦公禮，完全是仗義主持公道。由此不難推測，假如夏雪宜有更多時間和機會行走江湖，他可能會成功地重塑自己的形象，成為俠義中人。假如夏雪宜和溫儀的情感得到美滿結局，夏雪宜的人生肯定會是另一番美麗動人的風景。只可惜，溫家五老不認可他和溫儀的感情，反而利用他對溫儀的真情，讓他喝下醉仙蜜，導致筋酥骨軟，而後將他手腳上的筋絡全部挑斷，讓他成了廢人。夏雪宜不得不重新做回金蛇郎君，不得不重歸仇恨循環老路，也由此決定了他的命運結局。

溫氏五老這麼做，一方面是夏雪宜確實殺了溫家的人，溫家人仇恨難消，無法接受他為溫家女婿；另一方面，是因為夏雪宜身懷藏寶圖，溫氏五老覬覦寶藏，不得不按強盜邏輯，先下手為強。

夏雪宜的形象，是命運的產物。而溫方祿的行為，把善良單純的夏雪宜，變成充滿怨毒和仇恨的金蛇郎君；與溫儀相愛，夏雪宜有了重塑自我的機會，也確實開始重塑自我的行動，但貪婪而卑鄙的溫氏五老，再一次以傷害和仇恨，將夏雪宜改塑成怨恨難消的金蛇郎君。這，就是金蛇郎君人生命運真相。

三、夏青青的行為與心病

夏青青是袁承志的情侶，也是這部小說的女主人公。她是夏雪宜和溫儀的女兒，原先叫溫青青，因為她一直生活在外公家，也就是衢州石梁溫家。自從搶劫了闖王李自成的軍餉，她的命運徹底改變，母親臨死前說出了她的身世，並將她託付給袁承志。此後與袁承志一路同行，逐漸表露出與眾不同的個性，一些異常行為的背後，有她成長的隱痛和心理的疾病。值得專門討論。

關於夏青青，有幾個問題要討論。一是，她為什麼喜歡女扮男裝？二是，她的嫉妒心為什麼那麼重？三是，她為什麼會一度離開袁承志？

先說第一個話題，夏青青為什麼喜歡女扮男裝？

夏青青在小說中第一次露面時，是女扮男裝，隨身攜帶大量黃金，踏上了袁承志包的坐船。袁承志自然以為她是男子，只覺得此人的性格有點古怪。後來才知道，這位英俊少年，不但是個美女，而且是女強盜。她所攜帶的黃金，竟然是她搶劫的李闖王籌集的軍餉。她女扮男裝顯然是為了外出方便。

在舊時代，富家少女養在深閨，很少在外拋頭露面。少女走江湖，穿男裝是不惹人注目的選擇。《書劍恩仇錄》中的李沅芷就是先例，更何況，夏青青還是女強盜。

與袁承志同行時，她已不是強盜，為何還要男扮女裝？當然可以說，仍是為了在外方便。實際上，她女扮男裝，還有非常隱秘的心理原因。那就是，她很想把自己變成男性。在她的時代，有這樣想法的女孩可能不在少數，原因是那是個重男輕女的時代。夏青青想成為男孩，除了這一普遍性原因之外，還有自己的原因，那就是從小生活在外公家，常常受到家人異樣眼光的壓力。

那時候，她並不知道自己的生父夏雪宜竟是外公家的仇人，僅僅以為是外公們習慣重男輕女，於是希望自己是男性。她不僅經常女扮男裝，而且像舅舅和表哥們一樣，從小就做了強盜。為了爭得平等地位，她甚至比表哥們做的更出色，她連李闖王的軍餉也敢搶。她說過，她為溫家搶得的錢財，一百人一輩子都吃不完。

進而，她女扮男裝，還有敘事功能作用。五毒教主何鐵手就對女扮男裝的夏青青一見鍾情，讓何紅藥極其不滿，以至於發起五毒教政變。

更有意思的是，她曾與袁承志結拜兄弟，袁承志稱她為「青弟」自是理所當然；問題是，她後來成了袁承志的正式情侶，袁承志仍一直稱她為「青弟」。

再說第二個話題，夏青青的嫉妒心為什麼那麼重？

夏青青最突出的性格特點，是嫉妒心十分嚴重。袁承志遇到的任何一個女孩，都會被她當作情敵，並且為之拈酸吃醋。典型例證是，她搶劫了李闖王的軍餉，安小慧和她的男友崔希敏一起來討要，袁承志既知這批黃金是闖王的軍餉，當然也要問夏青青索討。夏青青原本就送了一半黃金給袁承志，見安小慧認識袁承志，懷疑兩人有情，送出的黃金也要收回。袁承志說他小時候曾得到安大娘的照顧，非但沒有消除夏青青的嫉妒心，反而讓她的嫉妒心更加不可收拾。袁承志對她說，你沒看見安小慧有男朋友嗎？夏青青說崔希敏傻頭傻腦有什麼可愛？袁承志與安小慧及崔希敏告別，也讓夏青青十分不快，問為什麼不跟著她去？

在南京，袁承志遇到性格驕縱、任性自大的「飛天魔女」孫仲君，只因她是華山派弟子，夏青青竟也懷疑袁承志對她有好感，與袁承志胡攪蠻纏。袁承志幫助過金龍幫幫主焦公禮，又當了七省武林盟主，焦公禮之女焦宛兒求袁承志為她主持公道，並隨袁承志一起進宮效力，夏青青更是醋性大發，鬧得不可開交，根本不管大家身在皇宮，隨時可能被大內侍衛發現。焦宛兒不得不當場把自己許配給師兄羅立如，讓袁承志立即主持訂婚禮，這才讓夏青青消停。

戀愛中的男女有些嫉妒心，這並不稀奇。但夏青青的嫉妒心未免太重，完全不可理喻，實際上，這是一種病態。這種病態，不僅是因為長期生活在溫家，養成了一種獨佔式行為方式和行為習慣；更重要的原因，是內心深處的不安全感。在不安全感的支配下，出現在袁承志身邊的任何女性，都是對她情感身分及未來生活的嚴重威脅。

這種不安全感，常常是一種無意識，所以才不可理喻，是本能的力量驅使她保護自己的利益和安全。即使她明明知道安小慧的心上人不是袁承志，但她還是要護衛自己的安全，情不自禁；即使她明明知道焦宛兒對袁承志只是感恩和欽佩，但她還是要先發制人，不由自主。她的行為，是由於嚴重不安。

心理學家指出，安全感是人類普遍的需求。安全意識和保安警覺，是人類最重要的自我保護本能；而過度的不安全感，則是人類重要的心理疾病。病態的不安全感是如何形成的？精神分析學家提出了參考答案，即童年生活經歷中的某種原因所致。夏青青的童年，生活在成年人的歧視氛圍中，母親未婚生女，她是見不得人的野種，幼兒不懂得母親的羞辱和悲傷，但會滋生嚴重的不安全感。

再說第三個話題：她為什麼會一度離開袁承志？

原因很簡單，那是因為袁承志對她說要去刺殺大仇人崇禎皇帝，結果卻將美貌驚人的阿九公主抱了回來。她雖然不知道阿九早已愛上了袁承志，也不知道袁承志在皇宮中也曾對阿九動心，但她本能地意識到，阿九對她是嚴重的威脅。在袁承志忙於救助阿九之際，她決定悄悄離開。她嫉妒阿九，仍然是出於不安全感。但她離開袁承志，卻不是因為嫉妒，而是要維護自尊，與其等到袁承志愛上阿九而拋棄自己的那一刻，不如選擇自己主動離開。這樣，她至少可以保住自尊。

過度敏感的自尊，往往是源於內心深處的自卑。夏青青從小爭強好勝，動輒搶劫殺人；與袁承志相愛後不斷爭風吃醋，鬧得無法安寧，其原因，固然是不安全感，而這種不安全感背後，還隱藏著深刻的自卑。只不過，她並不知道，這種自卑感有時候是以吃醋撒潑的形式表現，有時候則是黯然神傷。

具體說，面對安小慧、焦宛兒，她雖然嫉妒難忍，但卻並不感到自卑；但面對阿九卻只有自慚形穢：自己身世不如她，容貌不如她，性格不如她，甚至武功也不如她，什麼都不如她，和她相比簡直是一無是處，自卑感暴露無遺，形成錐心之痛，只有逃避。

夏青青獨自離開，導致阿九出家做了尼姑，袁承志心急如焚四處追蹤。如果說阿九出家有國破家亡的因素；袁承志追蹤夏青青卻是對她的由衷關懷。

夏青青獨自離開，是不是一種以退為進的策略？我們不得而知。

四、李自成的正面、側面和背影

李自成是歷史人物，領導農民起義軍推翻了明王朝，隨即被進入山海關的滿清軍隊所戰敗。對於這一人物，歷史評價通常是極端化，要麼是負面極端，要麼是正面極端。正面或負面的極端評價，只是不同的政治立場、思想觀念和認知模式的反映，與歷史真實和人性真實有很大差距。

李自成在小說《碧血劍》中出場次數不多，但李自成形象卻想當生動鮮明，給人留下了深刻印象。所以有人說，《碧血劍》中的李自成，比歷史小說《李自成》中的形象藝術價值更高。

李自成進京後的幾場戲，就值得一談。具體說，一是高光時刻及其正面英雄形象；二是滑落時刻及其草莽側影；三是歷史背影及其留白空間。

先說第一個話題，李自成的高光時刻及其正面英雄形象。

李自成率領農民起義軍進攻入北京，是李自成一生成就的最高峰，也是李自成形象的高光時刻。小說中選取了若干細節，把這一時刻的李自成形象表現得非常生動。首先是他的標誌性形象，即：氈笠縹衣，乘烏駁馬疾馳而來。這時，李自成是一個偉大的戰士。

其次，李自成見袁承志沒有馬，立即將自己的戰馬送給袁承志，表現李自成禮賢下士的習慣。再次，李自成走上城頭，眼見城外成千上萬的部將士卒從各處入城，歡聲雷動，不由得志得意滿。最後，李自成在城頭上發出三支令箭，高聲宣布：「眾將官兵士聽著，入城之後，有人妄自殺傷百姓，姦淫擄掠的，一概斬首，決不寬容！」這一軍令，引發了「大王萬歲、萬歲、萬萬歲」的歡呼，此時的李自成神威凜凜，袁承志也欽佩至極。

下一場，李自成已入皇宮，坐上了龍椅。袁承志向他報告崇禎自殺消息，呈上崇禎遺詔，李自成一呆，顯得有些意外，更有些失望。好在，太子被抓獲，李自成與明太子的一段對話，尤其是當太子懇求「別殺百姓」時，李自成呵呵大笑，說：「孩子不懂事，我就是老百姓！是我們百姓攻破你的京城，你懂了麼？」緊接著，李自成解開上身衣服，露出胸前肩頭斑駁鞭痕，說：「我本是好好的百姓，給貪官污吏這一頓打，才忍無可忍，起來造反。哼，你父子假仁假義，說什麼愛惜百姓，我軍中上上下下，哪一個不吃過你的苦頭？」在金鑾殿上脫衣，控訴明朝統治者的罪惡，這一行為顛覆禮儀，突出了李自成造反英雄的形象。

緊接著的幾個細節，就更有意思了。一是，李自成要封明太子為宋王，太監曹化淳讓太子向李自成謝恩，太子扇了他一耳光，李自成哈哈大笑，說這種不忠不義的奸賊，打得好！太監磕頭求饒，李自成將他踢翻，讓他滾蛋。二是，丞相牛金星建議，說可能有人借太子名頭作亂，不如除了，李自成立即說，這件事你去辦了吧。他可以不殺太監，但卻要殺太子，這是政治鬥爭的需要。接下來，李自成聽說公主被袁承志所救，即把公主賞賜給袁承志，又封袁承志為三品果毅將軍，牛金星對袁承志冷嘲熱諷，李自成卻安慰袁承志，鼓勵他繼續立功。這一段戲，讓李自成保持了勝利者的形象，也為後面的戲埋下伏筆。

再說第二個話題，李自成的滑落時刻及其草莽側影。

袁承志離開皇宮，回到自己的住處，發現有人在打鬥。肇事者竟然是起義軍，程青竹等人說，義軍進城後，占住民房，姦淫擄掠，無所不為。袁承志擔心李自成不知情，要向他通報這一情況，劉宗敏竟派人來抓捕袁承志、搶劫公主。袁承志無奈，只得再度入宮，向李自成報告自己的遭遇和見聞。

此時此刻，皇宮裡正在舉行慶功宴，絲竹盈耳，肉山酒池，李自成已經喝得微醺，讓袁承志也來喝酒。袁承志尚未說話，權將軍劉宗敏就向他大發雷霆，問他仗了誰的勢，竟敢殺他的部屬？袁承志報告義軍違背闖王軍令、虐殺百姓的情況，劉宗敏說他是討好百姓、收羅人心，反問他居心何在。有意思的是，袁承志與劉宗敏爭論大是大非，李自成卻聽而不聞，勸兩人乾杯和解；劉宗敏堅持要公主，李自成又勸袁承志把公主讓給權將軍。袁承志酒杯跌碎，李自成怒了。

緊接著，吳三桂小妾陳圓圓被帶到，眾將官乍見美人，醜態百出。李岩說，吳三桂擁兵山海關，大王要招降吳三桂，最好是放過陳圓圓。劉宗敏說，吳三桂四萬兵馬有個屁用？李自成也說，吳三桂是小事一樁，不用放在心上。李岩又說：「江南未定……」，李自成說：「大家喝酒，大家喝酒！此刻不是說國家大事的時候。」喝了幾杯之後，李自成飛起一腳，踢翻了桌子，轉身去找陳圓圓作樂。

這一場景中的李自成，草莽氣質顯露無遺。酒精令人膨脹，視吳三桂為小事一樁，想不到山海關外還有滿清軍隊虎視眈眈，也不願去想江南未定，大局更未定。他更不懂得，起義軍之所以所向披靡，並不是義軍領袖英明及義軍英勇善戰，主要原因其實是官軍貪污腐敗、明朝失去人心；而義軍在北京擄掠姦淫後，凝聚力和戰鬥力再也無法與從前相比。李自成說此刻不是談論國家大事的時候，充分暴露了他缺乏政治遠見，鼠目寸光。勝利的最高峰成了走向失敗的拐點。

再說第三個話題，李自成的歷史背影及其留白空間。

袁承志和李岩同行，看到地上幾具百姓屍體，兩具女屍全身赤裸，屍體上流血未止，問李岩：「大哥，你說闖王為民伸冤，為百姓出氣，就是這樣麼？」說罷，坐地大哭。李岩也是悲憤不已，立即與袁承志一道去見李自成。但李自成再也沒有露面。李岩和袁承志等了一整天，也沒被李自成召見。還是宋獻策走來，告訴他們說，大王召集高級幹部大會故意沒有通知李岩參加。

其後，袁承志奉師父穆人清之命，棄官回到華山。數月後，李岩的妻子紅娘子逃難至華山，說李岩被李自成下令殺害。李自成為何要殺李岩？李岩是在什麼情況下被殺的？小說中沒有正面敘述，全都在留白中，需要讀者去想像和思索。

李自成下令殺害居功至偉的李岩，第一條理由，當是有人讒言，說李岩收買人心，圖謀不軌，李岩的政治遠見和他耿耿諍言被看作了目無君上的罪行。在傳統政治體制中，當權者最忌諱的就是有人與之爭權。哪怕只是捕風捉影，也會讓當權者寢食難安。

李自成殺害李岩，還有一條重要理由，那就是被清軍打敗，滿腔怒火無處發洩，需要殺人洩憤。李岩曾提醒李自成重視吳三桂，非但沒有讓李自成承認李岩高瞻遠矚，反而激發了殺害李岩的無意識動機：為了掩蓋自己鼠目寸光，就必須把明白事理的人殺了。李自成的歷史背影顯得極其平庸。

袁承志的父親被崇禎皇帝所殺，而他的義兄李岩又被李自成所殺，這兩件事自動連結成小說的主題，那就是：平庸的領導者自毀長城。更深的一層意義是，李自成雖然造反，但他的行為、觀念和人格，都不過是傳統文化的複製品。

五、飛天魔女孫仲君

孫仲君是華山派門下，歸辛樹的弟子，梅劍和的師妹，袁承志的師侄。她的綽號是「飛天魔女」，從這個綽號，即能想像這一人物的行為與個性。

在這部書中，華山派是武林中最著名的正派名門。在正派名門中，居然會出現飛天魔女這號人物，體現了作者思想與眾不同。一九五〇年代，人們的認知模式相對簡單，正派與邪派不僅是政治分野，更是道德分野，非黑即白。飛天魔女孫仲君的形象，明顯是打破常規，讓我們看到，在天下第一名門正派中也有邪惡之徒。

關於孫仲君，要討論三個問題。一是，飛天魔女的越軌行為。二是，她的行為與個性形成的外因。三是，其行為與個性的內因。

先說第一個話題，飛天魔女的越軌行為。

袁承志和夏青青來到南京，無意間聽到仙都派弟子閔子華邀集武林同道向金龍幫幫主焦公禮尋仇，得知華山派弟子也在激請之列，自然會格外關心。很快，袁承志就見到了二師兄歸辛樹的三位弟子，梅劍和、孫仲君、劉培生。焦公禮派弟子羅立如前來送信，邀請閔子華及其幫手翌日到金龍幫赴宴。

羅立如按江湖規矩代師父發出邀請，話音未落，梅劍和就越俎代庖，說焦公禮擺下了鴻門宴，並當場審問羅立如。羅立如依禮作答，自然是避重就輕，孫仲君怒不可遏，從人群中飛鳥般縱了出來，向羅立如出劍攻擊，羅立如伸手抵擋，右臂被孫仲君斬斷。孫仲君顯示了不俗的武功，但卻無人喝彩。

她的行為，違背了不斷信使的基本社會規範。而她本人卻神色自若，回歸本座，喝乾了杯中酒。孫仲君的行為出乎袁承志的意料。他曾盜走孫仲君的劍，並在焦公禮的宴會上派人交還，本以為她會感激，不料讓她怒火沖天。

後來，洪勝海說了飛天魔女的另一段故事。洪勝海說，他做強盜時，有一位同道向孫仲君求婚，孫仲君不答應也就罷了，她還削去了求婚者的兩隻耳朵。洪勝海邀集同夥綁架了孫仲君，但很快被孫仲君的師娘救走。後來，孫仲君找不到洪勝海，卻找到了他家，殺害了洪勝海的母親、妻子、三個孩子，她們都是不會武功的人。洪勝海固然有錯甚至有罪，但他的母親、妻子和孩子卻沒有錯、更沒有罪，孫仲君濫殺無辜，顯然是嚴重違背了華山派門規。

夏青青曾幾次譏諷，孫仲君不知道對方女扮男裝，對這位金蛇郎君之子懷恨在心。袁承志按約與歸辛樹夫婦見面比武時，孫仲君終於找到了復仇機會，對夏青青連下九次殺手，即便夏青青露出女相，她仍然連續攻擊。此事被祖師爺穆人清親眼所見，要嚴厲處罰她，袁承志為她求情，才免了重罰，只斬斷一根小指，禁止她用劍。由上述事實可見，孫仲君這位飛天魔女當真是實至名歸。

再說第二個話題，孫仲君行為與個性的外因。

孫仲君為什麼會這樣飛揚跋扈、任性胡為？答案是：因為她的師父和師娘，即歸辛樹和歸二娘。

這要分開說。先說師父歸辛樹對徒弟的影響。歸辛樹是個武癡，只管埋頭練功，三十多年刻苦訓練，成了華山派弟子中武功最高的人。因此，他也只會教授徒弟練功，而不會教徒弟做人的道理。

此外，書中有一段分析梅劍和的文字可作參考。作者解釋說，歸辛樹對徒弟十分嚴厲，徒弟們見到他，如同老鼠見了貓。梅劍和在師門之外如此傲慢狂妄，是長期心理壓抑的強烈反彈。孫仲君當然也是如此，她的跋扈任性同樣是長期壓抑的自然結果。

孫仲君如此任性，更重要的原因是歸二娘。歸二娘的最大特點，是心胸狹窄，頭腦簡單，盲目護短。在丈夫的徒弟與人發生衝突時，無論對錯，她都毫不猶豫地站在徒弟一邊。證據是，當孫仲君向她哭訴，說袁承志欺負她，踩斷了師娘送給她的長劍，歸二娘不屑於聽袁承志的任何解釋，怪罪袁承志。要袁承志第二天去比武，實際上是要將這個從未見面的師弟狠狠地教訓一番。

華山派門規森嚴，特別講究長幼之序，孫仲君對袁承志呵斥攻擊，是不敬尊長，嚴重違犯門規，但歸二娘對此視而不見。而袁承志卻不得不遵守門規，去領教二師兄夫婦的責罰。若不是木桑道長到場，通過夏青青傳授「神行百變」，袁承志必定要吃大虧。

歸二娘護短的另一重要證據，是她帶著孫仲君去殺害洪勝海全家。殺害不會武功的洪家老母、妻子和子女，明顯是濫殺無辜。歸二娘帶著徒弟這麼做，只因為洪勝海欺負了她的徒弟，她根本就不問此事的前因後果；更不思考洪勝海為何會那樣做？只想著讓受了委屈的徒弟出氣，不惜殺害無辜，泄其私憤。有這樣的師娘，孫仲君自然有恃無恐，為所欲為，成為飛天魔女也就勢所必然。

再說第三個話題：飛天魔女行為與個性的內因。

飛天魔女的行為，與其師父歸辛樹夫婦有關。但若把飛天魔女的行為完全歸咎於歸辛樹夫婦，則明顯有偏頗。這樣說的理由是：劉培生也是歸辛樹的弟子，為什麼他不像梅劍和那樣驕狂，更不像孫仲君那樣胡作非為？

飛天魔女的形成，有其主觀內在因素。簡單說，就是心浮氣躁，知識淺薄。證據是，當袁承志說自己是華山派祖師爺穆人清的弟子，梅劍和與孫仲君不相信還情有可原。因為袁承志如此年輕，如何做了自己的師叔？但是，當袁承志與劉培生過招，顯示了正宗的華山派武功，且還提前告知要使用哪幾招，劉培生仍然無法抵擋，袁承志功力如此之高，足以證明他的身分了。

劉培生認了師叔，而梅劍和與孫仲君卻仍然不認，在梅劍和，是出於驕狂慣性，以為自己的劍法足以和袁承志抗衡；在孫仲君，則是心浮氣躁，壓根兒就不願承認這個師叔。袁承志施展混元功將梅劍和的長劍震斷，梅劍和與孫仲君竟不識這是正宗華山派內功，反而說袁承志是在「使妖法」，可見孫仲君的知識見解何等淺薄。

孫仲君心浮氣躁，不動腦筋，或者說沒什麼腦筋，還有更好的證據。袁承志偷走她的佩劍，她完全沒有發覺；第二天袁承志派人將她的劍還給她，她居然還大發雷霆，說盜劍人卑鄙無賴。她根本就沒有考慮，對方盜劍她無知覺，表明對方的武功遠遠高過自己，假如盜劍人當真卑鄙無賴，為何只是盜走她的劍，而不傷害她、不順手殺了她？假如對方不懷好心，為何將長劍還給她？

只因她是名門弟子，也學了幾手名門武功，受到江湖中人吹捧，就自以為了不起，從而不思深造。遇到武功比她更強者，她就請師娘幫忙。由於心浮氣躁，所以知識淺薄；由於知識淺薄，所以心浮氣躁，二者互為因果，造就了孫仲君。

孫仲君成為飛天魔女，按理說，還應該有更深刻的心理病因。假如說她心愛師兄梅劍和，而梅劍和卻沒有情感回應，讓她情感壓抑而心理變態，那就更加合情合理。但作者沒有深入到這一層，這裡也就不宜多說。

孫仲君並非天性邪惡之人，她的惡行，源自她浮躁無知，心理失衡。

《射鵰英雄傳》

一、《射鵰英雄傳》：大俠成長之路

《射鵰英雄傳》是金庸武俠小說創作的第一座高峰。小說從一九五七年起在《香港商報》上連載，一九五八年，就被香港武俠電影名導演胡鵬搬上銀幕，由曹達華、容小意主演。因為《射鵰英雄傳》，金庸被讀者稱為「武林盟主」。問題也就隨之而來：小說《射鵰英雄傳》與作者此前的作品到底有何不同？

對於這一問題，肯定會有多種不同的答案，正所謂仁者見仁、智者見智。有人可能會說，這部小說寫出了真正的大俠，為國為民，俠之大者，而且英雄出自草莽，郭靖的性格真實而生動，深入人心。另一些人則會說，這部小說以乾坤五絕，即東邪、西毒、南帝、北丐、中神通重新規劃了武林世界，創造了金庸的武林與江湖；並以華山論劍故事，增加了武林春秋即江湖歷史的向度。小說中的武林世界精彩紛呈，情節離奇，引人入勝。這些說法，各有道理。

而《射鵰英雄傳》的真正獨特之處，是把西方十八世紀的成長小說模式，引入了武俠小說創作中。

所謂成長小說，是指專門講述主人公成長故事的書，通過主人公的成長，呈現並探討人性和人生的奧秘。成長小說也叫啟蒙小說，起始於十八世紀末的德國，是西方近代啟蒙運動的重要組成部分。金庸借鑑成長小說模式，為歷史演義和江湖傳奇相結合的新派武俠小說，增加一個新維度，即人生成長的維度，讓武俠小說契合了「文學即人學」要旨，提升了品質和檔次。

金庸的第一部小說《書劍恩仇錄》，主人公陳家洛出場時，就已成年，個性相對固定，讀者對他的童年和少年經歷所知有限。第二部小說《碧血劍》，雖然是從主人公袁承志少年時期開始寫起，但篇幅很短，且只簡要地交代了他的學藝過程。《射鵰英雄傳》就不一樣了，小說是從主人公出生前開始講起：由於戰亂，主人公的父輩從山東逃亡到江南；也是因為戰亂，兩位主人公的母親，一人被帶入金國的王府，另一人則逃亡到茫茫的蒙古大草原。郭靖、楊康這兩位小主人公，出生前就背負了沉重的國恨與家仇，他們的命運也就格外令人關注。

主人公郭靖出生在母親李萍逃亡途中，母子來到蒙古草原，草原地廣人稀，生活極其艱辛。這讓小郭靖的心智發育相對遲緩，三四歲才開始說話，五六歲時說話還不大流利。幸運的是，全真派的丘處機與江南七怪打賭，分別教授楊康和郭靖武功，十八年後讓兩人比武定輸贏。江南七怪來到蒙古草原，在郭靖六歲時終於找到了他，郭靖開始了學藝生涯。這也是一般小孩子上學的年齡。江南七怪教到郭靖十八歲，相當於一般孩子高中畢業。其後，黃蓉把郭靖推薦給當世第一流高手洪七公，郭靖開始學習降龍十八掌，相當於一般人上大學。郭靖雖然不算聰明，比聰明伶俐的黃蓉簡直天差地遠，但郭靖有一個特長，那就是刻苦勤奮，他奉行的信條是：別人練一天，我練十日，結果取得了良好的成績。

在刻苦練功的過程中，郭靖的心智也在不斷開化、不斷提升、不斷進步。待到他見過南帝、東邪、西毒等當世高手，尤其是被老頑童為開玩笑而教他學習了九陰真經之後，郭靖的認知水準有了進一步的提升，這時候，郭靖已經達到了研究生水準了。經過與楊康、歐陽克、歐陽鋒等對手的打鬥實戰，郭靖的武功不斷提升，到小說的最後，郭靖的武功已經達到了第一流水平。看上去傻頭傻腦的郭靖，居然能通過自己不懈努力，而練成第一流武功高手，這簡直是個勵志故事。

另一方面，郭靖看上去很笨，江南七怪和洪七公也都說他很笨，事實證明，他並不是天生愚笨，甚至不是真笨。郭靖顯得遲鈍，實際上是環境的產物，在他的幼年生活中，除了母親就沒有別人，沒有小朋友同他說話，而母親又忙於生計，他當然不能早早說話，更不能機靈聰慧。

進一步的證據是，丘處機的人師兄馬鈺教了郭靖幾個月內功，郭靖就有明顯的進步，以至於江南七怪以為他當了梅超風的徒弟。郭靖的愚笨，不僅與環境有關，也與江南七怪的教育方法有關，這幾位老師雖然盡心盡力，但他們武功見識都有限，為了讓郭靖贏得比武，他們對郭靖實行填鴨式教育，不僅滿堂灌，而且還相互搶課，讓小小郭靖不堪重負。

江南七怪的教育方法，與日後的應試教育如出一轍。更重要的證據是，郭靖遇到洪七公之後，居然學會了降龍十八掌，可以與一流高手過招，原因是，洪七公懂得因材施教。同時也說明，郭靖並不是不堪教育的笨孩子。

更重要的是，郭靖雖然心智發育遲滯，但他卻有堅毅勇敢、仁厚慷慨的天性。郭靖的這種天性，在年齡很小的時候就已成型。例如，為了救神箭手哲別，而不畏鐵木真部屬的鞭打；又如，在小小年紀時，就從豹子利齒和利爪下救出小華箏。性格決定命運，郭靖的故事，正是由他的性格所決定。正是因為他救了小華箏，鐵木真才會對他另眼相看，格外優待郭靖母子；正是因為他慷慨仁厚，讓刁鑽古怪的黃蓉十分驚喜、一見傾心，郭靖才有向洪七公學習降龍十八掌的機會。也正因為郭靖忠義正直，對岳飛精忠報國的精神十分仰慕，才能成為為國為民的俠之大者，主動選擇投入保衛襄陽的戰鬥，不惜犧牲。

郭靖的成長，離不開黃蓉的幫助，聰明伶俐而又刁鑽古怪的黃蓉，不僅是郭靖的女友，也是郭靖的老師。郭靖是選擇華箏的婚約，還是選擇與黃蓉的愛情，成了小說的一大看點。郭靖與黃蓉的愛情，更是《射鵰英雄傳》的魅力所在。

最後，《射鵰英雄傳》不僅寫了郭靖的成長經歷，也寫了他的結義兄弟楊康的成長經歷。丘處機給郭靖、楊康取名，本意就是要讓這兩個孩子不忘靖康之恥，想不到金國王爺完顏洪烈被楊康的母親包惜弱所救，從此不能忘情，不惜策劃發動殺父奪妻行動，將包惜弱帶入王府，成為王妃，而楊康也就隨之而成為小王爺完顏康。

由於母親的溺愛，和王府中人的嬌寵，楊康從小習慣了榮華富貴，習慣了自以為是，也習慣了對武藝淺嘗輒止，以至於師父丘處機也不願花費心思。結果是，楊康不但在武功方面無法與郭靖相提並論，在人品方面與郭靖更有天壤之別，因為習慣了榮華富貴，最終竟選擇認賊作父。郭靖、楊康的成長環境不同，人生方向和道路也截然不同，這一境況出人意料，更讓人感慨唏噓。

二、黃蓉為什麼會愛上郭靖

郭靖和黃蓉的愛情，是《射鵰英雄傳》中最美麗的風景。如果沒有黃蓉，郭靖的人生就不可能有小說中那樣精彩，不可能拜洪七公為師，不可能找到《武穆遺書》，不可能成為為國為民的愛之大者。郭靖與黃蓉被很多讀者當作最可羨慕的人間佳偶。但也有一個問題，美麗而聰明的黃蓉，身為絕世高手黃藥師的獨生愛女，與郭靖的社會地位截然不同，如何會愛上笨頭笨腦且土裡土氣的郭靖？

書中對黃蓉和郭靖初次相見與相識的過程，能夠很好地回答這個問題，具體說，黃蓉愛上郭靖，有明顯的情感發展歷程。具體說，一是，從發洩憤懣到有意結識。二是從一般結識到特別感動。三是，從特別感動到傾心相愛。

下面先說第一個階段，即黃蓉從發洩憤懣到有意結識。

黃蓉和郭靖是在張家口相識的。其時，郭靖離開六位師父，第一次獨自行走江湖，正在一家飯店吃飯；而黃蓉則裝扮成衣衫襤褸的小乞丐，在這家飯店中偷饅頭，並被店夥逮個正著。郭靖以為小乞丐餓得急了才如此，擔心店夥計毆打小乞丐，於是出面干預說：別動粗，算在我賬上。

不料黃蓉接過饅頭並不吃，而是丟在地上餵狗。郭靖也不以為意，邀請黃蓉和他共餐。黃蓉問：任我吃多少，都由你做東嗎？郭靖說，當然。於是黃蓉點了四乾果、四鮮果、兩鹹酸、四蜜餞，再加八個下酒菜，再配十二個下飯菜。這還不算，過了一會兒，黃蓉說這些菜冷了，不能吃，要廚子撤下，用新鮮材料重做熱菜。

黃蓉這樣做，不過是要發洩心裡的憤懣，把郭靖當作冤大頭。黃蓉的憤懣，不是針對店夥計，當然更不是針對郭靖，而是針對不在場的父親黃藥師。黃蓉從小得父親寵愛，只因為與桃花島囚徒老頑童說話解悶，被父親嚴厲訓斥，從小被嬌慣的她如何能忍受？於是離家出走，來到北方。

黃蓉不會自我反省，把一路辛苦都歸咎於父親，而出走這麼長時間，都沒有見到父親來找她，心裡的不滿自然是越積越多，以至於滿腔憤懣需要發洩。她裝扮成小乞丐，就是專門演給不在場的父親看。她偷饅頭餵狗，當然也是發洩的手段；她讓初次見面的郭靖如此破費，同樣是為了發洩心裡堆積的憤懣。

如果郭靖不答應，黃蓉自然要另找出氣口。不料郭靖是按照蒙古人待客的習俗，無論黃蓉怎樣消費，他都不惱，而是照樣買單。更出乎意料的是，走出飯店，朔風撲面，郭靖見黃蓉衣衫單薄，立即將身上的貂裘脫下來讓黃蓉穿上，且將身上的四錠金子送了黃蓉一半。郭靖的慷慨，讓黃蓉對他的觀感明顯改觀。所以，她主動問了郭靖的姓名，並說肚子又餓了，建議找一家更好的飯店再吃一頓。此時，她不再鋪張浪費，而是點了幾樣精緻的點心，外加一壺龍井茶。這表明，黃蓉的態度有了明顯變化，即不再是洩憤，而是真心結識郭靖其人。

從發洩憤懣到有意結交，是黃蓉與郭靖相識的第一階段。

再說第二階段，即從一般結交到特別感動。

黃蓉與郭靖一起喝茶、吃點心、相互交流，仍不過是萍水相逢者的一般性結交。值得注意的是，在簡短的交流中，郭靖無意間幫助黃蓉解開了心結。郭靖問黃蓉家在哪裡，幹嘛不回家？黃蓉突然流淚，說爹爹不要我啦。郭靖說，不會的。黃蓉說，那他幹嘛不來找我？郭靖說，或許他是找了，只是沒有找到。這幾句再平常不過的對話，解開了黃蓉的心結。黃蓉雖然聰明，但被負面情緒所綁架，鑽了牛角尖，想不出所以然。

更讓黃蓉意外的是，當黃蓉故意刁難郭靖，說想要他一件寶貝，不知道他肯不肯？郭靖說：哪有不肯之理？黃蓉說，她想要那匹汗血寶馬，存心想要瞧瞧這個老實人如何尷尬拒絕。不料郭靖竟豪爽地答應了：送給兄弟就是！郭靖雖然土裡土氣，而且笨頭笨腦，卻是黃蓉從未見過的那種人。這讓黃蓉既驚訝，更感動，以至於難以自已，伏在桌子上，嗚嗚咽咽地哭了起來。郭靖不明所以，還以為是黃蓉身上不舒服，但黃蓉雖是滿臉淚痕，卻又喜笑顏開。

黃蓉如此感動，並不是因為得到了一匹寶馬，而是郭靖難以想像的慷慨，讓她感到前所未有的溫暖。黃蓉離家出走，沒有人像父親那樣關心她；郭靖的這一份誠摯的關心，因為難得而會被放大。郭靖的慷慨和關懷，不僅填補了獨自離家出走的心靈空虛，治癒了黃蓉的情感失意，甚至可以說預防了因失意而產生的心理疾病。

從一般性結交到特別感動，是黃蓉與郭靖相識的第二階段。

再說第三階段，黃蓉從特別感動到傾心相愛。

在張家口飯店門前告別時，黃蓉雖然感動，但並沒有就此愛上郭靖。黃蓉身穿郭靖贈送的貂裘，騎著郭靖贈送的汗血寶馬，如何想像郭靖、回憶與郭靖相識的過程和細節，書中沒寫，我們不得而知。對黃蓉而言，郭靖很可能仍只是一個慷慨大方的良朋好友。假如兩人從此不再相見，黃蓉固然會想起在張家口的這段美好經歷，想起郭靖的慷慨作風和溫暖情懷，並把這段美好的記憶作為人生的珍藏。但也僅此而已。真正的愛情，不僅需要時間孵化，且需要更好的機緣。

機緣很快就來了。在北京街頭穆念慈比武招親現場，楊康只比武而不招親，郭靖大打抱不平，打鬥過程中，發現黃蓉被侯通海追趕，立即罷鬥，要去救助黃蓉。雖然黃蓉的武功、見識遠遠超過了郭靖，但郭靖對她的眷顧，仍讓她十分感激。

要知道，此時的黃蓉，一直在扮演小乞丐，而且男扮女裝，郭靖對她如此，顯然是不在乎她的乞丐身分，更不是看中她的美貌，而是真正愛護她這個人。於是，黃蓉決定進一步接近郭靖，幫助郭靖，於是派人送信給他，邀他相會。

黃蓉由小乞丐變成天仙美女，固然讓郭靖大吃一驚；而郭靖的一些小小的行為細節，讓黃蓉由感激昇華為愛情。細節之一，郭靖將楊康送給王處一的點心，包了幾樣，放在懷中，要給黃蓉吃。點心被壓扁了，反而讓黃蓉更加感動。如她所說，自從母親去世，從沒有人這樣記掛過自己。

細節之二，郭靖問，你這樣好看，幹嘛要扮成小叫花？又說「好看極啦，真像我們雪山頂上的仙女」，如此讚美的語言，是愛情關係不可缺少的調料，郭靖一片真誠，更加彌足珍貴。

細節三，說到要去趙王府取藥為王道長療傷，郭靖說，「好，不過，不過你不要去。」黃蓉問為什麼，郭靖沒說出所以然，只是說「總而言之，你不要去。」這是害怕黃蓉因此受傷，不願讓黃蓉去歷險，也是把黃蓉的安全當作首選，這讓黃蓉心醉。

黃蓉與郭靖一起去趙王府冒險取藥時，就已經與郭靖傾心相愛了。其後，當丘處機讓郭靖與穆念慈訂婚，郭靖拒絕；江南七怪說黃蓉是小妖女，而郭靖說要回去對師父說：「蓉兒是很好的，很好很好的……」則讓黃蓉對郭靖的愛變得更加死心塌地。黃蓉愛上郭靖雖經歷傳奇，但情感升級卻十分真實。

三、黃蓉塑造了郭靖

郭靖與黃蓉的愛情故事，是《射鵰英雄傳》中最動人的景觀。真正美好的愛情，不僅相互愛戀並相互支撐，而且相互塑造並相互成全，從而讓兩個人共同成長。在郭靖與黃蓉的愛情經歷中，黃蓉塑造並成全的郭靖，郭靖也塑造並成全了黃蓉。這裡專說黃蓉是如何塑造並成全郭靖。

丘處機要成全楊鐵心的遺願，讓郭靖娶穆念慈；江南六怪知道成吉思汗將華箏許配給郭靖，因而不堅持讓郭靖娶穆念慈，但卻堅決反對郭靖和黃蓉交往，無論如何都讓郭靖無法應付。黃蓉突然出現，將郭靖強拉上馬，讓郭靖擺脫尷尬，兩人一起逃之夭夭。此後，黃蓉開始塑造並成全郭靖。具體包括，其一，讓郭靖接受高級武功培訓。其二，她是郭靖的文化課老師。其三，一同遊歷山水，促進文化認同。

先說第一個話題，黃蓉讓郭靖接受更高級別的武功培訓。

黃蓉和郭靖來到江南不久，就遇到了乾坤五絕之一的北丐洪七公，聰明伶俐的黃蓉，立即抓住了這一機會。知道洪七公貪食美味，烹調技藝高超的黃蓉，不僅將整隻叫花雞都讓洪七公吃了，還主動提出要為洪七公烹調更多的美食。

這一誘惑，洪七公自然無法抵抗。洪七公閱人無數，自然知道黃蓉的用心，無非是想讓郭靖學習高級武功，於是就以一招「亢龍有悔」交換黃蓉的佳餚。郭靖只練了一天「亢龍有悔」，就讓參仙梁子翁難以招架。

洪七公武功絕頂，一生從未授徒，最多只教人三招兩式而已，不料黃蓉烹調技藝高得驚人，讓洪七公耗時一個月，教了郭靖降龍十八掌中的十五招。此後又延續了半個月，洪七公不再教授降龍十八掌，只教授其他的武功理論與技藝，郭靖不再是昔日吳下阿蒙。

也是機緣湊巧，郭靖和黃蓉在寶應縣幫助丐幫弟子對付淫賊歐陽克，被洪七公看在眼裡，眼見郭靖仍不是歐陽克的對手，遂決定正式收郭靖為徒。

郭靖的這段幸運經歷，毫無疑問是拜黃蓉所賜。黃蓉的所作所為，相當於憑一己之力將郭靖推薦上了一流名校——如果把郭靖在蒙古接受江南六怪培訓的十二年比作中小學一貫制，而今拜洪七公為師，就等於是中學畢業上了大學。

洪七公是武林大宗師，武功與見識兩方面都高人一等，江南七怪無法望其項背。降龍十八掌顯然是更為高深的大學課目，更重要的是洪七公獨具慧眼，因材施教，一眼看出郭靖與黃蓉的素質迥然有別，前者適合練習降龍十八掌，而後者適合練習更為繁複多變的逍遙遊功夫。一個師父兩個徒弟，開設的課目截然不同。

值得注意的是，黃蓉要洪七公教她武功，不過是為郭靖上大學鋪路。洪七公教她逍遙遊武功，她在兩個時辰內就記住了三百六十招，此後就再也沒見她修煉。

再說第二個話題，黃蓉是郭靖的文化課老師。

郭靖生長與蒙古草原，母親李萍出生農家，對中原文化所知不多，因而郭靖從小習得的是蒙古草原文化，而對中原文化則顯然缺乏基本修養。這一缺陷，隨著與黃蓉相愛，很快就得到了充分的彌補。黃蓉是黃藥師的獨生女兒，黃藥師是博學通人，對傳統中國文化幾乎無所不精，長期薰陶之下，黃蓉的文化素養遠遠超過了一般讀書人。

實際上，黃蓉在北京第一次以少女真容與郭靖相見時，就開始了對郭靖的文化薰陶，只可惜黃蓉唱曲，那時的郭靖不知所云。

其後，黃蓉拉著郭靖騎上汗血寶馬，離開江南六怪和丘處機，一路南下，既是談情說愛的過程，也是遊山玩水的過程，同時也是郭靖進修中原文化的過程。在這一過程中，郭靖相當於上了一個專門的文化補習班，而黃蓉就是這個補習班的專任教師。

郭靖修煉的第一個科目，並不是平常意義的文化課，而是游泳，黃蓉教授郭靖游泳，既是遊戲，也是南方生活的必備技能。更值得注意的是，在太湖遊覽期間，黃蓉為郭靖開設了一系列文化課，首先是歷史，專門為郭靖講述了范蠡泛舟五湖的故事，順便討論了伍子胥、文種為國盡忠的不易，進而又討論了聖人之書是不是應該盡信。

其次是美術，重點講述了什麼是水墨山水。再次是詩詞，黃蓉和陸乘風分別高唱了朱敦儒《水龍吟・放船千里凌波去》的上下闋；接著又討論了張孝祥的《六洲歌頭》；當晚來到陸乘風家，又討論岳飛的《小重山》，以及書法理論和技藝，有些郭靖能聽得懂，有些仍然一頭霧水。

好在，郭靖遇到不懂的地方，總是向黃蓉虛心求教「蓉兒，你講這故事給我聽。」書中對黃蓉文化補習班的描寫，只是點到為止，但由此可以推測，在與黃蓉在一起的時候，郭靖時時刻刻都在作高強度的文化進修。例如，陸乘風家有八卦，陸家莊中的道路也如迷宮，得便時，郭靖肯定要向黃蓉請教五行八卦的知識。

再如，郭靖與黃蓉分別後再相逢，黃蓉在玩無錫泥人，如果郭靖有興趣，肯定會學到有關無錫泥人的知識。只要有想像力，就不難理解，郭靖與黃蓉同遊期間，確實是在不斷學習中原文化，以便熟悉中原文化，增強對祖國的文化認同。

再說第三個話題：一同遊歷山水，促進郭靖對祖國的文化認同。

郭靖與黃蓉一起遊山玩水，本身就有重要的意義。那就是讓郭靖熟悉祖國山川，熟悉中原故地的鄉風民俗，促進郭靖對祖國的文化認同。

其中最重要的線索，是和郭靖一起追蹤岳飛的《武穆遺書》。黃蓉本人對岳飛不見得多麼欽佩，對岳飛的兵書更不會有多大興趣，但她知道郭靖心懷家仇國恨，對金人在中原的暴行記憶深刻，且恨之入骨。為了不讓金國王爺完顏洪烈派出的武士得到《武穆遺書》，黃蓉陪郭靖進行了人生中最大的一場歷險。

如果沒有黃蓉，郭靖肯定沒有能力找到有關《武穆遺書》的任何線索，沿著黃蓉指點的路徑，才能一路追蹤。一路追蹤的過程，不僅是傳奇歷險，實際上也是進一步熟悉岳飛、認同岳飛的過程，同時也是郭靖熟悉天下大勢、認同漢人身分、選擇漢人立場的過程。

取得《武穆遺書》，成為岳飛的傳人，不僅傳承岳飛的兵法，在隨蒙古軍隊西征的過程中立下赫赫戰功；更重要的是，讓郭靖成為岳飛的精神傳人，成為精忠報國的大英雄，登上道德高峰，成就輝煌人生。

四、郭靖塑造了黃蓉

說黃蓉成全並塑造了郭靖，沒有人會反對，因為事實就是如此。若說郭靖成全並塑造了黃蓉，恐怕有人會提出質疑，無法相信這種說法。但實際上，男女主人公的相遇、相識並相愛，不僅是郭靖的幸運，也是黃蓉的幸運。他們共同經歷的精彩而曲折的愛情之路，不僅對郭靖十分重要，對黃蓉也同樣十分重要。如果沒有郭靖，黃蓉依舊聰明，但她的人生會是另一番景象。

下面不妨分三點加以討論。一是，郭靖的情懷溫暖並重塑了黃蓉。二是，郭靖的道德風範修訂了黃蓉的弱點。三是，郭靖和黃蓉的人生最終由郭靖導航。

先說第一個話題，郭靖的情懷溫暖並重塑了黃蓉。

郭靖與黃蓉在張家口相遇，人們大多認為，這是郭靖的福緣，如同貧寒子弟董永遇到了七仙女。實際上，這次相遇和相識對黃蓉的意義更為重大。

之所以這樣說，是因為黃蓉正處在人生的第一個關鍵路口，向何處邁步，將決定她人生的方向。此時，黃蓉正處在與父親賭氣的過程中，正在扮演小叫花子，自編自導自演一場苦情戲，尋找某個倒楣鬼發洩她滿腔怨憤。不難設想，假如黃蓉沒有遇到郭靖，而是遇到另外一個人，黃蓉要發洩怨憤，必定會惹出是非。若長期被武林中人追殺，黃蓉必定會發起更加嚴厲的反擊，如此惡性循環，結局不堪設想。

作出上述假設，並非沒有根據。黃藥師號稱東邪，做事率性而為，全憑個人好惡。黃蓉是黃藥師的獨生女，從小受父親薰陶，敵視世間道德倫理，自然有幾分邪氣。江南七怪中的韓寶駒說黃蓉是小妖女，並非無的放矢。

更值得注意的是，黃蓉從小受父親寵愛，向來嬌縱任性，想怎麼幹就怎麼幹。父親說他幾句，她就賭氣離家出走，父親沒來找她、哄她，她就覺得自己是世界上最孤苦的人。假如她長期受此負面情緒支配，而總是歸咎於旁人，進而不斷惹事生非，弄不好就會成為第二個梅超風——當年的黑風雙煞，就是這樣煉成的。

在這一關鍵時刻，幸虧遇到了郭靖。郭靖宅心仁厚而又慷慨大方，不但讓黃蓉發洩了心裡的憤懣，還解開了黃蓉的心結，即向黃蓉解釋說：她父親可能找過她，只是沒找到而已。更重要的是，郭靖贈送貂裘，不僅溫暖了黃蓉的身體，更溫暖的黃蓉的心靈；黃蓉說她想要汗血寶馬，郭靖毫不猶豫地送給了她，讓她見識了人間稀有的慷慨作風，以及仁厚溫暖情懷。

在燕京重逢，郭靖將精緻的點心揣入懷中帶給黃蓉，讓黃蓉感到從未有過的關懷。郭靖的武功不如黃蓉，卻阻止黃蓉去趙王府取藥歷險，更讓黃蓉感動到無以復加，從此對郭靖傾心相愛。

黃蓉的人生，正因為愛上郭靖而有了根本性轉折。首先，真摯的愛情是人間最美好的正能量，可以消融甚至轉化負面情緒，黃蓉心理健康，避免了由負面情緒導致的精神疾病。其次，離家出走的黃蓉，不過是一個失意的孩子，如同孤魂野鬼遊蕩人間，淒苦憤懣，無靠無依；自從有了郭靖，有了愛情，不但讓黃蓉長大成人，且有了生活的目標，有了實際生活內容，可以避免內心空虛。幫助郭靖學藝和成長的過程，實際上也在幫助她自己不斷成長。

再說第二個話題，郭靖的道德風範修訂了黃蓉的弱點。

黃蓉被裘千仞重傷，郭靖背著黃蓉求醫，歷經艱險而百折不撓，固然是郭靖成全黃蓉的重要證據。但更重要的，是郭靖光明正大的道德風範，抑制甚至修訂了黃蓉的性格弱點。黃蓉美如天仙，聰明伶俐，見多識廣，情真且深，其形象光芒四射。但在這許多優點背後，她也有非常明顯的性格弱點。

具體說，首先，黃蓉自我中心，且自以為是，她極少能設身處地為他人著想，甚至無法體驗他人的情感悲歡。證據是，她如此愛郭靖，卻無法體驗郭靖對江南七怪的感恩，始終對江南七怪不屑一顧。更不必說她多次要將歐陽克置於死地，最終壓斷他雙腿，手段毒辣，毫無內疚。

其次，黃蓉嬌縱任性，心胸狹窄，睚眥必報。證據是，丘處機要郭靖娶穆念慈，侵犯了她的利益，於是她說要找個又胖又蠢的婦女嫁給丘處機，讓她嘗嘗被逼婚的滋味。雖然沒有那麼做，但終其一生都不喜歡丘處機。

最後，黃蓉自恃聰明，不求甚解，更不肯用功訓練。證據是，作為黃藥師的女兒，武功方面只學了父親的十之二三；拜洪七公為師也是淺嘗輒止，萬不得已時才認真鑽研打狗棒法。若沒有郭靖，聰明伶俐的黃蓉，很可能聰明反被聰明誤。

郭靖對黃蓉的態度，是生活小事容她任性，遇到原則問題則堅守立場，不肯妥協讓步。典型的例子是，洪七公被歐陽鋒所傷，歐陽鋒在壓鬼島上頤指氣使，黃蓉要郭靖從背後向歐陽鋒發動突然襲擊，郭靖堅決反對，黃蓉只得依他。

郭靖幾次面臨情感危機而作出的道德抉擇，給黃蓉製造了極大的痛苦，卻也讓黃蓉在痛苦中成長並成熟。例如，當歐陽鋒在桃花島上殺害了郭靖的五位師父，嫁禍於黃藥師，由於柯鎮惡的證言，郭靖面臨師仇與情愛的直接衝突。郭靖選擇了為師父報仇，而捨棄自己的情愛，讓黃蓉苦不堪言，而黃藥師礙於面子，竟不肯放下身段，對郭靖作出解釋。郭靖把江南七怪的恩情置於個人感情之上，這讓黃蓉懂得人的感情有很多種，並不止於男女私情。

又如，在拖雷的逼問下，郭靖決定遵守承諾，離開黃蓉，娶華箏為妻，經歷九死一生的黃蓉終於懂得，世界上有某些原則有時候比私情和私心更重要。郭靖離開黃蓉，黃蓉固然痛苦，郭靖其實也同樣痛苦。在同樣的痛苦中，他們一起長大成人，最終成為眷屬。

再說第三個話題，郭靖與黃蓉的人生最終由郭靖導航。

黃蓉雖然聰明伶俐，但她自恃聰明，很少深思。因而，聰明的黃蓉也像世界上大多數人一樣，並沒有明確的人生觀。其人生，部分是滿足自己的欲求，部分是對他人的模仿，還有一部分則是應付環境的變化。但郭靖不一樣，他雖愚笨，但卻認真地思索過世界，也認真地追問過「我是誰」。

說郭靖和黃蓉的人生最終是由郭靖導航，證據是，這部小說的最後，蒙古大軍開赴襄陽，看來勢不可擋。黃蓉的打算是：「蒙古兵不來則罷，若是來了，咱們殺得一個是一個，當真危急之時，咱們還有小紅馬可賴，天下事原也憂不得這許多。」而郭靖則有不同的選擇，他說：「咱們既學了武穆遺書中的兵法，又豈能不受岳武穆『盡忠報國』四字之教？咱倆雖人微力薄，卻也要盡心竭力，為國禦侮。縱然捐軀沙場，也不枉了父母師長教養一場。」黃蓉嘆道：「我原知難免有此一日，罷罷罷，你活我也活，你死我也死就是！」通過這段對話，黃蓉的人生境界得以大大提升，因為愛，她選擇與至愛郭靖並肩赴難，讓人熱淚盈眶。

我們知道，在《神鵰俠侶》中，郭靖和黃蓉為保衛襄陽奉獻了一生，這對夫妻，成了為國為民的俠之大者。他們的人生，讓後人景仰。

五、郭黃愛情的三道難關

郭靖與黃蓉相戀經歷非常吸引人，其中有許多美好的時刻，卻也經歷了不少曲折坎坷。每一次坎坷，都是對主人公的一場道德考驗，也可以說是主人公成長的階段性試題。每一次坎坷與考驗，當然少不了精彩傳奇的故事情節，與此同時，郭靖和黃蓉的的心智水準也隨之提升，他們的道德風貌更加清晰，而他們的個性也因此而更加豐滿而生動。

所謂郭黃愛情的三道難關，一是指拖雷迫使郭靖遵守與華箏的婚約；二是指柯鎮惡說黃藥師殺了他的五個兄弟時；三是指郭靖沒向成吉思汗提出解除婚約。

先說第一場考驗，當拖雷迫使郭靖遵守與華箏的婚約時。

早在與黃蓉相識前，成吉思汗就已將自己的女兒華箏許配給了郭靖，郭靖不敢拒絕，也沒有拒絕。只不過，這樁婚事與愛情無關。郭靖與華箏青梅竹馬，一起長大，有兄弟姐妹般的親情，卻沒有耳熱心跳的男女戀情。或許華箏喜歡郭靖，但郭靖從未愛上華箏。華箏嬌縱任性，郭靖從師學藝過程飽受華箏諷刺挖苦，讓郭靖十分惱火。因為心裡沒有華箏，與黃蓉相愛就自然而然沒有芥蒂。

當丘處機要郭靖與穆念慈訂婚時，江南六怪提及了成吉思汗許配婚事，讓郭靖想起他是成吉思汗的金刀駙馬，是華箏的未婚夫。這讓郭靖有些苦惱，但真愛黃蓉就在眼前，郭靖的全部心情都在黃蓉身上，沒多少心思去想與華箏的婚事。與華箏的婚約和與黃蓉的愛情如何了結？這個問題超出了郭靖的思想能力，既然如此，就本能地將問題擱置起來，不去想它。

在江南，郭靖曾與拖雷相遇，華箏託哥哥將雙鵰帶給郭靖，與華箏的關係自然要浮上心頭。郭靖當時的想法是，自己生死未卜，不知道是否有機會回到蒙古，從而把這一難題再度擱置。

當郭靖再度遇到拖雷，拖雷質問郭靖是否遵守自己的諾言，並且說成吉思汗的子女不屑求人。郭靖不得不在現場作出選擇：自己將遵守婚約，與華箏結婚。如此選擇，是因為與華箏的婚約是與拖雷的友情、與自己的童年記憶、與自己與蒙古草原聯繫在一起。也因為隨著年齡增長，心智漸漸成熟，道德感也更加清晰：人不能不遵守自己的諾言。

當著黃藥師和黃蓉的面作出如此表態，表現了郭靖的道德勇氣，這也讓立即陷入生死危機，脾氣古怪的黃藥師，怎能容他人如此欺負自己的女兒黃蓉？若不是黃蓉及時護衛，華箏肯定會死於黃藥師之手。

幸而，郭靖的表態還有個附加條款，他會與華箏結婚，但暫時卻要和黃蓉在一起。而此時的黃蓉，也退而求其次，不求天長地久，只求曾經擁有。這一場道德與生命危機，就以誰也沒有想到的方式結束了。郭靖與黃蓉繼續同行，見黃蓉不斷惹事以加深記憶，郭靖又轉變了，他對黃蓉說，要永遠和她在一起。

再說第三場考驗：當柯鎮惡說黃藥師殺了他的五個兄弟時。

郭靖面臨的真正考驗，是朱聰等五位師父死在桃花島上，而柯鎮惡說自己的五個兄弟是黃藥師所殺，郭靖須在師仇與愛情中作出抉擇。這一次，郭靖毫不猶豫地作出了選擇，離開黃蓉，離開桃花島，找黃藥師為五位師父報仇。

郭靖離開桃花島後，黃蓉發現此事疑點重重，遂追蹤而去。在嘉興，郭靖見到黃藥師時，立即拼命打鬥，雖然武功仍不是黃藥師敵手，但他還是義無反顧，死而後已。

這樁凶殺案確實有諸多疑點，但根據現場痕跡和人情事理偵破凶案，超出了郭靖的生活經驗，更超出了他的智力水準。更何況，五位師父的慘狀，讓郭靖悲憤填胸，再無理性活動的餘地。郭靖認定黃藥師是凶手，也不是沒有道理，凶案地點是桃花島，從來沒有外人能夠侵入；黃藥師對江南七怪從來都沒有好感，且還說過要他們來桃花島領死，這些都加深了郭靖的刻板印象。更何況，在嘉興，黃藥師雖知郭靖誤會了自己，但因一貫看不上郭靖，對此竟不加辯解。

看來，郭靖與黃蓉的愛情有徹底崩盤的危險。幸而黃蓉拯救了受傷的柯鎮惡，並在鐵槍廟中冒死向傻姑、歐陽鋒查明真相，殺死朱聰等五人的不是黃藥師，而是歐陽鋒和楊康。躲在神像背後的柯鎮惡這才明白自己冤枉了黃藥師，也大大委屈了黃蓉。因而，再見郭靖時，一邊罵郭靖沒腦子，一邊自打耳光，讓郭靖走遍天涯海角，也要把「好黃蓉」找到。

在此次考驗中，郭靖的智力仍不及格，但道德勇氣卻無可挑剔。黃蓉雖受震驚、委屈和打擊，但未失去理性，更沒有任性走極端，為兩人的愛情修復留下了餘地。

再說第三場考驗，郭靖沒有向成吉思汗提出解除婚約。

郭靖尋找黃蓉，經歷了千辛萬苦，但卻始終沒有找到黃蓉的蹤跡。途中遇到拖雷，並隨拖雷一起回蒙古探望母親。適逢蒙古使者受到花剌子模國王的污蔑，成吉思汗決定西征，並任命郭靖為萬夫長、右路總指揮。

郭靖上任不久，就有上千位丐幫弟子前來效力。在郭靖為自己不懂軍事而苦惱時，魯有腳及時提醒他學習兵書，於是郭靖開始學習《武穆遺書》，有問題就向魯有腳請教。恰好歐陽鋒也來到軍營尋找黃蓉，說黃蓉曾被他抓住，但很快就逃脫了，他在郭靖軍營中發現了黃蓉的蹤跡。於是，郭靖與歐陽鋒口頭約定，要求歐陽鋒不許傷害黃蓉，要求郭靖饒歐陽鋒三次不死。郭靖發現，凡遇一問，魯有腳從來都不直接答疑，而是要回到自己帳篷轉一圈才能提供答案。他的答案總是正確而且精彩。

郭靖頭腦再遲鈍，也知道黃蓉就在自己身邊，只是不願和自己相見。郭靖命魯有腳設法立即讓他和黃蓉相見，否則就軍法從事。這一不講理的軍令，不但讓他見到了黃蓉，而且還第三次困住了歐陽鋒。

而當歐陽鋒以衣褲當飛翼脫險時，黃蓉又聯想到進攻撒馬爾罕城的妙策。讓郭靖為破城立下頭功。黃蓉與郭靖約定，待大汗賞賜有功之臣時，郭靖謝絕賞賜，而是提出解除他與華箏的婚約。郭靖也答應了。可是，破城之後，蒙古軍隊在城中實施搶劫和屠殺，令郭靖目不忍睹。在此情況下，郭靖只能向大汗提出要求，讓大汗下令停止大屠殺。

這樣一來，不僅成吉思汗大為惱火，黃蓉更是傷心欲絕。更不巧的是，恰好華箏隨丘處機也來到了撒馬爾罕，還追出來與郭靖相見。黃蓉遂以為郭靖之所以沒有辭婚，是因為郭靖與華箏藕斷絲連。絕望之下，黃蓉立即離開了撒馬爾罕城，很快就消失在茫茫大漠中。

郭靖拯救了撒馬爾罕城的數萬生命，卻因此而失去了自己至愛之人。回到蒙古駐地，母親李萍又自殺身亡，郭靖從此心如死灰，一心想忘卻武功。隨丘處機到華山，是想找老頑童詢問忘卻武功的方法，不料能再見黃蓉。黃蓉再度被歐陽鋒所俘，她和郭靖，都註定要經歷生死邊緣的痛苦掙扎。

直到此時，這對有情人才得真正團圓。此時，他們真正長大了。

上述三次難關，都是成長的經歷，也是成長的代價。

六、郭靖海上訪學記

《射鵰英雄傳》的故事主線，是主人公郭靖的成長過程。因而他所有的傳奇經歷，都是他成長的故事。郭靖與黃蓉要刺殺完顏洪烈，但完顏洪烈已經離開了燕京，半年內不會回去。郭靖和黃蓉遂決定前往桃花島，以應桃花島主黃藥師之約。

郭靖和黃蓉的桃花島之行，直至最後回歸大陸的過程，表面上是一連串的傳奇歷險，實際上是作者特意安排讓郭靖遊學或訪學的過程。在這次經歷中，郭靖不僅有武功的升級，而且也獲得了極其寶貴的人生經驗與教訓。

郭靖此次訪學經歷，可以分為三個階段。一是，結識老頑童，無意間習得九陰真經。二是，見識東邪、西毒、北丐的武功打鬥。三是，學習面對人生困境。

先說第一個階段，結識老頑童，無意間習得九陰真經。

老頑童何以會將九陰真經傳授給郭靖？書中的安排嚴絲合縫。不妨從頭說起：郭靖和黃蓉一起來到桃花島，登島不久，黃蓉就迫不及待地要去見父親，讓郭靖在島上迷路，與老頑童結識，長時間無法與黃蓉見面。

這一安排，雖有點人為刻意的痕跡，卻也說得過去，黃蓉與父親賭氣離開，如今安然歸來，自然迫不及待；黃藥師得知她帶著郭靖上島，而他非常不喜歡郭靖，自然要將女兒軟禁起來。這就給郭靖與老頑童結識，並隨老頑童學藝，留下了足夠的時間。

郭靖出現時，老頑童正被黃藥師的簫聲所困，差點就要走火入魔。郭靖幫助了老頑童，讓黃藥師惱火，卻讓老頑童感激。老頑童被黃藥師囚禁了十五年之久，長時間沒人陪他玩，當真是百無聊賴。郭靖出現，自是如獲至寶。郭靖能抵抗黃藥師的簫聲，又說九陰真經於人有害，老頑童更加喜歡，遂不顧輩分差異，硬要與郭靖結拜兄弟。

郭靖個性質樸，心地單純，正是老頑童的最佳玩伴。被囚禁的十五年間，他創造了多種武功玩法，自然要與郭靖一起玩。而郭靖久等黃蓉不至，為了讓老頑童高興，雖不覺得練武好玩，但還是要奉陪。於是，老頑童教郭靖七十二路空明拳，又教郭靖雙手互博，兩個人玩四手交戰遊戲，玩得不亦樂乎。

老頑童得郭靖提醒，雙手使用不同武功可以戰勝黃藥師，遂洋洋得意地走出山洞。不料卻被毒蛇咬了，郭靖不僅幫他吮毒，而且還放血為他治療，救了老頑童的命。老頑童大難不死，全賴郭靖，何以為報？唯有九陰真經。

只不過，老頑童的想法與眾不同，他傳授九陰真經給郭靖，並不是為了感恩，而是為了好玩。王重陽曾反覆交代不能練九陰真經，老頑童又很想知道九陰真經究竟有何妙處，就想出讓郭靖修練的主意。郭靖不知道而修練九陰真經，那就更好玩了。這種玩法，完全符合老頑童的天性，郭靖單純無知，不可能不上當受騙。

這麼著，郭靖學會了空明拳、雙手互博、九陰真經。這三項武功的修練，讓郭靖的武功水準得到了大大提升。尤其是九陰真經，相當於當世最高明的武學理論，即使郭靖只懂得其中十之一二，也能讓他的武學修養和見識突飛猛進。

再說第二階段，見識東邪、西毒、北丐的武功打鬥。

郭靖在桃花島上見識東邪、西毒、北丐三大宗師比武打鬥，是武林中人難得的機緣；只不過，普通武林人看不懂武林宗師的技藝奧妙，而郭靖恰好剛剛學過至高無上的武學理論，有此機會觀摩，相當於從理論課堂走向實驗室。三大宗師的打鬥，分為兩個階段。我們還是從頭說起。

歐陽克對黃蓉一見鍾情，懇求叔叔歐陽鋒幫他求婚，因為門當戶對，且可以阻止黃蓉與郭靖相愛，黃藥師遂欣然答應。於是，歐陽鋒來到了桃花島，兩大武學宗師多年未見，自然要試一試對方的武功進境。高手比武，不見得要動手動腳，於是黃藥師吹簫、歐陽鋒彈箏，相互試探內力修為。

郭靖渾渾噩噩，心思單純，正因為不懂音樂旋律、節奏、音調，讓他能透過現象看本質；因他剛剛學了九陰真經理論，這一場簫、箏比拼，相當於一次實驗印證。簫、箏比拼尚未分曉，洪七公又以長嘯加入其中，東邪、西毒的比武，變成了東邪、西毒、北丐三大高人之間的複雜紛爭，這就使比武實驗的複雜度進一步提升，對郭靖的啟發也更大。

由此，郭靖的武學觀摩活動進入了第二階段。洪七公來到桃花島，是為郭靖求婚，成了歐陽鋒、歐陽克叔侄的直接競爭者。加上北丐與西毒天性不合，相互間從無好感，自然免不了又一場打鬥。歐陽鋒和洪七公的打鬥，讓郭靖對武功技藝有了更進一層的理解。此前的音樂比拼，畢竟有聲而無形，郭靖的感知和領悟非常有限；而現在是兩大宗師直接動手，有形有狀，看起來更加分明。

郭靖雖然頭腦遲鈍，無法跟上西毒北丐的節奏，但即使只能領悟一二，他此時的見識也已遠遠超過了黃蓉和歐陽克。證據是，黃蓉和歐陽克兩人全然跟不上節奏、更看不懂變化；而郭靖則不但能觀摩，而且還能模仿洪七公的某些動作。此時的郭靖，雖然在武功上仍不能與東邪西毒抗衡，但卻已窺見超一流武功境界。

再說此次訪學的第三階段，學習如何面對人生困境。

黃藥師本想把女兒許配給歐陽克，不料三場考試的結果卻是郭靖獲勝。黃藥師本已許婚郭靖，又不料老頑童硬說九陰真經下半部經文是郭靖從梅超風那裡取得的，黃藥師對郭靖的反感陡增。老頑童、洪七公、郭靖坐上了黃藥師用作自己海葬的花船，船底很快破漏，不得不上歐陽鋒的大船。如是，洪七公和郭靖經歷了一番艱難曲折的海上歷險，從而開始人生的系列課程。

郭靖所學的第一課，是洪七公教他書寫「九陰假經」。在歐陽鋒的大船上，老頑童打賭輸了，不得不跳海，歐陽鋒下毒藥、用毒蛇對付洪七公和郭靖，逼迫郭靖為他書寫九陰真經。洪七公和郭靖堅持了多日，無法了局，想出了書寫假經文的主意。郭靖天性誠實，從來不會說謊，此次面臨人生困境，洪七公要他書寫假經，以便解決眼前的困局。郭靖照辦了，從此懂得事在人為。

郭靖所學的第二課，是洪七公教他忍受極端屈辱。歐陽鋒要害死洪七公師徒，卻被洪七公發現，大船失火，洪七公救助歐陽鋒，卻被歐陽鋒毒蛇咬了，失去了武功內力。來到荒島上，歐陽鋒不可一世，要黃蓉去服侍歐陽克，要郭靖砍伐樹木，郭靖難以忍受。洪七公說：「我爺爺，爹爹，我自己幼小之時，都曾在金人手下為奴，這等苦處也算不了什麼。」郭靖聽了這話，終於平靜了。因為他懂得，人生還有比眼前更加難忍的困境，在極端困境下，要學會委曲求全。

郭靖所學的第三課，是洪七公教他以德報怨。歐陽鋒偷走了郭靖、黃蓉製作的木排，黃蓉下海割斷了繩子，歐陽鋒叔侄再次落入海中。郭靖等不得不製作新木排，在海上聽到歐陽鋒呼救。黃蓉說：不要救。洪七公說：「濟人之難，是咱們丐幫的幫規，你我兩代幫主，不能壞了歷代相傳的規矩。」歐陽鋒以怨報德，洪七公以德報怨，善惡如此分明，洪七公的大俠風範，塑造了郭靖的靈魂。

七、郭靖的思考與心智升級

《射鵰英雄傳》的故事情節主線，是主人公郭靖在傳奇歷險中的成長過程。直到小說最後，郭靖仍在成長過程中。郭靖西征歸來，戰爭與屠城的殺戮畫面充斥了他的記憶，讓他不由得要思考：如此殺戮究竟有什麼意義？要復仇就難免要殺戮，到底該是不該？自己辛苦苦練武難道就是為了殺人？這些問題像鬼魂般纏繞著郭靖。一向遲鈍愚笨的郭靖，終於開始思考了，這是他心理成長與智力升級的大事件，但也是聞所未聞的奇聞。郭靖的這一段經歷，值得專題分析。

關於郭靖的思考經歷，要討論三個話題。一是，他的思考源於人生危機。二是，丘處機的說教為何無法說服他？三是，洪七公為何能解開他的心理疙瘩？

先說第一個話題：郭靖的思考源於人生危機。

郭靖是練武的人，不是思想者，不會思考，也不願意思考。之所以開始思考，源於重大的人生危機，情感深厚但心地單純的郭靖找不到人生方向。

對郭靖最大的打擊之一，是黃蓉的消失。郭靖隨成吉思汗西征，在撒馬爾罕立下了首功。知道成吉思汗肯定會論功行賞，黃蓉教他借此機會向大汗辭婚，郭靖也答應了。此時，撒馬爾罕百姓正在慘遭勝利者殺戮，郭靖於心不忍，只得懇求成吉思汗下令停止屠城，讓大汗極其光火，辭婚之言無法出口。恰好華箏也隨丘處機來到撒馬爾罕，黃蓉誤會加深，失望之下遂毅然離開，消失在大漠中。郭靖以為黃蓉死於大漠，人生失去了方向，也失去了希望與未來。

對郭靖的另一項重大打擊，是母親李萍之死。成吉思汗下令向金國進軍，錦囊中卻另有密令，要求蒙古大將在滅金後立即南下消滅大宋，還說若郭靖有異想或異動即殺無赦。郭靖當然不願幫助蒙古消滅祖國，準備與母親一道悄悄離開，不料母親被捕了，成吉思汗說，要想讓母親活命，必須聽話南征。母親李萍說要勸說郭靖，結果以刻著郭靖之名、紀念靖康之恥的匕首自殺了。母親自殺，傷重痛劇，郭靖與成吉思汗恩斷情絕，也迫使郭靖與過去徹底告別。

朱聰等五位師父被害了，黃蓉離開了，母親自殺了，殺父仇人完顏洪烈被殺了，如今只剩下他孤零零的一人，向何處去？最親的人全都不在了，人生還有什麼意義？此時的郭靖已是萬念俱灰。唯一可做的事，是去殺歐陽鋒，為死去的五位師父報仇。卻不料，他沒去找歐陽鋒，歐陽鋒卻來找他，要他說出九陰真經的秘密，郭靖不說，他就把郭靖當作練功的靶子，每日都與郭靖過招，迫使郭靖施展九陰真經功夫。在與歐陽鋒的長期打鬥中，郭靖的武功固然得到了極大的提升，但也讓他心力俱疲，對練武徹底失去了興趣。

再說第二個話題，丘處機為何無法說服郭靖？

離開歐陽鋒後，郭靖心灰意懶，踽踽獨行中，回想起西征的慘烈，尤其是撒馬爾罕屠城時的殘酷，殺戮的印象如同夢魘。由於厭惡殺戮，也開始厭惡武功，因為殺戮需要武功，練武就是為了殺戮。書中有關郭靖思考的內容，有些想法或許超出了郭靖的認知能力和表達習慣，有些文乎文乎，顯出作者刻意痕跡。但書中郭靖的核心思想，卻清晰而準確：殺戮可惡，何必練武？此時的郭靖，走向一個情緒的極端，非但不想再練武，而且想要把已經習得的武功忘卻。

在山東境內，郭靖身穿蒙古服裝，被當成韃子，受到當地村民的圍攻。郭靖不明其因，也不想用武力反擊，被打得鼻青臉腫。若非丘處機路過此地，郭靖說不定會受重傷。丘處機知道郭靖武功早已超過了自己，問郭靖為什麼不還手？郭靖將自己這段時間關於武功和殺戮的思考告訴了丘處機。丘處機聽了郭靖的所思所想，說了一番大道理，要點是：練武可以作惡，但也可以行善。勸說郭靖不必忘卻武功，應該用自己的武藝仗義行俠，為國為民。

丘處機的說教顯然沒有讓郭靖信服。眼見郭靖要自行其道，無奈之下，丘處機說，要忘卻武功，何不去向老頑童師叔請教？郭靖知道，老頑童曾設法忘記九陰真經。於是，郭靖隨丘處機來到華山。當沙通天、彭連虎等人圍攻丘處機時，郭靖仍沉浸在自己的思緒中，還沒有想通，應不應該以武功傷人殺人？因而，郭靖沒有以無力為丘處機解圍，而是獨自悄然離去。這是小說中最驚人的細節。

丘處機為何無法說服郭靖？首要原因是，丘處機的分量不夠。他說的話固然很有道理，但他這個人卻不足以讓郭靖信服。這是人際傳播中的一個重要現象，即同樣的話由不同的人說，效果會大不相同。由於不信服某個人，下意識會排斥此人的言語進入資訊接收管道，讓人聽而不聞。丘處機無法說服郭靖，還有一個重要原因，那就是他不瞭解，此時的郭靖仍是心如死灰，沒有足夠能力接受和處理丘處機所表達的理性訊息。此時的郭靖實際上處於精神麻痹狀態。

再說第三個話題：洪七公為何能解開郭靖的心理疙瘩？

郭靖的心理疙瘩最終被洪七公解開了。洪七公沒有對郭靖說任何大道理，甚至沒有專門與郭靖談話，而是在裘千仞說：「哪一位生平沒殺過人，沒犯過惡行的，就請上來動手。」時，洪七公回應說：「老叫化一生殺過二百三十一人，這二百三十一人個個都是惡徒，若非貪官污吏、土豪惡霸，就是大奸巨惡、負義薄幸之輩。老叫化貪飲貪食，可是生平從來沒殺過一個好人。裘千仞，你就是第二百三十二人！」這段話擲地有聲，讓郭靖心神震撼，心理疙瘩從此解開。

洪七公為何能解開郭靖的心理疙瘩？原因之一，是洪七公的分量與丘處機不可同日而語。郭靖向來感激洪七公，敬佩洪七公，而此刻的洪七公，正氣凜然，光彩照人，令人震撼。

郭靖的心結所以解開，還有更重要的原因，那就是他終於再見黃蓉。黃蓉非但沒有死，而且終於原諒了他沒有向大汗辭婚的行為，投入了他的懷抱，有情人相親相愛，點燃了郭靖瀕臨熄滅的生機。若丘處機在這一情境下說話，雖未必能說服郭靖，至少他能聽進去；更何況是洪七公說話？

經過這一番人生危機，郭靖的心智和道德水準得以同時升級。而此次升級的前提，正是他的積極思考。郭靖思考的那些問題，有非常重要的意義，非常值得思考；更重要的，是思考本身。沒有思考就沒有心智升級，沒有思考就沒有文明進步。可喜的是，郭靖從此不僅是行動的人，而且是思考的人，只有懂得思考，才能讓心智和道德達到更高的境界。

八、楊康的命運與個性悲劇

楊康是《射鵰英雄傳》中的重要人物。全真道士丘處機為難民郭嘯天、楊鐵心未出生的孩子分別取名郭靖和楊康，是要讓他們牢記北宋王朝的靖康之恥。郭靖後來回歸祖國，成了為國為民的大英雄，而楊康卻成了金國的小王爺，甘心認賊作父。郭靖與楊康不同命運和不同性格，是這部小說的一大敘事主題。郭靖和楊康選擇了不同的道路，後者在權欲驅使下，在人生歧途上越走越遠，最終在嘉興鐵槍廟中自取滅亡，令人感慨唏噓。他的故事值得討論分析。

關於楊康，要討論幾個問題。一是他的身分認同危機。二是他的心智與個性。三是他的情感與欲望分析。

先說第一個話題，楊康的身分認同危機。

楊康第一次露面，是在穆念慈比武招親的現場。此時，他的身分是金國趙王完顏洪烈的兒子，即小王爺完顏康。楊鐵心帶著義女穆念慈流浪江湖，目的就是尋找包惜弱和楊康母子，如今父子相見不相識。此時的完顏康是個典型的紈褲子弟，見到比武招親的旗子，雖毫無招親之意，卻要與穆念慈比武，顯擺自己，態度輕狂。

戰勝穆念慈後，既不與楊鐵心商量招親之事，卻要把穆念慈的繡花鞋當作戰利品。此舉讓郭靖無法容忍，要打抱不平，大戰完顏康。作者把嘉興醉仙樓比武之約巧妙地提前到北京街頭，目的是要展現郭靖、楊康的不同作風和品格，更重要的是要揭示楊康命運的悲劇，即身分認同危機。

所謂身分認同危機，是指楊康一直以為自己是完顏康，楊鐵心與包惜弱相見後，包惜弱突然對楊康說：這位走江湖的窮漢是他的生身父親。這讓楊康深感震驚，不敢相信，更不願相信。直到母親包惜弱隨楊鐵心雙雙自殺在街頭，由不得他不信。但他還是掉頭而去，不顧父母的遺體，也不聽師父丘處機的教訓。

此時，楊康不是不相信母親的證詞，而是不認同自己的新身分。這讓丘處機十分惱怒，大罵楊康認賊作父，並且向江南七怪誠心認輸。只不過，這個時候譴責楊康是倫理罪人，對這位十八歲的公子多少有點不公平。要責怪，也只能責怪包惜弱和丘處機在過去十八年間為什麼不告訴楊康他是漢人楊鐵心的兒子。

生身父母死後，完顏康仍以金國小王爺身分出使南宋，試圖保持習慣的身分認同。後被太湖水盜俘虜，又與郭靖重逢，才決定認祖歸宗，說要改名楊康，並與郭靖結拜兄弟。但最終，當完顏洪烈向他發起情感攻勢，尤其是提及自己的政治野心，昭示楊康可能有機會當金國皇帝的遠大前途，楊康作出了最終選擇，即認賊作父。到這時，楊康才真正成了倫理罪人，因為他已年過十八歲，且有機會對自己的身分作重新選擇。楊康的選擇，固然是性格的悲劇，卻也是命運的悲劇。

再說第二個話題：楊康的心智與個性。

楊康不僅長相英俊，而且聰明過人。證據是，梅超風教他幾招，他很快就學會了，讓梅超風不得不繼續教他武功，且稱讚他聰明。楊康比郭靖更聰明，這不是遺傳的差異，而是生活環境的產物，是社會化的結果。郭靖到三四歲才會說話，並不是因為他天生愚笨，而是因為他生活在草原上，只有母子二人，沒有充分社會化的環境，讓他早日學會說話。而楊康的生活環境則截然不同，從小就有一大批丫環、僕婦服侍，更有親兵、衛士圍繞，他成長發育的每一步，都能得到他人的呼應和鼓勵，從而心智發育正常，自然比發育遲滯的郭靖顯得更聰明。

但楊康的生活環境也有負面影響。作為小王爺，不僅從小被母親嬌寵，更被王府中所有人阿諛逢迎，這環境把他塑造成了典型的紈褲子弟。紈褲子弟的特點，一是衣食無憂，自覺高人一等，因而自以為是。二是身為富貴中人，不必刻苦訓練專業技能，就能得到誇獎，因而習慣於自作聰明。三是習慣了錦衣玉食，沒有謀生壓力，也失去了成長動力，如同寵物，難以獨立面對人生的艱難困苦。

紈褲子弟的生活方式，使得楊康雖然聰明過人，但卻無法把聰明轉化為人生智慧，亦即無法繼續提升心智水準。楊康雖然聰明，卻只是心智淺薄的小聰明，例如故意折斷兔子腿，騙好心的母親包惜弱診治；例如將楊鐵心和穆念慈關起來，騙他們回老家去，以欺騙方式解決眼前的難題。如此淺薄的心智，無法提供足夠的能力，甚至無法提供足夠的能力解決更大的生活難題，如身分認同危機。

更可怕的是，他早已成了習慣的奴隸，即習慣了小王爺的生活，習慣了飯來張口、衣來伸手，習慣了富貴的社會經濟地位。這種長期形成的生活習慣、行為習慣和心理習慣，成了他身分選擇的主要驅動力。楊康的生物身分是漢人楊鐵心之子楊康，而他習慣的社會身分是金國的小王爺完顏康，他無法自主地解決這一道德倫理難題，只能習慣性地作出自私選擇，並以淺薄心智作自我辯護。也就是說，他不能以成熟的心智去指導自己的行為，而只能在習慣驅使行為之後，為自己的選擇作出辯護和解釋。這樣的人，無法通情達理，只能自以為是。

再說第三個話題：楊康的欲望與情感分析。

楊康愛穆念慈嗎？答案很明顯，他不愛穆念慈。從比武招親的現場就能看出，他對穆念慈並無愛意，只是要調戲美女，滿足自己的虛榮心，和虛榮心掩蓋的生物欲望。問題是，穆念慈死心塌地地愛上了楊康，一方面是遵守比武招親的承諾，把承諾當成自己的命運；另一方面，也是被楊康的英俊相貌和富貴氣象所傾倒。

楊康願意與穆念慈在一起，一方面是楊康離開王府後，沒有能力獨自面對茫茫世界，發現穆念慈癡心於他，本能地把穆念慈當作行走江湖的倚靠；另一方面，穆念慈年輕貌美，也能滿足他本能的生物欲望。歐陽克調戲穆念慈，楊康殺死對方，這也不是因為愛情，而是因為嫉妒，演出的是叢林把戲。

楊康愛完顏洪烈嗎？答案沒有那麼明顯，但卻也不難找到。他對完顏洪烈的感情，一半是習慣性的依戀，一半是賭博未來的演出。說楊康對完顏洪烈沒有父子之情，而只有依賴和利用，證據是，他對愛他寵他的母親包惜弱尚且冷酷無情，何況乎對這個沒有血緣關係的父親？

真相是，像楊康這樣習慣於被嬌寵溺愛的紈褲子弟，沒有真正的愛心。理由很簡單，此類紈褲，大多是自戀的人。只習慣於被愛，習慣於被關心，習慣於成為大家關注的重點，習慣於自我中心，而無法真正去愛他人。楊康最終選擇與完顏洪烈在一起，是因為對方有傳承皇位的許諾。

楊康被社會環境所形塑，而沒有成熟的心智建構自己的人生，更沒有能力去開創自己的未來，他的一切都要靠他人賜予。因而他最終的悲劇命運，實際上早已註定。他的悲劇人生，是性格所決定，更是命運所決定。

楊康是可鄙的人，也是可憐的人。實際上，他沒有長大成人，也無法長大成人，無論多少歲，他都還是金國王府中的一個撒嬌的孩子。

九、市井之俠江南七怪

江南七怪，是指活躍在浙江嘉興的七位市井英雄，包括飛天蝙蝠柯鎮惡、妙手書生朱聰、馬王神韓寶駒、南山樵子南茜仁、笑彌陀張阿生、鬧市俠隱全金發、越女劍韓小瑩。因為與全真教道士丘處機打賭，分別去找郭嘯天、楊鐵心的妻子，分別教兩位後人武藝，十八年後到嘉興醉仙樓比武定輸贏。江南七怪遠赴蒙古大漠，花了六年時間找到郭靖，又花十二年時間教授郭靖武功。直到郭靖十八歲時，才與郭靖一起回到中原。如果沒有江南七怪，就沒有郭靖的傳奇故事，其重要性不言而喻。而江南七怪的形象，也有諸多話題值得討論。

關於江南七怪，這裡只討論幾個問題。一是，他們的共性與個性。二是，他們作為郭靖的老師。三是，他們的俠義與局限。

先說第一個話題，江南七怪的共性與個性。

江南七怪算得上是金庸小說中最著名的人物群體，也是早期金庸小說中最成功的藝術形象。他們的共性非常明顯，其一，他們都是嘉興人，算得上是作者金庸先生的老鄉。其二，他們都是市井人物，各有謀生職業，與一般武俠小說中的職業武士相比，他們有截然不同的行為習慣和生活氣息。其三，他們的武功都不算高，在世俗市井中當然是高手，但與專業的武林高手相比則差距較大。

這部書中的武林人物，大致上分為三個等級，江南七怪屬於第三等級，七個人勉強與全真教道士丘處機打成平手；全真七子算是第二等級，七個人勉強與東邪黃藥師或西毒歐陽鋒打成平手。東邪、西毒、南帝、北丐和老頑童等五大高手，是第一等級，其中前四位的武功差不多，老頑童若不施展九陰真經功夫，就不是黃藥師等人的對手，若使用九陰真經，則很可能高過黃藥師等人。

其四，江南七怪的見識也不算高，他們以柯鎮惡馬首是瞻，但柯鎮惡卻是個盲人，這或許不是作者有意隱喻，但卻也就是那麼回事。最後，江南七怪毫無疑問是俠義中人，但卻有市井氣息，行為和心理都有市井人物特點，即光棍氣，有些古怪。所以，人們當面稱呼他們為江南七俠，背後則稱呼他們是江南七怪。

江南七怪是結義兄妹，是一個團體，群體共性之上，有各自不同的個性。他們的個性，大體上與他們的職業有關。具體說，朱聰是妙手書生，說明他曾讀過書，靠偷竊富戶土豪維持生計。此人的個性是能言善辯，且靈活機巧。韓寶駒號稱馬王神，職業可能與養馬或販馬有關，此人的個性是手腳靈活，但頭腦簡單，而且脾氣火爆。

南茜仁是南山樵子，表明他是以砍柴賣柴為生。或許因為長期獨自在山上砍柴，所以寡言少語，但卻夫人不言，言必有中。張阿生外號笑彌陀，職業是屠夫。此人長相粗豪，武功硬朗，內心卻有些柔弱，深愛韓小瑩，至死都不敢表達。全金發號稱鬧市俠隱，職業是小商小販。此人的特點，是心思細密，頭腦靈活，行為迅捷。

越女劍韓小瑩，平時應該是以打魚為生，作漁女打扮，也有漁女豪氣。作者沒有專門交代老大柯鎮惡從事什麼職業，大約是本地富戶，此人見多識廣，脾氣老辣，心胸不寬，但性格堅毅不屈。

再說第二個話題，江南七怪作為郭靖的老師。

江南七怪的主要社會身分，是主人公郭靖的師父。他們與丘處機打賭，前往蒙古尋找郭靖的經歷，十分傳奇，更十二分感人。為了一個誓約，千里迢迢趕往蒙古大草原，在茫茫草原上尋找六年之久而不放棄，這樣的故事只有在傳奇中才能看到。郭靖愚笨遲鈍，與拖雷相比，已是相形見絀，與聰明伶俐的江南小孩相比，更是天差地遠。但江南七怪並不氣餒，他們看到郭靖有義氣、有勇氣、有恆心，還有禮貌。教授郭靖十二年，只為千金一諾，無怪乎郭靖終生感恩戴德。

然而，就老師這一行而言，江南七怪實在算不上高明。首先，他們自身的武功就不夠高，教授郭靖自然也就不可能高明。其次，他們的見識也不夠好，完全沒有因材施教的意識，更沒有因材施教的能力。最後，也是要命的一點，是他們的教育方法，完全是應試教育那一套。這也難怪他們，他們來蒙古教授郭靖，本來就是為了一場比武賭約，相當於畢業考試或升學考試。

為了取得更好的應試成績，江南七怪採取了滿堂灌的方式，而且還相互搶時間上課，看到郭靖達不到考試要求，韓寶駒就痛打學生；韓小瑩雖然不打，但她失望的表情，足以讓學生郭靖內疚得要命。老實說，在這幾位老師門下，學生的日子絕不好過，若非郭靖天性醇厚又毅力驚人，只怕早就中途輟學，不再忍受這份苦。

說江南七怪不高明，有實際證據。證據一，是全真教掌教馬鈺前來為郭靖開設補習班，只教郭靖呼吸、走路、睡眠，寓教於樂，寓教於日常生活，短短兩年時間，就讓郭靖有了很好的內力基礎。好笑的是，江南七怪不明真相，還以為郭靖偷偷跟梅超風學藝，背叛了師門，差點將郭靖處死。這一細節，不但說明江南七怪武功不高明，見識也不高明。證據二，郭靖跟洪七公學藝，短短幾個月就突飛猛進，原因很簡單，洪七公有見識，也有能力因材施教，讓郭靖能發揮所長。

江南七怪是不合格的老師嗎？這樣說也不公平。畢竟他們是千里往教，給郭靖紮下了堅實的武功基礎，更何況，評價老師的好壞，也不能但從業務方面衡量。江南七怪對郭靖的人生觀、價值觀和行為方式的教育，可以說大獲成功。

再說第三個話題，江南七怪的俠義與局限。

江南七怪是俠義中人。證據很多，一是，歐陽克圖謀姦淫兩家少女，江南七怪追蹤阻截。二是，想到靈智上人、梁子翁、沙通天、彭連虎等人在完顏洪烈王府聚集，可能會對南宋不利，便毫不猶豫地前往燕京打探消息。三是，黃藥師讓郭靖一個月後去桃花島領死，但柯鎮惡堅持陪同郭靖一同前往。

前往桃花島這一決定，讓朱聰、韓寶駒、南茜仁、全金發、韓小瑩五人死於非命。歐陽鋒和楊康殺死五人，嫁禍於黃藥師，故意留下柯鎮惡，是讓這位盲眼人充當證人。柯鎮惡果然上當，讓郭靖陷入師仇與愛情的矛盾衝突中，不但不再理睬心愛的黃蓉，而且還要找黃藥師拚命。柯鎮惡的盲目局限達到極端。他們已經完成了教育郭靖的使命，並以五人的生命作了考驗郭靖道德成色的試題。若不是黃蓉情感堅貞且具聰明智慧，肯定會釀成無法挽回的悲劇。

江南七怪中，張阿生早已死於蒙古，但剩下六人卻沒有變成江南六怪，而是仍沿用江南七怪之名，證明江南七怪永遠是一個團體。朱聰等五人死於桃花島，即使只剩下柯鎮惡一人，江南七怪就會繼續存在，七人如一人，一人如七人。死去的人，會活在他和郭靖心裡，活在讀者的記憶中，永垂不朽。

十、東邪西毒南帝北丐

東邪是指桃花島主黃藥師，西毒是指西域白駝山主歐陽鋒，南帝是指大理國皇帝段智興，也就是出家後的一燈大師；北丐是指丐幫老幫主洪七公。他們的名號，來自第一次華山論劍，當時參與論劍的一共有五位絕頂高手，武功最高的是中神通，即全真教創教教主王重陽。

作者設計乾坤五絕，分別為東南西北中，是要構建武林世界的頂層，不僅呈現空間布局，而且呈現時間傳統。作者讓王重陽去世，是要表明，世間再無第一人，便於東邪西毒南帝北丐相角逐，也是要為主人公郭靖樹立武功和人生的標桿。東邪等四人與郭靖都有關係，東邪是他岳父、西毒是他頭號對手、南帝是他救命恩人、北丐是他師父。下面分別說。

先說東邪黃藥師。

黃藥師的最大特點，是極其博學，也極其聰明，不僅武功絕頂，且天下知識學問幾乎無所不通。此人號稱東邪，是因為他蔑視傳統禮教，做事率性而為，情緒易怒，且習慣於歸咎旁人，容易傷及無辜。典型例證是，陳玄風和梅超風偷盜九陰真經逃離師門，他一怒之下，竟將無辜的陸乘風、曲靈風、武眠風、馮默風等徒弟打斷腿，而後逐出師門。

另一例證是，靈智上人騙他說見到過黃蓉的遺體，他憤怒之下，遷怒於郭靖，竟要殺郭靖的師父江南七怪。東邪還睚眥必報，歐陽克曾圍攻過他的棄徒，即使成了他的準女婿，他也要將歐陽克摔倒在地；郭靖六歲時誤殺了他的另一棄徒陳玄風，他竟要郭靖為棄徒償命。若不是黃蓉以死相脅，郭靖多半就會被他打死在歸雲莊。老頑童說郭靖從梅超風那裡獲得了九陰真經，即便他已認郭靖為女婿，也還是嗔怒不已，聽任郭靖乘花船葬身海底。

黃藥師心理和行為看起來不近情理，所以被成為東邪。他自己似乎也很喜歡東邪這一稱號，以為這樣才算得上是絕世高人。實際上，這人雖然絕頂聰明，卻沒有真正的大智慧。這樣說的理由，首先是，他對郭靖死活看不上眼，固然有捨不得女兒出嫁的隱秘心理，但既不尊重女兒的情感與意志，也看不懂郭靖渾金璞玉的寶貴資質。更重要的是，這個天下第一聰明人，竟沒有知識和能力控制或引導自己的負面情緒，而且不懂得自我反省，更不會公開承認錯誤。看起來，他是個獨立於世的飄逸高人，實際上不過是沒有能力自我救治的心理病人。

再說西毒歐陽鋒。

歐陽鋒作為武學大宗師，最大特長是蛤蟆功，其次是善於驅蛇用毒。此人非常自負，唯我獨尊，行為殘忍毒辣，且為自己西毒之名而洋洋得意。為了爭奪天下第一的名頭，他一直窺視九陰真經，幸而被王重陽識破，以一陽指破了他的蛤蟆功。苦練二十年後再出現，見郭靖學得九陰真經，讓郭靖默寫九陰真經，無所不用其極；獲得經文後，立即決定將洪七公和郭靖處死。洪七公救他，他讓毒蛇將洪七公咬傷，讓洪七公內力盡失。一方面是要為他日華山論劍消除勁敵，更重要的是要掩蓋他搶劫九陰真經的惡行。洪七公再次救他，他再次向洪七公下毒手，原因仍然是，他不能讓自己受窘被救的知情人活著，維持自負及心理平衡。

西毒同樣有心理疾病。他的最大隱秘，是與嫂子偷情，有了私生子歐陽克，這種不倫之愛與他的自負相矛盾，成了他心理無解的情結。他逆練九陰真經，最終精神錯亂，固然與郭靖故意亂寫九陰真經，再加上黃蓉故意錯上加錯的解釋有直接關係，但也與他早年心結有更深的關聯。精神錯亂是他心理病態的極端表現，是他的宿命，也是此類人命運的共同象徵。

再說南帝一燈大師。

南帝段智興，是大理國皇帝，以一陽指馳譽武林。在存世的四大宗師中，他出場最晚，留給人的印象卻深。出場時，他已出家為僧，法號一燈大師。黃蓉被鐵掌幫幫主裘千仞打傷，郭靖得知唯有一燈大師才能診治，便帶著黃蓉前往求醫。

見到一燈大師極其不易，原因是他的四大弟子即漁樵耕讀設法阻攔，不讓一燈大師為黃蓉治傷而耗費內力。弟子們這樣做的原因，是第二次華山論劍之期已近，若一燈大師此時耗費內力，就無法去爭奪天下第一的名頭。四大弟子都是俗人，不懂得他們的師父一燈大師此時早已勘破名關，不再有世俗虛榮心。郭靖和黃蓉見到一燈大師，他毫不猶豫地以一陽指力為黃蓉療傷，最後神疲力竭。一燈大師最後也上了華山，但卻並非為了比武爭勝，而是為了度化裘千仞。

南帝出家，成為一燈大師，一方面是因為大理國君民篤信佛教，國君有出家為僧的傳統；另一方面，則是因為深刻內疚而避位出家，懺悔前非。起因是，老頑童隨王重陽來大理皇宮做客，與寵妃瑛姑私通，並且有了孩子；孩子被裘千仞故意打傷，讓南帝診治而耗費內力，以便為華山論劍減少勁敵。南帝沒有出手救孩子，一是因為要參加華山論劍，二是因為隱秘的嫉妒心。結果孩子死了，瑛姑發瘋，震撼了南帝，其後不久就出家為僧。因為懂得自我反省，所以心理健康；因為懂得懺悔贖罪，所以滿懷慈悲。一燈大師是真正的高人。

再說北丐洪七公。

洪七公是絕頂高人中最早登場的一位，他登場時先聲奪人，開口問黃蓉討雞屁股吃。這顯示了洪七公最大的弱點，就是貪吃。他是丐幫幫主，乞丐貪吃，完全符合其身分。只不過，他之貪吃有些過分，有一次因貪吃而誤大事，自己斬斷一根食指，從而成為著名的九指神丐。乞丐貪吃而成美食家，只怕也空前絕後。黃蓉利用洪七公貪吃這一點，以美食相誘，讓他教郭靖武功。最後，郭靖和黃蓉都拜在他的門下，在內力盡失時，他還將丐幫幫主的打狗棒交給了黃蓉。

洪七公唯一弱點是貪吃，雖然懶散，但卻沒有耽誤練功；看上去粗枝大葉，實際上經驗豐富，智慧過人。對郭靖、黃蓉兩位徒弟因材施教，教郭靖練降龍十八掌，教黃蓉練打狗棒法，就是最好的證明。更難得的是他俠義公平、正直無私，是四位絕頂高人中唯一的俠者。

他救歐陽鋒時，被歐陽鋒故意放毒蛇將他咬傷，繼而在荒島上奴役他和郭靖、黃蓉，但當歐陽鋒再次遇險，他仍然不計前嫌，再度對歐陽鋒伸出救援之手。這種俠者風範，給郭靖和黃蓉上了最好的一課。郭靖因練武殺人傷人而陷入極度苦惱，無論丘處機怎樣勸解也不起作用，而洪七公的一句話，即「老叫化貪飲貪食，可是生平從來沒殺過一個好人」，讓郭靖豁然開朗。並非洪七公的話有什麼奧妙，而是因為他公正無私的形象，有超強的影響力。

十一、走火入魔的梅超風

梅超風是東邪黃藥師的弟子，是黃藥師的另一個弟子陳玄風的妻子，是郭靖成長第一階段最可怕的敵手。陳玄風和梅超風合稱「黑風雙煞」。當江南七怪在蒙古的一座山上看到一堆九個死人頭蓋骨，柯鎮惡立即想起「黑風雙煞」，即陳玄風和梅超風，就讓六位兄弟儘快逃走。

在柯鎮惡看來，江南七怪與這兩個對敵，只有死路一條，而這兩人的武功之高之怪，也確如妖魔鬼魅。實際上，他們當然不是妖魔鬼魅，只是兩個行為毒辣而心懷恐懼的人。這裡只說梅超風，因為陳玄風第一次在書中露面時，就被年僅六歲的郭靖所殺。

關於梅超風，可分三個階段說。一是，從梅若華到黑風雙煞。二是，從瞎眼寡婦到走火入魔。三是，從師門叛徒到師父的愛徒。

先說第一階段，即從梅若華到黑風雙煞。

梅超風拜師前的名字叫梅若華，從小孤苦且經歷磨難，幸被黃藥師拯救，並收她為徒，讓她按師門習俗改名梅超風。梅超風入師門不久，就與師兄陳玄風有了私情，擔心他們的戀愛關係會遭到師父的嚴懲，遂商量逃離桃花島。在逃離前，他們又偷了師父珍藏的下半部九陰真經。此事讓黃藥師極為震怒，將所有無辜弟子打斷雙腿而後逐出師門。

而陳玄風和梅超風修練九陰真經，不久後就在江湖中闖出了名頭，人稱黑風雙煞。柯辟邪、柯鎮惡兄弟遭遇黑風雙煞練功，前者被他們打死，後者雙眼被他們打瞎。黑風雙煞的師弟陸乘風無辜受池魚之殃，憤而率領武林同道圍攻他們，黑風雙煞無法在中原立足，不得不逃往蒙古。江南七怪遭遇黑風雙煞，結果是張阿生、陳玄風死，梅超風受傷，並再度逃亡。

他們相愛符合人類天性，自然無可厚非；他們要逃離，也不難理解，因為黃藥師號稱東邪，讓他們恐懼。問題是：他們逃離前，為何要盜走師父珍愛的九陰真經？黃藥師對他們不僅有授業之惠，且有救助之恩，他們偷走恩師珍藏的武學寶典，豈不是忘恩負義？由此推斷，這對年輕的戀人顯然不是心地仁厚之人。更重要的是，他們擔心自己的武功難以在武林立足，索性一不做、二不休，盜走武林至寶九陰真經。說不定，在他們潛意識中，還有要脅師父以便自保之念。

有關這段經歷的第二個問題是，他們逃離後，為什麼會變成人所共憤的黑風雙煞？陸乘風要圍攻黑風雙煞，原因不難理解。武林俠道群起響應，就一定另有原因。從黑風雙煞的綽號看，多半是武功詭異、行為毒辣，引起了公憤。

何止於此？直接原因，當然是他們只有半部秘笈，無法由修練正宗內功入手，只得望文生義，把正道武功修練成邪門技藝，「九陰白骨爪」和「催心掌」這兩門功夫，顯然不是正道武功。假如武如其人，即可推測這對夫婦智力有限，心地不仁。他們心腸毒辣，煞手無情，可能還有個原因，那就是特別害怕師父知道他們的蹤跡，因而見到任何人都想要殺人滅口，結果適得其反，引起武林共憤。

再說第二個階段，梅超風從瞎眼寡婦到走火入魔。

梅超風第一次露面，結果成了瞎眼寡婦。再次露面時，她已然走火入魔，被困在燕京完顏洪烈王府的地洞裡。若非郭靖被梁子翁追逃至此，說不定她要活活餓死在黑暗的地穴中。按照敵人的敵人即是友人的邏輯，在此次相遇中，郭靖幫助梅超風對抗梁子翁等人。因為梅超風走火入魔，不能行走，郭靖就將梅超風扛在自己的肩上與敵作戰。等到發現相互間的對敵關係，梅超風又要向郭靖詢問全真派內功口訣。

黃蓉出現，又有另一重轉機，先是以父親即將到來而唬住梅超風，後又說她有九陰真經，而讓歐陽克等人對她虎視眈眈。只因完顏洪烈需要這些歐陽克等人去追截楊鐵心夫婦，而江南六怪又與馬鈺有不傷害梅超風之約在先，才得以解開這場複雜的危局。梅超風得到了內功心法，自然也就暫時停戰。

問題是：梅超風為何會走火入魔？表面的答案是，她沒有陳玄風那樣聰明，不懂內功心法而要強練內功，走火入魔是必然結局。深一層答案是，陳玄風之死，她不僅失去了練功指導，也失去了情感的支撐；作為逃亡的瞎眼寡婦，心情肯定是既哀傷又憤懣，既悲痛又紛亂，在這種紊亂情緒下練功，最容易走火入魔。

梅超風此次出現的情境與此前大不相同。她的形象隨情境的變化而變化，此前的梅超風是令人恐懼也令人仇視，而此刻的梅超風已從鬼魅煞手變成走火入魔的瞎眼寡婦，躲藏在黑暗地穴中，其處境和形象多少有些令人同情。重要的是，她沒有殺郭靖，且對黃藥師雖心懷恐懼，卻也不無感恩之心，所以，她自己身在困境中，還要保護黃蓉。這些細節，標明了梅超風形象的變化。

再說第三階段，梅超風從師門叛徒到師父愛徒。

梅超風的第三次出現，是在蘇州鄉下，太湖之濱。穆念慈為楊康送信給梅超風，旁觀了歐陽克以毒蛇陣圍攻梅超風。只不過螳螂捕蟬，黃雀在後，黃藥師吹簫，趕走了歐陽克，拯救了梅超風。黃藥師跟在梅超風身後有一段時間了，但卻沒有對這個叛徒下手懲罰，而是救了她。黃藥師的個性，是容不得他人欺負自己的門徒，即便是叛徒，他也本能地加以保護。所以，歐陽克截殺梅超風，實際上是幫了她的忙。

另一層原因是，此時的黃藥師對自己當年的行為多少有些後悔，看到梅超風孤身一人，眼睛又瞎了，以至於被人欺侮，不能沒有憐憫之心。所以，黃藥師跟隨梅超風來到歸雲莊。在歸雲莊上，聽到裘千丈謊報黃藥師被殺消息，梅超風立即要為師父報仇，黃藥師自然不無感動。郭靖以無聲掌打敗梅超風，黃藥師再次護短，遂幫助梅超風報復郭靖。繼而，他在梅超風身上釘了三根毒針，要梅超風完成三件事，算是免了梅超風的死罪。

梅超風的第四次出現，是在臨安牛家村與全真七子遭遇。丘處機誤信裘千丈謊言，以為黃藥師打死了老頑童，大罵黃藥師，而梅超風為黃藥師辯護。進而，當黃藥師全力對付全真七子的天罡北斗陣時，西毒歐陽鋒向黃藥師發起突然襲擊，梅超風不假思索地為師父擋下了這一招。她捨身救師的行為，大大感動了黃藥師，於是黃藥師讓她正式回歸師門，這位桃花島叛徒又成了黃藥師的愛徒。

梅超風死後，黃藥師還要幫她「親手」向江南六怪報仇的行為，讓人感動，更讓人震驚。在黃藥師抱著梅超風遺體打鬥時，師徒翩翩起舞，頗有曖昧潛意識表達的韻味。但在世紀新修版中，作者將黃藥師對梅超風的曖昧潛意識挑明，反而出現了人為痕跡，過猶不及。這樣做，既損害了黃藥師形象，更損害了梅超風。梅超風從魔到人的蛻化人生，本來十分精彩，多出來的這份雜色，不但毫無必要，而且反而不美。

十二、裘千丈的盜版人生

今天要講的題目是，裘千丈的盜版人生。

裘千丈是鐵掌幫幫主裘千仞的雙胞胎哥哥，裘千仞外號鐵掌水上漂，以鐵掌功和輕功馳譽武林。在他接掌鐵掌幫之後，將一個組織鬆散的小幫會整合成聲譽顯赫的大幫，足可與丐幫抗衡。此人不僅武功超群，而且志向遠大，一心要做武林第一人。當年東邪、西毒、南帝、北丐、中神通等人第一次華山論劍，就曾邀請過裘千仞，因裘千仞武功未臻絕頂，遂婉言謝絕。此後，他一直在湖南深山中苦練鐵掌功，試圖一鳴驚人，成為天下第一。為了達成心願，他還不惜賣身求榮，做了金國趙王完顏洪烈高級奸細，要幫助金國收買丐幫。裘千仞在深山練功時，裘千丈就用弟弟之名行走江湖，過名人癮，上演可笑可悲的盜版人生。

關於裘千丈，要討論三個問題。一是，其行為的喜劇功能。二是，其角色有推動敘事功能。三是，裘千丈的盜版人生。

先說第一個話題，裘千丈行為的喜劇功能。

裘千丈第一次露面，是在太湖之濱。他頭頂水缸，缸中還裝滿水，從路上大搖大擺地經過。進而，他還在沒橋沒船的河水面上走了一個來回。這讓陸冠英十分震驚，開始以為他是來歸雲莊尋仇者，請問尊姓大名，他說他叫裘千仞，與歸雲莊沒有仇怨。陸冠英將他請入歸雲莊，陸乘風知道裘千仞是鐵掌幫幫主，武功驚人，名聲顯赫，因而對他特別崇敬。接受禮遇後，他說要練功，隨即演出了驚人的第三幕，即一面練功，一面嘴裡冒煙，這讓郭靖、黃蓉驚為天人。

陸乘風問裘千仞來此有何貴幹，他說要送給大家一場大富貴。簡單說，就是在金國大兵壓境時，讓陸乘風率領江南武士鬧事，與金國裡應外合。陸乘風不敢相信自己的耳朵，但他確實是要讓陸乘風等人配合金兵滅了大宋，以便讓老百姓免於兵火之災云云。陸乘風不屑這種賣國行為，請他離開，他又表演了第四招，即用手指將酒杯割掉一圈，莫測高深。郭靖挺身而出，要與他動手，挨了他一掌，本以為會筋斷骨碎，實際上並未受傷，發現此人內功有限，遂將他打入水缸中。黃蓉乘機追問他表演的秘密，妙手書生朱聰又乘機取得此人身上的種種道具，此人的把戲被拆解，於是成為笑柄。

但此人並不接受教訓，他在臨安附近再次出現，又表演了第五招，將短劍插入自己的腹部而渾然無事。不幸的是，他再次遇到了黃蓉和朱聰，朱聰再施空空妙手，將他的道具刀偷來，送給了黃蓉。黃蓉要讓他吃點苦頭，這位聲名顯赫的武林高人竟然說自己要拉肚子，才乘機逃脫。他的表演，又增一場笑談。

再說第二個話題，這一角色的敘事推動功能。

此人出現在小說中，不僅是製造笑料，增加閱讀趣味，同時也有推動敘事的重要功能。他畢竟是一號人物，雖知他武功不高，喜歡招搖撞騙，但他編造的一些謊言，還是讓聽者驚心動魄，無法相信，卻又不敢不信。

例如，在歸雲莊，他為了脫身，就編造了黃藥師被害的消息，讓黃蓉立即昏厥，讓陸乘風極度悲傷，也讓梅超風心神震撼。結果是，梅超風不再為難陸乘風，而是要與他聯手為師父報仇；她的這一舉動，又讓蒙面的黃藥師對這個叛徒刮目相看。又如，在臨安，他又編造了老頑童被黃藥師害死的消息，讓武功不俗而脾氣暴躁的丘處機火冒三丈，大罵黃藥師，導致梅超風為維護師父聲譽而要和全真七子拼命，進而讓黃藥師為教訓全真七子而陷入天罡北斗陣中，進而讓西毒歐陽鋒乘機對黃藥師發動突襲，梅超風奮不顧身替師父擋下這一掌，生命垂危。此人編造種種謊言，固然是為了脫身，同時也是要乘機製造混亂，讓漢人武林自相殘殺，從而無法團結抗敵，從而讓金兵順利南下。

這一角色的設置，最大的敘事功能，是讓黃蓉重傷。在丐幫亂局中，郭靖和黃蓉見識了另一個裘千仞，此人表情嚴肅，氣場強大，差點捏斷了楊康的雙手，且擋住了郭靖隔物傳功，明顯是武功高強。但在岳陽城裡與他重逢，卻又是過去的騙子模樣，深怕黃蓉和郭靖與他為難，竟要以脫褲子威脅黃蓉。裘千仞的武功為何會忽高忽低？究竟是真高還是真低？郭靖和黃蓉無法找到真確答案。他約黃蓉七天後到鐵掌峰，恰好黃蓉要找《武穆遺書》，欣然前往。結果，黃蓉再次見到裘千仞，一不留神，被裘千仞打成重傷。

黃蓉受傷，不僅是讓郭靖和黃蓉經歷一番生死考驗，更重要的是由此牽出瑛姑、南帝即一燈大師等人，讓四絕中的最後一位高人隆重登場。郭靖帶黃蓉求一燈大師療傷，經歷了漁樵耕讀相繼阻攔，極具傳奇色彩。而一燈大師為黃蓉療傷，不僅讓黃蓉恢復健康，也讓郭靖見識到一陽指和先天功的奧妙，同時還牽出老頑童和瑛姑的故事，且讓一燈大師的形象更加真實感人。

再說第三個話題，裘千丈的盜版人生。

黃蓉受傷時，仍不知道此裘千仞非彼裘千仞。直到他們逃入鐵掌峰中峰第二指節，又見到裘千仞，才發現世上居然有兩個一模一樣的裘千仞，只不過，一個是真身，一個是替身。在黃蓉和郭靖的逼問下，禁地中人才露出自己的真面目，不得不講述自己的真實身分，他說他是裘千仞的雙胞胎哥哥，名字叫裘千丈。哥兒倆幼時相差無幾，但在少年時，弟弟裘千仞無意中救了鐵掌幫老幫主，得到老幫主的賞識，不僅教他武功，且讓他繼承了幫主之位，哥倆的差異越來越大。

假如裘千丈也像弟弟那樣刻苦訓練，他的武功肯定也會大大提升；或者，假如他能安於現狀，以自己的真實身分過自己的平凡生活，即使武功不高也無妨。但裘千丈不願刻苦練功，又不安於平庸，從此走上了欺世盜名之路。因為裘千仞胸懷大志，要爭奪天下第一，經年累月在深山練功，於是哥哥裘千丈就借用弟弟裘千丈之名，在江湖中招搖撞騙，久而久之，把扮演的角色當成了真實自己，再也不願去想自己到底是誰，於是讓自己的人生變成了盜版人生。

世界上假冒偽劣、欺世盜名者原本不少，或是為了虛榮，或是為了利益，剽竊他人成果，冒用他人品牌，甚至冒他人之名上大學，但至少，這些人總還知道自己是在投機取巧，在扮演他人，還能分得清自己與他人的界限。而裘千丈的盜版人生，顯然是冒名頂替的升級版，不是一般性的虛榮心作祟，而是冒名上癮，是一種奇特的精神官能症。此類人並非白癡，也不是瘋狂，而是被自己扮演的角色所控制、綁架、異化，讓自己的人生虛假、扭曲而且荒涼。

裘千丈人生的最後一幕，是要搭乘順風鵰，終於被郭靖的白鵰啄下了鐵掌峰的千丈深谷，這是他人生故事的結局，也是一個發人深思的寓言。

十三、穆念慈的癡心戀情

穆念慈是楊鐵心的義女，楊鐵心曾在她家養傷，後來發生瘟疫，穆家只剩下這個女嬰，楊鐵心將她養大，帶著她行走江湖，尋找妻子包惜弱、義兄郭嘯天的妻子李萍和她們的孩子。燕京街頭，比武招親的旗幟下，楊康輕佻出場，戰勝了穆念慈，讓穆念慈一見鍾情。

這段戀情經歷了無數曲折，穆念慈更飽受痛苦煎熬，但最終仍是癡心不改，在鐵掌峰上自願失身，並懷上了楊康的孩子。穆念慈的癡心讓人大跌眼鏡，她的人生故事更讓人感慨唏噓。很多人都無法理解，明知道楊康不是好人，穆念慈為什麼還要一根筋，堅持一條道走到黑？但也正是因為她的這一表現，使得這一人物成了這部書中最成功的藝術形象，讓人印象深刻。

關於穆念慈的癡心戀情，要討論三個問題。一是，一見鍾情與認知局限。二是，情感偏見與癡心想像。三是，作繭自縛與宿命心理。

先說第一個話題，一見鍾情與認知局限。

在燕京街頭的比武招親現場，穆念慈對楊康顯然是一見鍾情。對這種情況，沒有任何情感心理學家能作出透澈的解釋，氣味相投，面紅耳熱，神魂顛倒，情不自禁，無法自已，這就是一見鍾情。

情感心理學家無法透澈解釋，是因為這種情況不僅有心理的作用，而且有更為神秘的生理反應。如果要強作解人，當然也可以找到幾條理由。首先，這是比武招親的現場，正當楊鐵心準備收場之際，楊康堅持要與穆念慈比試，或被看作是天賜良緣。其次，楊康長相英俊，氣質不凡，很可能會讓穆念慈心動。再次，很多世俗少女都想嫁入豪門，或是出於實利心，或是出於虛榮心。楊康的穿著打扮，顯然是富貴中人，即便穆念慈不追求富貴生活，看金銀綢緞包裹的楊康如此光彩照人，也會讓穆念慈更加傾心。

在比武現場，楊康的行為有些輕佻。但在穆念慈看來，這不是輕佻，而是瀟灑。楊康拒絕討論招親，說明他毫無此心，但楊康帶走她的繡花鞋，在穆念慈而言，這不是輕佻，是對她有心的證明。楊康終於離開比武招親現場，進而又派人將楊鐵心和穆念慈抓進趙王府，是紈褲子弟戲弄江湖兒女的典型手段。但楊康一席話，說他這樣的富貴人家若在街上找媳婦，會被他人恥笑；所以要他們回到故鄉，等風頭過後，他自會派人上門說親，一廂情願的穆念慈，不能不信以為真。

楊鐵心帶著包惜弱死在街頭雙雙自殺，楊康毫不顧惜地掉頭而去，在旁人眼裡，這是缺德且無情；而在穆念慈看來，楊康一日之內失去生身父母，不僅不可恨，反而很可憐。出於對義父楊鐵心的報恩心理，她更要關愛楊康一生一世。楊鐵心臨死前，將穆念慈許配給郭靖，並拜託丘處機成全此事。但在穆念慈看來，這是她義父在傷心絕望之下神情恍惚，忘記了他已將她許配了楊康。總而言之，此時的穆念慈畢竟年輕，受到其心智和認知水準的嚴重局限。

再說第二個話題，穆念慈的情感偏見與癡心想像。

楊鐵心、包惜弱夫婦死後，楊康不管不顧，如果說他不認生父尚情有可原，他不管慈愛的生母包惜弱實在是無法原諒。穆念慈顯然沒有這樣想，她將義父和義母的遺體暫存在廟裡，就暗自追隨楊康南下了。此時的楊康，絲毫沒有考慮自己是漢人，依舊以金國欽使的身分出訪南宋，一路排場。穆念慈跟蹤南下，對楊康一往情深，如癡如醉。穆念慈長期受教於楊鐵心，知道金國是大宋的死敵，知道金兵的侵略讓大宋子民飽受痛苦摧殘，而楊康是金國欽使，她怎麼想？

穆念慈的想法出人意料。她把楊康充當金國欽使這一事實，解釋為楊康身在曹營心在漢，是胸懷報效祖國大志而不得不在金國做臥底，一旦時機成熟時，楊康必定會為祖國作出驚人的貢獻。我們都知道，這是完全不切實際的幻想，只不過是穆念慈一廂情願。但這正是癡心之迷，因為愛楊康，產生情感偏見，進而生產出如此美麗的癡心夢想。也因為情感偏見，她相信自己的幻想，甚於觀察事實。

這就是奇妙的愛情心理，當然，這種愛情妄想，也是淺薄心智的產物。是所謂愛情使人盲目，很多年輕的戀人並非當真愛上對方，而是愛上自己想像的人。

楊康被俘並被關押在歸雲莊中，穆念慈前往營救，楊康讓她送信給南宋臣相史彌遠，穆念慈斷然拒絕，但仍不願相信楊康甘心認賊作父。楊康讓她去給梅超風送信，她欣然前往，為救心上人，她是什麼都願意做。直到她被歐陽克關入棺材中，聽到楊康與完顏洪烈的對話，才不得不相信楊康當真認賊作父，為了更大的權位，一心要幫助金國滅了父母之邦。楊康的實際表現，與她的想像完全不同。此時的穆念慈才從癡心迷夢中驚醒，自斷頭髮，決心永遠離開楊康。

再說第三個話題：穆念慈作繭自縛與宿命心理。

穆念慈與楊康重逢，表面上是機緣巧合。穆念慈離開楊康後，下定決心忘記他，打算將楊鐵心夫婦的遺體運回牛家村安葬後削髮出家。不料回到牛家村飯店，很快就再次見到了楊康。當她被歐陽克強制猥褻時，楊康出人意料地刺殺了歐陽克，歐陽克問為什麼，楊康說，因為他猥褻了自己的未婚妻。這讓穆念慈既震撼，更感動，立即回心轉意，與楊康重續前緣。和楊康一起安葬了父母後，又追隨楊康前往湖南的丐幫大會，並在鐵掌幫住地與楊康發生性關係，懷了他的孩子。

假如穆念慈沒有因愛情而盲目，就不難想到，楊康刺殺歐陽克，承認自己是他的未婚妻，與他的政治立場和人生選擇並不是一回事。更何況，楊康還說，他要殺死歐陽克，不僅是為了報復猥褻未婚妻的仇怨，更主要的是希望拜在歐陽鋒門下。因為歐陽鋒說過，他有一個規矩，即每一代都只能有一個傳人，殺了歐陽克，他就有希望成為歐陽鋒的弟子。楊康承認未婚妻，並不表明他建立了新的民族身分認同，即決心認祖歸宗，從此為祖國效力。

穆念慈追隨楊康，不過是重蹈覆轍。實際上，她早已作繭自縛，活在一廂情願的想像中。與楊康發生關係後，即便再次發現楊康的真面目與她的想像完全不同，她還是會在傷心悲痛之餘設法自我安慰，這一切都是宿命。與楊康在比武招親場子上相識，就是她宿命的開始，而後發生的一切，也全都是宿命的安排。既然是宿命，那還有什麼可說？到最後，也只有對宿命的認知和認同，才能忍受傷痛，度過難關，獲得心理平衡，讓自己活下去。宿命中的人為因素，即自己的意志和選擇，也會被當作是宿命的一部分。

這，就是穆念慈癡心戀情和人生宿命的真相。

十四、自負而好色的歐陽克

歐陽克是西域白駝山少主，名義上是西毒歐陽鋒的侄子，實際上是歐陽鋒與嫂子偷情的私生子。但這並不重要。重要的是，他對黃蓉一見鍾情，從而成了郭靖的情敵；最後，他又因為好色，猥褻了穆念慈，終於被楊康所殺。若要用幾個關鍵字來描述歐陽克，頭兩個詞肯定是自負、好色。

從他在小說中的行為表現看，此人的最大特點是好色，但仔細想，他的好色其實也是自負的表現。歐陽克確實有自負的本錢，身分、形象、武功、才智都可謂上乘，否則，眼高於頂的黃藥師也不會一度把女兒黃蓉許配給他。當然，自負也是他致命的弱點。

關於歐陽克，要討論幾個問題。一是，為什麼說他的好色是自負的表現？二是，他對黃蓉的感情。三是，悲慘結局仍與黃蓉有關。

先說第一個話題，為什麼說歐陽克的好色是自負的表現？

歐陽克的出場方式十分特殊，在他沒有出場之前，就出現了一批騎白駱駝、穿白袍子的美女儀仗隊，全都女扮男裝。他受聘於燕京趙王府，竟帶著廿四名美女隨行，召之即來。如此排場，當然是自負的表現。有意思的是，這些美女固然都是他的姬妾，卻又都是他的徒弟，他教授美女武功，也教授美女享樂。這些美女，竟都以獲得他的青睞為榮。這也難怪，他所以自負，是因為有自負的本錢。

歐陽克當然好色。帶著廿四名美女應聘趙王府，就是好色的證明。更好的證明是，他還一路做採花大盜，所到之處，總有美女遭殃。江南六怪就曾發現他採花勾當，而與他大打出手。在寶應縣城，他又俘獲了當地美女程瑤迦，若不是郭靖、黃蓉、洪七公先後出面，程瑤迦必定被他糟蹋。問題是，他既然要到處採花，為什麼又要帶大批美女隨行？反過來說，他既然帶著大批美女隨行，為什麼又要沿途採花？這問題只有一個答案，那就是，這傢伙既好色，又自負，他的好色其實是他自負的另一種表現形式。證據是，他曾俘獲過穆念慈，但卻並不強行猥褻，而是要穆念慈主動傾慕他、愛戀他、討好他。好色表現自負，由此可見一斑。

實際上，歐陽克不僅自負，而且輕狂。自負和輕狂常常是一物兩面。他到處採花，與其說是要滿足色心，不如說是輕狂顯擺。正是由於他自負而且輕狂，顯擺驅蛇術在前，顯擺靈蛇拳在後，讓洪七公早早洞悉歐陽鋒的兩大絕招，並創造出滿天花雨的打法和克制靈蛇拳的手段，因而在與歐陽鋒打鬥時不會落於下風。若非歐陽克顯擺，洪七公突然遭遇歐陽鋒的兩大絕招時，必定會手忙腳亂。

再說第二個話題，歐陽克對黃蓉的感情。

歐陽克故事的主線，是他不斷糾纏黃蓉。由於讀者大多認同主人公郭靖和黃蓉，因而產生立場偏見，覺得歐陽克不斷糾纏黃蓉，不過是他好色而已。歐陽克在趙王府初見黃蓉時，或許是由於色心，一定要把黃蓉抓到手。但黃蓉聰明地逃脫了，且對他不屑一顧，挫傷了他的自負心。但事情的後續發展就不那麼簡單了，就算他對黃蓉不是一見鍾情，其後的種種表現，卻證明他對黃蓉一往情深。

證據是，他在寶應與黃蓉重逢時說，若黃蓉願意跟他，他立即將身邊美女遣散，不再做採花勾當。黃蓉撒出滿天花雨的繡花針，明顯是要置他於死地，但他並不計較。相反，他要叔叔歐陽鋒親自寫信，向黃藥師求婚。得到肯定答覆後，他又跟著叔叔來到桃花島，黃蓉幾次傷他，他仍不予計較。明知道落花有意、流水無情，他還是要堅持到底。甚至當黃藥師改口許婚郭靖後，他還曾想設法留在桃花島上，試圖以軟磨功夫俘獲黃蓉。這想法固然有些自負，似也有真情。

進一步證據是，在荒島上，洪七公負傷，黃蓉的武功不如歐陽克，歐陽克繼續糾纏黃蓉，差點採取強制手段，讓黃蓉感受到前所未有的壓力。情急之下，黃蓉發了狠心，利用巨石將歐陽克雙腿壓斷。這對自負的歐陽克無疑是一個沉重的打擊，面臨這種情況，這種人常常會惱羞成怒，但歐陽克卻忍受了。

更意外的是，當歐陽鋒和郭靖來到荒島時，歐陽克非但沒有向叔叔告狀，反而警示黃蓉小聲說話，切不可讓叔叔歐陽鋒知道她設計壓斷他腿之事。這一細節，很可能是歐陽克一生中唯一的一次好心，好心的來源，很可能是因為他自負，似乎也因為他對黃蓉有情，從而委屈自己、維護黃蓉。

其後，歐陽鋒毫無顧忌地強迫黃蓉服侍歐陽克，歐陽克始終沒對叔叔言及自己被害真相，也沒有欺辱黃蓉。我們不能肯定地說，歐陽克對黃蓉有真愛，並把這份感情置於自己的安危之上，但歐陽克對黃蓉的情感及其表現，與他對其他人確實有很大不同。這不同，值得重視。

再說第三個話題，歐陽克的悲慘結局仍與黃蓉有關。

歐陽克的結局，是在臨安牛家村飯店內，被楊康刺殺。刺殺的理由，首先是因為歐陽克猥褻了楊康的未婚妻；其次是楊康另有圖謀，即只有殺了歐陽克，楊康才能拜在歐陽鋒門下。

楊康刺殺歐陽克，實際上還有連他自己也未必知道的原因，那就是歐陽克的自負刺傷了楊康的自尊。這兩人名義上合作，暗地裡較勁，在歐陽克看來，楊康不過是紈褲子弟而已；而在楊康看來，歐陽克武功再高，也不過是可以收買的打手。作為小王爺，如何能忍受自家打手對自己不恭？

歐陽克猥褻程瑤迦、穆念慈，有複雜的心理動機。一是他習慣如此，見到美女就想佔有。二是他斷腿之後，情緒煩躁，要戲耍美女洩憤。三是，此事的起因，仍與歐陽克對黃蓉的感情有關。

歐陽克發現黃蓉和郭靖在暗室裡療傷，又欣喜、又羨慕、又嫉妒，這才要拿眼前的程瑤迦和穆念慈作文章，試圖以猥褻這兩位女子的手段，逼迫或引誘黃蓉出面。只不過，他確實不知道穆念慈與楊康的情感糾葛，還說要與楊康分享兩位美女，不料此舉引來殺身之禍。歐陽克好色無厭，猥褻無辜少女，實在是死不足惜。死於楊康之手，在意料之外，卻也在情理之中。

輕狂者通常淺薄，自負往往源於自卑。歐陽克的輕狂淺薄，書中有清楚的交代；他是否也有某種心理自卑？例如，是否知道自己是私生子身分？是否為這一不可告人的身分而自卑？是否因為叔叔是武學大宗師，而自己卻永遠也無法達到絕頂境界而自卑？他要征服黃蓉，是否為了滿足或平衡自卑心理？書中沒有作專門的敘述介紹，我們不得而知。沒對歐陽克的心理進行深度描寫，可以說，是這部小說的一個不小的遺憾。

十五、老頑童形象及其意義

老頑童是已經去世的中神通王重陽的師弟，是全真七子的師叔，卻又是郭靖的拜把子兄弟。提起老頑童，無人不喜歡。凡是讀過小說《射鵰英雄傳》，或是看過由小說改編的電影電視劇的人，可能會忘記其他的人物，但決不會忘記老頑童。

老頑童形象鮮明，年紀與資歷都很老，脾氣和性格則如頑童，他的心智水準，當在二至十二歲之間。他在書中第一次露面時，已被黃藥師囚禁在桃花島十五年之久，頭髮鬍鬚又長又亂，黑少白多，狀如野人。但凡他開口說話，就能見其赤子之心。只要有老頑童在，就有歡樂和笑料，有時當然也會有麻煩。

關於老頑童，可說的有三點。一是，愛玩且會玩，容易惹麻煩。二是，沒有機心而心地善良。三是，老頑童的心理癥結。

先說第一個話題，愛玩且會玩，容易惹麻煩。

老頑童的這一特點，在他與郭靖相遇時就表現得非常充分。因為愛玩，想讓郭靖陪他玩，竟要和小他兩輩的郭靖結拜兄弟，郭靖不敢胡鬧，他就當場大哭，說郭靖看不起他。老實巴拉的郭靖不得不勉為其難，稱呼這位長他兩輩的長鬍子老者為大哥。結拜兄弟之後，立即獻寶，要郭靖見識見識他的七十二路空明拳，讓郭靖做他的陪練，摔得七葷八素，他就一邊哄郭靖，一邊以教他拳法為代價。

說他會玩，證據是，他被黃藥師囚禁在桃花島，閒來無事，不僅玩出了七十二路空明拳，更匪夷所思地玩出了雙手互搏，也就是自己左手與自己右手打架。他當然要把這種新奇的玩法教給郭靖，以便能與郭靖兩個人玩出四手交戰、三國用兵的多種遊戲，就連一貫嚴謹規矩的郭靖也不亦樂乎。

老頑童愛武成癡，對九陰真經一直心嚮往之，因為曾向師兄王重陽發誓不會偷看，才隱忍了十幾年。如今遇到郭靖，他立即想出巧妙的主意，要教郭靖九陰真經，只說是自己想出來的另一門古怪的武功。郭靖果然上當了，不僅修練動作，還把經文都背得滾瓜爛熟。

老頑童這樣做，不僅是想見識九陰真經到底如何，更想看郭靖得知自己上當受騙後的那副窘態，想到郭靖發窘的神情，老頑童就已樂不可支。

說他容易惹麻煩，證據是，當郭靖說他從未練習過九陰真經時，老頑童非但不為他作證，還說九陰真經的下半部是由郭靖從梅超風那裡偷來的。這個玩笑，讓黃藥師立即改變態度，不再當他是賢婿。

更麻煩的是，老頑童看中了黃藥師的海葬船，黃藥師越是阻止，他就越是要坐，弄得黃老邪心頭火起，就讓老頑童和郭靖都坐上了海葬船，讓兩位熟悉九陰真經的人沉入海底，祭奠自己的愛妻。海葬船開動不久，船底就壞了，老頑童、洪七公、郭靖等差點葬身於海水中。

老頑童愛玩且會玩，到了海上仍然能玩出新花樣，歐陽鋒說他能一舉消滅所有的鯊魚，老頑童與他打賭，結果不得不跳入海中，找到一隻魚嘴被撐開的鯊魚，玩起了海上人工摩托艇，其興奮不言而喻。

老頑童惹麻煩，也有很多例子。黃蓉讓他照顧負傷的洪七公，但他自顧自玩，很快就把洪七公弄丟了。進而，他又和靈智上人打賭靜坐，竟讓洪七公受到沙通天、彭連虎等人圍攻，險些送命。

再說第二個話題，沒有機心而心地善良。

老頑童喜歡與人玩打賭，因為沒有機心，十賭九輸。當年，就是因為他和新婚的黃藥師夫婦打賭，讓黃夫人記住了九陰真經的下卷，卻還不知道自己上當受騙。與靈智上人打賭靜坐，卻不知道靈智上人早已與同夥串通，讓人點了他的穴道，從而無論坐多少時間都無法動，自是有贏無輸。而老頑童則是憑著自己真功夫，堅持靜坐幾日幾夜。更沒想到，對方與他打賭，目的不是玩，而是要他無暇照顧重傷未癒的洪七公。若不是柯鎮惡捨命保護，郭靖、黃蓉及時趕來，洪七公的命運肯定不容樂觀。老頑童沒有機心，上當受騙自然在所難免。

老頑童天性善良，心地純真，也有很多例證。他被黃藥師囚禁十五年，若是旁人，肯定會心懷怨恨，有能力報復時，肯定要加倍報復。老頑童雖然也曾氣憤，但最後的報復手段，只是讓大名鼎鼎的黃藥師被他留下的一泡尿淋頭。這個小小的惡作劇，就算揭過了十五年囚禁的梁子。黃蓉是黃藥師的女兒，對他呼來喝去，他也不生氣；全真七子對他恭敬磕頭，他也不在意。

靈智上人、彭連虎、沙通天、侯通海等人，在嘉興煙雨樓圍攻在前，打賭作弊騙他在後，他在華山點了這幾個人的穴道，既不願殺他們，又不能放了他們，就說把他們送給黃蓉。黃蓉知道他的尷尬處境，要老頑童叫她三聲好姐姐，才教他如何處理，老頑童竟毫不猶豫地叫了三聲好姐姐。

老頑童心地善良，最好的例證是，黃蓉命他去殺了裘千仞，他對裘千仞展開萬里追蹤，好幾次制服了裘千仞都沒有殺他。說老頑童玩得興起而忘了殺人這回事，固然不算說錯，但真正的原因是，老頑童根本就沒有殺意或殺心。

證據是，在華山相見時，裘千仞不但用蛇威脅老頑童，且差點將瑛姑打死，幸被老頑童及時擋住；瑛姑告訴老頑童，裘千仞是殺他們兒子的凶手，但當瑛姑要殺裘千仞時，老頑童還是伸手擋住了。這一行為，足以說明老頑童是真正的心地純真、天性善良。

再說第三個話題，老頑童的心理癥結。

老頑童唯一的心理癥結，就是怕見瑛姑，怕見一燈大師。甚至害怕黃蓉提及瑛姑、提及「四張機，鴛鴦織就欲雙飛」這首情詩。這是因為，老頑童當年隨師兄訪問大理皇宮時，由於不懂得禮儀，在皇宮中亂竄；又因愛玩，教劉貴妃武功，以至於與劉瑛姑發生了性關係。「四張機」就是當年劉瑛姑念給他的情詩。

後來王重陽得知此事，狠狠地批評了老頑童，說他不該招惹南帝的貴妃，老頑童才知道這事對不起人。南帝要將劉貴妃許配老頑童為妻，老頑童不敢應允，倉皇逃出大理。從此，只要聽到劉貴妃、南帝段智興之名，老頑童都會望風而逃。

這段往事的真相是，一方面，老頑童身體早已發育成熟，所以能與劉貴妃發生性關係；另一方面，老頑童的心理卻未長大成人，所以才會事先不懂禮儀，事後又不敢承擔相應的責任，不敢與劉瑛姑結為夫妻，導致南帝出家、劉瑛姑心理變態。

老頑童所以不願與劉瑛姑結婚，固然是原來不知此事為錯，後來才知錯，所以不敢一錯再錯；但也可以說，他不願娶瑛姑為妻，是因為他不願承擔做丈夫、做父親的責任。因為他自己在精神上還沒有長大成人，他一直是老頑童。

說此事是老頑童的心結，不僅因為他不敢面對故人，更重要的證據，是他在桃花島中蛇毒昏迷期間，咕咕噥噥地說出了「四張機，鴛鴦織就欲雙飛」這首詩。這說明，他把此事壓抑在內心最深處。這一心結，不僅是老頑童沒有長大成人的直接證據，實際上也是老頑童無法長大成人的精神病因，因為他始終不敢面對自己的真實歷史，不敢面對真實的人生，只有沉醉在遊戲中，逃避成長。

後世有人說巨嬰，老頑童正可謂是巨嬰的前輩。

十六、神算子瑛姑的心病

瑛姑姓劉，原是大理國皇帝段智興的貴妃。她在本書中露面時，南帝已經出家，成了一燈大師；而瑛姑也離開了皇宮，在湖南鐵掌峰附近的一處黑泥沼澤中隱居。黃蓉被裘千仞打傷後，又因誤入鐵掌幫禁地，而被裘千仞追殺，與郭靖一道進入了瑛姑隱居之地。瑛姑靈機一動，讓郭靖帶著黃蓉去找一燈大師醫治，以便她乘機刺殺一燈，報仇雪恨。

瑛姑算得上是聰明人，證據是，她不僅在泥沼中自創了泥鰍功，而且自修算學還小有成就，自取外號「神算子」。從其行為表現看，她偏狹固執，不可理喻，甚至有些瘋癲，有明顯的心理病症。

關於瑛姑，要討論的問題包括，其一，慘痛經歷與心理病因；其二，心理病症及矛盾轉化；其三，老頑童才是她心藥的良藥。

先說第一個話題，瑛姑的慘痛經歷與心理病因。

瑛姑年輕時，頗得南帝的寵愛。但南帝當時癡迷武功，沒時間過夫妻生活，年輕的瑛姑耐不住寂寞，與到訪的老頑童有了私情。南帝發現後，要將瑛姑贈予老頑童，不料老頑童遭到師兄王重陽的批評後，知道與南帝寵妃私通是犯了大錯，遂不肯接受瑛姑，倉皇逃離了大理。這一經歷中，瑛姑遭受了雙重打擊，一是作為南帝寵妃而與外人私通，被公開揭露，自然是一種恥辱。更大的打擊是失戀，她傾心所愛的老頑童，竟不願與她共度人生，讓她公開受辱。

瑛姑有了身孕，懷孕足月後生下了一個男孩。這個孩子成了她心靈傷痛的良藥，也是她關注的焦點和生活的支柱。不幸的是，這個可愛的嬰兒被一個蒙面人打成了重傷，瑛姑知道只有南帝才有治療能力，於是懇求南帝救她的兒子。

南帝也曾動了救人之念，但看到孩子肚兜上繡有情詩，嫉妒心起，不肯療救。孩子終於死了，瑛姑也因此瘋了，從此對見死不救的南帝有了刻骨仇恨。其後不久，南帝出家為僧，再後來又隱居湖南，瑛姑為了報仇，也到湖南隱居。

瑛姑發瘋，直接原因是孩子之死，受了強烈刺激。她痛恨南帝，也有其理由，一是她以為傷害孩子的蒙面殺手是南帝指派的，根本就沒想到凶手另有其人。二是她只想到孩子之死是因為南帝見死不救，根本就不會去想南帝為何會這樣做，當然更不會想她所經歷的這一切，是源於她和老頑童私通。

作為寵妃而與外人私通，無論怎麼說，都違犯了法律和道德戒律。其實，瑛姑的心病還有更深層的原因，一是她逾越倫理的私通行為成了無意識心結；二是老頑童倉皇逃走，不僅使她受辱，且使她失去情感寄託以及生活的希望，這才是瑛姑真正的病因。

再說第二個話題，瑛姑的心理病症及矛盾轉化。

瑛姑的心理病症非常明顯，對南帝即一燈大師的仇恨就是證明。她一直沒有找一燈大師報仇，部分原因是一燈住處隱秘，難以進入，且漁樵耕讀四大弟子武功不弱，因而難以如願。但更重要的原因是，她把拯救老頑童作為自己的首選目標。這也說明，在她心中，找到老頑童更為重要。換句話說，在她心理結構中，對老頑童的愛心，排序在對一燈的仇恨之上。瑛姑變身神算子，是因為她鑽研算學小有成就；她之所以鑽研算學，是要拯救老頑童。老頑童被黃藥師關押在桃花島，而桃花島上按五行八卦布局，非有精深的算學知識無法隨意出入。

黃蓉的算學知識讓瑛姑自愧不如，女兒尚且如此，黃藥師之能可想而知。以自己區區之能，何以能上桃花島拯救老頑童？絕望之下，瑛姑選擇了報仇優先，指點郭靖和黃蓉去找一燈，她則隨後跟蹤。她的算計可謂精準，只可惜黃蓉的算計能力在她之上，讓郭靖假扮一燈，冒險受她一刺。卻不料，刺中之後，真正的一燈又出現在她面前。一燈袒胸讓她復仇，瑛姑無法下手，只得頹然而去。

這段情節十分驚險，也十分精彩，奧妙是，郭靖受她一刺，對瑛姑有治療作用。瑛姑在刺中對方時，心裡並無快意，反而有內疚之心，這些年來她一直痛恨南帝，卻沒有想過，南帝其實一直對她不錯。更重要的是，她一直以為是大理皇宮侍衛傷了她兒子，而今確切知道，傷人者另有其人，並非受南帝指派。

瑛姑離開一燈住處之後，怨毒未消，卻找不到報復的對象。心神恍惚之際中了迷藥，被鐵掌幫俘獲。鐵掌幫抓她，是因為她曾庇護過郭靖與黃蓉，而在沅江上，郭靖和黃蓉又救了她。由於她心病未消，見郭靖與黃蓉相愛至深，產生病態嫉妒之念，反而幫裘千仞對付剛剛救了她的郭靖和黃蓉。她的行為，讓郭靖和黃蓉震驚且憤懣；而裘千仞得意地哈哈大笑。卻不料，聽到這笑聲，瑛姑終於找到了傷害她兒子的真正罪魁禍首，正是這個裘千仞。因為殺手當年的笑聲讓她刻骨銘心，絕對不會記錯。於是，瑛姑瘋狂攻擊裘千仞，要和他拼命。

裘千仞的武功高於瑛姑，但瑛姑瘋狂打法，讓他難以招架。畢竟，當年出於私心，想借打傷嬰兒消耗南帝內力的做法內疚於心，見瑛姑如此瘋狂，不能不心生恐懼。裘千仞逃走了，瑛姑未能報仇，但她找到了仇人，也就找到了生活的目標。劫後餘生，她會一直追蹤裘千仞，哪怕追到天涯海角。

再說第三個話題：老頑童才是瑛姑心病的良藥。

瑛姑並沒有找到裘千仞。原因是，郭靖和黃蓉不久就遇到了老頑童，黃蓉知道了瑛姑和老頑童的關係，也知道瑛姑的心結，所以讓老頑童去殺了裘千仞。有意思的是，老頑童之所以服從黃蓉指使，原因是黃蓉知曉老頑童與瑛姑的定情詩。一句「四張機，鴛鴦織就欲雙飛」，就讓老頑童心驚肉跳，乖乖聽話。

瑛姑終於見到了裘千仞。那是在華山論劍前夕，洪七公憤慨於裘千仞賣國求榮，堅持要為武林鋤奸。裘千仞命懸一線之際，終於靈光一閃，回首平生，不禁冷汗淋漓，求懇一燈大師拯救他的靈魂。在裘千仞跪拜一燈之際，瑛姑正要動手殺他報仇，不料老頑童伸手擋住了她，然後立即逃遁。瑛姑來不及多想，就放棄了復仇行動，追蹤老頑童，離開了華山。

為什麼說老頑童是瑛姑心病的良藥？當然是因為瑛姑癡戀老頑童，只有找到老頑童，她才會心滿意足，不會再發瘋。更重要的原因是，愛情是正能量，產生美好的期待，能夠讓人心理健康，而仇恨和怨毒則只能產生負能量，讓人深陷其中，難以自拔。只不過，要追蹤老頑童，談何容易？從離開華山時起，要經過三十六年之久，在《神鵰俠侶》的主人公楊過的幫助下，瑛姑才能與老頑童再見，並與老頑童從此不再分離。好在，追求的過程本身就有人生意義。

十七、小說中的成吉思汗

成吉思汗是歷史人物，是蒙古族歷史上最偉大的英雄，是影響中國和世界歷史的偉大軍事家和政治家。在《射鵰英雄傳》中，寫到了這一歷史人物，雖然只是若干片段，但鐵木真即後來的成吉思汗形象仍然相當生動，光彩照人。雖然他在小說中出場次數不多，但他的一舉一動，一言一行，無不表現出英雄人物的非凡特質。他與郭靖的關係非常密切，從中可看出這一歷史人物的成就與局限。

關於成吉思汗，可以從三個方面去討論。一是，作為一個軍事天才。二是，作為一個政治領袖。三是，他與郭靖關係及其變化。

先說第一個話題，鐵木真作為一個軍事天才。

鐵木真第一次登場，就是在戰場上。當時鐵木真正在率領自己的族人與最大的敵對部落進行惡戰。正面作戰無法獲勝，鐵木真就命令部屬分別向四方撤退，他自己則率部登上小丘，吸引對方攻擊自己，以便自己的軍隊在外包圍，形成內外夾擊。

這一布局，大大超出了草原戰爭的常規。更可貴的是，鐵木真的小股部隊傷亡嚴重，鐵木真本人也嚴重受傷，但他仍然在堅持，要等到敵方再而衰、三而竭，再讓自己的周邊生力軍發起包圍夾擊，一舉摧毀敵方士氣，獲得勝利。

鐵木真的軍事天才從何而來？書中有兩個細節。一是，天空中出現黑鵰群和兩隻白鵰紛爭，很多人都在看，無非是看熱鬧而已，但鐵木真卻在看戰略戰術。黑鵰包圍下的兩隻白鵰分頭逃逸，吸引追兵，各個擊破，這一戰術讓鐵木真大呼聰明，讓自己的部屬記住。這表明，鐵木真的天才來自有心觀察，用心體驗，從而獲得萬物的啟示。

另一細節是，面對金國使者的部隊，鐵木真與部屬討論，能不能戰勝他們？部屬說，可以以少勝多，鐵木真說，一個人可以吃掉一頭牛，不過不是一次吃掉，而是分為多次。這表明，鐵木真隨時隨地都在思考打仗。

統一蒙古草原，成為成吉思汗軍事成就的新起點。成吉思汗戰無不勝，最重要的是軍紀嚴明，領導得當。例如，號令發出，成吉思汗屈完十指，所有大將必須集合完畢，遲到者會遭重罰，連六歲幼子拖雷也不例外。這就是「明號令，嚴紀律」。

另一細節是，與花剌子模作戰前，讓書記寫戰書，書記長篇大論，被成吉思汗否決，說只須寫六個字：「你要戰，便作戰」。這六個字的戰書立即傳遍軍營，成為鼓舞士氣的口號。更好的例證是，在提出向金國進軍計畫時，成吉思汗的戰略思想，居然與郭靖從《武穆遺書》中「攻而不攻，不攻而攻」的誘敵分兵思想如出一轍。成吉思汗打仗不靠兵書，是靠經驗和智慧取勝。

再說第二個話題：鐵木真作為一個政治領袖。

鐵木真不僅是軍事天才，也是個傑出的政治領袖。政治是軍事的基礎，也是軍事的目標。作為非凡的政治領袖，鐵木真有其遠大的政治抱負，他對郭靖說，要把天下所有大地，變成蒙古人的牧場。人類相互征戰，無非生存競爭。要想在生存競爭中獲得勝利，必須有足夠的政治與軍事人才。

鐵木真的政治素養，在收服神箭手哲別的細節中可見一斑。哲別是射傷鐵木真的人，鐵木真下令，一定要擒住他。看到哲別英勇無畏，箭術通神，部屬希望大汗能免他一死，鐵木真立即改變主意，不計前嫌，將他收入麾下，任命他為十夫長。在王罕營中，王罕之子桑昆說哲別不配用他的金杯喝酒，這是奇恥大辱；事後，鐵木真將自己頭盔取下，為哲別斟酒，並提升哲別為百夫長。哲別有此隆遇，能不死心塌地？

鐵木真能贏得人心，不僅是因為他的種種英雄壯舉，更重要的是他的政策符合民意，更適應時代潮流。在當時，草原部落大多是原始共產制度，即所有牲畜、財產和戰利品，都歸集體所有。鐵木真改變了這一傳統，主張論功行賞，戰利品歸私人所有，在集體內部推行私有制。這一政策，得到了年輕一代的熱烈回應，這一制度改革，正是成吉思汗贏得民心、戰無不勝、統一草原的政治基礎。

鐵木真與義父王罕、義弟札木合的戰爭，是新舊體制之間的關鍵之戰。作為傳統體制的既得利益者，王罕和札木合對鐵木真的做法深懷憂懼，遂向鐵木真發動突然襲擊。札木合與鐵木真絕交時，說出了新舊價值觀的矛盾，說鐵木真引誘了他的部屬，影響了他的部落，所以不顧結義之情，要消滅鐵木真。

鐵木真脫險後，發動突襲戰，一舉消滅王罕、札木合部落，統一了蒙古草原。成吉思汗的偉大成就，不僅源於他的軍事天才，更源於他的政治抱負和政治領導才幹。

選擇三子窩闊台為自己的接班人，也是成吉思汗政治智慧的表現。長子朮赤、次子察合台雖然都英勇無敵、戰功顯赫，但都心胸狹窄、脾氣暴躁，親和力遠不及窩闊台。前者只能是軍事統帥，可以摧毀敵人的城市和村莊；後者才是合格的政治領袖，能夠征服人心。這一選擇，表明成吉思汗絕不僅是馬上英雄。

再說第三個話題，成吉思汗與郭靖的關係及其變化。

成吉思汗與郭靖的關係，簡單說，是撫養之恩、知遇之隆、殺母之仇。

撫養之恩，是指郭靖六歲時，鐵木真收留了郭靖母子。一是因為哲別感其救命之恩，要帶郭靖母子同行，得到大汗准許。二是因為郭靖與拖雷結義，讓鐵木真對郭靖更加照顧。三是郭靖從桑昆的黑豹爪下救出了華箏，鐵木真對郭靖更是另眼相看。此後十二年，郭靖母子生活無憂，全賴鐵木真撫養照顧。

成吉思汗對郭靖確有知遇之隆。在王罕、札木合突襲時通風報信，其次是在敵軍重圍中，英勇奮戰，贏得了救援時間。鐵木真說，要把郭靖當作親兒子對待。在消滅王罕、札木合後，鐵木真將女兒華箏許配給郭靖。最後，在西征花剌子模時，又封郭靖為那顏萬夫長。成吉思汗重視郭靖，其實是因為郭靖屢立功勳。

殺母之仇，是指郭靖母子發現成吉思汗在滅金後再滅大宋的密令，郭靖母子向來有漢民族身分認同，當然不能賣國求榮，所以決定離開蒙古。因為華箏告密，成吉思汗派人抓捕了郭靖的母親李萍，逼迫李萍自殺。雖然成吉思汗並沒有親手殺死李萍，但他直接導致了李萍之死。郭靖從此告別蒙古，回歸中原。

有意思的是，成吉思汗臨終前，要見郭靖。郭靖也和拖雷一起趕往成吉思汗大帳。成吉思汗對拖雷和郭靖說：「你們須得始終和好，千萬別自相殘殺。札木合安答是一死完事，我每當想起結義之情，終夜難以合眼。」這話修訂了成吉思汗形象。而郭靖對成吉思汗說：「大汗武功之盛，古來無人能及。只是大汗一人威風赫赫，天下不知積了多少白骨，流了多少孤兒寡婦之淚。」這段話，點明了這部小說的思想主題。成吉思汗臨終前，喃喃念叨「英雄，英雄……」，這場景，更是拓展了小說的想像空間，讓人思考：什麼是真正的大英雄？

《神鵰俠侶》

一、《神鵰俠侶》：個人獨立與人性啟蒙

這個題目有兩個要點。先說第一個要點，即個人獨立。有兩方面理由，一是外部理由，這部小說於一九五九年開始創作，在《明報》創刊號上開始連載。離開《大公報》系，離開長城電影公司，與沈寶新合夥創辦《明報》，不僅是金庸本人獨立創業的開端，也是他思想解放和精神獨立的真正開端。

二是內部的理由，《神鵰俠侶》這部小說，雖然是「射鵰三部曲」的第二部，故事緊接著《射鵰英雄傳》，但作者的價值觀念和小說的思想主題都有重大的改變。具體說，《射鵰英雄傳》的立場是道德的立場，而《神鵰俠侶》的立場是人性的立場；《射鵰英雄傳》的價值觀是集體主義價值觀，而《神鵰俠侶》的價值觀是個人主義價值觀；郭靖的形象是民族俠士的形象，而楊過的形象則是個性色彩鮮明的情聖形象。

《神鵰俠侶》是以楊過的成長為主線，只不過，楊過成長的方向和目標，與郭靖截然不同，即不是成長為俠之大者、為國為民，而是成長為至情至性的人，成為最好的自己。《神鵰俠侶》的核心情節，是主人公楊過與他的師父小龍女的戀情。這一戀情不能被郭靖、黃蓉夫婦接受，因為徒弟和師父戀愛結婚，違背了傳統的禮教規範。書中有一章，題目就是「禮教大防」，專寫楊過和郭靖的直接衝突。

郭靖在分別多年後再次見到楊過，心中歡喜，準備把女兒郭芙許配給楊過為妻，要繼續郭、楊兩家三代情誼。誰知道楊過並不接受，而是說，他要與師父小龍女在一起，無論是出於私心還是出於公義，郭靖都不能同意，兩人劍拔弩張，郭靖將楊過抓舉起來，差一點就將他摔死。而楊過卻說：我要與姑姑在一起！我沒有害人！我沒有錯！楊過的這一自我辯護，就是他的個人獨立宣言。

再說人性啟蒙。比較《射鵰英雄傳》和《神鵰俠侶》的第一回，就很容易看出這兩部書的不同。前者第一回的回目是《風雪驚變》，意思是歷史滄桑，內容是說書人說唱戰亂故事，有詩為證：幾處敗垣圍故井，向來一一是人家；後者第一回回目是《風月無情》，意思是情愛不能如願，內容是傷心人復仇，有詞為證：芳心只共絲爭亂。

在《射鵰英雄傳》第一回中，出現郭嘯天和楊鐵心兩個人物，這是逃避戰亂的正常人，而在《神鵰俠侶》第一回中，出現了兩個人物，一是武三通，一是李莫愁，這兩個人都為情而發瘋，用專業術語說，就是典型的精神官能症患者。武三通是因為不滿自己的包辦婚姻，而後暗戀自己的養女，情感不能自拔，而在道德壓力之下，終於精神崩潰。李莫愁的情況更為特殊，她愛上了陸展元，陸展元卻愛馮沅君，這本來是人間常事，所謂人生不如意者十常八九，但李莫愁卻想不通，以至於發瘋，要殺陸展元全家。這事既令人憤慨，也讓人傷懷。

楊過的成長經歷中，有兩個重要場景，一是活死人墓，一是絕情谷。這也是書中最重要的兩個象徵性場景：兩個場景其實有共通性，可以相互詮釋：活死人生存狀態就是絕情，絕情之地就是活死人墓。證據是，王重陽和林超英本是一對愛侶，相互關愛卻不能相互理解，最終林朝英住進了活死人墓裡，與王重陽咫尺天涯；絕情谷中的公孫止等人，不能吃葷，不能歡笑，更不能動情，把人間情愛視為要命的情花毒刺。

絕情谷美麗的風景之下，還藏著一樁令人髮指的罪惡，道貌岸然的公孫止將自己的妻子裘千尺打殘，拋棄在幽深的山洞裡。夫婦之間相互輕視、相互傷害、相互仇恨，徹底喪失了獲得愛情幸福的能力。

楊過的存在，就是顛覆活死人墓的傳統，以他的青春衝動和真情摯愛，使得小龍女有了走出活死人墓的機會，開始雖然坎坷，但卻因為有情，而終於獲得情愛與人生的圓滿。楊過同樣也顛覆了絕情谷的傳統，救出了在地底掙扎了十幾年的裘千尺，揭穿了公孫止的道德偽裝，最終和程英、陸無雙一起，徹底剷除了令人望而生畏的情花毒刺。小龍女和楊過先後跳下斷腸崖，雖然付出了十六年生死茫茫而苦苦思念的代價，但也生動演示了什麼是人間真情。

活死人墓和絕情谷的共通性，就是不懂得人性，不懂得自己，不懂得如何與人相愛。

不懂，即是蒙昧。蒙昧之人不僅存在於活死人墓和絕情谷，也存在於人間的任何地方。最典型的例子，就是郭芙，她是郭靖、黃蓉的女兒，典型的星二代，養尊處優，頤指氣使，自以為是，以至於心浮氣躁，見淺識薄，蒙昧無知。自以為愛上了武敦儒、武修文兄弟，其實不過是典型的公主遊戲，滿足自己的虛榮心；自以為愛上了耶律齊，因為耶律齊老成持重，厚道可靠，很像她爸爸郭靖，其實不過是對媽媽黃蓉的淺薄模仿。

可是她的生活並不愉快，時常有無名之火，而她卻不知道自己為什麼總是不快，不知道自己為什麼總是嫉妒妹妹郭襄。直到襄陽大戰中，楊過威風八面，拯救了她的丈夫耶律齊，三十多歲的郭芙才似乎有點明白，自己為什麼不愉快，那是因為自己一直不知道什麼是自己的真愛或最愛。郭芙的例子說明，人們都以為自己瞭解自己，事實卻並非如此。

楊過的人生極其坎坷，從很小的年齡開始，就不得不自己照顧自己。所謂禍兮福所依，在自己照顧自己的過程中，學會了自助，學會了自立，心智成長，人格獨立，如此才能充分地瞭解人性，瞭解自己，從而能自己成全自己。楊過的成長和愛情故事，是一份人格獨立宣言，也是一份人性啟示之書。

如果說《射鵰英雄傳》是道德之書，主人公郭靖是集體主義的道德英雄；那麼《神鵰俠侶》就是人性之書，主人公楊過是個人主義的情感豪傑。這部書的真正啟示在於，過去，我們總以為道德與人性、集體主義和個人主義是截然對立、水火不容的；而在楊過的故事中，我們卻看到，楊過的人性化立場並沒有影響他的道德人格確立；而楊過的個人主義價值，也沒有影響到他為自己集體即社會、民族和國家奉獻自己的才幹和能力。

小說的最後，楊過也來到了襄陽大戰前線，不僅參加了這場戰爭，而且在戰爭中立下殊功。戰爭勝利之後，楊過與郭靖並肩攜手，接受襄陽百姓歡呼的場景，充分證明，楊過的人生之路，與郭靖殊途同歸。如果說，郭靖是古典精神價值的典型，那麼楊過就是現代精神價值的典型。

二、楊過是怎樣的一個人？

楊過是《神鵰俠侶》的主人公。他是楊康和穆念慈的兒子，父親楊康慘死在嘉興鐵槍廟時，他還沒有出生，但由於這一血統，讓黃蓉始終對他另眼相看。母親早逝，楊過不得不流浪在嘉興市井間，自己照顧自己。

楊過的成長和成才，稱得上是真正的奇蹟，但在奇蹟的背後，卻有堅實的心理與人性依據。在金庸小說中，楊過可能最受讀者矚目，也最受讀者喜愛的主人公。在金庸小說研究中，對楊過形象的分析評說早已是熱門話題，可謂眾說紛紜，各有道理。

關於楊過形象，這裡要討論幾個問題。一是，作為一個率性而為的人。二是，作為真正的聰明人。三是，作為至情至性的人。

先說第一個話題，楊過作為一個率性而為的人。

楊過性格的最大特點，是率性而為。一面是睚眥必報，誰得罪了他，他會不顧一切地報復對方，最典型的例子是對待全真教的趙志敬、鹿清篤，由於他們對楊過心懷敵意，且曾打罵相加，楊過自始至終對這兩人都沒有好感。

更驚心動魄的例子是，他從傻姑那裡聽說自己的父親死於黃蓉之手，就決心報復父仇，無論郭靖、黃蓉的武功多麼高強，無論要經歷怎樣的艱難險阻都要報復。

另一面，就是懂得感恩。只不過，報恩不像報怨那樣引人注目，因而有不少人忽略了這一點。而實際上，懂得感恩，是楊過性格的核心要素。楊過少年時，歐陽鋒一個慈愛的眼神，就讓楊過無限感激，並且湧泉相報，不顧自身安全，幫助受傷的歐陽鋒對抗柯鎮惡。初入活死人墓的那段時間，小龍女態度雖然冷淡，但卻是真心照顧他，在他看來，與在全真教中受趙志敬的刁難和打擊有天壤之別。他願意終生與小龍女在一起，不惜為小龍女去死，並不是因為他愛上了小龍女，而是因為對小龍女懷有感恩之心。

在大勝關英雄大會期間，黃蓉對他顯露出一點點母性溫情，就讓他熱淚盈眶，立即就要說出心中所有的秘密。此後接連幾次奮不顧身地拯救郭芙、拯救黃蓉，正是對黃蓉那番溫情的加倍報答。最感人的例子，是在救黃蓉受傷後，程英照顧他療傷，給他縫製一件新長袍，他竟感動到無以復加，不斷追問程英「為什麼對我這麼好？」這一問，讓人熱淚盈眶。

楊過如此感恩，是因為他一生孤苦，受委屈、受侮辱、受打擊極多，而受恩惠、受溫暖、受真情照顧極少，所以對他人給予的任何恩惠，他都會加倍珍惜，並且心懷感恩之心。感恩心激發的溫暖情感，成了楊過心理健康的基礎，讓他不至於被負面情緒所操控，不會像李莫愁那樣失去理性，對人間充滿怨毒。人際關係複雜多端，恩仇難辨，感恩之心會幫助他作出正確的直覺選擇。他之所以沒有刺殺郭靖，反而成了郭靖的護衛者，固然有多種原因，說到底，是他心懷感恩。

再說第二個問題，楊過作為真正的聰明人。

楊過是真正的聰明人。證據是，每次拜師學藝都有所得。黃蓉擔心他不學好，因而不教他武功，只教他讀書識字，他雖失望，卻也因能識字能讀書而受益終生。趙志敬不教他練武，只讓他背口訣，他也將口訣全部背會，並在和小龍女一起修煉玉女心經時發揮了作用。別人拜師學藝，都是亦步亦趨地跟著師父學，楊過拜小龍女為師，到修煉玉女心經時，卻是師徒共同研究，教學相長。這種情形，雖是由於小龍女自己也不懂，但也足以說明楊過的聰明。

說楊過聰明，更好的證據是，他的武功，只有基礎部分是由小龍女所教授，其他部分都是他自學或自創而成。證據是，他偶遇神鵰，發現了獨孤劍塚，不僅讀懂了劍神的留言，且懂得神鵰的啟發，自學了重劍功夫。獨臂殘疾非但沒有影響他的功力，反而讓他更加奮發圖強，武功升級到更高境界。更好的證據是，在與小龍女分別十六年間，他還自創了黯然銷魂掌，被老頑童譽為近年來最佳武功。在金庸小說裡，楊過是唯一能自創武功的年輕人。

漢語中的「聰明」二字，是對人類心智活動奧妙的重大發現。所謂聰明，表面上是指耳聰目明，實際上是指資訊管道暢通，能夠見他人所未見，聞他人所未聞。楊過正是這一意義上的聰明人，他的聰明正體現在能夠把所有的經歷都變成人生的課堂。

這不僅是說他隨時隨地見識和學習他人的武功，例如在華山之巔學習歐陽鋒和洪七公的武功，在郭靖與金輪法王打鬥時參悟九陰真經的奧妙；更重要的是，他在各種經歷中不斷尋找自己的人生榜樣，例如在歐陽鋒與洪七公打鬥時，他並沒有幫助義父歐陽鋒攻擊洪七公，因為他在洪七公的行為中體驗了真正的大家風範，直覺到為人當如是。更好的例子是，在襄陽大戰勝利後，他與郭靖攜手進城，受到滿城軍民歡呼擁戴，楊過非但沒有居功自傲，而是自我反思，想到郭靖對自己的感情從未改變，若自己走上歧途，就不會有今日。

再說第三個話題，楊過作為至情至性的人。

楊過天生多情，他的火熱情懷感染著與他相識的每一個人，尤其是陸無雙、程英、公孫綠萼、郭襄等少女。而楊過又是至情的人，對小龍女忠貞不二，至死不渝，因而讓書中所有傾心於他的姑娘無不綺念成空。因而有人說，一見楊過誤終身。但這一說法只看到了一面，而沒有看到另一面，那就是所有與楊過相識的少女，她們的生活和心靈，全都被楊過的熱情之光點亮。

所謂至情至性，不光是指不做作、不虛偽的真情真性，且意味著精神健康、心靈自由、人性圓滿。郭芙也不做作、不虛偽，且總是率性而為，但她算不上至情至性的人，而是心智淺薄、性格浮躁的人。楊過的至情至性，包含了具有普遍意義的愛心和良知，前者是以感恩心為基礎，後者是由聰慧建構而成。

小說《神鵰俠侶》標誌著作者價值觀念的重大變化，亦即：在禮教大防與人性欲求的矛盾中，更重視人性欲求；在理性與情感的矛盾中，作者更重視情感；在集體價值與個人價值的矛盾中，更重視個人立場。而主人公楊過，正是人性欲求、情感價值、個人立場的傑出代表。

只不過，上述三種矛盾並非水火不容，而只是在不同時代、不同社會中，優先性排序不同。在過去數千年中國文化傳統中，向來是禮教大防優先於人性欲求，價值理性優先於人類情感，集體價值優先於個人選擇，而現代文明則顛倒了這種優先性排序，更重視個人的情感和欲望。楊過的至情至性，就是在自我實現後，求得了上述種種矛盾關係的和解。

三、楊過形象與金庸的影子

熟悉文學的人，應該知道一個基本假設：任何形式的文藝作品中，往往都會有作者人生經驗與思想的表達。只不過，有的經驗和思想表達很直接，有的表達則間接而飄渺。武俠小說講述古代故事，多為虛構與幻想，通常不大可能是作者的自身傳記。金庸小說講述成長故事，作者的人生經驗會自覺或不自覺地融入其中，作者人生經歷與小說故事情節的隱秘關聯，是金庸小說的與眾不同之處。

在金庸小說人物中，最接近作者精神氣質的，是《神鵰俠侶》的主人公楊過。這樣說的理由之一，是楊過的成長過程，與作者金庸有相似的經歷。

第一個相似點，是作者金庸和主人公楊過在年輕時，都曾兩次被學校開除。先說作者金庸。人們都知道，金庸在中學時，因為在漫畫裡把訓導主任畫成眼鏡蛇，而被學校開除，不得不轉到衢州中學去完成高中學業；在進大學後，即進入中央政治學校外交系之後，又因為看不慣國民黨特務學生飛揚跋扈，去找校長理論，又被學校開除。不難想像，這樣兩次挫折，對一個出生於書香門第、名門望族的青年，是怎樣嚴重的打擊！更嚴重的是，沒有大學畢業文憑，卻無法對家人說得清楚，會形成怎樣的精神壓力。簡單說，這兩次不幸經歷，成了金庸的重大精神創傷，也是難解的心結。

作者的這一心結，是何時被解開的？在小說《神鵰俠侶》中，或許就能找到答案。只要具有心理健康常識，就不難理解，真正的創傷心結，通常都難以面對，也是本人不願面對、甚至不願提及的，因為只要回憶就會痛苦萬分。所以人們會對此做選擇性遺忘，以便繼續生活。問題是，把創傷記憶壓抑到潛意識裡，雖然再也不會感到痛苦，但創傷仍在，常常會變成無意識的腫瘤，潛伏著重大精神危機，易產生嚴重的心理疾病，甚至精神病。其治療方式，是找到它，面對它，理解它，進而設法化解它。

《神鵰俠侶》的寫作，正是作者自我療傷之法。於是我們看到，在桃花島，楊過因為罵郭靖的恩師柯鎮惡是「老瞎子」，柯鎮惡威脅郭靖、黃蓉說：有他無我、有我無他，郭靖當然只能把楊過送走，開除桃花島中學的學籍。到了全真教大學，楊過被師父趙志敬刁難，又打傷師兄鹿青篤，不僅再次被開除，而且還被追殺。在小說中，楊過兩次被開除，都能得到讀者諒解，至多不過說小傢伙年輕氣盛，言行魯莽而已。如是，作者和主人公才得自我安慰。

《神鵰俠侶》從《明報》創刊號開始連載，時間節點也值得注意。一九五九年，是金庸人生的重大轉折之年。這一年，金庸離開了長城影片公司，和中學同學沈寶新聯合投資創辦《明報》。

說金庸創辦《明報》，是出於經濟利益考慮，即不願讓自己的武俠小說暢銷書被別人翻印，於是自己辦報並出書，肥水不流外人田，這一解釋當然有其道理。但經濟原因之外，還有政治選擇，以及更加重要的心理原因。所謂政治選擇，是指金庸徹底離開了左派陣營，從此開始了獨立與自由的人生之旅。所謂心理原因，是三十五歲的金庸心智已經成熟，不僅有獨立的政治與社會見解，更有獨立的精神意志，臻於心理成年。

楊過與金庸的第二個相似點，是對父親之死無法釋懷。楊過之父楊康死於嘉興王鐵槍廟中，是因偷襲黃蓉，間接中毒，可謂自尋死路。金庸的父親查樞卿則是在一九五〇年代初鎮反運動中被冤殺。楊康與查樞卿的人格不可同日而語，兩人的死亡亦各有因緣，但楊過和金庸對父親的緬懷卻有共同的人性依據。

金庸對父親之死曾作出解釋，說劇烈社會變遷大潮中的個人劫難無法避免，這是理性的解釋。內心情感如何？直到半個世紀之後，在與池田大作對話時，才稍稍透露說，當時大哭了三天，並且傷心了半年。這種傷痛的情感究竟是怎樣的？從小說《神鵰俠侶》中或許能找到部分輔助線索：楊過得到父親死亡線索時的震撼與悲痛，必欲殺郭靖、黃蓉而報殺父之仇的偏激與衝動。雖然楊過最終並沒有殺郭靖，但因父親之死而產生的那種強烈情感衝動，仍讓人觸目驚心。

楊過與金庸的第三個相似點，是自創武功的壯志雄心。武俠世界的常規，是向前人學習，或拜師學藝，或獲得武功秘笈，總之是後學不如前人。郭靖武功絕頂，降龍十八掌來自洪七公，《九陰真經》傳自老頑童，他從沒有想到要自創武功。

實際上，金庸小說的主人公，沒有第二個人想到要自創武功，《神鵰俠侶》的主人公楊過是唯一的例外。在這部小說中，金輪法王提醒楊過說，你學了西毒、北丐、東邪、中神通及活死人墓等各派武功，哪一種是你最為拿手的呢？這話提醒了楊過，前人能創造超級武功，我為什麼不能？於是苦思冥想了很長時間，並無顯著成效；直到小說最後，終於獨創了黯然銷魂掌。

而楊過想要自創武功，當然是來自作者的內心衝動，他一定是這樣想過，才會讓楊過有這種顛覆傳統的獨創思維。金庸多才多藝，哪一種才是最擅長最得意的絕世功夫？而楊過的黯然銷魂掌裡，勢必也隱藏了作者悲苦孤獨的深刻人生體驗。

楊過與金庸的第四個相似點，是深情狂放的精神氣質。在高中時，十七歲的作者曾發表文章《一事能狂便少年》，這篇文章，不妨看作是他人格理想的宣言書。天資聰慧者難免鋒芒畢露，不羈的鋒芒刺痛他人，最終卻刺傷自己，楊過和金庸兩次被學校開除，給了作者和他筆下主人公嚴重的教訓。於是，在小說中，楊過從流浪少年修煉成神鵰大俠，而且為自己特製了一副面具，輕易不以真面目示人。而在生活中，作者也早已學會收斂鋒芒，也給自己製作了一個無形的面具，以便遮蓋內心自由狂放的衝動乃至激烈偏執的熱情。也就是說，小說中戴著面具的神鵰俠形象，可謂作者金庸中年後的自我寫照。

楊過與金庸有若干相似度，但我們不能把楊過當成金庸。楊過畢竟是虛構的小說人物，《神鵰俠侶》也非作者自傳。

四、歐陽鋒的新面相

在《射鵰英雄傳》裡，歐陽鋒是個大惡人，而在《神鵰俠侶》中，歐陽鋒成了一個瘋子。歐陽鋒發瘋，表面原因，是由於練了黃蓉故意亂說的九陰真經；深層原因，則是由於內心情感的長期壓抑和扭曲變形，具體說，是由於他和嫂子的亂倫情感得不到紓解，更無法釋放，而兒子歐陽克又早早慘死在楊康手下。長期積鬱加上錯練九陰真經，使得歐陽鋒發了瘋，瘋癲的歐陽鋒是這一人物的新面相。

歐陽鋒的新面相，不僅是由於發瘋，真正的原因是由於作者改變了價值觀念和審美視角。歐陽鋒在《神鵰俠侶》中出場不多，每次出場都與主人公楊過有關。《神鵰俠侶》的主旨是表現人類情感價值，歐陽鋒也就成了情感中人。

關於歐陽鋒，要討論的問題是：其一，歐陽鋒為什麼與楊過結緣？其二，歐陽鋒為何到處尋找楊過？其三，歐陽鋒為什麼會死在華山？

先說第一個話題，歐陽鋒為什麼與楊過結緣？

歐陽鋒在這部書中第一次露面，是在嘉興鄉下，發現楊過中了冰魄銀針的毒，如實地告訴楊過，他可以幫他解毒，但要楊過聽他的話，喊他爸爸。楊過的第一反應當然是不肯，但看到歐陽鋒本事很大，而自己沒有辦法替自己解毒，所以就假裝答應了。第一句爸爸叫得十分勉強，待發現歐陽鋒眼裡有真情，就心甘情願地叫爸爸了。其後，兩個人開始情感互動，情感越來越真，且越來越深。

歐陽鋒雖然瘋瘋癲癲，但並未瘋狂失智，更沒有徹底蒙昧。他一生玩毒，對中毒現象有著超常的敏感，楊過吸引他，首先不是這個人，而是他的中毒症狀。

對毒素的敏感，是他的第二本能。由於對中毒症狀的敏感，他才關注楊過這個人，隨即對楊過這個人的興趣超過了對毒物的興趣，因為對兒子的記憶和思念是他的第一本能。在歐陽鋒眼裡，少年楊過很可能引發他對兒子歐陽克少年時的記憶，甚至可能把楊過當成了少年歐陽克；當然他也可能知道楊過不是歐陽克，而是另一個少年，只是由於失去歐陽克後內心痛苦而空虛，需要楊過來填補。

楊過對歐陽鋒產生感情，原因很簡單，他一出生就沒見過父親，勢必經常想念父親，希望自己有父親，甚至把對父親的想像作為一種自我安慰的手段。更重要的是，母親死後，少年楊過獨自流浪人間，屢遭世人白眼，而很少得到他人的關愛。而今歐陽鋒讓他喊爸爸，且真用爸爸的眼光注視楊過，僅僅是這樣的眼光，就足以讓楊過心理溫暖；歐陽鋒教他解毒，更讓楊過心懷感激。

有了這一情感基礎，接下來的故事就順理成章了。楊過向來是誰對他好，他就對誰更好的人，歐陽鋒對他好，他當然要幫助歐陽鋒。所以在歐陽鋒負傷後，楊過毫不猶豫地幫助歐陽鋒對付柯鎮惡，用一口大鐘罩住了歐陽鋒，讓他安心養傷。如此一番生死與共，歐陽鋒與楊過的感情基礎就相當堅固了。

再說第二個話題：歐陽鋒為何要到處尋找楊過？

歐陽鋒在嘉興養好傷後，立即開始尋找楊過，先是到桃花島去尋找。由於桃花島上機關重重，而又擔心自己不是郭靖、黃蓉兩人的對手，歐陽鋒在桃花島上只能晝伏夜出，花費了一年多時間。他不知道楊過在桃花島上惹出禍端，早已被郭靖送到終南山全真教門下去了。等歐陽鋒趕到終南山全真教，楊過又早已逃離了全真教，進入了活死人墓，與小龍女生活在一起。直到楊過甘心為小龍女犧牲，小龍女和楊過一起走出古墓，歐陽鋒才再次與楊過見面。

這些年來，歐陽鋒一直在找楊過。問題是：他為什麼要這麼做？簡單的回答是，歐陽鋒對楊過有父子之情，而楊過又救過他的命，所以他一定要找到楊過才心安。複雜一點的解釋是，歐陽鋒理性錯亂，大部分時間靠本能驅動行為。在他的本能中，對楊過父子之情是重要焦點。這種父子之情，並不是理性的認知，而是一種無意識的反應。

更複雜的解釋是，楊過之於歐陽鋒，不僅是情感寄託，更是心理的良藥。簡單說來，就是若和楊過在一起，他就感到舒適安泰；若是見不到楊過，他就難過煎熬。楊過個性率真，情感熱烈，具有情感心理的治癒功能。憑著直覺，他要尋找楊過；憑著直覺，他找到了楊過。

歐陽鋒尋找楊過，不僅是為了楊過，更是為了他自己。正因如此，他才與楊過的師父小龍女大打出手，即使楊過向他再三解釋，他對小龍女仍然充滿嫉妒和反感。在本能的驅使下，他點了小龍女的穴道，表面原因是不讓她聽自己向楊過傳授武功機密；深層原因則是要讓佔據楊過情感心靈的小龍女受苦受難。他的目的達到了，小龍女被點穴道，讓全真派道士尹志平玷污了小龍女。這兩件事沒有直接的邏輯關係，那是因為歐陽鋒本來就是個瘋子，做事顛三倒四。

再說第三個話題：歐陽鋒為什麼會死在華山？

歐陽鋒的最大心結，是不知道自己是誰。所以四處遊蕩，尋找自己的生平線索。華山是他的舊遊之地，實際上，他練武發瘋，就是從華山開始的。所以，他受直覺驅使來到華山，有其充分理由。

有意思的是，當楊過叫歐陽鋒時，他卻說自己不是歐陽鋒，因為「歐陽鋒是壞人」。這一小小細節表面，在歐陽鋒內心深處不以自己過去的作惡而自豪，而是接受了社會評價，直覺到歐陽鋒過去的所作所為令人不齒，所以他不承認自己是歐陽鋒。自己與自己分離，不僅是他發瘋的真實表現，實際上也正是他發瘋的深刻原因。

由於失去了理性，只有情緒記憶，他對洪七公的反感情緒十分強烈，所以一見面就大打出手，至死方休。與洪七公打鬥，也是他順著自己的情緒尋找自我的一種方式。由於他破解了洪七公打狗棒法的最後一招，洪七公十分佩服，情不自禁地哈哈大笑，擁抱了歐陽鋒說：「虧你想出這一著絕招，當真了得！好歐陽鋒，好歐陽鋒。」歐陽鋒也因此而迴光返照，心地澄明，恢復了記憶，同樣哈哈大笑說：「我是歐陽鋒！我是歐陽鋒！我是歐陽鋒！你是老叫化洪七公！」隨即與洪七公擁抱在一起，兩位爭鬥了一生的老人相擁著離開了人間。

臨死前，歐陽鋒的瘋病被洪七公的擁抱徹底治癒。而洪七公的擁抱，也是對歐陽鋒這一人物的重新評價和重新定位。

在《射鵰英雄傳》裡，歐陽鋒是個十惡不赦的壞人；而在《神鵰俠侶》中，歐陽鋒不過是一個苦苦尋找自己、尋找兒子、尋找親情的孤苦老人。這一老人的形象，並不令人厭惡，只會讓人同情。歐陽鋒對主人公楊過的那一份真摯的父子之情，更讓人欣賞和感激。這樣一來，作者就把人性的複雜性推向了一個新的深度。

五、華山上的人生課程

《神鵰俠侶》第十回至第十一回書，講述楊過出於強烈的自卑心理，逃離郭芙等一群少年英俠，獨自上了華山。在華山上，他遇到了洪七公和藏邊五醜，後又見證了歐陽鋒和洪七公至死方休的打鬥，最後獨自埋葬了這兩位武林大宗師。

這一段書，故事情節十分精彩，而故事的主題意義尤其重大。楊過在華山上經歷的這一切，無疑是他的一生中最重要的一課。實際上，這段故事也是作者為主人公楊過安排的一個非常獨特的成人儀式。

關於這段書，要討論幾個問題。一是，與洪七公相遇意味著什麼？二是，為何讓他見證歐陽鋒和洪七公打鬥？三是，見證兩位宗師之死意味著什麼？

先說第一個話題，楊過與洪七公相遇意味著什麼？

楊過來到華山，首先遇到了洪七公。這位一生好吃的老人，在華山捕捉蜈蚣當美食，很符合他的性格和作風。相遇時，兩人並不認識。但同是天涯淪落人，相逢何必曾相識？洪七公邀請楊過吃蜈蚣，楊過不敢吃，洪七公譏笑楊過沒膽，引發了楊過的好勝心；洪七公猜到楊過想要囫圇吞下，再次出言譏諷，激發出楊過的倔強偏激的本性。楊過拼著一死，細嚼蜈蚣，發現了驚人的美味，於是兩人爭相搶吃蜈蚣，很快就將蜈蚣掃蕩乾淨。

這段經歷，不只是一段傳奇，也是一種緣分，在華山頂上同食蜈蚣，即便無言，也會產生心性相通的情愫。對楊過而言，吃蜈蚣是奇特經歷，毒物變成美味，實際上是認知的啟示和象徵。換句話說，這是洪七公給楊過上了一課，只不過楊過年輕，對這課內容還不能完全消化。

接下來，洪七公說他要睡三天三夜，讓楊過守著，楊過答應了。一天後，發現洪七公似乎停止了呼吸，落在他身上的雪花也不融化，是守還是不守？成了楊過的一道考題。緊接著，藏邊五醜出現，發現僵硬的洪七公，要殘害他的身體。楊過的武功雖然不俗，但卻不是藏邊五醜的對手，是走還是不走？楊過面臨的考驗更加嚴峻。

我們看到，楊過沒有走，而是忍饑抗寒，在一個他並不認識的老人身邊守足了三日三夜。楊過這樣做，僅僅是為了一句諾言。洪七公非但沒有死，甚至也沒有睡，他是要看看楊過究竟會怎麼做。三日三夜的守護，是洪七公對楊過的一場考驗，同時也是對楊過自卑失落的一種心理治療。

楊過為了信守承諾，暫時忘卻了自己的憤懣悲苦，這是有效的治療手段。讓楊過自主選擇是守還是走，是尊重自己的諾言還是顧及自身的安全，是一種更積極的治療手段，讓楊過信守諾言，是讓他相信自己，同時塑造更好的自己。這三日三夜，是一代宗師洪七公對楊過這一年輕後輩的一種無言之教。楊過通過了測試，獲得了自信。

再說第二個話題：為何讓他見證歐陽鋒和洪七公打鬥？

正當洪七公以內力攻擊藏邊五醜時，歐陽鋒出現了。歐陽鋒和洪七公聯手，將藏邊五醜變成了廢人，從此不能作惡。歐陽鋒心智失常，不知道自己是誰，但見到洪七公就心裡有氣，強烈的情緒記憶，讓歐陽鋒對洪七公大打出手。此後兩人不斷打鬥數日，從拳腳打鬥，到兵刃打鬥，再到內力比拼，最後精疲力竭，還要以楊過為媒介，進行口頭比武。這段情節精彩紛呈，對於楊過更是意義非凡。

這首先是一堂生動的武術指導課。歐陽鋒和洪七公都是一代武學宗師，兩個人的武功修為已臻絕頂境界，能看到兩位宗師現場比武就是每一個練武者莫大的福氣，更何況兩位宗師你死我活的拼鬥？在這一堂課上，楊過學到的不僅是具體的招式對打，更重要的是對武學的理解和運用，讓楊過的武學見識和修養提升到一個全新的境界。

有意思的是，當洪七公和歐陽鋒精疲力竭時，兩人仍然互不服氣，更不甘休，還要進行口頭比武，這實際上是讓楊過做課堂練習。洪七公將打狗棒法的每一招式都告訴了楊過，且讓楊過現場演示給歐陽鋒看，為楊過熟練這門武功埋下了伏筆。而歐陽鋒同樣將破解打狗棒法的招式告訴楊過，且讓楊過一一演練，讓楊過對武術對打的思路和招式有更深的理解，有更巧的運用。

對楊過而言，兩位宗師的比拼，不僅是武術課，同時也是一場道德品質的測試。歐陽鋒是楊過的義父，楊過對歐陽鋒有真摯的情感，當然偏向歐陽鋒。所以，他曾多次勸說洪七公罷鬥，洪七公也答應了，但歐陽鋒卻不答應。在兩人內力拼鬥中，楊過若出手襲擊洪七公，自然能幫助義父歐陽鋒獲勝，但楊過沒有這麼做。書中說，楊過見洪七公白髮滿頭，神威凜然中兼有慈祥親厚，剛正俠烈中伴以隨和灑脫，情不自禁地為之傾倒，何況他已應求懇而甘心退讓，因而不忍出手加害。這也就是說，在楊過的內心深處，是把洪七公當作了自己的人生榜樣。在兩人拼鬥的過程中，楊過不僅見識了超級武功，也見識了高人風範，從而提升了自己的道德境界，不僅順利地通過了測試，更重要的是找到了人生的確切方向。

再說第三個話題：楊過見證兩位宗師之死意味著什麼？

楊過完整地見證了洪七公和歐陽鋒兩位宗師比拼到精疲力竭，油乾燈盡，最後相擁而逝的全過程。一開始，他還以為這兩個老人沒有去世，而是像洪七公大睡三日三夜那樣，要考驗他的耐心。等待三日三夜後，這兩位老人並未醒過來，他才知道，兩位老人是真的去世了。

這兩位武林大宗師的去世，對楊過的影響極大。首先是傷痛，更重要的是感悟：「如二老這般驚世駭俗的武功，到頭來卻要我這不齒於人的小子掩埋，什麼榮名，什麼威風，也不過是大夢一場罷了。」

書中還說，楊過在華山上不滿一月，卻像度過好幾年一般。上山時自傷遭人輕賤，滿腔怒憤；下山時卻覺世事只如浮雲，別人看重也好，輕視也好，於我又有什麼干係？華山頂上的這一堂人生課，徹底改變了楊過的人生觀。義父歐陽鋒和大俠洪七公之死，讓他在心智突飛猛進，能以落寞而淡泊的心境面對人生。當然楊過不可能變得真正淡泊，只是在見證生死後，讓他偏激的情感得到部分中和。

歐陽鋒和洪七公相互擁抱而死去，意味著，在作者的心裡，這兩個相互爭鬥了一生的對頭已經一笑泯恩仇。大俠洪七公首先擁抱惡人歐陽鋒，則意味著惡人歐陽鋒早已成為過去，這部書中的歐陽鋒，只不過是一個落寞的大宗師，一個始終在追尋自己、追尋人間情感的瘋老人。這個老人，值得同情。

六、刺殺郭靖：楊過人生的重大危機

楊過從傻姑那裡得到了模糊訊息，相信郭靖、黃蓉就是殺害父親楊康的凶手，決定要殺郭靖夫婦，為父親報仇。為此，他不惜與金輪法王聯手，繼而在絕情谷中中了情花之毒，裘千尺讓他去殺她的仇人郭靖和黃蓉，給了他半枚解藥，約定十八天後以郭靖、黃蓉的頭顱來換取另半枚解藥。這樣，無論是為了報仇，還是為了保命，楊過都非殺了郭靖、黃蓉不可。

此事究竟如何了結？成了《神鵰俠侶》中最具懸念的一段情節。之所以說刺殺郭靖是楊過人生的重大危機，是因為，假如楊過當真殺了郭靖夫婦，那他不僅會成為武林公敵，且是民族罪人，他的形象和人生將會被這一事件徹底改寫。楊過會作出怎樣的選擇？就成了大問題。

關於這個題目，要討論三個話題。一是，楊過面臨哈姆雷特難題。二是，楊過如何從刺客變成大救星？三是，人生處處是課堂。

先說第一個話題，楊過面臨哈姆雷特難題。

所謂哈姆雷特難題，是指莎士比亞戲劇《哈姆雷特》中的那句著名的臺詞：「to be, or not to be, that is a question.」對楊過來說，就是，殺郭靖，還是不殺郭靖？這是一個嚴峻的問題。

楊過帶著小龍女，從絕情谷趕到襄陽，郭靖以為他們是來助陣，十分歡迎，當晚竟與楊過同榻而眠。這給了楊過機會。楊過此時還不大確定，父親是否當真是被郭靖夫婦所害。偏偏黃蓉將郭靖喊出去，夫妻談話又讓楊過聽到了，楊過聽黃蓉說「咱們都有殺他之意」，確定郭靖夫婦就是真凶，遂決定當晚動手。

郭靖對楊過毫無防備，是楊過自作聰明，翻身、起身都呼吸不斷，郭靖擔心楊過身體有問題，才留意楊過的行動。楊過刺殺沒有成功，被郭靖抓住了雙臂，驚出了一身冷汗，但郭靖卻以為他身體不適，要幫他療傷。

到第二天，情節突然反轉。楊過隨郭靖出城，有大批難民要進城，城中守衛卻不敢打開城門，害怕難民中混有奸細。郭靖下令開城門放人，不料難民身後就是蒙古大軍，城上紛紛放箭，射殺蒙古軍，卻也射殺了部分難民。郭靖人喊：「好人豈可錯殺？」讓楊過感到強烈震動。

城門很快就關閉了，郭靖只好翻越城牆，金輪法王放箭阻止，楊過搶過半截繩索，將郭靖救上了城牆。楊過非但沒有乘機殺郭靖，反而救助郭靖登上城牆，金輪法王等人以為楊過這樣做，是因為他要親手殺了郭靖。但實際上，楊過此次救郭靖，心理動機可能更為隱秘，且更複雜。也許是因為「好人豈可錯殺」這句話，也許是看到郭靖對襄陽的重要性，也許在內心最深處感到殺害郭靖一事實在關係重大，從而不敢或不願下手。

再說第二個話題：楊過為何從刺客變成大救星？

楊過會不會殺郭靖？懸念仍在繼續。武敦儒、武修文兄弟自不量力，要去刺殺蒙古統帥，結果被金輪法王俘虜。金輪法王寫信給郭靖，讓他本人去交換。郭靖找楊過商量，楊過說他願意陪郭伯伯前往，郭靖說，黃蓉也是這個主意。楊過暗自欣喜，以為這是刺殺郭靖的天賜良機。唯一的美中不足，是黃蓉留下了小龍女。

郭靖進入蒙古大營，與忽必烈的對話中，說及他當年曾起意刺殺拖雷，又說「古人大義滅親，親尚可滅，何況友朋？」這話讓楊過震驚，並且產生怨毒情緒，以為刺殺義兄義弟是郭靖的拿手好戲，於是楊過下定決心要殺郭靖。

忽必烈當然也要殺郭靖，為此專門安排了摔跤手，更佈置數個千人隊，一定要置郭靖於死地。無奈郭靖武功太高，紅馬速度太快，若不是楊過假裝受傷，郭靖早已脫身。

郭靖背起楊過，出人意料地衝向忽必烈，楊過乘機又問郭靖：「我爹爹當真最大惡極，你非殺他不可嗎？」郭靖說：「他認賊作父，叛國害民，人人得而誅之。」至此，楊過再無猶疑，立即舉劍殺郭靖，本該極其容易，卻不料被瀟湘子擋開，而且一連舉劍三次，三次都被瀟湘子所阻擋。瀟湘子要阻攔楊過殺郭靖，是因為忽必烈曾說，殺死郭靖者，就封蒙古第一勇士。

楊過第四次舉劍，瀟湘子來不及擋劍，只能打楊過背心。郭靖正與金輪法王拼鬥，怕楊過擋不住瀟湘子進攻，竟不顧自己安危，先幫楊過解圍。結果擋開了瀟湘子，郭靖本人卻身負重傷。受傷之後，仍叫楊過搶馬先走，他給楊過擋住敵人。這一舉動，讓楊過熱血上湧，決心以一命報一命，頓時從刺客變成救星。楊過的這一選擇，不僅放棄了「父仇」，而且等於放棄了自己的生命。

這一選擇，是在電光火石之間形成的。看起來似乎只是一時衝動，實際上卻沒有那麼簡單。人的意志和行為，有時是理性和意識的產物，有時是情感的選擇，有時是情緒衝動的結果，有時甚至是無意識驅使。對此，我們實際上還缺乏足夠的知識。楊過的這一次衝動選擇，超越了自我保護本能，可以肯定不是簡單的無意識產物，而是良知的抉擇。其中不僅包含了對郭靖的崇敬，也包含了對金輪法王、瀟湘子等人的不屑，再也不願意與這些自私自利者為伍；甚至還包含了當年在華山對洪七公的俠義形象的記憶和學習。這一重大選擇，是良知的結晶。

再說第三個話題：人生處處是課堂。

楊過不顧自己的生命，救了身負重傷的郭靖，自己也昏迷了過去。等到他醒來，面對的是黃蓉的感激和關心。這種情感，是對楊過行為最好的報償，也是對楊過良知選擇的充分肯定。楊過向來率性，但他所率之性，在不斷變化和提升。這是因為，對像楊過這樣具有靈性的有心人，人生處處是課堂。證據是，在郭靖與金輪法王等人打鬥時，楊過觀摩了九陰真經的奧妙；在與郭靖一起突圍時，老鐵匠武默風犧牲自己救助郭靖，緊緊抱住金輪法王的行為，也深深印在楊過的腦海中，從此成為他的生命良知的重要資源。

在此之前，楊過只關心自己和小龍女，只關心與自己有關的人。救助郭靖，也只是出於對郭靖個人的感動和崇敬而已，那時的楊過雖有俠心，但還不是，也不懂得什麼是俠之大者。直到下一次危機來臨，即金輪法王來到襄陽刺殺郭靖夫婦時，郭靖負傷、黃蓉臨產，負傷的郭靖將臨產的黃蓉拉到自己身後，黃蓉的一句「國事為重」，不僅點醒了郭靖，也讓楊過深受震撼，如醍醐灌頂。從此之後，楊過終於懂得，對族群的關心是個人生存的重要前提，賦予人生的重要價值。

郭靖說：「為國為民，俠之大者」，成為楊過良知的重要組成部分。從此，楊過的精神境界有明顯提升，可以說是楊過的升級版。再次奮不顧身地救助郭靖夫婦，進而排解武氏兄弟的糾紛，不惜生命為之吸出毒素，就是證明。

七、活死人墓的秘密

據說在今陝西省西安市戶縣祖庵鎮成道宮中，真有一座活死人墓，距重陽宮四、五公里，距西安市區西南四十公里處。據說全真道創始人王重陽曾在裡面修煉兩年，後人曾開過墓道，裡面確有地下室，為保護遺跡而被封。墓前有碑，刻有「活死人墓」字樣。我沒去過此地，不知道實際情形如何。

我要說的活死人墓，是小說《神鵰俠侶》中最重要的空間場所之一，這裡是小說主人公楊過和他的愛侶小龍女的師門所在，也是他們的愛情故事開始的地方。小說第四回，全真派的丘處機對郭靖講述過古墓派的起源，不僅涉及全真派創始人王重陽的抗金心願，也涉及王重陽和林朝英的愛情悲劇。王重陽是歷史人物，全真派也是歷史存在，這裡不說歷史，只說《神鵰俠侶》中虛構的人和事。

小說中的活死人墓，有什麼秘密？

活死人墓秘密的源頭，來自王重陽和林朝英。這兩個都是超凡人物，心智發達，武功超群，而且兩情相悅，卻沒能成為情侶，不能相伴終生，雖然比鄰而居，卻是咫尺天涯。結果是，王重陽英年早逝，而林朝英也在活死人墓裡抑鬱終生。為什麼會這樣？王重陽不懂，林朝英也不懂。

不懂什麼是真愛，不懂如何去愛人，不懂兩情相悅者如何共處，就是活死人墓的最大秘密。說得明白些，是因為這兩個人都是低情商，不能感受對方的感受，更不能設身處地為對方著想。證據是，他們在情感上是相互傾慕，但在武功方面卻是互不相讓，以至於無法真正溝通。

過去，人們總以為智商發達者，情商也一定發達。真實的情況是，智商發達者，情商不見得發達。王重陽和林朝英之所以情商低，甚至愛無能，真正的原因，是他們有不同程度的自戀情結，總是把自己的面子置於愛情之上。證據是，林朝英創了一套「玉女心經」，真正的目的是希望自己與王重陽雙劍合璧，讓玉女劍法與王重陽的全真劍法相互配合，以此馳騁江湖；但在生活中，她卻從未向王重陽公開表露這一理想，她表現出來的是想用玉女劍法克制全真劍法。

進而，活死人墓的秘密，是封閉、隔絕和冷漠無情，這就進一步加劇了古墓派人物的低情商、愛無能和自戀人格怪癖。林朝英住進活死人墓，創立了古墓派，與比鄰而居的全真教再無往來，更遑論與大千世界有資訊溝通。兩代之後，古墓派的規矩更加森嚴，以至於古墓派更加封閉，與外界的隔絕更深，古墓派傳人的社會化程度更低，她們的情商也就更低，她們在愛情方面也就更加無能。

最典型的例證，就是李莫愁。

在小說的第 回中，李莫愁就已出現，她在陸展元家的大門口印上了九個血掌印，要殺陸家滿門。她要殺人的原因是，陸展元辜負了她、拋棄了她，而娶了何沅君。陸展元娶何沅君，生了女兒陸無雙，這是事實；問題是：陸展元是不是曾經辜負過李莫愁、拋棄過李莫愁？

此事找不到任何證據，只能疑罪從無。陸展元是否曾和李莫愁談過戀愛？我們也不得而知。確切的證據是，李莫愁曾經送給陸展元一方錦帕，上面繡有綠葉紅花，在江南方言裡，「綠」與「陸」同音，綠葉指的是陸展元，那麼紅花就是李莫愁自己。李莫愁給心上人送這方錦帕，往好裡說，是不懂得男子的心理，也不懂得當時的社會風尚，也就是男權社會，男尊女卑。在那個時代，有哪個男人甘當女朋友的綠葉？往壞裡說，那就是李莫愁自高自大自戀，用心理學家的話說：「自戀型人格障礙患者充滿了自我重要性的想法……認為自己比大多數人更優秀。」

無論是不懂社會，還是自大自戀，結果是，李莫愁追求得越兇，陸展元逃避得越快。李莫愁的思維邏輯是，我愛上了你，你當然應該愛我，你不愛我，就是對我的辜負和拋棄。你娶何沅君為妻，我不僅要殺你全家，而且還要殺姓何的、殺在沅江上生活的人！於是，李莫愁成了殺人魔王，她的魔性，源自她的精神官能症。

她的精神官能症，源於她的無知，佛洛依德說，「精神官能症似乎是一種無知——即病人不知道其應該知道的精神活動——的結果。這與蘇格拉底的罪惡基於無知的著名學說非常相近。」李莫愁最後的結局，是死於絕情谷中，臨死時還在唱「問世間，情為何物，直教生死相許？」很明顯，她到死都不懂得情為何物。李莫愁的人生起點，是活死人墓；李莫愁的人生終點，是絕情谷。活死人墓和絕情谷有同一性。

活死人墓的最大秘密，是古墓派並不絕情，而是對真摯愛情充滿強烈渴望和充分肯定。證據是，林朝英不僅留下了希望和王重陽雙劍合璧的玉女心經，還為古墓派後人留下一條規則，如果有男子甘願為古墓派女弟子犧牲自己，那麼該女弟子就可以和該男子一起走出古墓，獲得愛情和自由。楊過願意和小龍女一起死，於是，他和小龍女就得到了祖師奶奶林朝英的祝福，可以走出古墓，獲得愛情和自由。

有意思的是，入口被完全封閉的古墓，竟有一條不為人知的地下通道。李莫愁和小龍女長期生活在古墓中，卻不知道這個看似完全封閉的古墓，實際上還有一條地下通道。原因是，王重陽沒有將這一地下通道告訴林朝英，林朝英當然也就不可能告訴她的弟子和徒孫。我們看到，王重陽本人曾經進入過這個地下通道，並且在一具棺材裡刻下了「九陰真經」，還刻下了幾行字，最後兩句是：「重陽一生，不輸於人」，由此可見，王重陽到死也沒有明白，正是因為他的不輸於人的自戀，才導致他和林朝英永遠也無法走到一起。

小說中的楊過和小龍女，與前輩的最大不同，是他們都把對方看得比自己更重，都是愛對方甚於愛自己，他們沒有自戀，而是遵循自己的情感指引前進。楊過和小龍女都是古墓派傳人，他們倆最後在重陽宮舉行婚禮，讓全真派道士大驚失色，而古墓派祖師奶奶林朝英則一定樂於看到這一幕：追求真情，才是活死人墓中人的最大秘密。

八、絕情谷·反烏托邦·鱷魚潭

絕情谷，是《射鵰俠侶》中的一個極為重要的空間。這一空間不僅是個真實場所，同時也具有寫意性。谷中的建築和山水，都有明確的象徵價值。

小說第十七回《絕情幽谷》，開始對絕情谷作長卷式的展示。作者有意安排主人公楊過獨自漫步，欣賞絕情谷口的風景：「四周草木青翠欲滴，繁花似錦，一路上已是風物佳勝，此處更是個罕見的美景之地。信步而行，只見路旁仙鶴三二、白鹿成群，松鼠小兔，盡是見人不驚。」接下來就看見公孫綠萼以花為早餐，從表面上看，這個絕情谷如同仙境，像是北方的桃花源，是典型的烏托邦。

實際情況不是這樣。這裡並不是另一個理想國，而是處處透出古怪詭異。首先，這裡無葷無酒，供客食用的「四大盆菜青的是青菜，白的是豆腐，黃的是豆芽，黑的是冬菰，竟然沒有一樣葷腥。」其次，谷中男女言行迂腐拘謹，不露一絲笑容，雖非面目可憎，實是言語無味，對人似乎彬彬有禮，卻又冰冷無情。

憨直的馬光佐首先感覺不對：「谷中一切全是十分的不近人情，直比寺廟還要嚴謹無聊。」由於馬光佐是個俗人，且不是主要人物，他的感覺可能不受重視。只好接著往下看。絕情谷的主體建築，是「青石板路盡處，遙見山陰有座極大石屋。」

這大屋不是單體建築，而是谷中最大的建築群。小說的敘述重點，由自然風景轉向了人工建築。莊中不僅有雄偉大廳，還有所謂丹房、芝房、書房和劍房，公孫綠萼等說過，老頑童周伯通曾在此胡鬧，踢翻丹爐、折斷靈芝、撕毀經書、燒壞劍房書畫。作者並沒有仔細描寫這些人工建築的樣式，只寫了劍房和丹房。其中丹房的情形是：「楊過打量室中，只見桌上、櫃中滿列藥瓶，壁上一叢叢的掛著無數乾草藥，西首並列三座丹爐，這間石室自便是所謂丹房了。」

看到這裡，一切都還正常。此後就不一樣了。公孫止以為女兒偷了絕情丹，正在拷打公孫綠萼。為了拯救公孫綠萼，楊過從窗口飛身躍入，突覺足底一軟，卻似踏了個空，最後與公孫綠萼兩人一齊筆直墜下，但覺足底空虛，竟似直墮了數十丈尚未落地。原來丹房之下竟是個深淵，而深淵之中竟有許多活鱷魚！看到這裡，相信所有讀者都會大吃一驚：堂皇的丹房之下竟然會有鱷魚潭?!更令人難以理解的是，公孫止恨楊過並不稀奇，但為何連自己的女兒也要陷害？

鱷魚潭是一個絕境，卻不是一個完全封閉的空間。借助老頑童盜出並留給楊過的絕情谷地圖，發現在鱷魚潭的絕壁上還有一個黑洞出口。楊過不願坐以待斃，一心要將公孫綠萼救出險境，更要將絕情丹送給中了情花毒的小龍女，決定冒險求生，終於發現了一條地下通道。通道的盡頭，是另一個地穴，在這個地穴中，他們發現了裘千尺。這個裘千尺，正是公孫止的妻子，公孫綠萼的母親。

公孫綠萼一直以為母親早已去世了，沒想到母親還活在地底。在地底石窟中，聽裘千尺講述夫妻往事，為絕情谷歷史提供了親歷者的證詞，公孫止的真面目由此顯露。公孫止曾經背叛過自己的婚姻，和一個叫柔兒的婢女私通，為了保護自己的生命和道德假象，他將情人柔兒殺死，進而又將原配妻子裘千尺打殘並囚禁在石窟中。由此不難推測，公孫綠萼和楊過被推入鱷魚潭絕對不是偶然，顯然是公孫止精心設計的結果。這一真相，絕對出乎人們的意料，讓人不寒而慄。

瞭解這些故事線索，再回過頭來看，就會對小說中的人物形象描寫，有更進一步的認知，從而瞭解小說的真正妙處。在外人看來，絕情谷主公孫止的形象是：只見「那人四十五六歲年紀，面目英俊，舉止瀟灑，只這麼出廳來一揖一坐，便有軒軒高舉之概，只是面皮蠟黃，容顏枯槁，不似身有絕高武功的模樣。」

公孫止給人的第一印象，是道貌岸然。只不過，「面皮蠟黃，容顏枯槁」八個字，卻有透露玄機，敏感的讀者或已察覺，這人有些不對頭。只不過，在楊過和公孫綠萼跌落鱷魚潭，繼而發現裘千尺之前，不可能想到，這個道貌岸然的君子，竟有一副典型的小人肚腸，如此心狠手辣，殘酷無情。

在瞭解公孫止這一人物之後，再回頭看絕情谷中的建築設計，就會更有意思了。絕情谷裡主體建築的最大特點：地表建築堂皇優雅，地下則是黑暗幽深。地表是煉丹房，地下則是鱷魚潭。絕情谷建築與眾不同的特點，不僅在其自然山水和人工建築的一體化，更在其物理空間與心理空間的一體化，絕情谷的山水和建築，是谷主公孫止精神世界的清晰投影。也就是說，公孫止的心裡也有一座煉丹房，而在心理深處的無意識領域中，則是可怕的鱷魚潭，其中動物兇猛。

公孫止表面上道貌岸然，實際上卑鄙無情，他是個偽君子嗎？可以說是，也可以說不是。說是，是因為他確實表裡不一；說不是，是因為他並非刻意為之。絕情谷裡不吃素，並不是他們假裝清高，更不是追求時髦，而是因為公孫止的武功見不得血，只要見血就會前功盡棄。這也是個非常有意思的隱喻，是說公孫止的生活不敢面對正常的人類欲望，一旦讓欲望冒頭，就會氾濫成災。公孫止若不是遇到小龍女，他或許會像過去那樣生活下去，那就不會有人發現絕情谷的地底真相。而一旦遇到小龍女，公孫止從此變了一個人，竟像下三濫那樣去追完顏萍，後來又要和李莫愁結為夫妻。

小說中還有一個重要隱喻，那就是情花的隱喻，簡單說，就是情花碰不得，一碰就中毒。把人類的情感當成禁忌，是因為絕情谷裡的人們不知道哪些果實是甜的，哪些果實是苦的。說穿了，是因為無知。

有意思的是，他們對絕情谷的山水也很無知。公孫止知道丹房下面有鱷魚潭，但裘千尺不知道，因為公孫止從來沒有告訴過她；而鱷魚潭中竟然還有一條通道，則不但裘千尺不知道，公孫止也不知道。我們說過，絕情谷的物理空間，與谷主夫婦的心理空間有隱喻關係，那麼，他們對鱷魚潭和地底通道的無知，也就是對自身無意識心理的無知。無知產生恐懼，恐懼產生禁忌。絕情谷裡的人把情花當作禁忌圖騰，從而對正常的情感也充滿恐懼，說到底，是因為無知。

之所以說絕情谷是反烏托邦，理由也是這個。人們喜歡把世外桃源想像成理想烏托邦，以為按照古人制定的規範生活就是理想的生活，卻不知古人只瞭解人性的意識層面，對人性心理的無意識層面一無所知。絕情谷第一生活法則，是存天理、滅人欲，結果卻是既違背人性，也違背天理。公孫止和裘千尺的實際生活並不令人羨慕，而是令人毛骨悚然。

九、裘千尺與水仙花

裘千尺是《神鵰俠侶》中絕情谷主公孫止的妻子，是公孫綠萼的母親。裘千尺這一人物，是瞭解公孫止其人、瞭解絕情谷的歷史和本質的重要關鍵。

裘千尺的故事極富傳奇色彩。在她女兒公孫綠萼以為母親早已死去，像所有普通孩子一樣，在公孫綠萼心裡，對母親充滿了溫柔慈愛的想像。後來公孫綠萼和楊過一起，發現了一個地底老婦，居然正是她的母親。

裘千尺沒有死，而她也與女兒的想像完全不一樣。當裘千尺露面時，其情形極其悲慘。她渾身的經絡都被挑斷，變成了殘疾，只能在地底爬行。以至於二分像人，八分像是鬼怪。她說在地底生活了十多年時間。又說她的這一悲慘遭遇，全都是她的丈夫公孫止所害。公孫止之所以要害她，是因為公孫止移情別戀，愛上了年輕的柔兒，就把妻子裘千尺打殘，拋入地底，讓她生不如死。

聽到這些，不僅公孫綠萼目瞪口呆，楊過也對此人充滿了同情。

上述這些應該都是真的。只不過，若把裘千尺當作被侮辱與被迫害的女性典型，那就未免知其然而不知其所以然。事情還有另一面。裘千尺的婚姻悲劇和人生悲劇，固然與公孫止的凶殘迫害有關，與她本人的個性與行為也有關。

從楊過的反應中就能看出，這個人物看起來是可憐的人，進一步看，是可悲的人；再進一步看，是可怕的人；最後會看到，她也是可惡的人。

這就要說到裘千尺與水仙花。這個題目，可能讓一部分讀者朋友感到奇怪，裘千尺與水仙花有什麼關係？

細心的讀者應該還記得，當楊過和金輪法王等人當日受邀前往參加穀主的婚禮時，書中有這樣一段風景描寫：

「六人隨著那綠衫人向山後走去，行出里許，忽見迎面綠油油的好大一片竹林。北方竹子極少，這般大的一片竹林更是罕見。七人在綠竹篁中穿過，聞到一陣陣淡淡花香，登覺煩俗盡消。穿過竹林，突然一陣清香湧至，眼前無邊無際的全是水仙花。原來地下是淺淺的一片水塘，深不逾尺，種滿了水仙。這花也是南方之物，不知何以竟會在關洛之間的山頂出現？」

作者特別解釋，說這些典型的南方植物出現在北方，或因谷中地熱所致。

經過竹林和水仙花塘，才來到絕情谷的中心，這是個村子。村子叫什麼名字，當時沒有說。直到第十九回後半部，作者才突然命名，說它叫水仙莊。村莊前面有這麼一大片水仙花塘，此地叫做水仙莊，那就名副其實。雖然書中沒有明確交代水仙莊村名的來歷，我們可以大膽推測，種植水仙花，乃至命名水仙莊，可能與裘千尺關係重大。

證據之一，水仙莊之名，是在裘千尺出現之後才被正式提及。證據之二，公孫止一直生活在北方，北方沒有水仙花；而裘千尺從南方來，瞭解水仙花。證據之三，說水仙花和水仙莊之名與裘千尺有關，更重要的理由是，絕情谷女主人裘千尺，具有典型的「水仙花人格」症候。

所謂水仙花人格來自希臘神話，說是有個叫作納西瑟斯的少年，長得非常英俊，有一天來到水邊，水中倒映出俊美無暇的影子，少年心生愛慕，為影癡狂於是赴水求歡，終於溺水而亡，死後化為水仙花。

後來心理學家就把這種自戀稱為 narcissistic personality disorder，專業術語是自戀型人格障礙。通過裘千尺的自述，我們很容易發現，她的人格有自戀型人格障礙的典型特徵。

首先，據心理專家說，這類人格的第一個突出特點，是「自戀型人格障礙患者充滿了自我重要性的想法，以及對力量和成功的幻想，認為自己比大多數人更優秀。」裘千尺正是這樣，即自戀、自大、自命不凡。例如，她說：

「我年紀比他大著幾歲，武功也強得多，成親後，我不但把全身武藝傾囊以授，連他的飲食寒暖，哪一樣不是照料得周周到到，不用他自己操半點兒心？他的家傳武功巧妙倒也巧妙，可是破綻太多，全靠我挖空心思的一一給他補足。有一次強敵來襲，若不是我捨命殺退，這絕情谷早就給人毀了。誰料得到這賊殺才狼心狗肺，恩將仇報，長了翅膀後也不想想自己的本領從何而來，不想想危難之際是誰救了他性命。」

這一段說得還算含蓄，不含蓄的說法是：「他這三分三的臭本事，哪一招哪一式我不明白？這也算大英雄？他給我大哥做跟班也還不配，給我二哥去提便壺，我二哥也一腳踢得他遠遠地。」

其次，心理專家說，這類人格的第二個突出特點，是「在人際關係中，他們總是根據自己的意願，對其他人提出不合理的要求，而忽略其他人的需要和想法。」裘千尺正是這樣。一是，她認定女兒是楊過的妻子，公孫綠萼和楊過再三解釋，她也聽不進去。她叮囑女兒說：「媽跟你說，上去之後，你須得牢牢盯住他，寸步不離。丈夫，丈夫，只是一丈，一丈之外，便不是丈夫了，知道麼？你爺爺給你媽取名為千尺，千尺便是百丈，嘿嘿，百丈之外，還有什麼丈夫？」

由於她認定楊過是她的女婿，完全忽略楊過對小龍女的情感：「呸！你當你媽是什麼人？我說過的話，也能改口麼？姓楊的，別說我女兒容貌端麗，沒一點配你不上，她便是個醜八怪，今日我也非要你娶她為妻不可。」她對丈夫恨之入骨，當然不許女兒認父親，對女兒說：「又是爹爹！你若再叫他爹爹，以後就不用叫我媽媽了。」

再次，心理專家說，這類人格的第三個突出特點，是「利用他人為自己獲得好處，並且表現傲慢。」裘千尺也正是如此，為了利用楊過和小龍女聯手打敗公孫止，她指點楊過，卻完全不顧公孫止的劍刺傷小龍女，她還振振有詞：「你怪我什麼？我只助你殺敵，誰來管你救人？哼哼，這姑娘的死活與我有甚相干？她死了倒好！」

更好的例子是，為了給哥哥裘千丈報仇，她用半枚絕情丹要脅楊過去殺郭靖、黃蓉夫婦，限定十八天內完成，完全不顧楊過生死。

最後，心理專家說，該症候「具有戲劇性和誇張的行為風格，尋求他人的讚賞，並且在情緒表達和人際關係上非常膚淺。」裘千尺也是如此。總而言之，裘千尺這一人物的婚姻和人生悲劇，多半來自她有典型的水仙花人格障礙症。

十、絕情谷的景觀設計

絕情谷是小說《神鵰俠侶》中最重要的場景空間。它的景觀設計，無論是山水安排和建築形態都有匠心安排。絕情谷的景觀有幾個明顯的特徵。

首先，絕情谷的景觀如一幅畫，第十七至第二十回中，只展開了它的前半幅，第三十一至三十九回才展開其後半幅。隨著人物活動範圍的擴大而逐步展開，不同的山水和人文景觀漸次出現。這一點不用多說，讀過《神鵰俠侶》的人都有體會，隨著故事情節不斷展開，會不斷出現新景觀。

到小說第三十九回，楊過跳下斷腸崖後與小龍女雙雙歸來，我們才知道斷腸崖下竟然別有洞天。小說中的絕情谷很像《紅樓夢》的大觀園，誰也不知道在這個空間內到底有多少景觀。

其次，是無論自然山水還是人工建築，大多與人物的心理及精神氣質密切相關，是自然空間、社會空間、心理空間組合成的文學藝術空間。

這樣說，有兩個重要證據，一是絕情谷主公孫止的丹房內竟然還有個鱷魚潭，地表堂皇可觀，地下幽暗恐怖，這不僅是物理空間，實際上也是公孫止的心理空間呈現。另一個證據是，通往絕情谷中心建築群的路上，有一個池塘，池塘裡種滿了水仙花；直到第十九回，裘千尺出現，作者才說這地方叫水仙莊。水仙花出現在這個地方實在不可思議，唯一緣由，是裘千尺的「水仙花人格」，即自戀人格的象徵。

再次，是在絕情谷中，不同人物有不同表演場所，其中山水結構須滿足表演的需求，如同舞臺佈景般精準。下面舉例說明。

先說厲鬼峰。

這是裘千尺和公孫止人生的最後一幕的演出場所。裘千尺曾說，「這山峰叫做厲鬼峰，谷中代代相傳，峰上有厲鬼作祟，是以誰也不敢上來。」第三十二回書中，裘千尺燒毀水仙莊，在厲鬼峰上仰天大笑，狀若瘋狂，引誘公孫止襲擊，讓公孫止跌入山頂洞穴中；而公孫止也沒有放過她，用長衫將她拉入百丈地穴，一起跌得粉身碎骨。這對夫妻是典型的人間怨偶，兩人都把自己的失敗歸咎於對方，到最後仍在相互仇恨、相互陷害，以至雙雙落入自設的陷阱，算是你中有我，我中有你，厲鬼峰上再添冤魂。這一幕人間慘劇，令人觸目驚心。

再說情花坳。

這個長滿情花的山坳，是李莫愁的表演場所。李莫愁、洪凌波師徒和程英、陸無雙姊妹捉對廝殺，楊過奮不顧身地衝入情花陣中，救出程英和陸無雙；李莫愁則試圖將弟子洪凌波當作墊腳石拋入情花坳，卻被洪凌波抱住左腿，師徒兩人一齊跌入情花叢中，李莫愁將洪凌波擊斃，卻無法阻止千萬根毒刺一齊刺進體內，這是李莫愁人生的根本轉捩點。

楊過和李莫愁的行為截然不同，是因為兩人的人格迥然有別。李莫愁的一生，從未真正走出過情花坳。最後因渾身毒刺，傷痛難熬，直接滾入烈焰之中，「從山坡上望下去，只見她霎時間衣衫著火，紅焰火舌，飛舞周身，但她站直了身子，竟是動也不動。眾人無不駭然……瞬息之間，火焰已將她全身裹住，突然火中傳出一陣淒厲的歌聲：『問世間，情為何物，直教生死相許？天南地北……』唱到這裡，聲若游絲，悄然而絕。」

再說絕情峰和斷腸崖。「只見一座山峰沖天而起，正是谷中絕險之地絕情峰。這山峰腰有一處山崖，不知若干年代之前有人在崖上刻了『斷腸崖』三字，自此而上，數十丈光溜溜的寸草不生，終年雲霧環繞，天風猛烈，便飛鳥也甚難在峰頂停足。山崖下臨深淵，自淵口下望，黑黝黝的深不見底。『斷腸崖』前後風景清幽，只因地勢實在太險，山石滑溜，極易掉入深淵，谷中居民相戒裹足，便是身負武功的眾綠衣弟子也輕易不敢來此。」這一絕險之地，卻是楊過和小龍女愛情故事高潮的最後大舞臺，有四幕大戲在此上演。

第一幕，是小龍女為了搶回世間僅有的半枚絕情丹，在這裡與公孫止惡鬥，雖然奪回了解藥，楊過沒有服用，而是將這世上僅此半枚能解他體內毒質的丹藥擲入了崖下萬丈深谷之中。楊過這樣做的理由是：「半枚丹藥難救兩人之命，要它何用？難道你死了之後，我竟能獨生麼？」

第二幕，是小龍女在此失蹤。楊過在斷腸崖上發現了他傍晚時送給她的「龍女花」和一束深紫色的斷腸草，進而發現了小龍女的留言：「十六年後，在此重會，夫妻情深，勿失信約。——小龍女囑夫君楊郎，珍重萬千，務求相聚。」斷腸崖下雲霧繚繞，無人能探測其中真相，小龍女下落成懸念，十六年後才揭曉。

第三幕，是十六年後，楊過跳下斷腸崖。楊過跳崖情形，被緊隨其後的郭襄看到，郭襄想也不想，就跟著跳了下去。其後，斷腸崖上又上演了感人至深的一幕：黃蓉的雙鵰，雄鵰為保護郭襄而被金輪法王重傷致死，雌鵰將郭襄從谷底馱上山崖後，「雙翅一振，高飛入雲，盤旋數圈，悲聲哀啼，猛地從空中疾衝而下……只見那雌鵰一頭撞在山石之上，腦袋碎裂，折翼而死……眾人見這雌鵰如此深情重義，無不慨嘆。」雌鵰壯烈殉情，是小龍女、楊過先後跳崖行為的生動詮釋。

第四幕，是楊過與小龍女在谷底相會，有情人終成眷屬。為了滿足這一幕的合理性要求，作者有精心的環境設計。一是崖下深潭，以保證跳崖而不致死；一是潭外別有洞天，以保證小龍女能夠長期生存，且保證小龍女和楊過有一段單獨相處的時間，不被黃蓉等人發現和打攪。

從斷腸草克制情花毒，到絕情峰下情不絕，作者的設計理念，體現了相生相剋、否極泰來的中國哲學精髓。因楊過和小龍女，及殉情雌鵰，絕情谷中的絕情峰，並非真正的絕情之地，而是成了絕世真情的巍峨紀念碑；絕情峰下斷腸崖，也成了真情考場，堪稱至愛聖地。這處風景，是融人文於自然的精妙建構。

十一、小龍女的成長與磨難

小龍女是古墓派的掌門人，是楊過的師父，也是楊過的情人和妻子，是這部小說的女主人公。因為她是楊過的師父，教過楊過武功，也照顧過楊過生活，所以人們都知道她對楊過有養育之恩。但人們忽略了另一面，那就是，小龍女其實也受到楊過的刺激和影響，甚至可以說，楊過是小龍女的人生領路人。如果沒有楊過，小龍女勢必終生在活死人墓中，形象如仙女，心智如嬰兒，即使活著，也如死人；最終寂寞凋零，其人生將沒有任何光彩，也沒有任何意義。自從楊過出現，小龍女的人生就截然不同了，可以說，楊過是小龍女形象的雕塑師。

由於楊過甘願為小龍女犧牲，按照古墓派規則，小龍女才可以走出活死人墓。由於小龍女對古墓外的真實世界一無所知，走出古墓即磨難重重，為成長付出高昂的代價。在古墓外，小龍女四次主動離開楊過，每一次離開，都有不得已的苦衷，但每次都是適應和成長的經歷。咱們長話短說，只討論小龍女前三次離開。

先說小龍女第一次主動離開楊過。

具體原因是，小龍女失身於全真派道士，以為讓她失身的人是楊過，遂問楊過：是否願意把她當妻子？楊過嚇了一跳，說，你是師父，也是姑姑，怎麼敢把你當妻子？小龍女大失所望，第一次主動離開了楊過，讓楊過苦苦尋覓。

在這一具體原因背後，其實大有文章。

文章的主題，就是小龍女的無知。只因為她誤以為楊過與她有肌膚之親，她就要楊過不許去想其他女人。小龍女年長楊過幾歲，身體發育也更早，但在情感方面卻比楊過更加懵懂。楊過願意為她犧牲自己，她就一廂情願地認為楊過對她有男女之情，而不知道楊過這樣做，只是因為在這個世界上只有她對他好，所以願意和她在一起，甚至願意為她犧牲。她不知道，此時的楊過，其實還是個孩子了，還不怎麼懂得男女之情，從未把小龍女當作戀人。她更不懂得，她和楊過的感情還需要一段時間才能瓜熟蒂落。所以，當楊過說「你不能是我妻子」時，她根本無法理解，就毅然拂袖而去。

小龍女所以這樣做，是因為她對現實世界無知，對楊過感情成熟程度更是無法理解；因為楊過的表現與她一廂情願的想像不一樣，她就離開楊過。小龍女的這次離開，說到底，還是因為對真實的生活世界充滿恐懼。

所以，在離開楊過之後，她又很快回到了活死人墓中。活死人墓裡的生活，就是她的心理舒適區，只有在這裡，她才有安全感。可是，由於打破了禁欲常規，她的身體和心理再也無法回到從前，被楊過的情感啟動，再也無法長期忍受活死人墓的禁欲生活。所以，她雖然恐懼現實世界，但還是再次走出活死人墓，到處尋找楊過。當然也可以說，是出於對楊過的愛，她才不避風險，深入現實世界，尋找心靈的依託。

再說小龍女第二次主動離開楊過。

在武勝關英雄大會上，小龍女與楊過不期而遇。此時，楊過已懂得了小龍女的感情，而他對小龍女的情感也已明朗且成熟，所以楊過當眾表達了對小龍女的愛。為此，他拒絕了郭靖許婚。進而在郭靖以禮教大防相逼時，楊過也堅持自己的情感立場，說自己沒有做錯什麼，一定要和師父/姑姑小龍女在一起。此時的小龍女，終於得到了楊過的公開承諾。雖然有些遲到，但仍然讓她心滿意足。可是相聚時間不長，在救了郭芙和黃蓉後，小龍女再次離開了楊過。

這次離開的原因，是接受了黃蓉的勸解。小龍女不懂得禮教大防，不知道師徒不能結婚的倫理，她也不在意別人怎麼說。黃蓉問：你不在意，楊過是否也不在意？小龍女說，那就和楊過兩人一起到一個無人的地方去生活。在她心目中，當然是和楊過一起回到活死人墓。黃蓉追問：你能忍受寂寞，楊過是否也能忍受？小龍女說，那要去問楊過。楊過說，若不能忍受，咱們就離開活死人墓。這讓小龍女感到兩難：在古墓外，怕楊過被人瞧不起；回到古墓，又怕楊過受不了寂寞。小龍女就覺得，最好的選擇是自己離開楊過。

小龍女不僅對楊過無知，對世俗生活倫理無知，對自己也同樣無知。在離開楊過不久，她就陷入了愛情和欲望的煎熬中，以至於走火入魔。此次走火入魔，固然是因為練功所致，但真正的原因，其實還是無法安撫內心的情感欲望。

在她走火入魔之際，恰逢絕情谷主公孫止，公孫止救助了小龍女後，立即向小龍女求婚，小龍女也立即答應了。小龍女的想法很簡單，與公孫止結婚，就會不再思念楊過；而自己身為人婦，楊過也就不能再找她。她以為這是確保楊過幸福生活的唯一選擇，卻不知道這樣一來，楊過和她陷入了更加痛苦而危險的深淵。

她的這一選擇，其實是受欲望的驅使，需要有個合法丈夫；在欲望的背後，還有更隱秘的因素，即絕情谷與活死人墓一樣與世隔絕，生活方式大同小異，她能適應。

再說小龍女第三次主動離開楊過。

在絕情谷再次重逢後，小龍女和楊過一起抵達襄陽，楊過中了情花毒，只有殺了郭靖、黃蓉才能換取絕情谷主夫人的解藥。可是楊過非但沒有這樣做，反而在關鍵時刻救了郭靖。楊過不但救了郭靖，而且還在俠義情懷的驅使下，主動為武氏兄弟調解糾紛：武氏兄弟都愛郭芙，哥兒倆要為郭芙拼個你死我活，楊過為了釜底抽薪，就謊稱黃蓉已把郭芙許配給他，不許武氏兄弟有任何妄念。武氏兄弟的心結解開了，不幸被小龍女誤解，以為楊過要娶郭芙，就第三次離開楊過。

小龍女此次離開，仍然是由於無知，她以為楊過之所以不殺郭靖，是為了要娶郭芙，這是因為她不懂得楊過的俠義心腸；楊過說黃蓉許婚，她就信以為真，這是因為她不懂得人情世故，更不懂楊過對她的一片深情。此次離開楊過，導致楊過斷臂，小龍女本人也身負重傷，若不是楊過及時趕到，小龍女更有性命之憂。

楊過為了讓小龍女相信自己的深情和誠意，在全真教大堂上舉行婚禮，回到活死人墓後，又讓小龍女穿上新娘的嫁衣。至於小龍女第四次離開楊過，是要讓楊過活下去。因為她已生命垂危，若她死去，楊過絕不會獨自存活。

小龍女前三次離開楊過，固然都是出於對楊過的愛，但也因為小龍女太過無知，太過想當然。這對苦命鴛鴦，註定要經歷九死一生，才能幸福地生活在一起。這些磨難，與其說是愛情的代價，不如說是成長的代價。從活死人墓裡走出來的小龍女若不經歷這些磨難，如何能夠適應人間現實生活？

十二、黃蓉形象的變化及其意義

金庸迷都知道黃蓉，她是東邪黃藥師的女兒，大俠郭靖的妻子，郭芙、郭襄和郭破虜的媽媽。黃蓉是《射鵰英雄傳》的女主人公，也是《神鵰俠侶》中的重要人物。只不過，《射鵰英雄傳》中的黃蓉，和《神鵰俠侶》中的黃蓉，形象似乎完全不同。

在《射鵰英雄傳》中，黃蓉聰明伶俐、精靈古怪、見多識廣，光彩照人；而在《神鵰俠侶》中，黃蓉溺愛郭芙，歧視楊過、心胸狹窄，總是疑神疑鬼，再也沒有此前的光彩。很多人都不喜歡《神鵰俠侶》中的黃蓉，有些情緒激烈的讀者甚至說，金庸在《神鵰俠侶》中，把黃蓉的形象給糟蹋了。

真是這樣嗎？我不這麼看，且覺得不該這麼看。我認為，兩部書中的黃蓉，都是真實的黃蓉，只不過隨著年齡的增長、身分的變化，心理和個性也隨之有所改變而已。也就是說，黃蓉的這種改變，有她的必然性。

《射鵰英雄傳》中的少女黃蓉確實極其聰明，也確實見多識廣，又因為她是東邪黃藥師的女兒，家傳武功很不錯，江湖中人見了她，都要讓她三分。由於種種優勢，黃蓉無往而不勝，她的形象自然就光芒耀眼。

很少人注意到，即便是在《射鵰英雄傳》裡，黃蓉也存在明顯的性格弱點。

其一，黃蓉心胸狹窄，而且性情偏激。證據是，她離家出走，是與父親黃藥師嘔氣，覺得父親不愛她，於是裝扮成乞丐，故意弄得髒兮兮，要讓父親後悔。

其二，黃蓉自我中心，並且自以為是，她對人對事的判斷，總是以自己的好惡為標準，不肯為他人設身處地，這可能是很多有天賦的人容易犯的毛病。證據是，丘處機要郭靖離開黃蓉，與穆念慈訂婚，從丘處機角度看，這樣想可以說是理所當然。但聰明的黃蓉看不到這一點，只覺得這話侵犯了她的利益，於是她就要設法報復丘處機。

其三，黃蓉自恃聰明，不肯用功訓練。證據是，他和郭靖一起拜洪七公為師，洪七公教郭靖降龍十八掌，郭靖一直苦練不息；洪七公教黃蓉逍遙遊武功，她卻是點到為止，雖然模仿得像模像樣，但也僅此而已，其後就再也沒有看到她訓練這套武功了。不細心的讀者，恐怕忘記了逍遙遊武功，忘記了黃蓉曾學過逍遙遊而不加深入研究這回事。只因為在《射鵰英雄傳》中，黃蓉的聰慧和美麗的光彩遮蔽了她的所有弱點；也因為年紀小，一切都可以諒解，所以，對黃蓉的弱點和缺點沒人關注。

到了《神鵰俠侶》，黃蓉的性格其實並沒有根本性改變，只不過是她的性格弱點暴露得很充分而已。在《神鵰俠侶》中，黃蓉的身分發生了變化，她成了郭靖的妻子，而不再是可以任性而為的小姑娘；更大的變化是，她生了女兒郭芙，成了母親。一開始，她很不適應角色變化，懷孕時煩躁不安，動輒找郭靖發脾氣。在郭芙出生之後，她又一反常規，對女兒郭芙大加嬌寵，溺愛過頭。她這樣做，或許是出於母親的本能，更可能是由於自己小時候缺少母愛，生了女兒之後就加倍施予，卻不料，這樣一來，讓郭芙嬌寵任性，淺薄無知，心理上無法成熟。

黃蓉形象出現負面評價，最重要的原因，是她對待楊過的態度一直讓人失望。從見到楊過第一眼起，黃蓉就一直沒有好臉色。郭靖見楊過，真情流露，激動不已，一心想把楊過培育成才，讓這個可憐的孩子獲得幸福人生。而黃蓉卻不這樣想，她不僅不讓郭靖當楊過的師父，而且也不願讓楊過練武，教他讀書識字也是心不在焉。在她看來，楊過流裡流氣，又任性胡為，簡直不堪造就。後來將楊過驅逐出桃花島，主要原因固然是柯鎮惡，黃蓉也沒少推波助瀾。送走楊過，黃蓉就眼不見心不煩，楊過的苦難人生，有一小半是拜黃蓉所賜。

更讓人難以接受的是，楊過成人且成才，黃蓉對他仍懷有刻板印象，不肯相信楊過是個好人。原因是，楊過是楊康的兒子，「龍生龍、鳳生鳳，老鼠生兒打地洞」，楊康的兒子如何能信？即便楊過救過郭靖、救過黃蓉本人、救過郭芙，後來還救過郭襄，救過黃蓉家的每一個人，黃蓉對楊過始終是疑慮重重。直到小說最後，黃蓉才檢討自己，承認自己對楊過一向懷有偏見。

話是這樣說了，實際行動如何？我們也不敢輕易相信。問題恰恰是，黃蓉做了妻子，做了母親，做了家庭主婦，最大的願望就是保護家人平安，這才不敢相信楊過。進而，黃蓉一貫心胸狹窄，從來都是憑自己的喜好行事，江山易改，本性難移。在《射鵰英雄傳》中，黃蓉對丘處機睚眥必報，很容易諒解，因為她還是個小姑娘；在《神鵰俠侶》中，黃蓉對楊過心懷偏見，讀者難以諒解，是因為她是長輩，楊過一生最渴望得到她的愛。

黃蓉形象改變，最重要的原因，是聰明反被聰明誤。這不僅是說黃蓉對家人有多關心，對楊過就有多疑慮，憂心忡忡導致疑慮重重；更是說，黃蓉自持聰明，對世事人生容易淺嘗輒止。年輕時不肯用功訓練逍遙遊武功，人到中年而功成名就之後，她當然就不可能繼續學習、繼續成長。

在人生成長的角度說，一個人無論多麼聰明，只要停止學習，不追求新知，心智就會固化甚至倒退，從而很容易回歸平庸。黃蓉就是一個典型的例證。也就是說，黃蓉在這兩部小說中的兩種完全不同的形象，正是由於作者對人生成長規律有深刻洞見。

最後，黃蓉在《射鵰英雄傳》和《神鵰俠侶》中形象不同，還有一個重要原因，是參照對象的不同。在《射鵰英雄傳》中的參照系是郭靖，郭靖是她的戀人。黃蓉的形象的光彩，有一部分來自與郭靖的對比，郭靖老實巴拉，甚至呆頭呆腦，知識有限，經驗更是欠缺，與他相比，黃蓉機靈百變，笑顏如花，知識廣博，經驗豐富，自信過人，郭靖與她相比，簡直天差地遠，於是黃蓉的聰慧和光彩就有明顯的放大效應。

而在《神鵰俠侶》中，黃蓉的參照對象是楊過，是她的下一代，她與楊過之間存在明顯的「世代矛盾衝突」，正如現實生活中的長輩與晚輩。偏偏楊過與黃蓉非常相似，同樣聰慧機靈、同樣性情偏激、同樣襟懷不寬，不同的是，楊過處於不斷成長的過程中，弱點和缺點都有機會自我更正和克服，而黃蓉卻已人到中年，無法繼續成長了。黃蓉和楊過之間有明顯的的世代衝突，而在這種世代衝突中，作者明顯是站在楊過一邊，如是黃蓉的形象就難免有些黯然失色，甚至有些負面，由於《神鵰俠侶》的主人公是楊過，作者的視點多從楊過出發，讀者的情感傾向於楊過，黃蓉的形象就不再光鮮。

十三、李莫愁人生悲劇的奧秘

李莫愁是《神鵰俠侶》中最重要的反面人物，小說一開始，她就在陸展元家牆上打下九個血手印，確定了此人是個殺人不眨眼的大魔頭。她是古墓派的棄徒，是小龍女的師姐，楊過的師伯，一生作惡多端。李莫愁的一生固然可惡可恨，卻也可悲可憐，她短短的一生，都在唱「問世間情為何物，直教生死相許？」這段歌詞，一生都在求索情感的秘密，但卻至死也沒有找到答案。李莫愁人生悲劇的奧秘，一是仇恨，二是身體和情感的饑渴始終得不到滿足，三是蒙昧無知。

關於李莫愁，要討論的問題是：其一，她為什麼如此邪惡？其二，她為什麼會悉心養育剛出生的郭襄？其三，她為何始終沒有找到情為何物的答案？

先說第一個話題：李莫愁為什麼如此邪惡？

李莫愁如此邪惡，並不是出於天性。在金庸筆下，沒有人天生邪惡。李莫愁之所以如此邪惡，是因為心中充滿了仇恨，若不以邪惡方式發洩自己的仇恨情緒，她就無法安寧。

李莫愁的仇恨，源於兩點，一點是她年輕時就被師父趕出了師門，以至於無法學到師門絕學「玉女心經」，由失意產生不滿，由不滿產生仇恨。另一點是，她愛上了年輕英俊的陸展元，以為陸展元也愛她，但陸展元卻沒有和她在一起，而是娶了馮沅君為妻。陸展元的行為，不僅大大地傷害了她的情感，更大大地傷害了她的自尊。由失戀產生憤懣，由憤懣產生仇恨，由仇恨產生心理疾病。

邪惡魔頭李莫愁其實是個精神官能症患者。精神官能症的突出特徵，就是缺少理性，不能理解他人的理解，更不能與他人產生共情。師父之所以將他逐出師門，是因為她不願發誓終生在活死人墓裡生活，這實際上是一道公平選擇題：要麼在古墓中修煉玉女心經，要麼就永遠離開。李莫愁作出了自己的選擇，是要離開。

按理說，既然自己作出選擇，就不應該責怪師父不講情面。古墓派的規矩向來如此，至於這一規矩的好壞，那是另一回事，更不是李莫愁這樣的智力所能分析評說。同樣，陸展元離開她而娶馮沅君，這是陸展元的自主選擇，有理性的人面對這一情況，該尊重陸展元的選擇。退一步說，即使痛恨陸展元，也不能把對陸展元和馮沅君的痛恨轉嫁到與此毫不相干的無辜者頭上。

李莫愁濫殺無辜，正是她患有嚴重精神官能症確切證明。而李莫愁患上精神官能症，仇恨只是引線，真正的原因是她對人世及人性的極度無知。她從小就生活在古墓中，沒有機會充分社會化，沒有機會習得人間通用的價值觀和行為方式，而只能自以為是。而自以為是的人，根本無法排遣自己的失意鬱悶，而只能讓失意和鬱悶愈積愈深，以至於釀成精神官能症。而她作惡越多，精神官能症就愈發嚴重。

再說第二個話題：李莫愁為什麼會悉心養育剛出生的郭襄？

在李莫愁的人生中，也曾做過一件大好事，那就是悉心養育了剛剛出生的郭襄。李莫愁參與搶奪郭襄，原以為這是楊過和小龍女的孩子，她要拿這個孩子來羞辱對方。不料這孩子並不是小龍女所生，而是郭靖和黃蓉的孩子；更出人意料的是，李莫愁對孩子產生了情感，再也不願把郭襄交還給孩子的父母親。這件事超出常規，當然也就形成重大疑問：像李莫愁為何要這麼做？怎麼會這樣做？

要找到這一問題的答案，首先是要消除對女魔頭的刻板印象。答案是：李莫愁首先是一個人，而且是一個女性，愛護、照顧和養育嬰兒，是女人的天性。剛剛出生的郭襄，激發了李莫愁的母性，讓她產生了溫柔的情感，也是生平第一次感受到人性的溫馨。在金庸筆下，這並非孤例，《倚天屠龍記》中金毛獅王謝遜的瘋狂病，也是被剛剛出生的張無忌的啼哭所治癒。這是人性的奇蹟。

如果真正瞭解李莫愁，就應該看到李莫愁的精神官能症，最深刻的病因，正是由於人性的正常欲望得不到滿足。換言之，李莫愁有嚴重人性饑渴症，這包括身體饑渴、情感饑渴兩方面。證據是，在嘉興，她被少年楊過抱住，竟然不知所措；在古墓中，她再一次被業已長大的楊過所抱，更是震動不已，進而心神蕩漾。

楊過與她的身體接觸，雖然不帶任何情感，但也刺激並滿足了李莫愁的身體饑渴。書中說，自從被陸展元拋棄後，李莫愁對男女關係就極度厭惡；書中沒有說的是，這種情緒厭惡，實際上是情感與身體饑渴症的表現。

說李莫愁有情感饑渴，也有兩個證據，一是她並沒有立即殺死陸立鼎，而是讓陸立鼎展示陸家武功，讓她對陸展元的情感饑渴得到虛擬的滿足。另一證據是，她將陸無雙抓走，居然沒有殺她，反而收她為徒，原因是，陸無雙的脖子上有半塊陸展元遺留的絲巾。那絲巾，正是她當年送給陸展元的定情物，睹物思人，仍然是情感饑渴的虛擬滿足。

再說第三個話題：李莫愁為何始終沒有找到情為何物的答案？

李莫愁從出場到終場，一直在唱「問世間情為何物，直教生死相許？」這表明，她的一生都在尋找這一問題的答案。為什麼她始終沒有找到答案呢？這一問題的答案是：因為她對人世和人性蒙昧無知。無知，是古墓中人的標準特徵，也是長期生活在古墓中的必然結果。

說李莫愁無知，最重要的證據是，她送給陸展元的定情物，是一方繡著紅花綠葉的絲巾，絲巾和繡品本身都沒有問題，有問題的是，她把自己比作紅花，而把陸展元比作綠葉。這表明，她不瞭解她所生活的世界是一個男權世界，男人必定要當紅花，女人的命運才是襯托紅花的綠葉。進而，她一定也不知道，受世俗男權傳統影響的陸展元，多半會接受男權至上、夫為妻綱的價值觀，因而無法忍受充當情感與婚姻的配角。小說中，沒有寫到對李莫愁和陸展元當年的相識及相戀的具體經歷，但從這方定情絲巾，不難推測出，在這兩個人相處的時候，李莫愁要當主角，而讓對方當配角。

由於蒙昧無知，李莫愁當然無法理解，更無法接受陸展元棄她而去的事實；也無法找到自我安慰，或排解鬱悶情緒的管道和方法，以至於患上精神官能症。而一旦患上精神官能症，那就會更加自以為是，也更加蒙昧無知。最好的證據是，她到絕情谷，中了情花毒，卻在負面情緒的推動下，殺害了尋找情花解藥的天竺僧，等於是自己毀掉了自己的生路。

這一行為，是李莫愁人生悲劇的一個寓言。這個蒙昧無知的精神官能症患者，當然不可能找到人世間情為何物的確切答案。

十四、郭芙形象與心理秘密

郭芙是郭靖和黃蓉的大女兒，曾是武敦儒和武修文兄弟的戀人，後來成為耶律齊的妻子，直到三十多歲時才明白，她一生的至愛卻是楊過。《神鵰俠侶》的讀者，很可能不喜歡郭芙，不僅因為她嬌縱任性，更重要的是她曾斬斷了主人公楊過的一隻臂膀，且一直與楊過作對。人們很難理解，俠義仁厚的郭靖和聰明智慧的黃蓉，怎麼會養育出郭芙這麼個女兒。但是，這個討厭的人物，卻是這部小說中最成功的藝術形象之一，具有極為豐富的心理含量，和審美認知價值。

關於郭芙，要討論的問題是：其一，郭芙為什麼這麼浮淺？其二，郭芙為什麼要斬斷楊過的臂膀？其三，郭芙為什麼會討厭楊過？

先說第一個話題：郭芙為什麼這麼浮淺？

郭芙這個名字很有意思，芙蓉其面，貌美如花，讓楊過從少年到青年都不敢正視她；另一方面，浮淺而又浮躁，嬌縱任性，楊過的前半生吃盡了她的苦頭。但公平地說，郭芙的心地其實很善良。證據是，在武勝關，長大成人的郭芙和楊過再次相遇，郭芙有許多善良的表現。首先，爸爸媽媽讓她照顧楊過，她盡力去做了，看到楊過破衣爛衫，主動說要讓媽媽給楊過縫製新衣服；其次，她還邀請楊過和她一起去偷看媽媽對丐幫繼任幫主魯有腳傳授武功，武氏兄弟不以為然，郭芙仍堅持己見。最後，楊過要走，她也竭力挽留，說他雖然不是英雄，也應該看看英雄大會。這話雖有刺激性，但郭芙可是一片真心善意。

郭芙的浮淺幼稚，也是一目瞭然。當朱子柳等人到來時，黃蓉說你可以學到一門新武功，郭芙問那是什麼？楊過脫口說出一陽指，而郭芙根本就不相信，繼續追問媽媽黃蓉，黃蓉說是一陽指，淺薄的郭芙還以為是黃蓉提前告訴了楊過。就連黃蓉也覺得這個女兒淺薄幼稚，心智遲鈍，是一個草包。

郭芙的浮淺決定了她的個性，因為沒有成熟的心智，更無系統的判斷和推理能力，所以她的思想和行為只能是隨性而發，此時一個樣，彼時另一個樣。郭芙甚至沒有長期記憶，她說過要媽媽給楊過做新衣服，但說過就忘記，此後也不再想起。

郭芙為什麼如此浮淺幼稚？答案很簡單，是因為她媽媽黃蓉太聰明，且太嬌縱女兒。

黃蓉太聰明，這不必多說，什麼疑難問題到她那裡都能迎刃而解，所以郭芙從小就不必動腦子去想問題，只要問一問媽媽就得。

郭芙的浮淺幼稚，更重要的原因，當然還是由於黃蓉對女兒的嬌縱，女兒惡作劇，她能原諒；女兒懶於動腦，懶於動腦，她也包容。更何況，從小生活在桃花島上，生活在父愛、母愛、武氏兄弟曲意逢迎的環境中，郭芙也沒什麼生活難題需要她動腦子。因為不動腦子，所以不喜歡動腦子；因為不喜歡動腦子，所以不習慣動腦子；因為不習慣動腦子，所以就沒腦子，所以就浮淺幼稚。郭芙如此，黃蓉有責。

再說第二個話題，郭芙為什麼要斬斷楊過的手臂？

郭芙斬斷楊過的手臂，表面原因是，她說小龍女壞話，楊過打了她一耳光，從來沒人敢對這個公主不敬，挨了耳光的公主很生氣，所以要斬斷楊過的臂膀。進一步的原因是，楊過為了讓武氏兄弟和解，故意釜底抽薪，說黃伯母將郭芙許配給了楊過。這話讓郭芙很生氣，她也正是因為生氣，才來找楊過理論，氣急了的郭芙口不擇言，導致楊過扇她耳光，她才斬斷了楊過的臂膀。

但這些並不是真正的原因，真正的原因是，當日郭靖許婚，楊過竟然當眾拒絕了，這讓郭芙備感羞辱。郭芙雖然浮淺幼稚，但感性系統卻很齊全，當日被羞辱的痛感，一直沉澱在心，這回終於找到了發洩仇恨的機會，所以她要斬斷楊過的臂膀。還有更深的原因，那就是，在郭芙的內心最深處，對楊過充滿了好奇心，實際上有連她自己也不知道、或不承認的愛意——這一點她是到三十多歲之後才明白——而楊過這小子居然不識抬舉，不把公主放在眼裡，居然去愛小龍女。是可忍熟不可忍，所以，郭芙要罵小龍女，要斬斷楊過的臂膀。

郭芙斬斷楊過的臂膀，還有更深遂且更朦朧的無意識動機，那就是，作為郭靖、黃蓉的女兒，雖然十分榮耀愜意，卻也備感壓力，原因很簡單，那就是她沒有父親和母親那麼優秀，永遠也無法滿足他人的期許。無論郭芙是否有意識，這種壓力始終都存在。假如沒有楊過，或楊過的武功沒那麼出色，只有武氏兄弟作參照，郭芙的壓力或許要小些；偏偏楊過出現了，楊過如此出色，相比之下，郭芙的無形壓力就更大。更何況，楊過還偏偏多次拯救郭芙，在旁人，肯定對楊過感激不盡，而在郭芙，身為郭靖、黃蓉之女，卻被楊過拯救，那是扇她的耳光。以郭芙的浮淺心智，當然不可能意識到這些，但她的無意識仍然完好。意識和心智不發達的人，無意識系統通常會更加發達，綁架並支配人的行為和心思。

再說第三個話題：郭芙為什麼會討厭楊過？

在這部小說中，郭芙似乎從小到大都討厭楊過，從在嘉興第一次相遇開始，這兩個小傢伙就不能在一起玩；一直到她長大成人，嫁給耶律齊，甚至到妹妹郭襄也長成大姑娘時，她仍然討厭楊過。郭芙以為自己討厭楊過，楊過也以為郭芙討厭自己，讀者也以為郭芙討厭楊過。郭芙為什麼如此討厭楊過？答案是可能出人意料，正因為郭芙浮淺幼稚，不明白自己的內心，不知道自己的真實情感。

郭芙討厭楊過，分為前後兩個階段。前一個階段是小姑娘時，她其實很喜歡跟楊過玩，楊過實際上也喜歡與郭芙玩，但郭芙有公主病，任性嬌縱，口無遮攔，而楊過這小子又太敏感，常常讓郭芙無法下臺。武氏兄弟對郭芙就千依百順，讓郭芙隨心所欲；楊過偏偏如刺蝟那樣渾身有刺，讓郭芙難以接近，如此，郭芙當然討厭楊過啦。討厭楊過，是郭芙維護心理平衡的本能選擇。

到了第二個階段，即斬斷楊過臂膀之後，郭芙討厭楊過，性質就有所不同了。之所以如此，是因為郭芙斬斷了楊過臂膀，受到父親郭靖前所未有的嚴厲批評，讓郭芙受到前所未有的震驚和羞辱。實際上，斬斷楊過臂膀，郭芙未嘗不感到內疚，只不過，由於心智浮淺，她不知道自己內疚，只略微感到心裡不舒服而已。此後，郭芙加倍討厭楊過，其實是為了逃避這種內疚。提及楊過，就會讓她緊張，讓她想起自己曾斬斷楊過臂膀事，讓她內心不快，所以要用討厭的方式平衡自己的內心。一切都是楊過的錯，都是楊過不好，郭芙內心才會安寧。

在現實生活中，有很多郭芙這樣的人。所以說，郭芙形象是這部小說中最成功的藝術形象之一。

十五、陸無雙的命運與愛情

陸無雙是小說《神鵰俠侶》中最早出現的人物，她的父母陸立鼎夫婦被李莫愁殺害，她自己也被李莫愁抓獲，憑著伯父陸展元留下的半塊絲巾倖免，還拜李莫愁為師。多年後，陸無雙乘李莫愁外出，偷了師父的《五毒秘傳》，離開師門。不久後就遇到楊過，此後的故事大多與楊過相關。

金庸迷中有一個流行的說法：一見楊過誤終身。是說一些年輕姑娘一旦見到楊過，多半會愛上楊過，而楊過至愛小龍女，無法對這些姑娘還報以愛情。這一說法不無道理，陸無雙就是其中一位。但是，事情還有另一面，值得作專題研究和分析。

關於陸無雙，有幾個問題要討論。一是，假如沒有楊過，她的命運如何？二是，與楊過相識是幸運還是不幸？三是，沒有愛情，還有兄妹親情。

先說第一個話題，假如沒有楊過，陸無雙的命運如何？

答案很明顯，假如沒有楊過，陸無雙可能早就被害了。證據之一，是陸無雙離開師門不久，就與丐幫弟子發生了衝突。後來丐幫弟子邀請全真教道士相助，陸無雙腿腳不便，武功不高，騎驢作戰勉強還能應付，一旦被趕下驢，就不是全真教道士和丐幫弟子的對手。若不是楊過及時出手相救，陸無雙就麻煩了。

更麻煩的是，在丐幫弟子的糾纏過程中，李莫愁和洪凌波追蹤而至。李莫愁武功高，心腸硬，手段毒，若沒有楊過幫忙，陸無雙絕對逃不出李莫愁的掌心。一旦被李莫愁制服，結局可想而知。僅僅是違背師命反叛師門一項，就是死罪；偷盜師父的《五毒秘傳》，是另一項死罪。

實際上，在陸無雙年幼時，李莫愁早已宣判了陸無雙的死刑，陸家門口的九個血手印，其中一個就是給陸無雙。楊過雖然不是李莫愁的對手，但聰明才智及靈活機變遠超李莫愁，能夠帶著陸無雙百計避敵，扮新郎新娘、扮蒙古官兵、扮全真道士，還能用歐陽鋒的武功讓李莫愁大吃一驚。最後是聯合耶律齊等一幫少年英俠，才終於趕走了李莫愁。

此後還有兩次救助過陸無雙。一次是李莫愁追蹤到陸無雙和程英的住處，恰逢楊過在那裡養傷，楊過計謀迭出，最後憑黃藥師所授的彈指神通、落英神劍兩項武功，嚇走了李莫愁。如果沒有楊過，僅有程英和陸無雙兩人，一旦遭遇李莫愁，結局註定是傷亡。

另一次，是在絕情谷中，陸無雙和程英與李莫愁和洪凌波在情花坳搏鬥，李莫愁將陸無雙拋入絕情花叢，又是楊過及時趕到，身中無數情花毒刺，將陸無雙和程英救出。算來，這已是楊過第四次將陸無雙從死神手裡，拯救下來。由此可以得出結論，楊過堪稱是陸無雙的救星。

再說第二個話題：愛上楊過到底是幸運還是不幸？

這個問題，看起來似乎很難回答。但若換個角度想，答案就一目瞭然。假如沒有認識楊過、愛上楊過，陸無雙的個性和心理必定朝另一方向發展，若不成為第二個李莫愁，就很可能成為女版林平之。

這樣說的根據，是陸無雙的悲慘身世和經歷，小時候就遭遇李莫愁尋仇，父母都被李莫愁所殺，僅僅是這一經歷，就足以成為這個女孩的永久性心理噩夢。更何況，被李莫愁抓獲後，還要假裝忘記血海深仇，且要拜仇人為師，故意裝得蓬頭垢面，委曲求全，長期的自我壓抑，必然會造成心理重負，形成扭曲心靈和個性的力量。證據是，當她離開師門，丐幫的兩個弟子不過是看了她的瘸腿幾眼，她就大發嗔怒，割了對方耳朵，從而惹出事端。若這種心態不加改變，任由戾氣驅使，陸無雙必將面目全非。

不妨做進一步假設，如果李莫愁沒有追蹤而至，也沒有遇到楊過，陸無雙躲到某個十分隱秘的地方，修煉了李莫愁的《五毒秘傳》，又將如何？不難推測，陸無雙必定要找李莫愁報仇，假如無法戰勝李莫愁，她多半會像李莫愁那樣，把自己的滿腔怒火向無辜者發洩——就像她對看她瘸腿的丐幫弟子那樣。

由此可以推測，是對楊過的愛情徹底改變了陸無雙。楊過將《五毒秘傳》還給了李莫愁，使得陸無雙從此無法修煉毒功，保持了自己的天性。更重要的是，因為對楊過生情，強烈的愛情，中和了陸無雙的滿腔仇恨和怨毒。愛情是美好的情感，將人的心理導向健康，讓人變得更美好；而仇恨則產生怨毒，如病毒那樣能夠自我複製，一旦怨毒和仇恨主宰心靈，人會變成仇恨的奴隸和怨毒的打手。

細心讀者會看到，在陸無雙遭遇危機時，楊過的第一波衝動，就是俠義之心，他克制住了；楊過的第二波衝動，是好奇之心，他又克制住了；第三波衝動是看上了陸無雙的怒神色，他終於無法克制，遂出手相救。也就是說，楊過出手相救，並非出於俠義心腸，而是喜歡看陸無雙發怒的表情，把陸無雙作為小龍女的替代品。

這一動機，看起來奇妙而又殘酷。但這一無心之舉，卻有一種治癒心理的力量。一開始，陸無雙對裝成傻蛋的楊過充滿怒氣，怒氣很快轉化成怨恨，以至於必欲殺死楊過而後快。書中寫道，她幼遭慘禍，忍辱掙命，心境本已大異常人，跟隨李莫愁日久，耳濡目染，更學得心狠手辣，小小年紀，卻是滿肚子惡毒心思。這種惡毒心思，隨著刺殺楊過而發展到頂點，刺殺未遂，惡毒情緒也就隨之發洩。此後，陸無雙對骯髒癡呆的傻蛋楊過，竟產生了一種溫暖親切之感，這種感情，正是消除惡毒的良藥。與楊過一起百計避敵的過程，陸無雙的心理有非常明顯的變化，陸無雙對楊過的愛，標誌著她性格和命運的根本性轉折。

再說第三個話題：沒有愛情，還有兄妹親情。

陸無雙愛上了楊過，而楊過的心裡卻只有小龍女一人，因而無法還報陸無雙等人的愛情。這一境況，確實令人感傷。陸無雙是不是被愛情誤了終身？這很難說。明知所愛對象另有所愛，固然傷心，若是普通人，或許會另覓婚姻機會和結婚對象。書中的完顏萍和武修文就是例證。陸無雙沒再嫁人，是因為曾經滄海難為水，在這個世界上再也找不到像楊過這樣的人，讓她再愛一次。這很傷心，但也足以令人滿足，畢竟，她曾產生過世上少有的強烈愛情。

更何況，楊過對陸無雙始終關懷備至。在絕情谷中，不僅將玉女心經武功傾囊相授，而且還與她結拜兄妹。楊過留言說：兄妹之情，皎如日月。男女之情和兄妹之情，都是人間美好的情感，得其二者，堪稱圓滿人生；僅得其一，也算得上是幸福人生。人生的最大不幸，是什麼感情也沒有體驗過。

十六、公孫綠萼的幸運與不幸

公孫綠萼是絕情谷主公孫止和裘千尺的女兒，一生都生活在絕情谷中。如果小龍女、楊過等人沒有闖入絕情谷，公孫綠萼可能在絕情谷裡度過平靜無味的人生，沒有不幸，但也沒有什麼幸運。楊過的到來，讓她怦然心動，感到了另一種生活的模糊前景，不料，父親的新娘卻是心上人的舊愛。至情至性的楊過，將平靜的絕情谷攪得天翻地覆，生活從此面目全非，隨著父母間的仇怨被揭秘，父母變成勢不兩立的冤家，既無法回到過去，又無法走向未來，絕情谷公主想當綠萼而不得，只能選擇自殺。

看起來，公孫綠萼是世界上最不幸的人，她的命運，是從一種不幸，走向另一種不幸，沒有什麼幸運可言。果真如此嗎？值得討論。

關於公孫綠萼，有幾個問題值得討論。一是，她為什麼會愛上楊過？二是，她為什麼不想活了？三是，她為什麼要選擇自殺？

先說第一個話題：公孫綠萼為什麼會愛上楊過？

公孫綠萼愛上楊過，書中提供了一連串的證據。一是，當楊過被絕情谷網陣圍困時，她故意對楊過網開一面。二是，當楊過被擒並中了情花毒，她偷偷釋放了楊過，並為救助楊過而去父親的丹房偷取絕情丹。三是，她暗助前來尋找解毒藥的天竺僧和朱子柳，並將他們的消息告訴楊過，顯然是愛屋及烏。四是，明知楊過對小龍女忠貞不二，仍存兒女共侍一夫的念想。五是，當她偷聽到楊過和小龍女的對話，知道楊過不願接納第三者，絕望之下，就不想活了。六是，即便知道楊過對她沒有愛情，但仍然不顧自身中毒，一心要將真解藥交給楊過。

公孫綠萼愛上楊過，任何明眼人都能看出，她的母親裘千尺以解藥相要脅，逼迫楊過做女婿；黃蓉第一眼就看出，公孫綠萼對楊過鍾情至深。

公孫綠萼為何會愛上楊過？這問題似乎沒什麼意義，因為楊過相貌英俊、言語生動、行為瀟灑、滿懷熱情、待人真摯，姑娘們愛上他，難道還要別的什麼理由？然而，這個問題仍然值得一問。因為，即使是在這部書中，楊過也並非人見人愛，書中的耶律燕、完顏萍就沒有對楊過一見鍾情，而是分別愛上了武敦儒和武修文。進而，書中的小龍女、陸無雙、程英、公孫綠萼和郭襄等年輕姑娘愛上楊過，也是各有各的理由，必須對具體對象作具體分析。

公孫綠萼生長在絕情谷中。絕情谷生活的理想規則，是存天理、滅人欲。因而從小就被要求克制一切情感欲望，以至於內心壓抑，言語無味，表情麻木，連笑一笑都是莫大的罪過。這裡的生活，情感心理如同冰封，而楊過則如烈火，融化了覆蓋在公孫綠萼心頭的冰層。

楊過遇到公孫綠萼，第一件事就是逗她發笑，讓她體驗正常的人類感情，感受到從未有過的內心舒適，也消除了她與陌生人之間的隔閡。第二件事是誇她美貌，說自己祖宗積德，讓他有緣見到美人，讓她重視自己的容顏，讓她寂寞到麻木的心感到溫暖和活力，開始認識自己，欣賞自己。從這一意義上說，楊過如啟蒙者，讓公孫綠萼感受到自我及人生的美好。鱷魚潭中與楊過生死與共，更讓她從楊過身上看到了夢想的未來。結論是，公孫綠萼愛上楊過，固然是出自愛情本能，也因為對人生有了前所未有的憧憬。

再說第二個話題：公孫綠萼為什麼不想活了？

最直接的原因，是公孫綠萼聽到了楊過的心聲，知道楊過無論如何都不可能娶她，愛情絕望，人生再無味道，所以就不想活了。

然而問題並沒有這樣簡單。公孫綠萼不想活了，還有更隱秘、更深刻、更複雜的原因。被父親殘忍地推下鱷魚潭，父親公孫止的偶像就出現了第一道裂痕，這讓公孫綠萼感到恐懼。一開始，她不敢直面父親無情的真相，努力為父親辯護。但見到母親，聽說母親的遭遇後，再也無法逃避了。無法逃避的真相，超出了公孫綠萼的心理承受能力，但她不得不承受。

進而，假如母親慈愛，或許能撫平女兒的嚴重創傷，讓公孫綠萼有勇氣繼續活下去。但她的母親卻滿懷怨毒，仇恨超過了愛心，且剛愎自用，蠻不講理，不可理喻，身心醜陋。裘千尺對楊過的種種行為，包括逼迫楊過做女婿，無不讓公孫綠萼感到羞愧內疚。她知道，楊過對裘千尺百般忍讓，不過是看在女兒的份上，但越是如此，公孫綠萼就越是難過。假如楊過能接納公孫綠萼，她還有活下去的希望和勇氣。簡單說，楊過成了公孫綠萼繼續生活下去的唯一指望、唯一支柱。而當她聽到楊過也不能接納她時，唯一希望破滅了，她當然不想活了，因為實在無法繼續活下去。

值得注意的是，此時，不想活下去還只是一個念頭，並沒有變成行動。相反，當她發現父親和李莫愁在一起，聽父親說，要以情花傷害公孫綠萼，以便取得絕情丹救助李莫愁，不想活下去的公孫綠萼並沒有立即尋死，而是本能地求生。

再說第三個話題，公孫綠萼為什麼選擇自殺？

從不想活下去，到選擇死於父親的劍下，並不是簡單的邏輯因果關係，而是經歷了一段曲折的心理歷程。公孫綠萼選擇自殺，不再是出於對愛情和生活的絕望，而恰恰是出於對楊過的愛，並希望楊過活下去、活得更好。也就是說，公孫綠萼不想活下去，和最終選擇自殺，是性質不同的兩件事。

公孫綠萼雖然有了不想活下去的念頭，但卻沒有自殺的行為，而是故意用情花刺中自己，想取得絕情丹，救助嚴重中毒的楊過。也就是說，對楊過的愛超過了她自身的生死。更值得注意的是，想到以中毒方式取得絕情丹的主意時，公孫綠萼的第一個念頭，是希望楊過活下去，並永遠感激她為他作出的犧牲。而在將要取得解藥時，她的心意有了微妙的變化，決定不讓楊過知道自己的行為秘密，即不讓楊過心懷感激和愧疚。這意味著，她對楊過的愛更深了一層。犧牲的選擇，是她自願作出的，只要楊過能活就好，這是至愛者的情感表現。

說公孫綠萼是心懷愛情而自殺，最直接的證據，是她在撞劍自殺之際，口中念著的是「楊郎，楊郎」，這意味著，公孫綠萼之死並非出於絕望，而是出於對楊過的愛。更重要的證據是，公孫綠萼選擇死於父親的劍下，是向楊過等人傳遞最後一個重要訊息，即解藥在公孫止手裡，她死在父親劍下，表明與父親恩斷情絕，讓楊過和小龍女不必再顧忌她的父女之情，可以採取一切手段取得解藥。

總之，遇到楊過並非不幸，而是公孫綠萼最大的幸運，讓她體驗了最為美好的愛情人生。而公孫綠萼為愛而死，雖然不幸，但卻重新界定了她的生命價值，雖然活得短暫，但卻自主選擇了生死，不枉一世為人。

十七、程英的個性與情感

程英是陸無雙的表姐，因父母雙亡，自幼生活在姨父陸立鼎家，與陸無雙一起成長，也一起遭難。李莫愁尋仇時，她被黃藥師救下，並做了東邪黃藥師的關門弟子。她見證了楊過救助陸無雙的後半程，並主動給楊過報信，共同救助了陸無雙。其後，楊過為救助黃蓉等人而大戰金輪法王，身受重傷，程英將楊過接到自己臨事住處，服侍楊過養傷。程英愛上了楊過，楊過無以為報，只能與她結為兄妹。程英和楊過的共同經歷不多，但她的個性和情感仍值得討論。

關於程英，要討論的問題是：其一，她出場時為什麼要戴個面具？其二，她為什麼也會愛上楊過？其三，楊過為何特別敬重程英？

先說第一個話題：程英出場時為什麼要戴個面具？

答案看起來很簡單，之所以要戴面具，是不願讓人認出自己的真面目，具體說，是不願招惹是非。她是個年輕美貌的姑娘，武功不低也不高，獨自行走江湖，不願意惹人注目，所以就戴上面具。

程英第一次出場，是對楊過通風報信，說李莫愁要來了，讓楊過帶著陸無雙儘快轉移。她不願讓楊過或李莫愁見到她的真面目，戴面具似乎情有可原；問題是，面對陸無雙，她竟然不與她相見，而是讓面具阻隔她與表妹相認。這又是為什麼呢？

實際上，這個面具不僅是必須的道具，也是程英獨特個性的暗示，表現了程英性格內斂、心事深沉。她離開黃藥師的原因，毫無疑問是為了尋找表妹陸無雙，因為陸無雙是她在世界上的唯一親人。當她找到表妹時，陸無雙和楊過在一起，正在設法躲避李莫愁的追殺。如果換作陸無雙，她會立即與表姐相認；而程英卻只是向楊過通風報信，並不馬上與陸無雙相見並相認。原因很簡單，此時公開與陸無雙相認，有百害而無一利。這表明，程英有主見，且沉得住氣。

程英的這種個性，與她的身世和經歷有關。她從小父母雙亡，不得不寄居在姨父姨母家，姨父母對她如同親生，姨父甚至把她看得比自己的女兒更寶貴。證據是，姨父把陸展元留下的救命絲巾繫在了她的脖子上，而沒有給自己的女兒陸無雙。所以如此，也因為她知道自己寄人籬下，懂事才是安身之道，懂事的標誌，就是學會戴著面具生活。並不是說她會弄虛作假，而是說她習慣於將自己的欲望心事深藏在自己的心裡，不提無理的要求，不給姨父、姨母添麻煩。

被黃藥師所救，是程英的幸運。而她也格外珍惜這份幸運，殷勤照顧黃藥師，以報答他的救命之恩。也正因為程英心細周到，才被黃藥師破例收為門徒，她和黃藥師的心智和個性都天差地遠，這讓她把心事個性更加小心地收藏起來。她的面具是黃藥師所製，黃藥師給她面具的目的是什麼？我們不得而知。我們確切知道的是，這個面具，是程英的身分標誌，也是她性格的提示。

再說第二個話題，她為什麼也會愛上楊過？

程英愛楊過，有確切證明。她將楊過接到自己的住處養傷，情不自禁地重複書寫八個字：「既見君子，云胡不喜」。她對楊過的愛意，盡在不斷的書寫中。進而，她又以玉簫吹奏《淇奧》之曲，歌詞主題仍然是讚美君子，如切如磋，如琢如磨，這幾句不斷重複，大有纏綿之意。初通音律的楊過低聲應和，程英不敢再吹。楊過求她吹簫，她不再吹情歌之曲，而是吹奏《迎仙客》。這讓楊過覺得程英在簫聲中也戴了面具，不肯透露自己的心曲。但程英對楊過的愛已經表露無遺。她之所以克制自己，讓簫聲戴面具，不過是小心維護脆弱的自尊。

問題是，程英為何也會愛上楊過？

陸無雙愛上楊過，是因為楊過多次救她性命，且曾和她扮演新郎和新娘，且與她同床共枕。郭襄愛上楊過，是因為見識過楊過的英雄氣概，且楊過送給她三份生日禮物，震撼天下武林。公孫綠萼愛上楊過，是因為楊過的到來，徹底改變了她的人生價值觀，讓她的個性獲得解放。楊過不是程英的救命恩人，相反，是程英救了楊過的命，若不是她及時出現，楊過和黃蓉等人很可能會喪生於金輪法王的魔爪下。

程英對楊過產生感情，原因及過程都與眾不同。一層是感恩，一層是同情，最後一層才是情不自禁的傾心相愛。楊過曾不顧自身安危，奮勇抵抗李莫愁，救助陸無雙，而陸無雙是程英的表妹，所以，對楊過救助陸無雙，程英也會感恩。

另一層是，李莫愁當著一群少年英俠之面揭露楊過與小龍女的私情，讓楊過羞憤更悲苦，以至於落荒而逃，這讓程英十分同情。有意思的是，程英對楊過的感恩和同情還不止這一次。另一次是，楊過奮不顧身地救助黃蓉，奮勇抵抗金輪法王，而黃蓉是程英的師姐，楊過的救助行為，當然會讓程英感恩。

而當戰事結束，郭芙和武氏兄弟都忙於照顧黃蓉，無人關注楊過，這讓程英產生同情憐憫之心，因而來不及與黃蓉、郭芙等人打招呼，就徑直將楊過救出，讓他在自己的住處養傷。如果楊過不受辱，或不受傷，只是英勇救人，程英或許敬佩，但不見得會傾心；正因為楊過受辱在前，受傷在後，讓程英產生溫柔憐憫之心，這才愛上楊過。程英對楊過的感恩和同情，固然是出於善意，卻也是同病相憐。

再說第三個話題，楊過為什麼會特別敬重程英？

楊過特別敬重程英，證據是，當楊過因小龍女無救，不再關心絕情丹時，程英對他說，不可辜負大家的一片心，楊過不得不跟著程英，和大家在一起。進一步的證據是，當小龍女失去蹤影，楊過在絕情谷斷腸崖上陷入瘋狂，也是由於程英的勸導，讓楊過恢復了理智。楊過對陸無雙、完顏萍、公孫綠萼、郭芙等少女都能毫無忌憚地開玩笑，唯獨對小龍女和程英不敢這樣做。不敢對小龍女放肆，是因為小龍女是他的師父和姑姑；楊過對程英特別的尊重，又是為什麼呢？

楊過特別尊重程英，最直接的原因，是程英曾救過他的命，楊過對此始終心懷感激。感激之心，很容易轉化為尊重和敬意。進一步的原因，是程英的品格與眾不同，她總是體恤他人，能為別人著想，有極其寶貴的俠腸，這種品格值得敬重。

楊過敬重程英，還有更深的原因，是他知道，程英端莊大方的外表之下，有極其敏感脆弱的自尊心，稍加觸碰，很可能會對她造成難以癒合的傷害。證據是，馮默風以燒紅的鐵杖與李莫愁打鬥，最終讓李莫愁衣不蔽體，楊過於心不忍，就脫下自己的長袍送給了李莫愁。這件長袍是程英專門為楊過縫製的，楊過將新長袍送人，而仍穿著小龍女縫製的舊長袍，讓程英黯然神傷。雖然程英什麼也沒說，但她的表情被楊過看在眼裡，記在心裡。

楊過與程英結拜兄妹之前，早就對她關懷備至，以自己的尊重，呵護著對方的情感與自尊。當楊過離開絕情谷，陸無雙傷心如狂，程英說：「你瞧這些白雲聚了又散，散了又聚，人生離合，亦復如斯。你又何必煩惱？」話雖如此，卻忍不住留下眼淚。這就是程英。

十八、小東邪郭襄的傳奇經歷

郭襄是郭靖和黃蓉的二女兒，郭芙的妹妹，郭破虜的雙胞胎姐姐。因為生於襄陽，所以取名郭襄。

郭襄剛剛出生時，適逢金輪法王等襲擊襄陽，經歷重重厄難，最終被李莫愁搶得。從出生時起，郭襄就製造了種種傳奇。從第三十三回書開始，郭襄更成為小說的女主人公，她的故事與楊過的故事交織在一起，串起小說的情節主幹。由於她天真率性，靈性活潑，我行我素，人稱「小東邪」。她的經歷與行為也確實匪夷所思。

關於郭襄，要討論幾個問題。一是，她的傳奇性治癒功能。二是，小東邪是如何練成的？三是，她對楊過的感情變化。

先說第一個話題，郭襄傳奇性治癒功能。

郭襄是真正的傳奇，不僅經歷傳奇，且能製造傳奇。從出生之日起，就有超乎想像的傳奇性治癒功能。郭襄出生時，郭靖身負重傷，楊過承擔起保護郭靖夫婦的重任，首先是要拯救這個新生嬰兒。不料李莫愁也來到襄陽，參與對嬰兒郭襄的強奪，以為她是楊過和小龍女的私生子，要用她換取玉女心經。

更出人意料的是，李莫愁對郭襄竟產生了奇妙的感情，這個殺人不眨眼的女魔頭，對嬰兒郭襄呵護備至。郭襄讓李莫愁改變心性，看似傳奇，其實不難理解，嬰兒的天真，能刺激李莫愁的母性。雖然她任性胡為且作惡多端，但畢竟還有人類天性。

郭襄的治癒功能，在絕情谷中發揮得更加淋漓盡致。心魔未消的慈恩和尚，被胞妹裘千尺不斷刺激，要他殺了黃蓉，為大哥裘千丈報仇。發瘋的慈恩搶奪了郭襄，並要將嬰兒處死，眼見無人能救；黃蓉裝瘋，重演了大理皇宮的一幕，竟治好了慈恩心病，讓他大澈大悟。這段情節十分神奇，卻是有根有據，打傷南帝寵妃瑛姑的新生嬰兒，是慈恩和尚心病的根源，黃蓉導演情景再現，是置諸死地而後生，讓嬰兒郭襄成為心藥，治好了慈恩的心病。

十六年後，郭襄隨楊過到百花谷邀請老頑童見瑛姑，老頑童習慣性地拒絕了，郭襄一席話，治癒了老頑童的心理頑症。郭襄說：「你說出來，比藏在心中還舒服些。我跟你說，我做錯了事，爹爹媽媽問起，我從不隱瞞，給爹媽責罵一場，也就完了，否則撒個謊兒騙了過去，自己後來反難過。」

這是聰明少女的經驗，卻符合精神病理學的原理。老頑童說出隱秘心事，紓解了沉重的內疚，心病也就好了一半。楊過加以適當開導，終於讓老頑童敢於直面人生。

郭襄心地善良而又聰穎靈活，金輪法王以為有他兩個徒弟之長而無其短，一心要收郭襄為徒。郭襄堅決不答應，金輪法王便將郭襄綁在高臺上，逼迫郭靖投降，郭襄也曾勸金輪法王：「如你這般為人，活在世上有何意味？不如跳下高臺，圖個自盡罷！」這劑良藥沒起作用，不是郭襄無能，而是金輪法王死心眼。

再說第二個話題，小東邪是如何練成的？

郭襄外號小東邪，可謂名副其實。她和姐姐郭芙、弟弟郭破虜出現在風陵渡口客店中，以價值百兩銀子的寶釵換酒，為的是多聽神鵰俠故事。進而，她又要跟素不相識的大頭鬼去見神鵰俠，任郭芙怎樣阻攔，也無法讓她改變主意。進而，當西山一窟鬼和萬獸山莊史氏五兄弟大戰時，她還插嘴評斷是非。進而，當史氏兄弟為再也抓不到九尾靈狐治傷而苦惱時，她又插嘴，要他們懇求神鵰俠幫忙。楊過要去捕捉九尾靈狐，她要跟著；楊過要去請周伯通，她還要跟著。更好的證據是，回到襄陽後，姐姐郭芙告狀說妹妹不聽話，父母罰郭襄吃飯不能上桌，她就絕食兩日，黃蓉不得不妥協，親自下廚炒菜，勸說小姑奶奶吃飯。

小東邪是如何練成的？其中遺傳奧妙，我們不得而知。只能從教養和成長方面探索一二。郭襄與郭芙是同胞姐妹，個性與資質迥然不同，所以如此，當與不同的教養方式有關。郭芙被寵壞了，父母對郭襄嚴格管教，但這只是表面現象。真相是，郭靖夫婦的精力不在育兒，而在保衛襄陽城，沒有那麼多時間和精力管教郭襄姐弟，這讓郭襄有相對自由的成長空間，郭襄的靈氣能夠率性發揮。不可忽視的是，郭襄與郭芙的成長環境不同，襄陽城與桃花島相比，人更多，社會環境更複雜，郭襄的社會化程度比郭芙更充分。簡單說，郭襄有更多的玩伴，她可以找其他小孩，也可以找襄陽城的士兵，甚至丐幫幫主魯有腳也是她的好朋友。

郭芙、郭襄都很任性，不同的是，郭芙嬌縱自傲，自以為是，且自我中心，動輒就說不和野孩子玩；郭襄卻天真善良，平等待人，富有同情心，她的朋友不分老少，也不分貴賤。魯有腳被害，郭襄攜酒祭奠的情節，就是最好的證明。嬌縱的郭芙心智淺薄，個性浮躁；和善的郭襄則單純天真，靈性十足。簡單說，妹妹郭襄比姐姐郭芙更有靈性，也更有人緣。

再說第三個話題：郭襄對楊過的感情變化。

郭襄是不是愛上了楊過？她是什麼時候愛上楊過的？她對楊過的感情有怎樣的變化和發展過程？這些都是值得思索和討論的問題。在風陵渡口聽過客講神鵰俠故事，那是英雄傳奇，任何一個少男少女都會著迷。郭襄跟大頭鬼去見楊過，如同一個小粉絲去見心中的大明星。見識過神鵰俠長嘯鎮百獸、捕捉九尾狐、幫助一燈大師激出瑛姑、幫助瑛姑邀請老頑童等俠義行為，更加崇拜英雄。

當郭襄見到楊過的真面目，情況似乎有所不同。戴著醜陋面具的大哥哥，原來是英俊男神，毫無疑問會打動少女的心。但楊過在郭襄心裡的位置仍在大哥哥與男神之間。證據是，她為楊過祈禱，祝願楊過早日與小龍女相見，這是對大哥哥的真摯感情。只不過，這感情並不單純，也許在內心最深處，也有對男神楊過的隱秘遐思。而當楊過獻禮祝壽，轟動襄陽，但卻只說了一句話便匆匆離去，郭襄的情感才有微妙的變化。聽媽媽說郭、楊兩家的三世恩怨，又聽說南海神尼子虛烏有，怕楊過見不到小龍女會瘋狂輕生，郭襄竟偷偷離家出走，要把這消息告訴楊過。在絕情谷中，見楊過跳下斷腸崖，郭襄不假思索地跟著跳下，要以楊過給她的最後一枚金針勸說楊過不可輕生。在郭襄心裡，楊過的生命比自己更為重要。那一跳是出於怎樣的感情動機？只怕她自己也不知道。

楊過拯救生命垂危的郭襄，郭襄也終於見到了小龍女。小龍女對郭襄格外垂青，是因為楊過說郭襄曾為他們真誠祝福。小龍女的垂青，是對郭襄的感情的抑制，讓郭襄對楊過的感情保持在對大哥哥與對男神之間。直到這部書的結尾，楊過攜小龍女和神鵰向大家告別，郭襄再也忍不住，淚珠奪眶而出，黯然銷魂時，她的感情也隨之發生變化。消逝的楊過才徹底成為郭襄的男神。

十九、武三通的情感病理分析

武三通是武敦儒、武修文的父親，是南帝一燈大師的弟子，即漁樵耕讀四大弟子中的「耕」，也就是農夫。實際上，他並不是真正的農夫，而曾是大理國的官員，也算得上是武林名人。《神鵰俠侶》第一回，武三通就出現了，在程英和陸無雙等小姑娘眼裡，他是個瘋子。證據是，這麼大年紀了，還戴著一個小孩子的圍兜，吃蓮蓬張口就咬，不會剝出蓮子，更不會抽出蓮心。

武三通確實是個瘋子，在小說中，他瘋了又好，好了又瘋，不但有傳奇性，也有精神分析價值。

關於武三通，要討論幾個問題。一是，武三通為什麼會發瘋？二是，武三通為什麼會第二次發瘋？三是，武三通是如何痊癒的？

先說第一個話題：武三通為什麼會發瘋？

武三通出場時就有些瘋癲，他的裝扮和行為表現就是證明，不僅是戴圍兜、髒兮兮、混吃蓮蓬，進一步的證據是，他刨開馮沅君的墳，要帶走她的屍骨；又把墓碑幻想成陸展元，要用一陽指將他擊斃；又把好心的小姑娘程英當作馮沅君，責備她沒有良心，有了心上人就要離開自己，傷了他的心。

武三通為何會發瘋？根據他妻子武三娘說明，馮沅君原來是他們的養女，武三通對養女愛如己出；隨著馮沅君逐漸長大成人，武三通的情感也逐漸變質，有男女私情的綺念。馮沅君愛上了陸展元，武三通更加不滿，認為「江南人狡猾多詐」，不願意讓馮沅君嫁給陸展元。但馮沅君還是嫁給了陸展元，武三通郁憤成疾，此後就一直瘋瘋癲癲，見到小姑娘就會生氣。這也就是說，武三通是因為私戀養女，但他是名門弟子，不得不壓抑亂倫的念頭，以至於積鬱難紓；因為馮沅君不聽勸阻，堅持嫁給陸展元，武三通憤怒如狂，兩相激發，終於發瘋。

但這還只是武三通發瘋的部分原因。進一步的原因是，武三通與妻子結婚，是由父母包辦。武三通對這樁婚事十分不滿，但他從來都是聽話的人，因而對此婚姻安排不敢反抗，只有把這種不滿壓抑在心底，夫妻關係也形同陌路。也許正因如此，他們很長時間都沒有自己的孩子，只得收養馮沅君。正是由於武三通對妻子不滿，才把自己的感情投注在養女身上。養女有自己的心上人，且有自己的意志，武三通的情感願望落空，才會鬱憤成狂，從此瘋瘋癲癲。

武三通的心理疾病，可能還有更複雜的病因。證據是，武三通夫妻終於有了自己的孩子，即武敦儒和武修文。這表明，武三通的夫妻關係不但有名，而且有實，否則，不會有了第一個孩子之後，又有第二個孩子。武三娘說，當今之世，只怕也只有我一個人，他才忌憚三分。如果此說不錯，那就可以推論，武三通發瘋，又是無意識地逃避妻子、逃避婚姻，同時也逃避自己無法理解的生活。

再說第二個話題：武三通為何再次發瘋？

在嘉興路家莊，武三通刨開馮沅君的墳墓，發洩出心中的積鬱，又得到小姑娘程英的好意相待，恢復了幾分理智。證據是，他知道妻子和兒子在陸立鼎家，也知道李莫愁要找陸立鼎的麻煩，因而他將自己的兩個兒子帶離陸立鼎家；進而，還出人意料地將程英和陸無雙兩個小姑娘也帶到安全的地方藏起來。當李莫愁跟蹤而至時，武三通也毫不猶豫地擔起了保護之責，與李莫愁大戰。此時的武三通，顯然不再是個瘋子，而是個與殺人魔王展開搏鬥的正常人。

不幸的是，武三通雖然力氣大、內功強、武功高，但仍敵不過歹毒而機制的李莫愁。終於被李莫愁的冰魄銀針所傷，此針毒性極強。武三娘見丈夫危在旦夕，奮不顧身地為武三通吸出毒素，她自己卻中毒身亡。武三娘臨死之際，交代丈夫管好兩個兒子，但武三通卻再度發瘋，徑直揚長而去，不顧兩個兒子無人照應，更不顧妻子的遺體。

武三通為何再度發瘋？這就成了一個問題。簡單的解釋是，他原本就有瘋病，受了刺激，很容易再發瘋。進一步的解釋是，他在奮戰之餘，早已精疲力竭，被李莫愁的毒針刺激，雖然保住了性命，卻刺激了心靈，導致他再度發瘋。

武三通再度發瘋，還有更隱秘的原因。那就是，他既不滿包辦婚姻，又與妻子發生性關係，情感與欲望分離，意志與行為背反，不僅尷尬，而且困惑。這種情況，超出了武三通的理解能力，恐怕也是他長期積鬱，併發瘋癲的原因之一。

武三通從來就沒把妻子當一回事，而妻子卻以德報怨，不惜用自己的生命換取丈夫的生命。妻子不顧自己拯救丈夫的行為，肯定讓武三通震驚，更讓武三通產生強烈的內疚。然而妻子死了，此恩再也無法報答，內疚愈甚，只有發瘋。

武三通是個心地善良、個性質樸而頭腦簡單的人。而這樣的人，最容易患上精神官能症。假如他只是頭腦簡單，而心地不善，大可我行我素，不顧他人；假如他心地善良而頭腦發達，有能力處理複雜矛盾衝突，能承受人生磨難和世間疾苦，當然也不會發瘋。武三通沒有能力處理內心的負面情緒，自然會被負面情緒綁架操控，發瘋發癲，逃避不堪承受的真實生活壓力。

再說第三個話題：武三通為何沒有第二次發瘋？

在回答這一問題之前，先要回答：武三通是如何恢復正常的？答案之一是，時間是最好的良藥。答案之二是，武三通對妻子的內疚，強過對養女的私情，從而解開了一個心結；而要報答妻子的唯一辦法，是找到兒子，照顧兒子，滿足妻子的遺願，就能解開第二個心結。強烈的親子之情，成了武三通最大心願。

然而當武三通找到兒子時，武敦儒、武修文已經長大成人，但這哥兒倆都愛上了郭芙，且都不肯罷手退讓，於是相約到襄陽城外比武，不死不休。這樣的情境，完全超出了武三通的處置能力，足以讓他第三次發瘋。

實際上，他也有第三次發瘋的徵兆，那就是沒來由地把楊過當作假想敵，要與他拼個你死我活。若非楊過一再忍讓，且說有辦法讓武氏兄弟和好，後果就不堪設想。

武三通沒有第三次發瘋，簡單說，是因為楊過俠義心腸，且有超強的處置危機能力。楊過說黃蓉已將郭芙許配給自己，對武氏兄弟而言，如同釜底抽薪。其後，武氏父子兄弟與李莫愁動手，武氏兄弟被李莫愁毒針所傷，又是楊過不顧自己的性命，主動為武氏兄弟吸出毒素，救了兩兄弟的命，使得武三通父子團圓，武敦儒、武修文兄弟和睦，解決了武三通人生中的最大難題。武三通對楊過感激涕零，那是最真摯誠懇的情感表達，楊過的恩德，不僅讓他父子團聚，也避免了武三通再次發瘋，保證了他的心理健康。

二十、武氏兄弟的平凡人生

武氏兄弟即武敦儒、武修文兄弟，他們是武三通的兒子，一燈大師的徒孫，因為母親慘死、父親發瘋，就成了郭靖、黃蓉夫婦的徒弟，在桃花島上長大成人。他們與郭芙一起長大，從小就是郭芙的追求者，最終卻分別娶了耶律燕和完顏萍。

這對兄弟從小就與楊過不和，長大後對楊過也無好感，卻成了楊過形象的最佳陪襯。武氏兄弟資質平凡，個性平凡，確實無法與鋒芒畢露的楊過競爭。

關於武氏兄弟，要討論幾個問題：一是，他們為何成了楊過的天敵？二是，他們與郭芙的愛情關係；三是，如何評價他們的形象與人生。

先說第一個話題：武氏兄弟為何成了楊過的天敵？

武氏兄弟與楊過從小就不和，如同天敵。為什麼會這樣？只怕武氏兄弟並不明白。所以如此，是由於生存競爭。被郭靖、黃蓉夫婦收養並將他們當作門徒，他們感激涕零。武氏兄弟的資質雖然平庸，但生存天性卻很發達，下意識懂得同時走上桃花島的楊過將是他們的生存競爭對手。

所謂生存競爭，是指爭取郭靖夫婦的寵愛，在桃花島上獲得更好的生存機會。因為楊過父親與郭靖是結義兄弟，關係非同一般，好在發現黃蓉對楊過似乎不怎麼待見，而郭芙也不喜歡楊過，武氏兄弟憑生存本能發現了這一點，從而與楊過處處作對。

武氏兄弟的初衷，是要使用武力將楊過制服，從而獲得生存的優勝地位。不料沒學武功的楊過，在瘋狂反撲時，不假思索地使出蛤蟆功，導致一人受傷，柯鎮惡逼問歐陽鋒在哪裡，楊過大罵柯鎮惡，無法在桃花島存身。競爭的第一回合，武氏兄弟獲勝。

這種競爭關係，已深入到武氏兄弟的潛意識中。長大後第一次重逢，聽李莫愁說楊過與師父小龍女的曖昧關係，武氏兄弟深信不疑，並且形成刻板印象。在大勝關再度重逢，楊過的落魄形象，似乎證明了武氏兄弟的刻板印象。可是楊過竟敢冷嘲熱諷，而郭靖竟將楊過安排在突出位置，這讓武氏兄弟憤懣如狂，被嫉妒心和競爭心所支配。哥兒倆不顧一切，要以剛剛學會的一陽指，讓楊過當眾出醜。他們不知道，修煉一陽指需要數十年的刻苦磨練；他們更不知道，楊過的武功已遠遠超出了他們的認知。因而，當眾出醜的不是楊過，而是武氏兄弟自身。

進而，在襄陽城，武氏兄弟不自量力，冒險去蒙古軍營行刺，結果被金輪法王所俘。固然是因為霍都曾對黃蓉說：「好膿包的徒弟」，而黃蓉沒有辯駁；但更深刻的原因，還是因為楊過：楊過出現在襄陽，就受到郭靖的歡迎。而楊過也在郭靖登城牆遇險時救了郭靖，成為襄陽城的頭條新聞。這讓武氏兄弟心有不甘，因為在他們的心目中，楊過不過是與師父偷情的丑類，楊過能做到的事，他們當然也能做到，而且會做得更好。只可惜，實際情況與他們的想像不一樣。

再說第二個話題，武氏兄弟與郭芙的情感關係。

武氏兄弟與郭芙的關係，同樣基於生存競爭。郭芙是郭靖和黃蓉的女兒，是桃花島的公主，武氏兄弟想要在桃花島立足，就不能不巴結郭芙。憑著生存本能，武氏兄弟扮演了他們應該扮演的角色，那就是小心侍候桃花島公主，唯郭芙馬首是瞻。久而久之，這種巴結與被巴結關係，成了武氏兄弟的習慣。

當他們長成少男少女，武氏兄弟都以為自己愛上了郭芙，而郭芙也以為自己愛上了哥兒倆。他們都不知道，這種所謂的愛情，其實是童年期形成的相互關係的自然延續，不過是多年行為習慣和心理習慣的變相而已。桃花島上沒有其他人，只有武氏兄弟和郭芙，郭芙貌美如花，武氏兄弟焉能不把她作為欲望對象？

面對楊過時，武氏兄弟是一個利益團體，兄弟同心如一人。而面對郭芙時，兄弟間形成了競爭關係，這關係超出了哥兒倆的處理能力，他們只有按照叢林法則，到襄陽城外去拼個你死我活。若不是遇到楊過，這對兄弟的人生將不堪設想，他們相互拼殺，必定會讓老父武三通第三次發瘋；無論誰死誰活，都會永遠背負兄弟殘殺的罪孽，心懷內疚。楊過說郭芙是他的未婚妻，不許武氏兄弟染指。武氏兄弟說不過楊過，更打不過楊過，只好停止了廝殺，哥兒倆一起離開了襄陽。

有意思的是，轉眼之間，武敦儒遇到耶律燕，武修文遇到完顏萍、郭芙遇到耶律齊，武氏兄弟和郭芙就分別找到了意中人，情感各得其所。這一事實足以證明，武氏兄弟與郭芙之間的情感，並不是真實的男女愛情，不過是少男少女間似是而非的情感幻想。

大部分人都要經歷這樣的階段，只不過一般人不會像武氏兄弟那樣，為競爭所愛對象而兄弟鬩牆。有意思的是，當武氏兄弟另有所愛時，立即發現了郭芙的缺點。在武敦儒眼裡：「耶律姑娘豪爽和氣，哪像你這般揑揑扭扭，盡是小心眼兒？」在武修文眼裡：「完顏姑娘楚楚可憐，多溫柔斯文，爭似你每日裡便是叫人嘔氣受罪？」武氏兄弟的認知水準，也因不同情境而改變。

再說第三個話題：如何評說武氏兄弟的個性與人生？

武氏兄弟資質平凡，個性平凡，與郭靖、黃蓉、楊過等出類拔萃者相比，更顯得資質平庸、個性平庸。這是因為參照系不同。由於武氏兄弟與楊過不和，常常與楊過作對，喜歡楊過的讀者，大多不喜歡武氏兄弟。這種境況，對武氏兄弟多少有點不公平，如果換一種參照系，武氏兄弟的形象或許會截然不同。

武氏兄弟的心胸不夠開闊，精神境界也不夠高，與楊過相比，似有天壤之別。但若不與楊過相比，而是與其他的武林人物比較，武氏兄弟呈現的會是另一種形象。畢竟，他們是郭靖、黃蓉的弟子，武功雖無法達到絕頂境界，但也算是一流或準一流高手。更可貴的是，他們始終與郭靖和黃蓉在一起，為保衛襄陽而奉獻了自己的青春。他們盡職盡責，不懼苦難，不怕犧牲，算得上是保境安民的俠義英雄。他們是普通的好人，而人間世界，從來都是由普通人組成。

廿一、趙志敬的一念之差

今天要講的題目是，趙志敬的一念之差。

趙志敬是全真派道士。在金庸筆下，全真派一代不如一代，全真七子不如創教真人王重陽，而第三代的佼佼者趙志敬，無論是武功還是人品，更是遠遠不及全真七子。趙志敬是全真派第三代武功最高的人，所以，當郭靖送楊過來全真教拜師學藝時，丘處機讓他做楊過的師父。但這對師徒相互都不順眼，如針尖對麥芒，根本就無法正常相處。結果是，趙志敬縱容弟子痛毆楊過，而楊過則憤怒反抗，繼而逃入活死人墓，公開反叛師門。趙志敬由於一念之差，終於走向歧途。

關於趙志敬，要討論三個問題。其一，趙志敬為什麼處處刁難楊過？其二，趙志敬為什麼要與尹志平作對？其三，趙志敬的詭異結局。

先說第一個話題，趙志敬為什麼處處刁難楊過？

趙志敬要刁難楊過，首先是因為看他不順眼，覺得楊過冥頑不堪教化。這是有根據的，這小子未入全真教，就把看守他的鹿清篤變成了凶徒，不僅陷入生命危機，更大大丟了全真教的臉。更難以接受的是，這小子對師父毫無崇敬之意，師父教訓他，他竟然敢還手，且還不是一般性還手，而是不顧一切的拼命，弄得趙志敬當師父的第一天，就差點下不來台。

更可氣的是，楊過受傷被丘處機發現，問他是怎麼回事，他竟說是瘋狗咬的，而且還要趙志敬提供證明！楊過所以如此，是打心眼裡就瞧不起全真派，更瞧不起趙志敬，郭靖上山時，曾把上百位全真派道士打得落花流水；若非郭靖及時出現，全真派很可能被霍都搞得土崩瓦解。

趙志敬所以刁難楊過，也有更隱秘的內在原因，那就是要把對郭靖的不滿，和自己無能的惱怒全都發洩在楊過身上。全真教之所以被霍都等人所乘，是因為教內生力軍都在對付郭靖，而全真教超級大陣的指揮官，就是趙志敬。如果丘處機等人要追究責任，趙志敬必定難逃其咎。更不用說，上百人的超級大陣竟然被郭靖一人衝得七零八落，讓全真教丟盡了面子。

趙志敬之所以要全力對付郭靖，是因為郭靖拍了丘處機的詩碑，這正是霍都等人的聯絡暗號。之所以說趙志敬心智淺薄，是因為郭靖再三說明自己是郭靖，且在對敵時處處留有餘地，而趙志敬居然不動腦子想一想，若真是敵人，豈能對全真教眾如此手下留情？無論趙志敬怎麼解釋，他都要對阻攔郭靖、讓霍都乘虛而入負有責任。

趙志敬不但心智淺薄，而且心胸狹窄，他不會反思，更不會自我檢討，只能將一腔怒火發洩到跟隨郭靖上終南山學藝的小孩楊過身上。趙志敬是否有意如此？還真不大好說，因為此人心智淺薄，根本就不懂什麼下意識行為、無意識動機，他只會這麼做。

於是，趙志敬不教楊過武功，只讓他背口訣。年終大考時，卻讓楊過下場與師兄弟比武，目的是要楊過吃些苦頭。不料惹出了大事，楊過打傷了鹿清篤，公開反叛師門，逃入活死人墓，還讓趙志敬被毒蜂叮得痛苦不堪，能不恨楊過？

再說第二個話題：趙志敬為何要與尹志平作對？

全真教第三代中出類拔萃者，一是趙志敬，一是尹志平。如果全真教要選掌教接班人，非這兩人莫屬。趙志敬武功稍高，而尹志平的人緣、風度、見識、品格更出色，綜合得分，肯定是尹志平更高。更何況，全真教選掌教，並不是誰武功最高就選誰，而是要看道學水準和個人心性的全面積分。上一代掌教馬鈺真人，武功就不如丘處機，以此類推，下一代掌教更可能是尹志平。這讓趙志敬十分苦悶，自然把尹志平當作眼中釘，為當上掌門人，勢必處處挑剔對方。

尹志平也非道德模範，被小龍女的姿色迷得神魂顛倒，其後更乘機玷污了小龍女，終於讓趙志敬找到了把柄。若只想扳倒尹志平，只需在關鍵時刻揭露尹志平犯戒隱私即可。但趙志敬心智淺薄，忍不住要不斷威脅尹志平，讓尹志平吃不了兜著走。趙志敬為什麼要這麼做？恐怕他自己也不知所以然。所謂忍不住，其實就是受無意識動機所驅使。

這一動機的來由之一，是他嫉妒尹志平舉止莊嚴、道貌岸然，讓趙志敬相形見絀，若非不時對他潑點污水，就無法自我平衡。無意識動機來由之二，是對尹志平的「豔福」，充滿了羡慕嫉妒恨。這樣說的依據，是人性本能，尹志平經不住色相誘惑，趙志敬又能好到哪裡去？從種種跡象看，趙志敬絕不是真正的有道之士，對門規戒律的遵守，不過是習慣成自然。他不敢像尹志平那樣當真動手，只能通過審問尹志平偷情細節，滿足自己的綺思。

世間因果奇妙，趙志敬審問尹志平，恰被小龍女聽到。傷心的小龍女，從此像影子一樣緊綴他們倆，不僅讓趙志敬飽受驚恐，且為他最終結局埋下伏筆。

再說第三個話題：趙志敬的詭異結局。

趙志敬一心想當掌教，但也知道師長們都欣賞尹志平。他不會反思自己魯莽暴躁、心胸狹窄、智力淺薄等種種缺點，只是不服尹志平的好運。所以，金輪法王見到趙志敬，一眼就看穿了趙志敬的心思。金輪法王說可以幫助他在半年內當上掌教，趙志敬感激涕零，發誓終生聽命於對方。金輪法王要他做的第一件事，就是將打賭盜旗的老頑童引到藏旗處，暗藏毒蜘蛛，險些要了老頑童的老命。

回到終南山，馬鈺等人命尹志平即刻接任掌教。恰逢蒙古大汗派官員來敕封全真掌教，尹志平不願接受敕封，說要與師兄弟商議。趙志敬力主接受敕封，而李志常、王志坦等人則堅決反對。尹志平本想自殺拒封，趙志敬偏偏不讓他自殺，逼迫尹志平讓出掌教之位。趙志敬當上掌教的第一件事，就是接受蒙古大汗的敕封。此舉引起了全真教內訌，讓蒙古高手乘虛而入。而趙志敬竟下令殺害不服他的全真同門，鹿清篤連殺三人，若非小龍女要親手處置尹志平，肯定會有更多全真派道士被趙志敬殺害。

趙志敬犯下賣教投敵、殘害同門兩項大罪，乃師王處一要將他處死。此時趙志敬躲在大鐘之下，撿了周伯通撿來的蜜漿瓶，要脅周伯通為他求情，卻不料引來無數毒蜂，終於被千百隻毒蜂螫死。這一詭異的結局，既出人意表，卻也大快人心。蜜漿是小龍女的，被老頑童撿來，又被趙志敬撿去，本想求生，結果送了卿卿性命。

這三位都是心智淺薄之人，不同的是，小龍女和老頑童心地單純善良，而趙志敬卻權慾薰心，到頭來死於毒蜂之口，這是他罪有應得。

廿二、不朽的平民馮默風

武默風是東邪黃藥師的弟子，受梅超風夫婦偷盜九陰真經事牽連，被師父黃藥師打斷其左腿，而後逐出師門。此後在大宋邊界地區做鐵匠三十餘年。在《神鵰俠侶》中，這個人物總共只出現兩次，一次是楊過、程英、陸無雙等為了對付李莫愁的拂塵，找他打製一把特殊的大剪刀；另一次是楊過救護郭靖，從蒙古大軍中突圍，得到了他的幫助，楊過和郭靖突圍成功，而馮默風卻被金輪法王打死。馮默風的一生平淡無奇，但卻死得壯烈感人，值得後人敬仰銘記。

關於馮默風，要討論三個話題。其一，他是個不忘師恩的人；其二，他是個甘於平淡寂寞的人；其三，他是個勇於為族群獻身的人。

先說第一個話題，馮默風是個不忘師恩的人。

楊過、程英等來到馮默風的鐵匠鋪，要他打製一把特殊形狀的大剪刀。不料李莫愁跟蹤而至，把「桃花島主，弟子眾多，以五敵一，貽笑江湖」的傳單，釘在鐵匠鋪的柱子上。人人都以為眼前的馮默風只是個尋常的鄉村鐵匠，沒想到當他聽到李莫愁詢問黃藥師時，身子一震；更沒有想到的是，他竟將李莫愁的傳單投入火爐之中，白紙霎時間燒成灰燼。

這讓李莫愁大為震驚，問他是誰，他說自己是個老鐵匠。李莫愁問他為何燒掉傳單，他說紙上寫得不對，最好別釘在這裡。李莫愁問有什麼不對，他說桃花島主有通天徹地之能，只要學得他老人家的一藝，便足以橫行天下。為證明其事，他列舉了陳玄風、梅超風、曲靈風、陸乘風。

當李莫愁逐一披露陳、梅、曲、陸等人的結局時，老鐵匠的淚滴灑在通紅的鍛鐵上，嗤嗤有聲。連串淚滴化成白霧，連李莫愁都不禁為他感到心酸。此時，大家都知道了，這個老鐵匠就是黃藥師的徒弟馮默風。

李莫愁知道馮默風的身世，不明白這個被師父打斷左腿、逐出師門的老鐵匠，為何對師門如此依戀、如此忠誠？馮默風回答說：「我一生孤苦，這世上親人就只恩師一人，我不敬他愛他，卻又去思念何人？」

書中寫道，馮默風的性命是黃藥師從仇人手裡搶救出來的，自幼得師父撫養長大，實是恩德深重，不論黃藥師待他如何，均無怨懟之心。

馮默風對黃藥師為何如此忠誠？除了上述原因之外，還有一個原因，那就是傳統倫理規範，一日為師，終生為父。馮默風顯然是倫理中人。更重要的原因是，馮默風也是性情中人，雖然飽經憂患打擊，但卻秉性善良，心理健康。

任何倫理都只是希望人們應該怎樣，但無法規定人們實際怎樣，被師父打斷腿又逐出師門還念念不忘師恩，看起來簡單，實際上沒有多少人能夠做得到。眼前的李莫愁就是最好的反證：她也是從小就被師父養育，且師父並沒有打斷她的雙腿，只是希望她能發誓永遠住在活死人墓中，李莫愁不願意，師父才讓她離開。而李莫愁不僅不感師恩，且對師父的所謂偏心一直心懷怨恨，早已沒有半點師徒之情。馮默風與李莫愁比較，我們就知道這個老鐵匠不忘師恩，實際上是稀有品德。

再說第二個話題，馮默風是個甘於平淡寂寞的人。

這一點很容易理解，如果不是甘於平淡寂寞的人，決不會在這窮鄉僻壤做三十多年的鐵匠。眼前的事實也可以證明。馮默風對李莫愁說，自己雖然學過武藝，但一生從未跟人動過手，況且腿也斷了，從來不會打架。李莫愁問，你一生當真沒跟人動過手嗎？馮默風說：我從來不得罪別人，別人打我罵我，我也不跟人計較，自然是動不起手來。這些，足以證明，馮默風一生確實不會惹事生非。

馮默風甘於平淡寂寞，雖然很容易理解，但卻不容易做到。如果從來沒有學過武功，從來沒有接受過名師指點，不與人爭執打鬥，或許不難。問題是馮默風不但曾經學過武功，且他的師父還是世間絕頂高手黃藥師，從此不與人動手爭鬥，已是大大不易。更何況，年紀輕輕的就無辜受罰，被打斷腿並被逐出師門，要消除心中的鬱悶和怨憤，沒有半點戾氣，真是談何容易?!

這個從未與人動手打架的老鐵匠，如今卻要與身經百戰的李莫愁動手了。李莫愁說，他犯不上賠上自己一條老命。馮默風說：我可不許你碰我師妹一根汗毛，這幾位既是我師妹的朋友，你也別逞兇橫。

有意思的是，在打鬥之前，馮默風居然對李莫愁說：我離師門已三十餘年，武藝早拋生疏了，得好好想想，在心中理一理。更有意思的是，在臨戰之際，他還要懇求李莫愁：「你這位仙姑，請你別再罵我恩師，也別跟我師妹為難，你饒了我這苦命的老鐵匠罷！」這就是馮默風。

假如李莫愁答應不找程英等人的麻煩，馮默風肯定不會出手。但李莫愁不答應，馮默風也就不得不出手救助師妹，維護師門尊嚴。他以燒紅的鐵杖將對方衣衫灼破，李莫愁衣不蔽體，無法繼續戰鬥，終於解決了這場危機。

再說第三個話題，馮默風是個勇於為族群獻身的人。

說馮默風是不朽的平民，不僅因為他與世無爭，更因為他勇於為自己的族群獻身。蒙古什長通知全鎮鐵匠到縣城集合，撥歸軍中效力，楊過不知所云，程英贈銀讓他逃走，而馮默風卻意識到，江南生靈即將遭遇大劫難。這說明，這個老鐵匠雖然甘於淡泊寂寞，但卻關心自己的同胞。

在趕走李莫愁後，他曾勸正當英年的楊過回南宋為國效力，但楊過說要找姑姑，再說一人之力也沒什麼用。馮默風不以為然，說「一人之力雖微，眾人之力就強了。倘若人人都如公子這等想法，還有誰肯出力以抗異族入侵？」馮默風投軍前，讓程英轉告師父：弟子馮默風不敢忘了師父教誨，今日投向蒙古軍中，好歹也要刺殺他一二名侵略軍大將。走的時候，竟不看自私自利的楊過一眼。這一細節，肯定讓楊過印象深刻。

馮默風不僅說到，而且做到。當他在蒙古軍中再次露面時，書中介紹說，他已經暗殺了蒙古千夫長一名、百夫長一名。眼見襄陽保護者郭靖和楊過陷入蒙古軍包圍中，馮默風挺身而出，死死抱住圍攻郭靖的金輪法王，即使被對方打得重傷吐血也不鬆手。他以自己的犧牲，為郭靖和楊過爭得了突圍的機會。

值得注意的是，他並不知道郭靖是黃藥師的女婿，救助郭靖的行為，純粹是為了襄陽安危，為了中國同胞。馮默風的遺體可能很難看，但他的精神形象卻是頂天立地。

作者塑造馮默風形象，目的之一，是要為主人公楊過提供人生榜樣，讓楊過及所有年輕後輩，從這位老鐵匠的行為中，汲取寶貴的精神營養。

廿三、老頑童終於長大成人

《神鵰俠侶》的出色成就之一，是讓《射鵰英雄傳》中的許多人物形象反轉，例如讓老毒物歐陽鋒變得令人同情，讓神乎其神的中神通王重陽成了情感懦夫，讓光芒萬丈的黃蓉變得相對相對平庸。老頑童也是在這部書中出現反轉，年屆百歲時終於長大成人。

老頑童是金庸筆下最著名的人物形象。他是全真派創始人王重陽的師弟，是全真七子的師叔，曾與小他兩輩的郭靖結拜兄弟，曾與段皇爺的妃子瑛姑有過一個孩子。在《神鵰俠侶》中，老頑童成了耶律齊的師父，與楊過和小龍女的關係也很密切。老頑童的形象和故事值得討論。

關於老頑童，要討論三個話題。一是，他為什麼要去絕情谷搗亂？二是，他為什麼要盜取忽必烈的王旗？三是，為什麼說老頑童終於長大成人？

先說第一個話題，老頑童為什麼要去絕情谷搗亂？

最直接的答案當然是，為了好玩。哪裡好玩，老頑童就會出現在哪裡。即使是在不怎麼好玩的地方，老頑童也會自創出好玩的機會和好玩的事物。老頑童來到絕情谷，發現這裡的人一點也不好玩，甚至沒有人理會老頑童，這讓老頑童大為光火，所以，他會掐了芝房裡的靈芝、踢了丹房裡的丹爐、燒了劍房裡的圖畫、偷了書房裡的秘密地圖。胡鬧的結果，自然要被絕情谷弟子追捕。

老頑童的胡鬧，還有進一步的作用，那就是推動敘事。作者安排他出場，不僅要表現他的玩鬧脾性，且有特殊的使命，那就是要將楊過和金輪法王等人引入絕情谷，讓楊過在這裡與小龍女相會。老頑童為了好玩，偷了楊過的面具和大剪刀，卻也把在絕情谷裡偷盜的物事留給了楊過，以便楊過能夠在絕境中吃到靈芝，且看到地圖，從而找到通往地穴的道路，救出被囚禁多年的裘千尺。

老頑童到絕情谷搗亂，還有更深層的意義，那就是構成突出小說主題的象徵寓言。絕情谷生活的最大特點，就是壓抑人的欲望和天性，是人類生活和命運的反面教材。而老頑童雖然頑皮，心智也不夠成熟，卻是天真率性之人，也是一切壓抑人類欲望本性者的天敵。生活在絕情谷中的人，表情木訥，言語無味，行為呆板，既無玩樂的能力，更無玩樂的興趣，讓老頑童不能不生氣，不能不打砸搶偷。老頑童的行為，既符合他的性格，更有象徵意義，讓絕情谷從此不得安寧。

再說第二個話題，老頑童為什麼要盜取忽必烈的王旗？

直接的原因是，老頑童此次遊歷江湖，是要找他的結拜兄弟郭靖。郭靖曾當過蒙古西征大將，所以老頑童第一站就是到蒙古軍營裡尋找。結果沒有找到郭靖，老頑童不高興，所以將忽必烈的帳篷扯翻。若不是絕情谷弟子找上門來，老頑童勢必要給忽必烈製造更多麻煩。後來老頑童聽說郭靖在襄陽，領導大宋軍民抵抗蒙古侵略軍，這才知道郭靖已是蒙古的敵人。所以，他要盜取蒙古王旗。

作者安排老頑童再次出現，當然不會那麼簡單，而是要發揮老頑童推動敘事的功能。正當老頑童插著王旗、騎著駱駝，得意洋洋地飛奔之際，忽必烈的國師金輪法王迎面而來，王旗被盜，非同小可。好在金輪法王見過老頑童，知道他的脾性，因而說要與老頑童打賭，只有從他手裡偷走王旗，老頑童才不是卑鄙無恥之徒。老頑童果然上當，老老實實地將王旗交還給金輪法王，興致勃勃地與金輪法王打賭。金輪法王利用想當全真教掌教的趙志敬，騙取老頑童，安排毒蜘蛛，試圖毒殺老頑童。所以，老頑童的功能之一，是見證趙志敬巴結金輪法王。

老頑童出現的另一重要功能，是讓他和小龍女相互成全。首先，是老頑童被毒蜘蛛咬傷，生命垂危之際，需要小龍女抵抗金輪法王的謀殺行動；其次，需要小龍女引來蜜蜂叮咬老頑童，以便解脫毒蜘蛛之毒。另一方面，小龍女也需要老頑童教授她一心二用技能，獨自施展玉女心經，以應付即將來臨的連番打鬥。

老頑童與小龍女此次相會，還有深層的象徵意義。小龍女生長在活死人墓裡，活死人墓與絕情谷異曲同工，都是以壓抑人類欲望天性為圭臬。只不過，此時的小龍女已經在楊過的感染下走出了活死人墓，恢復了自身的情感天性。所以不再是老頑童的天敵。小龍女心地單純，與老頑童如出一轍，因而成了老頑童的可愛玩伴，相互映照，意味深長。小龍女能夠招引並指揮蜜蜂，就讓老頑童羨慕不已。老頑童偷了小龍女的蜜漿瓶，玩起了招引蜜蜂的遊戲，玩得不亦樂乎，早就忘了尋找郭靖、盜取蒙古軍旗等事。否則，他就不是老頑童了。

再說第三個話題：為什麼說老頑童終於長大成人？

老頑童的本質，是老人的年紀，卻是兒童的心智。換句話說，是具有成人的身體，但心理上卻沒有長大成人。在《射鵰英雄傳》中，他和師兄王重陽訪問大理南帝，在宮廷內廝混，與皇妃瑛姑發生了性關係。他的身體早已發育成熟，但他的心智水準卻與兒童一般。證據是，因為不懂人間倫理，才與段皇爺的貴妃私通；而南帝，即後來的一燈大師讓他與瑛姑結合，他又不願承擔結婚和養育子女的責任，立即逃之夭夭。此後數十年，只要見到瑛姑和一燈大師，他都會膽顫心驚，聞風逃遁。老頑童是在逃避責任，更是在逃避自己，逃避成長。

十幾年後，楊過有求於瑛姑，瑛姑說，除非楊過能把老頑童找來，否則她決不會滿足楊過的請求。所以，楊過去請老頑童，發現老頑童白髮變成了黑髮，表面上說，這是養蜜蜂、吃蜂蜜的自然結果；實際上，這也是老頑童回歸成長之路的象徵。

楊過要老頑童去見瑛姑，老頑童習慣性地拒絕，發現楊過「黯然銷魂掌」的功夫十分了得，立即就要拜楊過為師。郭襄問老頑童為什麼不願見瑛姑，老頑童說他做錯了事，對不起人。郭襄說，有什麼錯，說出來就好了。老頑童第一次說出了他與瑛姑的故事，楊過說，不是他對不住南帝，而是南帝對不住他，因為南帝終究沒有出手拯救瑛姑的孩子。

這段話，觸動了老頑童的神經。老頑童遂一反常態，要去見瑛姑。他想問瑛姑：那個孩子頭上有幾個旋兒。這一問雖然仍帶孩子氣，但畢竟這是老頑童平生第一次面對瑛姑，勇敢地面對自己的過去。此後，老頑童居然邀請瑛姑和一燈大師到百花谷去做客，從此他就和瑛姑在一起，與一燈大師比鄰而居。這段故事，是老頑童長大成人的確切證據。

說老頑童終於長大成人，還有一個證據，那就是他終於出現在襄陽前線，幫助郭靖對抗蒙古侵略軍。從他露面伊始，他就在尋找郭靖，但總是被好玩的事情所耽誤，那時他是老頑童；而他能盡義務參與抗敵，則證明他已長大成人。

廿四、慈恩的心病及其痊癒

慈恩和尚是一燈大師的弟子，出家前，他是大名鼎鼎的鐵掌幫幫主裘千仞。在《射鵰英雄傳》中，他的武功僅次於東邪、西毒、南帝、北丐等四大絕頂高手一籌，鐵掌幫的實力也接近丐幫。裘千仞野心勃勃，想要稱霸武林，不惜私通金國，試圖借外國力量謀求霸權。在第二次華山論劍時，被一燈大師感化，遂拜一燈為師，得法號慈恩。

在《神鵰俠侶》中，一燈大師要到絕情谷救助師弟天竺僧，之所以帶慈恩一起上路，是因為絕情谷主夫人裘千尺，是慈恩的親妹妹。慈恩跟隨一燈大師修行了十多年，始終無法克制心魔，因而不能大澈大悟。

關於慈恩其人，要討論的問題是，其一，他為什麼無法克制心魔？其二，為什麼裘千尺讓他再次發飆？其三，為什麼黃蓉能將他徹底治癒？

先說第一個話題，慈恩和尚為什麼無法克制心魔？

一燈大師帶著慈恩前往絕情谷，雪夜來到一處獵人木屋歇息，慈恩無法克制心魔，只得拿出手銬將自己銬住。一燈大師給他講「佛說鹿母經」故事，又念經，但不管用。投降蒙古的丐幫彭長老引誘慈恩打雪人，不料打死的是被大雪覆蓋的丐幫瘦長老，慈恩魔性大發，先將彭長老打死，後毆打一燈大師。一燈大師並不還手，不斷嘔血，楊過怕一燈大師被慈恩打死，遂用玄鐵重劍壓制了慈恩的鐵掌功。慈恩感到死亡的壓力，突然清醒過來，他的心魔似乎被楊過的重劍鎮住了。

為什麼慈恩無法克制心魔？這個問題不是一個宗教問題，而是一個心理問題。所謂心魔，其實是一種無法自我控制的心理疾病。其病狀，正如一燈大師所說：心中充滿憎恨，雖知過去行為差失，只因少了仁愛，總是惡念難除。但一燈大師找不到真正的病因，是以無法幫助慈恩治癒。此次一燈大師帶慈恩前往絕情谷，本是想利用親情治療慈恩的心病，不料他在路途中竟提前發作了。

慈恩為什麼會發作？表層原因，是受到彭長老的引誘，打死了雪中之人，激發了慈恩的惡念，實際上是自暴自棄之心。否則，他即使煩躁不安，但還有理性，且在不斷克制自己，證據是，他事先為自己帶上了手銬。深一層的原因，是慈恩的心中有兩個自我，一個是和尚慈恩，另一個是鐵掌幫主裘千仞。

此次前往絕情谷，觸動了前塵往事，當年的裘千仞在慈恩心靈深處蠢蠢欲動，一路走來，惡念不斷攻擊良知，慈恩和尚只能苦苦抵抗和掙扎。作為慈恩，他感謝一燈大師的指引；作為裘千仞，則痛恨一燈大師對他的束縛。這就是慈恩發病時，裘千仞痛毆一燈大師的真正原因。慈恩心病難除，實際上還有更深層的原因，只不過這病因十分深幽，不但楊過不知道，一燈大師不知道，慈恩自己也不知道。

楊過出手，用重劍打敗了他引以為自豪的鐵掌功，嘗到了死亡的滋味，心中的裘千仞也就無法復活，慈恩和尚暫時獲勝，並重掌了大局。

再說第二個話題：為什麼裘千尺讓他再次發飆？

來到絕情谷，兄妹倆見面不相識。慈恩記憶中的裘千尺還是青春少女，如今卻已成了容顏枯槁的禿頂老婦；裘千尺記憶中的二哥裘千仞是氣場強大的武林絕頂高手，而面前的慈恩卻是個神情呆滯的老和尚。兄妹倆實際上是同一病根，即缺少仁愛，既無法感受到他人的仁愛，更無法以愛心待人，不同的是，慈恩有一燈大師的溫暖，而裘千尺則幾乎一無所有，心裡充滿怨毒。此時，當年導致大哥裘千丈死亡的黃蓉，也在絕情谷中，裘千尺要為大哥報仇，不斷以言語刺激慈恩，實際上是要喚醒裘千仞。強烈的刺激信號，終於讓被壓抑的裘千仞復活，這一復活的心魔再也無法克制。於是，他從郭芙手中搶走了嬰兒郭襄。

裘千尺為什麼能讓他再次發飆？原因之一，是她在不斷提及裘千仞當年的英雄氣概，一心要喚醒慈恩心裡的裘千仞。裘千仞當年號稱「鐵掌水上漂」，以鐵掌外功、水上漂的輕功稱雄武林，但在短短的幾日內，他的鐵掌功大被楊過的重劍打敗，而他的水上漂輕功又被小龍女戰勝，使得這位當年的武林之雄嚴重受挫。而當裘千尺不斷刺激，被壓抑的憤懣再次噴發，裘千仞要重振雄風。原因之二，裘千尺刺激裘千仞，讓他復活的消息，表面上是親情，實質上是仇恨，當親情包裹著的仇恨，觸發了裘千仞的惡念，就再也沒有人能阻止裘千仞滿血復活。

仁愛之心是文明的產物，仇恨和恐懼卻是人類本能。個人健康成長和人類文明進步，仰賴人類的靈性培育仁愛之心，而病態的心靈卻能不斷生產製造惡念。絕情谷禁欲絕情，也杜絕了仁愛的傳播，只剩下了仇恨和怨毒。

再說第三個話題：為什麼黃蓉能將他徹底治癒？

在裘千仞抓住嬰兒郭襄的那一刻，在場的人幾乎全都絕望了。因為沒有幾個人能打敗裘千仞，即使能將他打敗，也無法拯救嬰兒的生命。只有心思靈敏的黃蓉，在千鈞一髮之際想出了對應之策，那就是披頭散髮，哈哈大笑，讓裘千仞打死手中的嬰兒。黃蓉的行為像是發瘋，結果卻是置諸死地而後生，裘千仞放棄了殺害郭襄的行為，心中惡念煙消雲散，慈恩和尚終於大澈大悟。

這段情節如同神話，卻有充分的精神病理學依據。裘千仞的真正病源，是當年為了爭奪天下第一，打傷了南帝寵妃瑛姑的孩子。裘千仞的如意算盤是，南帝要救治嬰兒，勢必耗損內力，那就不再是他的對手。但南帝卻沒有出手，不是為了保持內力，而是因為這孩子是瑛姑與老頑童所生。

孩子死於非命，瑛姑為此發瘋，這也成了裘千仞不可告人的真正病因。武林中打打殺殺本是常事，但打死嬰兒，卻是完全不同的事。保護嬰兒，是所有動物的共同本能，更何況萬物靈長的人類？哪怕裘千仞病入膏肓，害死嬰兒的罪孽也無法釋懷，由此形成的巨大歉疚，只能不斷掩蓋和逃避。因為逃避和掩蓋，才形成無法解開的致病心結。

作為這段歷史的知情人，黃蓉的讓裘千仞打死郭襄，只不過是破釜沉舟式情景再現，直接刺激裘千仞的病源。裘千仞的心病在此，心病還要心藥醫，黃蓉的行為正是對症下藥，讓裘千仞豁然痊癒。黃蓉不是醫生，但她有智慧，更有勇氣，或許是死馬當做活馬醫，不得已的大膽嘗試，成就了這段驚人的傳奇。

慈恩的故事還有一段尾聲。他被金輪法王打成重傷，臨終之前，懇求一燈大師帶他去向瑛姑賠罪懺悔，消除心病的最後一絲痕跡。他們在瑛姑住處附近懇求了七日七夜，最後還是楊過找來老頑童，讓所有當事人重聚，一笑泯恩仇。

廿五、一意孤行的金輪法王

金輪法王是西藏大喇嘛，也是蒙古國師，是達爾巴、霍都的師父，是楊過和小龍女的終生敵手，是這部小說的頭號反派人物。

在寫作《神鵰俠侶》時，作者的思想觀念有明顯的變化，書中的反派人物不再是毫無人性的惡魔，只是有明顯的人性弱點或心理病症。金輪法王與郭靖、楊過對敵，也不過是政治立場不同，政治利益和人生目標不同，而沒有私人恩怨，更無不共戴天之仇。按理說，他首先應該是宗教導師，其次是蒙古國師，再次是武術宗師。但現實中的金輪法王，既沒有宗教導師的身分跡象，也很少為蒙古軍籌劃良謀，多少有些名不副實。

關於金輪法王要討論的幾個問題，一是，他為什麼要爭奪中原武林盟主？二是，他為什麼不與楊過精誠合作？三是，他為什麼一定要收郭襄為徒？

先說第一個話題，金輪法王為什麼要爭奪中原武林盟主？

金輪法王第一次露面，是在郭靖、黃蓉召集的中原英雄大會上。正當到會群雄推舉武林盟主時，金輪法王率大弟子達爾巴、二弟子霍都及幾十個武士出現了，蒙古王子霍都說，武林盟主應該由他師父金輪法王來當。這讓到會的中原群雄既憤怒，又震驚，推舉武林盟主的目的，是為了選出抗擊蒙古的領導人，豈能由一位蒙古國師竊據此位？但金輪法王等人來勢洶洶，不可能善罷甘休，只好比武決勝，商定三戰兩勝制。黃蓉想出田忌賽馬之計，以下駟對其上駟，以上駟對其中駟，以中駟對其下駟。本以為勝券在握，無奈霍都戰敗後仍用有毒暗器偷襲朱子柳，使得田忌賽馬之計無法實施。若不是楊過和小龍女及時攪局，這一場中原武林和蒙古國師的比賽，結果將不堪設想。

金輪法王為什麼要爭奪武林盟主？表面上看，他想要一舉征服中原武林，讓中原武林徹底臣服於蒙古侵略軍。問題是，他既然是蒙古國師，若調動蒙古大軍包圍英雄大會，一舉殲滅中原武林精英，豈不是更徹底地解決問題？究其原因，其實是金輪法王的虛榮心作怪，要當武林第一人。此人不可一世，以為憑師徒三人的武功足以征服中原無論，建立顯赫名聲。卻不料，中原武林的能人超出了他的預料，先有黃蓉妙策，後有楊過橫空出世，讓金輪法王美夢成空，還灰頭灰臉。

但金輪法王沒有離開，而是躲在暗處，要偷襲中原武林精英。先是抓獲了郭靖的女兒郭芙，黃蓉率人尋找，金輪法王差點連黃蓉也一起抓獲。楊過和小龍女本想置身事外，最終還是仗義援手，與金輪法王對敵。在這一戰中，楊過和小龍女終於領悟了玉女心經的妙諦，即以全真劍法與古墓劍法相配合，打得金輪法王只有招架之功，沒有還手之力，此時，他才稍稍後悔，不該以老命博取虛名。

金輪法王仍然賊心不死，在黃蓉好心勸離小龍女後，再次截擊了黃蓉母女師徒。黃蓉佈置五行陣法頑強抵抗，楊過恰好路經此地，第三次拯救了黃蓉，還讓金輪法王身負重傷。金輪法王爭奪武林盟主之行，遂宣告徹底失敗。

再說第二個話題：金輪法王為什麼不與楊過精誠合作？

楊過從傻姑那裡得知，郭靖、黃蓉是自己的殺父之仇，為報父仇，決心與金輪法王聯手。楊過主動為金輪法王療傷，表達了合作的誠意。金輪法王喜出望外，也帶著楊過見了蒙古軍統帥忽必烈。其後因老頑童攪局，金輪法王和楊過等人追蹤老頑童來到絕情谷，趕上了絕情谷主的婚禮，新娘正是小龍女。

小龍女聽了黃蓉勸告，決心不讓楊過被人看不起，因而要下嫁公孫止，不認楊過。楊過讓金輪法王證明小龍女是自己的師父，金輪法王卻不合作，決心袖手旁觀，甚至鼓勵公孫止殺了楊過。金輪法王的行為大大出乎楊過意料。此後楊過前往襄陽殺郭靖，最終由刺客變成救星，雖是性格使然，與金輪法王的不合作也有關係。

金輪法王為何不與楊過合作？答案很簡單，是因為嫉妒嗔怒之心。作為蒙古國師，忽必烈的高參，如果以國事為重，暫時擱置個人恩怨，幫助並籠絡楊過，讓楊過死心塌地去刺殺郭靖，襄陽城就能被迅速攻陷，金輪法王亦功不可沒。金輪法王卻不願支持楊過，原因是，金輪法王曾被楊過和小龍女打敗，這是他生平首次挫折，也是他最大的恥辱。在關鍵時刻，他把個人私怨置於軍國大事之上，希望楊過和小龍女分離，更希望楊過被殺，以便維護其不可戰勝的虛榮想像。

金輪法王不與楊過合作，把楊過推向了對立面。楊過成了郭靖及襄陽城的救星，金輪法王的圖謀就無法得逞。更想不到的是，在全真教總部，斷臂的楊過和受傷的小龍女聯手，仍能戰勝金輪法王。楊過憑一柄玄鐵重劍，壓得他師徒三人無法抬頭，若不是達爾巴跪求楊過，金輪法王勢必命喪終南山。

再說第三個話題：金輪法王為何要收郭襄為徒？

終南山慘敗後，金輪法王離開了中原，回到西藏苦修。把「龍象般若功」練到了第十層後，才再次在中原露面。再次露面的金輪法王，遇到了郭襄。郭襄問他叫什麼，他說叫珠穆朗瑪。這說明，他仍然想當武林第一人，並且自認為就是武林第一人。見郭襄宅心仁厚而又聰明伶俐，有達爾巴和霍都之長而無其短，金輪法王竟異想天開，一心要收郭襄為徒。郭襄明確拒絕，金輪法王百般糾纏。

金輪法王為什麼要收郭襄為徒？原因之一，是他想讓聰明的郭襄繼承其衣缽，讓他的武功得以永世流傳。原因之二，因為郭襄是郭靖的女兒，按照他的如意算盤，若做了郭襄的師父，就可將郭靖拉向自己這一邊。金輪法王對小郭襄另眼相看，百般遷就，也讓他的形象有所改觀，這位孤獨的武林宗師，雖然可恨，卻也可憐。只不過，他的武功提升了，精神境界卻沒有隨之提升，證據是，他仍舊自視甚高且自以為是，完全不顧郭襄的意願，也不懂郭襄的心性品質。

強迫郭襄拜師未果，金輪法王終於露出真面目，將郭襄綁在高臺，試圖迫使郭靖投降。這一舉措同樣無法實現。他的老對頭楊過來了，他的龍象般若功仍舊不敵楊過的黯然銷魂掌，一代武林宗師終死在自己下令點燃的烈火中。

金輪法王有多重身分，但他卻一意孤行，總想做天下武林第一人。不僅忽略了蒙古國師的身分，更忽略了宗教法王身分，不幸總是遭遇楊過，這位被虛榮心綁架的武林大宗師，最終身敗名裂。金輪法王名不副實，原因之一，當然是作者把他設計成楊過的敵手，無法顧及他的國師身分，也無法顧及他的法王身分，當然更無法顧及法師、國師、武林宗師三種身分的自我衝突。原因之二，卻也是金輪法王的個性所決定，要一條道走到黑。這樣的人，世界上有很多。

廿六、楊過和小龍女的傳奇婚禮

說這是一場傳奇婚禮，是因為：首先，這是一場沒有準備的婚禮，在婚禮舉行之前，包括兩位新人在內，誰也沒想到會有這樣一場婚禮。其次，婚禮的地點也非常奇特，前半段是在終南山全真教的重陽宮中，後半段轉移到活死人墓裡。再次，婚禮的形式極其少見，只有一個被綁架的證婚人，屋外被全真教道士重重包圍。最後，這場婚禮沒有任何喜慶的氛圍，只有無奈和哀傷。然而，對任何一對相愛的人而言，結婚典禮都是意義重大，楊過和小龍女自然也不例外。

關於這場婚禮，要討論幾個話題。一是，為什麼要舉行這樣一場婚禮？二是，這場婚禮有什麼意義？三是，這場婚禮為什麼要分為上下兩段？

先說第一個話題：為什麼要舉行這樣一場婚禮？

直接原因有兩個，一是，小龍女身負重傷，生命垂危，若不馬上舉行婚禮，只怕就永遠沒有機會了。二是，小龍女情感重傷，心理絕望，若不馬上舉行婚禮，小龍女就肯定無救。此時，楊過不得不當機立斷，立即舉行婚禮，表白心跡。

小龍女之所以身負重傷，源於情感心理傷痛。這話要從襄陽說起。武敦儒、武修文兄弟為了郭芙，相約到郊外比武奪愛，其父親武三通痛苦流涕。楊過為見義勇為，為讓武氏兄弟罷鬥，就說郭芙是自己的未婚妻，且得到黃蓉許婚。楊過這話固然讓武氏兄弟罷鬥了，卻被小龍女聽到了。小龍女不知道此事的前因，以為楊過當真要娶郭芙，那麼自己就變成了多餘的人。禍不單行，正當小龍女傷心恍惚的時候，又聽到趙志敬和尹志平吵架，趙志敬說尹志平玷污了小龍女，並以此為把柄要脅尹志平。小龍女於是面臨絕境：楊過要娶別人，而自己再也無顏見楊過。

於是小龍女跟著趙志敬和尹志平到了終南山，她之所以跟蹤尹志平，是因為心理茫然，無處可去；之所以始終不殺尹志平，是因為事已至此，殺尹志平於事何補？於是一直到終南山重陽宮，先遭遇金輪法王、瀟湘子、尼摩星、尹克西，後又逢全真五老，在九大高手的夾擊下，終於身負重傷。

有一個細節值得注意，在金輪法王和全真五老夾擊時，小龍女想著楊過，也似乎看到了楊過，於是忘了打鬥、忘了抵抗，所以才嚴重受傷。小龍女在離開襄陽時，就已經不想活了：楊過要娶別人、自己的清白又受玷污，活著還有什麼意義？她的終南山之行，是下意識地走向死路。但在死亡來臨的那一刻，她想著楊過、似乎看到楊過，則表明，即便是死，她對楊過也不能忘懷。

有意思的是，小龍女看見楊過並不是主觀想像，楊過真的出現了。楊過打敗了瀟湘子等人，救了小龍女；而受傷的小龍女只關心：楊過為什麼只剩下一隻手臂？在打敗金輪法王後，小龍女又說，自己的清白已被尹志平玷污，郭芙又斬斷楊過手臂，此後誰來關心楊過呢？真正的有情人，總是把對方的安危，看得比自己的生命更重要。

楊過要讓小龍女明白自己的心意，才要舉行這場婚禮。

再說第二個話題：這場婚禮有什麼意義？

首先，它是最真摯的情感表達。

實際上，早在婚禮正式舉行之前，楊過就已經說出了他的婚姻誓言：「什麼師徒名分，什麼名節清白，咱們通統當是放屁！通統滾他媽的蛋！死也罷，活也罷，咱倆誰也沒命苦，誰也不會孤苦伶仃。從今而後，你不是我師父，不是我姑姑，是我妻子！」小龍女喜出望外，問楊過，是不是為了讓她歡喜，故意說些好聽的言語？楊過說：「自然是真心。

我斷了手臂，你更加憐惜我；你遇到了什麼災難，我也更加憐惜你。」小龍女低聲說：「是啊，世上除了你我兩人自己，原也沒旁人憐惜。」這段對話，勝於任何婚姻誓言。

其次，它是楊過反叛個性的彰顯。

楊過公開誓言，固然是反叛性的表現，但當時，他還沒有想到要舉辦一場婚禮。全真女道士孫不二聽不慣楊過的「非禮」言語，說重陽宮是清淨之地，讓他們馬上離開。孫不二的干涉，激發了楊過的反叛個性，才有了「在重陽祖師座前拜堂成親，結為夫婦，讓咱們祖師婆婆出了這口惡氣」的念頭。於是，楊過非但不走，反而綁架了孫不二，將她帶到重陽宮後殿。一方面，是以她作人質，讓全真教道士們不敢輕舉妄動；另一方面，是讓她做證婚人，因為她出家前是馬鈺的妻子，是唯一結過婚的人。

再次，這場情感至上的婚禮，彌補了王重陽與林朝英的遺憾，突出了本書的思想主題。婚禮的過程實際上十分簡單，直到最後一刻，小龍女仍然難以置信，對楊過說：「我既非清白之軀，又是個垂死之人，你何必待我這樣好？」直到楊過說：「我真願咱兩個都能再活一百年，讓我能好好待你，報答你對我的恩情。若是不能，若是老天爺只許咱們再活一天，咱們便做一天夫妻，只許咱們再活一個時辰，咱們就做一個時辰的夫妻。」小龍女才相信這是一場真正的婚禮。

婚禮雖然簡單，地點卻在重陽宮，又是當著林朝英繪製的王重陽畫像，全真教數百位道士都成了這場傳奇婚禮的見證人，其意義就非同一般。楊過和小龍女的反叛行為，超越了王重陽和林朝英；而他們的婚禮卻也告慰先人。

再說第三個話題：這場婚禮為何要分上下兩段？

重陽宮中一幕，只是婚禮的上半場，婚禮的下半場轉入了活死人墓中。

所以如此，首先是因為小龍女生命垂危而意猶未盡：她想讓婚禮持續下去，她想點燃婚禮紅燭、穿著正式的新娘嫁衣死去。所以，回到活死人墓之後，她沒有療傷，而是讓楊過將祖師婆婆的箱子打開，拿出祖師婆婆的鳳冠霞披，當作自己的嫁衣。她要以最美的新娘形象告別楊過，告別這個世界。這樣一來，小龍女穿上林朝英的嫁衣，說是反叛，實際上是其真實情感心願的傳承。

進而，當小龍女穿上嫁衣，讓婚禮的下半場顯得更加正式，但也更加哀傷。小龍女戴上耳環、插上珠釵、戴上玉鐲，喜滋滋地回過頭來，希望楊過稱讚，卻看到楊過淚流滿面，悲不自勝。小龍女的生命即將走向盡頭，這對新婚夫婦再也沒有「以後」。當小龍女痛哭時，楊過克制悲傷，鼓勵自己和小龍女：「咱們何必理會以後？今天你不會死，我也不會死的。咱倆今兒歡歡喜喜的，誰也不許去想明天的事。」婚禮的繼續，是他們情感的繼續和深化，也是他們心靈淨化。

最後，後半場婚禮的持續，是小龍女要楊過打開祖師婆婆的箱子，取出嫁衣。而祖師婆婆的箱子裡，除了嫁衣，還有一紮當年王重陽寫給林朝英的情書。楊過和小龍女不敢偷看，也不想偷看，但最後還是忍不住要看。這一看的結果，是得知活死人墓中的寒玉床，能夠「起沉痾，癒絕症」；進而由話題中的歐陽鋒聯想到他逆練九陰真經，再聯想到以逆轉經絡的辦法為小龍女療傷。

活死人墓中的婚禮，竟然隱含著重大敘事轉機，即讓楊過想到能讓小龍女起死回生的路徑。作者敘事安排巧妙，於此可見一斑。

廿七、郭襄十六歲生日的三件禮物

郭襄在風陵渡口聽說了有關神鵰俠故事，心嚮往之，於是跟隨大頭鬼去見神鵰俠楊過。告別時，楊過知道她是郭襄，是當年襄陽危機時出生的那個嬰兒，自己曾為之出生入死，於是給她三枚金針，說憑此針可以求他三件事。郭襄當即就拿出一枚針，求楊過摘掉面具，讓她看看他的真面目，楊過照辦了。郭襄又拿出第二枚金針，求楊過在她十六歲生日時，務必到襄陽來與她說一會話。這一心願很有些孩子氣，但楊過仍然答應了，於是就有了《獻禮祝壽》這一回書。楊過送給郭襄的三件生日禮物，出乎所有人的意料，值得專門討論。

關於生日禮物，要討論幾個話題。一是，楊過為什麼要送這三件生日禮物？二是，為什麼要把三件禮物送給郭襄？三是，楊過為什麼要匆匆離去？

先說第一個問題：楊過為什麼要送這三件生日禮物？

楊過送給郭襄的三件生日禮物非同尋常。

第一件禮物，是萬獸山莊史氏兄弟每人帶來一袋人耳朵。楊過率人分赴新野、鄧州兩地，殺了蒙古侵略軍左、右兩路先鋒部隊的全體官兵，並割下了他們的左耳，作為生日禮物送給郭襄。

第二件禮物，是「恭祝郭二姑娘多福多壽」的煙花在空中綻放後，燒掉南陽蒙古軍隊二十萬斤糧草、數十萬斤火藥。

第三件禮物，是一個光頭和尚，即蒙古王子霍都的大師兄達爾巴，楊過將他請來，讓達爾巴將偽裝成丐幫弟子何師我的霍都打成原形，為郭襄的好朋友魯有腳幫主報仇，並奪回丐幫幫主的打狗棍。達爾巴的作用雖然無法與殺蒙古先鋒、燒侵略軍糧草火藥相比，但有效阻止了蒙古王子執掌丐幫的陰謀，確保了丐幫保家衛國的戰鬥力，其意義不可輕估。

五大袋人耳朵、遙遠地方的大火、一個光頭和尚，作為生日禮物，實在有些匪夷所思。問題就來了：楊過為什麼要送這三件生日禮物？

答案是：這是楊過由「神鵰俠」升級為「神鵰大俠」的典禮儀式。按照郭靖的定義，為國為民，俠之大者。只有保護國家和人民的人，才稱得上是真正的大俠。此前，楊過仗義江湖，主持公道，扶危濟困，扶弱鋤強，人們稱他為「神鵰大俠」，他不敢接受，只接受「神鵰俠」的榮譽稱號。而這一次，蒙古侵略軍勢不可擋，襄陽城危如累卵，楊過發動漢人武林同道，並帶頭保護人民、保護襄陽、保護自己的國家，才算是完成了由「神鵰俠」到「神鵰大俠」的升級。

殺新野、鄧州兩路先鋒，燒二十萬斤糧草、數十萬斤炸藥，談何容易？楊過卻率人辦到了。一方面，這充分說明了楊過仗義江湖，在漢人武林中建立了崇高威望，能夠一呼百應；另一方面，這也說明了，當襄陽危急、國家危急時，不僅郭靖、黃蓉這樣的英雄義士始終戰鬥在戰爭前線，同時還有諸多知名豪傑和無名英雄響應號召，挺身而出，為國立功。否則，僅憑楊過一人哪能成事？

再說第二個話題：楊過為什麼要把這三件禮物送給郭襄？

楊過的三件禮物，實際上是送給襄陽城居民，送給丐幫，甚至是送給全體南宋人民的。如果硬要送給某個人，郭靖、黃蓉夫婦顯然更合適，為什麼楊過不說送給他們，而要說是送給郭襄的生日禮物？楊過為什麼要把它們獻給郭襄？

要回答這個問題，先要看看黃蓉是怎樣想的。自從發現郭襄招待那些古裡古怪的江湖人物，黃蓉就一直不安。而當她從郭芙口裡聽說郭襄曾與楊過見面，這種不安就變成了恐懼：「楊過恨我害死他的父親，恨芙兒斷他手臂，更恨芙兒用毒針打傷小龍女。啊喲，小龍女和他相約十六年後重會，今年正是第十六年了。楊過是報仇來啦！」想到「楊過是報仇來啦」這七個字，黃蓉背脊發涼。在恐懼心理支配下，黃蓉有各種各樣的奇思怪想，主題全都是：楊過復仇來啦。

黃蓉會這樣恐懼，並非沒有理由。殺父之仇、斷臂之恨、傷害小龍女之怨，正是楊過多年來不與郭靖、黃蓉來往的重要原因。雖然他成了神鵰俠，能夠克制自己的復仇之念，甚至也諒解了郭芙的浮躁無知，但在內心深處，這些疙瘩畢竟不能完全解開。所以，楊過不願與郭靖一家往來。

但見到郭襄後，楊過的心情發生了微妙的變化，郭襄出生時，就遭遇金輪法王入侵襄陽，郭靖、黃蓉夫婦及剛剛出生的嬰兒郭襄都是九死一生。當年的嬰兒，如今長成了亭亭玉立的大姑娘，而蒙古軍隊再次來犯，楊過本能地產生保護郭襄的衝動。為了保護郭襄，他才想到要去殺蒙古軍先鋒隊、燒蒙古軍糧草、讓殺害丐幫幫主魯有腳的霍都顯露真相。

楊過為保衛襄陽立下大功，說這些都是為了郭襄，固然是愛護郭襄的表示，但他如此張揚，未嘗沒有冷淡郭靖、黃蓉夫婦的潛意識動機。雖然未必想黃蓉猜想的那樣，即楊過對郭靖夫婦和郭芙的怨恨絲毫未消，但他心裡的疙瘩顯然尚未解開。這也就是說，楊過獻禮祝壽情節中，有豐富的心理訊息內涵。

再說第三個話題：楊過為什麼要匆匆離去？

黃藥師和楊過從旗斗中飄然落下，是最激動人心的時刻。但楊過露面後，禮貌地拜見郭靖、黃蓉夫婦，又和郭襄說了兩句話就匆匆離去了。

楊過為什麼要匆匆離去？最直接的原因，是要擺脫丐幫梁長老的糾纏。其時，丐幫競選幫主的比武尚未正式結束，耶律齊技壓當場，卻又被霍都打敗；霍都還沒有站穩，又被達爾巴打死；達爾巴是楊過請來的。如果楊過願意當丐幫幫主，毫無疑問是丐幫之福——郭芙最擔心的就是這一點，而她也再一次看錯了楊過。

梁長老有意請楊過擔任丐幫幫主，楊過未等他說完，就說「耶律大爺文武雙全，英明仁義，是我昔年的知交好友，由他出任貴幫幫主，定能繼承洪、黃、魯三位幫主的大業。」不願面對梁長老會繼續懇求，楊過不得不立即離開。

楊過匆匆離開，還有另一個重要原因。那就是當郭芙被霍都襲擊時，楊過再次出手救了郭芙，而郭芙非但不感恩，反而對他不理不睬，故意去和外公說話。楊過為襄陽立功，郭芙卻認為這是故意踢場子，楊過尚未出現，就將耶律齊的威風壓得絲毫不剩。郭芙當然沒有好臉色，而郭芙如此，敏感的楊過自然不願久待。

進而還有第三重原因，那就是，當黃藥師又將郭襄招到身邊，形成了黃藥師、郭靖、黃蓉、郭芙、郭襄一家團圓的局面。這種情形，觸動楊過敏感的神經。楊過父母早亡，小龍女更不知在何方，隻身漂泊十六年，雖說早已習慣了孤單，仍怕見家庭團聚的情景。所以他才匆匆離去，以免傷懷。

楊過匆匆離開的最後一個原因，是作者的敘事安排。楊過離開了，黃藥師也跟著離開，讓黃蓉來不及對父親說明有關「南海神尼」的謊言。如此，黃蓉不得不對郭襄說出郭、楊兩家的三世恩怨，揭穿「南海神尼」的謊言；而郭襄擔心楊過見不到小龍女會極度傷心，要用最後一枚金針，勸楊過不要自殺。於是郭襄離家出走，引發後面一連串精彩故事。

廿八、戰場上的奇妙心理景觀

《神鵰俠侶》第三十九回《大戰襄陽》，是全書的高潮。作者是大手筆，將這一次襄陽大戰寫得十分精彩，波瀾壯闊，震撼人心。蒙古軍人圍城作戰一日一夜，無數人英勇搏鬥的情形，讓讀者喘不過氣來；緊接著，黃藥師擺出二十八宿大陣與蒙古軍隊大戰，更加跌宕起伏，多姿多彩；正當蒙古皇帝蒙哥親自率領大軍攻城，眼見郭襄無救之時，楊過和小龍女突然出現，不僅救出郭襄，而且救了耶律齊等人，最後還打死了蒙哥皇帝，徹底解除了襄陽之危，出人意料，又收束得乾脆俐落。

戰爭描寫固然值得欣賞，而戰場上的奇妙心理景觀，更值得仔細品味分析。

這裡所說的戰場上的心理景觀，包括：其一，金輪法王的心理變化。其二，黯然銷魂掌的心理奧妙。其三，郭芙的隱秘心思大揭秘。

先說第一個話題，金輪法王的心理變化。

金輪法王的心理變化，是指他對郭襄態度的多次轉變。先是要收郭襄為徒，對郭襄百依百順；進而是遵照蒙哥皇帝的旨意，把郭襄當作人質，要郭靖來交換；金輪法王並不想當真燒死郭襄，但苦勸郭襄無果，反而被郭襄刺激，終於親手點燃了大火，要燒死郭襄。金輪法王的心理變化，曲折跌宕，引人入勝。

金輪法王是主人公楊過生平的第一勁敵，也是多次威脅襄陽安全的敵方武功第一高手，稱得上是本書的第一大反派人物。但作者並沒有把這個人物寫得十惡不赦，遇到郭襄後，竟起意要郭襄拜他為師，更是出乎意料的設計。金輪法王要收郭襄為徒，並不是虛情假意，而是真心希望郭襄繼承他的衣缽，這就更讓人對這個大反派刮目相看。金輪法王還就郭襄的種種細節，讓人不禁對他產生同情。

郭襄雖是小東邪，但卻明大義，因而始終不答應金輪法王。金輪法王是蒙古第一國師，此次蒙哥皇帝又御駕親征，皇帝下旨要將郭襄當作人質，金輪法王不能不答應。將郭襄捆綁在專門搭建的高架上，無疑是一大妙策，那就是迫使郭靖來交換女兒；即使郭靖不來交換人質，也必定會擾亂郭靖和黃蓉的心；再不濟，也能吸引對方軍力，以便讓蒙哥皇帝親自指揮攻城。

如何處置郭襄？金輪法王勢必左右為難。他當然不願意當真燒死郭襄，因為他仍希望郭襄做他的徒弟。最好的情況是，以郭襄要脅郭靖投降，因而要郭襄勸父親投降，但郭襄非但不聽勸，反而說他「真可憐」。說他打不過她爸爸和媽媽，打不過她外公黃島主，打不過一燈大師，打不過老頑童周伯通，也打不過她的大哥哥楊過。還勸說金輪法王：「如你這般活為人，活在世上有何意味？不如跳下高臺，圖個自盡罷！」明知是小孩子的把戲，仍讓金輪法王氣炸了胸膛。

但金輪法王仍不死心，高聲對郭靖說，他從一數到十，若不投降，就下令放火燒死郭襄。郭靖回答是：你瞧我是投降的人嗎？黃藥師更是用蒙古話應答：金輪法王料敵不明，是為不智；欺負弱女，是為不仁；不敢比武決勝，是為不勇；還說他被擒，是向小姑娘郭襄磕頭，求得她放了自己。這就更讓金輪法王忍無可忍，但他還是賊心不死，堅持數到十下，才下令放火燒死郭襄。

也幸虧金輪法王如此猶豫不決，為楊過救援郭襄贏得了時間。

再說第二個話題：黯然銷魂掌的心理奧妙。

金庸小說有一個特點，那就是將武功設計得與人物個性相匹配。簡單說，就是什麼樣的人，就有什麼樣的武功。例如郭靖有質樸渾厚且勢不可擋的降龍十八掌，黃蓉有富有變化以巧取勝的打狗棒法，張無忌有乾坤大挪移，段譽有六脈神劍和凌波微步，令狐冲有獨孤九劍，韋小寶有逃跑神功。楊過有什麼？有黯然銷魂掌。楊過與小龍女苦苦相戀，但在書中聚少離多，嘗盡了黯然銷魂的離別滋味，因而創造了黯然銷魂掌。這一武功，毫無疑問是楊過生活和心態的象徵。

更加奇妙的是，當楊過與小龍女離別十六年後再聚首，和小龍女一起趕到襄陽救助郭襄時，他竟打不過金輪法王。早在十六年前，金輪法王就不是楊過對手，而今楊過打不過他，看起來是因為金輪法王將「龍象般若功」練到了第十層，但真正的原因並不在此，而是他無法發揮出黯然銷魂掌的威力。所以如此，是因為他已與小龍女團聚，不再分離，也就不再有黯然銷魂之意。直到他身負創傷，眼見著就要被金輪法王打死，與小龍女即將死別，無意間一招「拖泥帶水」，卻又顯出了巨大無比的威力，讓金輪法王難以招架。原來楊過的這套武功，只有在離情別緒的獨特心境下，才能發揮出其潛在的威力。楊過明白了這一點，就一鼓作氣，將金輪法王打下高臺，讓他被自己下令點燃的烈火燒死。

這是黯然銷魂掌武功，也是心理的力量。

再說第三個話題：郭芙的隱秘心思大揭秘。

小說中更加驚人的一幕，是耶律齊及其部屬被蒙古軍重重包圍，楊過對郭芙說，你向我磕頭，我就去救耶律齊。郭芙出人意料地向楊過磕頭，楊過也一如既往地救人。在楊過救人之際，郭芙竟在千軍萬馬的廝殺中，明白了自己的心思：數十年來，她一直以為自己討厭楊過、痛恨楊過、聽說楊過就心煩，她罵過楊過，斬斷過楊過手臂，也重傷過小龍女，卻不料竟是深深地愛著楊過而不自知！

這一幕，想必讓很多讀者目瞪口呆。金庸的想像與創意，當真是匪夷所思。郭芙不明白自己的心思，完全符合她的個性，因為她心智浮淺，從來不肯反思，也不會反思。這一次所以能夠明白自己的心思，原因之一，當然是因為楊過拯救了她的丈夫耶律齊。原因之二，因為她已年過三十，心智雖未成熟，多少總是有些成長與進步。原因之三，郭芙與楊過有十多年沒有見面，對他的反感不再如過去那麼強烈。而最重要的一條原因，卻是楊過的一席話：「咱倆從小一起長大，雖然常鬧彆扭，其實情若兄妹。只要你此後不再討厭我、恨我，我就心滿意足了。」這句話，徹底消除了郭芙的反感，也治好了郭芙的心理疾病。

於是，她在此刹那間，才明白了自己隱秘的心思。

最後，當大戰結束，郭靖拉著楊過的手回到襄陽城，在襄陽軍民夾道歡呼聲中，楊過突然想到：「倘若自己誤入歧途，哪有今天和他攜手入城的一日？」想到此，楊過汗流浹背，暗自心驚。這一心理活動，是曾經的反叛者與主流價值的和解。有人以為，楊過的個人主義作風是集體主義價值觀的天敵，實際上並非如此，只有當心智成熟的英雄個人，才能拯救其所屬族群集體。

《雪山飛狐》

一、《雪山飛狐》的形式與內容

《雪山飛狐》於一九五九年在香港《新晚報》上連載，它的修訂版又在《明報晚報》上連載。討論這部作品，要從形式說起。因為小說形式新穎而複雜，想要理清頭緒，須分為兩種時態、三大段落、四個故事來看。

所謂兩種時態，一是現在進行時故事，即乾隆四十五年三月十五日，在長白山麓，飲馬川寨主陶百歲、陶子安父子被天龍門高手追殺時，又遇北京平通鏢局高手伏擊，是個復仇故事架構。二是過去時態，即寶樹和尚出現，將衝突三方強行帶到東北烏蘭山玉筆峰頂杜希孟府上，講述胡苗范田四個家族百年恩怨史。

所謂三大段落，是指開頭段落是現在進行式故事，寶樹和尚將眾人帶到玉筆峰頂，自要介紹杜莊主與雪山飛狐之約，為此講述胡苗范田四家族的百年衝突，即為第二大段落。最後一段又回到現實中來，胡斐、苗人鳳、范幫主及皇宮侍衛先後出現，寶樹和尚等人去奪寶，大內侍衛和范幫主等人圍捕苗人鳳。

所謂四個故事，一是胡苗范田百年恩怨的起源；二是廿七年前胡一刀和苗人鳳滄州大戰；三是剛剛過去不久的天龍門內訌醜聞；第四個故事，是小說頭尾的現在進行式故事，書中人物各有追求，有復仇、有奪寶、有陰謀，還有愛情。

值得注意的是，四個故事中的三個，即百年恩怨溯源、廿七年前滄州大戰、天龍門內訌醜聞，都不是由作者直接講述，而是由書中人物寶樹和尚（閻基）、苗若蘭、平阿四、陶百歲，以及陶子安、殷吉、阮士中、劉元鶴等人分別講述所組成。

這種形式，很像我們熟悉的口述歷史。也讓我們想到日本作家芥川龍之介的小說《筱竹叢中》，以及電影大師黑澤明據此改編的影片《羅生門》。金庸卻說，這種故事中人說故事的寫作方式，是從阿拉伯故事集《天方夜譚》中來。

無論從哪裡獲得靈感，對武俠小說史而言，都是一次可貴的創新嘗試。除苗若蘭外，寶樹和尚、平阿四、陶百歲等人都是當年故事的參與者和見證人，由於每個人立場不同，情感傾向不同，因而講出的故事版本也就各不相同。反過來說，從每個人的故事版本中，我們不僅能瞭解歷史故事，同時還能瞭解講故事人的立場、身分和性格。進而，不同的人有不同的觀察和講述角度，把不同的故事版本放在一起看，能多角度地瞭解故事的不同側面，讓歷史真相呈現得更加完整。

理清了小說形式，才能更好地理解小說的內容和主題。

《雪山飛狐》的四個故事，有其內在相關性，可以用一句話概括，即胡苗范田百年恩怨史。胡、苗、范、田四家的祖先，原是李自成的四個貼身侍衛。李自成兵敗之際，飛天狐狸胡衛士帶著一具屍體投降清兵，說他把李自成殺了。苗、范、田三衛士不明真相，以為胡大哥變節，合力將胡衛士殺死。胡衛士的兒子向苗、范、田三位說，他父親沒有變節，李自成並沒有死，苗、范、田三位當眾自殺。

由於不能提及李自成沒死這一驚人秘密，苗、范、田三家後人又找胡家後人報仇，如此不斷反覆，形成四家族百年恩怨。廿七年前胡一刀和苗人鳳滄州大戰，正是四家族百年恩怨的繼續。儘管胡一刀慷慨豪邁，胡、苗人二人惺惺相惜，也無法改變命運。

小說的第三個故事，即天龍門內訌醜聞，和第四個故事，即現在進行時的復仇、奪寶、陰謀與愛情，也是四家族百年恩怨史的一部分。第二個故事中，看似苗、范、田三家對付胡一刀，實際上田歸農對苗人鳳的怨恨，不下於對胡一刀。於是就有第三個故事，即田歸農引誘了苗人鳳的妻子，上梁不正下梁歪，終於讓天龍門分崩離析，醜聞壓力之下，田歸農自殺身亡。

第四個故事中，與漢丐幫的范幫主，即范衛士的後人，也墮落變質，成了清廷抓捕苗人鳳的幫凶。胡斐救了苗人鳳，苗人鳳以為他對女兒苗若蘭不軌，仍要找胡斐比武，不死不休。小說的最後，胡斐發現了苗人鳳的破綻，正在猶豫這一刀要不要砍下，小說戛然而止。作者說，胡斐這一刀是否砍下，要由讀者自己去決定。這一開放性結尾方式，也是武俠小說前所未有的新玩法。胡斐這一刀，不僅決定苗人鳳的生死，決定胡斐和苗若蘭的情感結局，也決定胡苗范田四家族百年恩怨的未來走向。

無論胡斐那一刀是否砍下，此前的故事只能讓人一聲嘆息。胡苗范田百年恩怨若用一句話總結，那就是：無謂無奈窩裡鬥。苗范田三衛士刺殺飛天狐狸是如此，飛天狐狸逼迫苗范田自殺也是如此；胡一刀和苗人鳳滄州比武是如此，苗人鳳的父親和田歸農的父親相互刺殺在寶庫中是如此，最後胡斐和苗人鳳繼續比武仍然如此。

更讓人嘆息的是，在這部小說中，我們看到了范、田後人的墮落，非但忘卻了祖先追隨李自成的理想與志願，更忘卻了國族深仇，田歸農主動賣身投向清廷在前，范幫主參與圍捕苗人鳳在後，正可謂：親者痛、仇者快。

如何評說這部小說？當然會仁者見仁，智者見智。我的看法是，創新實驗可貴且可喜，實驗結果評估須謹慎。小說有不少可議論之處。

這部小說不僅情節繁複、人物眾多，而且形式獨特、技法新穎，固然值得稱道；但二層次、三段落、四故事的創新新式是否過於超前，以至於讀者難以消化？恐怕就是個問題。

不說別的，只問一個問題：主人公是誰？可能就難以作答。書名《雪山飛狐》，主人公應該是「雪山飛狐」即胡斐才是，可是作者說，這部書的真正主人公其實是胡斐的父親胡一刀，但他在廿七年前滄州比武時就已去世。胡一刀的形象雖然很鮮明，他的故事能否夠得上主人公分量？只怕需要存疑。真要說，這部小說的敘事主體，並不是某個具體的人，而是胡苗范田四家族。

小的瑕疵還有不少。例如，李自成從未到過東北，如何會、如何能把寶藏運送到滿清腹地長白山麓？胡斐和苗若蘭，以詩經唱和，固然顯得高雅，仔細想，恐怕未必合乎胡斐其人的身分教養。

二、口述歷史中的胡一刀

胡一刀是雪山飛狐胡斐的父親，是李自成四大衛士之首胡衛士的後人，也是胡、苗、范、田四家族百年恩怨的核心人物。作者曾說，《雪山飛狐》一書的真正主人公，不是胡斐，而是胡一刀。

《雪山飛狐》的最大特點，是以口述歷史形式講述江湖故事。講故事時，胡一刀已逝世廿七年，胡一刀的形象和故事，是由寶樹和尚、苗若蘭、平四、陶百歲以及胡斐等人以口述歷史形式呈現。

有關這一話題，有幾個討論要點。一是，胡一刀之死的幾個不同版本。二是，胡一刀形象的特點。三是，胡一刀形象的意義。

先說第一個話題，胡一刀之死的幾個不同版本。

胡一刀是廿七年前在滄州與苗人鳳打鬥五日後去世的，這一點沒有異議。胡一刀如何死法，人們在口述歷史中有不同的說法，存在不同版本。

寶樹和尚說，胡一刀和苗人鳳比武過程中，胡夫人發現了苗人鳳的一個弱點，要胡一刀抓住這個弱點克敵制勝。胡夫人怕胡一刀下不了決心，要胡一刀為剛出生的孩子著想，在打鬥時還把孩子掐得哇哇大哭，提醒和刺激胡一刀。胡一刀不得不按夫人的旨意去做，抓住苗人鳳的弱點出擊，不料苗人鳳臨時創出新招，擊敗了胡一刀，胡一刀承認自己失敗，於是自刎而死。

苗若蘭說，她聽父親苗人鳳親口說過，胡一刀之死的情形與寶樹和尚的說法完全不同。比武的第五天，胡一刀和苗人鳳交換了兵器，即胡一刀用劍，苗人鳳用刀，這樣一來，輸贏就無關胡、苗兩家的武功，只關乎胡一刀和苗人鳳兩個人。胡夫人發現了苗人鳳的弱點，待到弱點出現時，胡一刀沒有出擊，而是即時收手，問苗人鳳這個弱點是怎樣形成的？苗人鳳說了原因，然後再繼續打鬥。在打鬥過程中，苗人鳳臨時創新招，傷了胡一刀，而胡一刀則後發制人，點了苗人鳳穴道。不料刀上有劇毒，胡一刀中毒不久，就毒發身亡。

這兩個口述歷史版本截然不同。在前一個版本中，胡一刀夫婦為了取勝不擇手段，但最後還是敗在了苗人鳳手中，胡一刀是在羞愧之下自殺身亡。而在後一個版本中，胡一刀並沒有乘人之危，苗人鳳也沒有戰勝胡一刀，而是在變招時兩敗俱傷，只不過是刀上有毒，胡一刀是意外身亡。兩個版本中，呈現出完全不同的胡一刀形象。哪一個版本更真實？就成了最大的懸疑。

接下來，平四提出了他的口述歷史證言，證明了苗若蘭即苗人鳳的說法真實，而寶樹和尚是在故意說謊；繼而，陶百歲也提供了口述歷史證言，說明平四的說法。這樣，苗若蘭—平四—陶百歲的證言，形成了完整的證據鏈，能夠證明當事人苗人鳳的說法是真，而寶樹和尚的說法有假。平四、陶百歲進一步證明，寶樹和尚之所以要說假話，原因是，他要掩蓋自己在兵器上塗毒的事實。

小說中關於胡一刀之死的證言出現明顯差異，不僅可以研究胡一刀之死，也是研究口述歷史的上佳材料。

寶樹和尚說假話，並不意味著口述歷史不可信，只不過是說明個人口述歷史有明顯的情感偏見和立場偏見，口述人有時候會因為某種原因而故意扭曲事實。也正因為這一點，只要有足夠的口述歷史樣本，就能在多方質證過程中，考證並揭露歷史真相。寶樹和尚說假話，不僅是為了掩蓋他塗毒的事實，且因為他完全無法理解胡一刀的高風亮節，只能按照自己平庸心智和個性編造掐孩子求勝的故事。而苗人鳳向女兒講述事實真相，則說明苗人鳳、苗若蘭父女為人質樸、心地坦誠、道德高尚。口述歷史亦如其人。

再說下一個話題：口述歷史中的胡一刀形象。

在寶樹和尚的口述中，胡一刀長相兇惡，令人畏懼，是典型的兇惡強人形象。而在平四的口述中，胡一刀的形象就完全不同。胡一刀雖然言行粗豪，但卻心地善良，有豪俠氣質。證據是，平四家借了高利貸，五兩銀子變成了四十兩，若不能如期還清就要讓平四母親抵債，平四躲在廚房裡哭，胡一刀得知這一情況，立即拿出一百兩銀子給平四。

此外，還有一件事令平四同樣感激，人人都叫他瘌痢頭阿四，輕視他糟踐他，胡一刀卻叫他是「小兄弟」，要平四稱他為大哥，並對平四說：世人並無高低，在老天爺眼中看來，人人都是一般。平四說，他聽了胡一刀這番話，就像是一個多年的盲人忽然間見到了光明。

平四的口述歷史，還提供了有關胡一刀的更多資訊。其中最重要的是，胡一刀曾托閻基——即後來的寶樹和尚——向苗人鳳解釋三件事，一是說胡苗范田四家上代結仇的緣由，二是苗人鳳父親和田歸農父親的死因，三是關於闖王軍刀的秘密。胡一刀這樣做，並不是擔心敵不過苗人鳳，而是要說出歷史真相，消弭胡苗范田四家族的百年恩怨。

這一安排，多少有些人為痕跡，胡一刀讓一個陌生人傳遞如此重要的訊息，而不是當面對苗人鳳說，有些難以置信。但作者這樣做，目的很明顯，是要充分表現胡一刀光明磊落的寬廣胸懷。

對比武對手如此體貼，說明了胡一刀為人是真正俠義為懷。胡斐還提供了一個重要線索，那就是胡一刀與夫人相識時，女方要胡一刀在寶藏和她之間二選一，胡一刀毫不猶豫地選擇了愛情、放棄了寶藏，並且說：就是有十萬個寶藏，也及不上真情愛侶。

有關胡一刀，還有一個值得注意的細節，那就是在與苗人鳳比武時，曾連夜趕路數百里，到山東武定去殺了苗人鳳的仇家商劍鳴。胡一刀這樣做，並不是向苗人鳳買好，而是要讓苗人鳳沒有後顧之憂。以上種種故事和細節，可以拼貼出胡一刀形象，且能呈現胡一刀形象的不同側面。

再說第三個話題，胡一刀形象有什麼意義？

這一問題的答案是：要留正氣在人間。小說《雪山飛狐》講述胡苗范田四家族的百年恩怨，時間能把滄海變成桑田，也能把當年生死同心的戰友的後人變成生死仇敵。胡苗范田四家族的後代，有非常明顯的變化，苗、范、田三衛士聯合起來對付忠心耿耿的胡衛士，因不明真相，尚情有可原。而後四家族後人各自走上不同的人生道路，呈現不同的道德風貌，則是各自選擇的結果。

其中田歸農及其天龍門最為墮落：南宗殷吉試圖乘機並派在前，北宗阮士中陰謀篡權在後，新一代掌門人曹雲奇與師妹田青文私通，而周雲陽則竊取並掩埋了掌門人軍刀，最讓人齒冷的是田歸農的女兒田青文，不僅背著未婚夫與人私通，還殘忍地殺害了自己的孩子。天龍門簡直是蛇鼠一窩，難怪田歸農要羞愧自殺。

胡一刀形象的價值，在於要和田、范、苗三家的同代人進行對比，樹立俠義人生的典範座標。在這一座標中，胡、苗、范、田四家的同代人，形成清晰的品格差異格局，讓讀者瞭解和理解，四大衛士及其家族歷史的真相和真義。

三、苗人鳳何以比不上胡一刀？

今天要講的題目是，苗人鳳何以比不上胡一刀？

「金面佛」苗人鳳，是苗若蘭的父親，南蘭的丈夫。在《雪山飛狐》中，他很可能是主人公胡斐的岳父。無論從哪個角度說，苗人鳳都是《雪山飛狐》的二號主人公。

若說胡一刀是第一主人公，那麼與他比武的苗人鳳就是當然的男二號；若說胡斐是第一主人公，最後與胡斐決鬥的苗人鳳仍然是男二號。苗人鳳另有個外號，叫「打遍天下無敵手」，那是為了激胡一刀和他比武，比武的結果是胡一刀中毒身亡，苗人鳳可能天下無敵了。可是，論人生品質，他卻比不上胡一刀。

關於苗人鳳，要討論的問題是：其一，他為什麼要和胡一刀比武？其二，他的妻子為什麼會離他而去？其三，他為什麼要和胡斐決生死？

先說第一個話題：他為什麼要和胡一刀比武？

答案看起來很簡單，他所以要找胡一刀比武，一是因為苗、范、田三家與胡家有百年恩怨，勢同水火。二是因為他懷疑自己的父親被胡一刀殺害，因而與胡一刀有不共戴天之仇。有這兩個原因，看起來理由充足。問題是，真實的情況並非如此。胡苗范田四家族的衝突，起源於苗、范、田三衛士對大哥胡衛士的誤解，他們不分青紅皂白就殺害了胡衛士；直到胡衛士的兒子找上門來，說明真相，這三個衛士又不交代後人，就一起自殺身亡。

從這一點看，苗、范、田三衛士明顯頭腦簡單，性格衝動，自以為是，才引發四家族之間的仇怨，百年不休。苗人鳳似乎也繼承了祖輩的基因，同樣是頭腦簡單，自以為是。證據是，他懷疑胡一刀殺害了自己的父親，但沒有任何有效的求證，就自以為是地將胡一刀當作自己的殺父仇人。

在小說中，作者讓胡一刀通過閻基給苗人鳳傳話，說明其父親之死與自己無關，但閻基告訴了田歸農，而田歸農卻沒有告訴苗人鳳，也就是說，苗人鳳並不知道事情的真相，這不為過。問題是，苗人鳳與胡一刀比武數日，還曾連床夜話，胡一刀沒有提及此事，是因為他以為苗人鳳已經知道了；而苗人鳳卻也不提及此事，不向胡一刀求證，又是為什麼呢？這只能說明，苗人鳳根本就沒有向胡一刀求證真相的念頭，自然也沒有求證真相的習慣和能力。

小說中有一個非常值得注意的細節，即在比武過程中，胡一刀從直隸滄州趕到山東武定，去殺了商劍鳴，為苗人鳳報了殺弟全家之仇。這一細節證明，胡一刀為人俠義、樂於助人、光明磊落，而苗人鳳感動之餘，卻沒有想一想，以胡一刀的為人怎麼可能殺害自己的父親？這只能說明，苗人鳳被仇恨蒙蔽了雙眼，甚至影響了他的心智水準。

進而，胡一刀一夜未眠，苗人鳳也曾提議休戰一日，但胡一刀卻堅持比武，並與苗人鳳仍然打成平手，假如苗人鳳沒被仇恨蒙住心眼，就該想到，他不敢去做的事，胡一刀替他做了，說明胡一刀勝他一籌。

總之，苗人鳳與胡一刀比武，說明苗人鳳心裡只有仇恨，缺乏理性。

再說第二個話題，苗人鳳的妻子為什麼離他而去？

這個問題，在《雪山飛狐》中找不到答案。讀者只知道苗人鳳的妻子與田歸農好上了，具體原因及過程，書中沒有交代。

要回答這一問題，不得不參考作者的另一部書。在《飛狐外傳》中，作者交代了苗人鳳與妻子南蘭相識、結婚的過程，也詳細交代了南蘭不耐寂寞，被田歸農哄騙，從而不顧一切地與田歸農私奔的詳細情形。看起來，苗人鳳妻子與人私奔，罪魁禍首是田歸農，田歸農哄騙苗人鳳的妻子，不僅是由於好色，也不僅是要報復苗人鳳對他的不尊重，真正的目的是要哄騙南蘭以便獲得大寶藏的秘密。進而，與田歸農私奔，第二責任人應該是不忠實於婚姻的南蘭，若不是她不耐春閨寂寞，田歸農如何能哄騙她私奔？

對這一問題，也可以換個角度想。那就是：南蘭結婚後為什麼不快樂？答案顯然是因為她丈夫苗人鳳沒能讓她感到快樂。

表面看來，南蘭期望的快樂，是丈夫會說甜言蜜語，把嬌妻當作寶貝一樣哄著、寵著，而苗人鳳不會說甜言蜜語，不會哄人，這似乎並無大錯。但若仔細想，還是能發現，南蘭不快樂的直接原因，是苗人鳳大部分時間是在練武，沒有抽出足夠時間陪伴嬌妻。也就是說，苗人鳳把自己練武愛好及提升武功水準的個人目標，置於夫妻感情生活之上。

究其原因，要麼是苗人鳳缺乏婚姻經驗、不懂夫妻之道；要麼是苗人鳳從小就練武報仇，根本上就不是個快樂的人，也沒有創造快樂生活的能力。

總而言之，妻子南蘭離家出走，苗人鳳也有不可推卸的責任。

再說第三個話題：苗人鳳為什麼要和胡斐決生死？

原因似乎很簡單，苗人鳳看到自己的女兒苗若蘭衣衫不整地躺在床上，而此前胡斐正是從這張床上躍起，於是就懷疑胡斐強暴了自己女兒，至少與女兒有不正經的勾當。

我們知道，這是一場誤會，正如他懷疑胡一刀殺害自己的父親一樣，是出自他的想當然，而事實真相並非如此。問題是，為什麼打遍天下無敵手苗人鳳總是誤會他人，而不做調查求證呢？這樣的事發生過一次又一次，就不能不考慮苗人鳳的心智習慣和個性局限。

因為誤會，他與胡一刀無謂地比武無日無夜，導致胡一刀中毒身亡；同樣是因為誤會，他又要和胡斐進行無謂的決鬥。

需要說明的是，在與胡一刀比武之後，苗人鳳的人生有了很大的改變。證據之一，是他寫下的那副對聯，即：「不來遼東，大言天下無敵手；邂逅冀北，方信世間有英雄。」這說明，苗人鳳是真心佩服胡一刀。

證據之二，是苗人鳳不讓自己的獨生女兒苗若蘭練武，希望女兒能過上正常人的幸福生活，同時也是希望胡苗范田四家族的恩怨到此為止，這是一種了不起的氣度和胸懷。

但苗人鳳的胸懷與氣度，並沒有徹底改變他的習慣本能。見到胡斐曾與女兒同床，就以為胡斐圖謀不軌，這或許是人之常情，真正的問題是，胡斐試圖解釋「在那廂房之中」所發生的事，只說了六個字，他就怒火大熾，劈面就是一掌，根本就不給胡斐解釋的機會。這就不能不說是苗人鳳心智和個性的局限。

更嚴重的是，廿七年前，胡一刀夫人臨死前，曾將兒子胡斐託付給苗人鳳，苗人鳳當日沒見到嬰兒，只見到一灘血跡，以為嬰兒死了，那倒也罷了；問題是，今日見到胡斐極其熟練的胡家刀法，竟仍不注意胡斐的長相與胡一刀相似，只聽了胡斐含糊其辭的幾句話，就不再追問，且不說他受人之託而未能忠人之事，至少要看到他心智和個性的嚴重局限，才會將這場無謂的打鬥進行到底。

苗人鳳的心智與個性局限，說到底，是因為他是武癡，而沒有修煉成真正的大俠。要趕上胡一刀，他還要繼續修煉，好在，他心地寬闊，還有成長空間。

四、田青文的行為和心理

田青文是田歸農的獨生女兒，是陶子安的未婚妻，又與師兄曹雲奇私通，還生下並親手殺死了孩子。在小說《雪山飛狐》中，她雖算不上重要角色，只不過是在江湖中小有名氣而已，但她的行為相當出奇，更十分出格。

作者對田歸農及其天龍門非常反感，在這部書中，天龍門中無好人，簡直是蛇鼠一窩。田青文雖然不是蛇，也不是鼠，她的外號是「錦毛貂」，可以說是老鼠的近親。

關於田青文，我們要討論這樣幾個問題。一是，曹雲奇和陶子安，誰是她的心上人？二是，她暈倒後再活躍，應該作何解釋？三是，這一形象有什麼意義？

先說第一個話題：曹雲奇和陶子安，誰是她的心上人。

這部小說開頭不久，就出現了曹雲奇追田青文的情景，誰都看得出來，曹雲奇熱戀田青文，對她的一舉一動都十分關切，而田青文對曹雲奇的態度卻有點古怪，欲迎還拒，欲拒又迎，若即若離。最古怪的是，當曹雲奇說「是你的心上人」，田青文衝口而出：「陶子安？」隨後又說：「他是我沒過門的丈夫，自然是我的心上人。」這回答讓曹雲奇憤怒欲狂，拔出劍來，幾乎想要殺了田青文。

情況是這樣的，田青文被父親許配給老友陶百歲之子陶子安，是陶子安的未婚妻，與陶子安的關係也非常親近；但與此同時，她又與師兄曹雲奇通姦。通過劉元鶴、阮士中、殷吉等人的口述歷史，我們才知道，田青文生下了曹雲奇的孩子，並親手將孩子悶死，偷偷掩埋了起來。

按照一般的故事模式，是父母做主婚姻，與年輕人的情感意願相違背，於是年輕人不顧一切地與情人私會，反抗包辦婚姻。例如在《飛狐外傳》中，馬行空將馬春花許配給她的師兄徐錚，而馬春花對師兄的粗暴極為不滿，在情緒衝動之下，任性地投入福康安的懷抱中。可是田青文的情況顯然不是這樣，她是一邊對陶子安示好，同時與曹雲奇私通。

這就出現了問題：曹雲奇和陶子安，究竟誰是田青文的心上人？

這個問題的答案，可不像我們想像的那麼簡單。從脫口說出陶子安的細節看，田青文似乎更中意陶子安，更不必說她和陶子安之間還有合法化婚約。假如真是這樣，那又如何解釋她與師兄曹雲奇私通呢？

換一個角度說，她與曹雲奇長期生活在一起，近水樓臺先得月，很可能與師兄更親近，否則就不會發生性關係。假如真是這樣，那又沒辦法解釋她為什麼對陶子安念念不忘，且以婚約作為說辭。這樣一來，我們就只有說，在田青文心裡，這曹雲奇和陶子安都是她的心上人，魚與熊掌她都要。在田青文而言，婚約是一回事，性關係是另一回事，兩者並不相關。也就是說，田青文沒把婚姻規則放在眼裡，沒什麼道德感。

再說第二個話題，田青文暈倒後再活躍，應該作何解釋？

在劉元鶴等人口述歷史過程中，涉及了田青文掩埋私生嬰兒事，田青文連人帶椅子一起倒地，昏了過去。這不難理解，未婚女子與第三者私通，生了私生子，且親手將自己的孩子悶殺，偷偷掩埋起來，無論如何都見不得人。田青文即使完全沒有道德感，但並不是對社會道德規則一無所知，因而她在這一時刻昏倒在地，躲避在場眾人的眼光。無論她是真昏倒還是假裝昏倒，都可以理解。

讓人難以理解的是，沒過多少時候，當大家結束口述歷史，一起去找寶藏的時候，田青文竟毫無顧忌地參與了尋寶活動，且還相當活躍。按理說，自己的醜聞被當眾揭露，一般人會覺得丟人現眼之，從而儘量躲避，不參加公眾活動；即便參加，也要儘量避開眾人關注，儘量少說話，更要少出頭。但田青文卻若無其事地參加了大家尋寶活動，且在曹雲奇和陶子安兩人大打出手之際，田青文高聲大叫：「哪一個再不住手，我永不再跟他說話。」進而還以退為進，說：「陶子安是我丈夫，我對他不起。他雖然不能再要我，可是除他之外，我心裡決不能再有旁人。」陶子安當時就表態說：「我當然要你，青妹，我當然要你。」於是，不僅將自己的醜聞徹底洗清，而且將曹雲奇和陶子安收拾得服服貼貼。

面對這樣的奇觀，有人可能會說，田青文難道不要臉？這可能正是作者所需要的效果，作者所寫，恰恰是天龍門的種種醜聞，種種不要臉。不僅田青文不要臉，曹雲奇、陶子安等，也都不要臉。

進一步的問題是，田青文為什麼這麼不要臉？這一問題的答案，需要到田青文的心理中尋找。

人類作為生物，有種種欲望衝動，而人類的道德倫理，正是要對人類欲望進行規範和約束。但並不是所有人都真正理解社會道德倫理，例如田青文，她就沒有真正理解婚姻倫理，也沒有把婚姻倫理真當一回事，而只為掩埋私生子一事略感羞愧，因而表演昏倒把戲。在她而言，此一時也，彼一時也，過了那段尷尬時刻，她已忘卻了丟面子事，並且以為別人也會忘記。一旦時過境遷，她會立即重新活躍起來。也就是說，田青文的所作所為，與其說她毫無羞恥之心，不如說她的心智十分幼稚淺薄。

再說第三個話題：田青文這一形象有什麼意義？

答案很明顯，田青文形象的第一層意義，是審美價值，讓讀者看到，世界上有這樣一個人，做出這樣看起來匪夷所思的事，滿足讀者的好奇心。

田青文形象的第二層意義，是道德教育價值，讓讀者感到，田青文的行為不但違背了婚姻倫理，也違背了社會公序良俗。尤其是她殘忍地悶殺自己的親生孩子、掩埋自己的孩子的行為，簡直令人髮指。當今讀者，必定都鄙視這樣的人。

田青文形象還有第三層意義，那就是心理探索及人性認知價值。

如果是在一萬年前，類似田青文的行為，肯定算不上道德犯罪，因為在一萬年以前，人類並無文明化婚姻倫理。這也就是說，田青文的行為，正是心智極端幼稚，行為肆無忌憚，心智發育程度跟不上文明進化水準。

進而，田青文之所以心智極端幼稚，是因為缺乏家庭教養，所以如此，是因為她母親早已去世，而繼母南蘭對她顯然缺少關心，更可能南蘭本人也同樣心智淺薄幼稚。她的父親田歸農雖然在世，但卻忙於復仇、忙於尋寶、忙於處理天龍門內爭權事務，根本就沒有時間和愛心來教養自己的獨身女兒。總而言之，田青文缺乏教養，任性而為，隨意逾越社會道德規範，不見得是因為她天生品格低下，而是由於其不幸家庭環境所致。

《飛狐外傳》

一、《飛狐外傳》：戴著鐐銬的舞蹈

《飛狐外傳》是《雪山飛狐》的前傳，寫於一九六〇至一九六一年間。

《雪山飛狐》是「眾口紛紜說往事」的形式實驗，涉及胡苗范田四家族的百年恩怨史，人物眾多，頭緒紛繁，結果是主人公胡斐的形象沒有足夠的展現空間，作者甚至說這部小說的主人公不是胡斐，而是胡斐的父親胡一刀。看來作者對胡斐形象有所偏好，因而在幾年之後，要專門寫一部以胡斐為主人公的小說，這就是《飛狐外傳》。

從一九五七年至一九六一年，短短幾年間，金庸已經創造了其武俠小說的第一座高峰，寫出了《射鵰英雄傳》和《神鵰俠侶》。《飛狐外傳》是金庸小說的第一座高峰和第二座高峰（以《天龍八部》為主峰）之間的低谷，在金庸小說中屬於中下品，與作者初試牛刀的《書劍恩仇錄》、《碧血劍》，屬於同一個等級。

所以如此，因為《飛狐外傳》的寫作，是道地的「戴著鐐銬的舞蹈」。

第一重鐐銬，是要寫《雪山飛狐》的前傳，其中一些人物如田歸農、閻基等，必須與《雪山飛狐》接上榫頭，如此瞄準後傳情節的寫作，作者不能發揮其天馬行空的想像，時常被縛手縛腳，其結果當然會影響這部作品的品質。

第二重鐐銬，是作者對此前的武俠小說往往「有武無俠」的狀況不滿，從而想要寫一個「真正的俠」，在這部書的《後記》中，作者自己解釋說，胡斐不僅富貴不能淫、貧賤不能移、威武不能屈，他還要主人公胡斐做到「不為美色所動，不為哀懇所動，不為面子所動」。只有這樣，才能算是真正的俠。這種設計，實際上是一種概念化的搞法，限定了人物的行為，當然也會影響作品品質。

第三重鐐銬，是這部書與其他書不一樣，並不是在報紙上連載，而是在新創刊的《武俠與歷史》雜誌上連載。不是每天寫一千字左右，而是每十天寫八千字。金庸在《後記》中說：「作為一部長篇小說，每八千字成一段落的節奏是絕對不好的。」不好的真正原因，是這種寫法和節奏，與作者的寫作習慣不同。作者習慣了每天寫一段，雖然細碎，卻能每天都與小說的人物在一起，與人物更加親近，也更加熟悉。另一個好處是，寫作時間越長，作者思考的時間就越多。

然而，金庸畢竟是金庸。即使有種種不利，也不能真的把作者的天才完全束縛住。作者畢竟經歷了《射鵰英雄傳》和《神鵰俠侶》的成功歷練，寫作功力漸趨成熟。即便是戴著鐐銬跳舞，即便胡斐形象受到了概念化的影響而不算特別成功，但《飛狐外傳》仍然是一部相當好看的小說，可讀性很強。

具體原因之一，是作者講故事，並不是單線發展，而是多線同時發展。即不是一根電線，而是一條電纜，其中包括很多條敘事線索。胡斐行俠仗義，即追殺鳳天南是主線，還有多條副線同時進行。諸如，一，胡斐見證袁紫衣搶奪掌門人，知道這是為了破壞福康安的天下掌門人大會，他也幫忙。二，胡斐在追殺鳳天南時，還曾救助苗人鳳，雖然是好心辦壞事，讓苗人鳳被毒瞎了眼，但這是無心之過，更何況胡斐還專門請了毒手藥王的弟子程靈素來，把苗人鳳的眼睛治好。三，胡斐不僅行俠，而且報恩，幫助恩人馬春花脫險在前，為恩人馬春花冒險在後，充分表現了胡斐知恩必報的善良天性。五，胡斐與袁紫衣、程靈素的情感線索。

具體原因之二，是它塑造胡斐俠義形象，並不是一味拔高，而是寫出胡斐江湖經驗不足，或受人矇騙，或好心辦壞事。例如，他幫助鍾阿四時，被袁紫衣引走，使得鍾阿四一家死於非命。例如，他好心幫助苗人鳳，其實是上當受騙，讓苗人鳳眼睛受傷。更好玩的例子是，他想幫助馬春花脫險，誰知道那些人並不是來追殺馬春花，而是要接馬春花到京城去享福。如此等等，作者並沒有把主人公胡斐寫得一貫正確，而是寫他在好心辦壞事的過程中，慢慢成長。

具體原因之三，這部小說更吸引人的內容，其實不是說俠，而是言情。有意思的是，這部小說中的男女情感，是清一色的悲情故事。書中沒有一對有情人最終成了眷屬，而是要麼「愛錯」，要麼「錯愛」，所有的愛都不得善終。例如：

第一組，是以胡斐為核心，程靈素對胡斐一往情深，胡斐卻對袁紫衣一見鍾情，而袁紫衣若即若離，似愛似嗔，因她是出家人。結果是一死別，一生離。

第二組，是以馬春花為核心，她是徐錚的未婚妻、商寶震的心上人，但她卻投入了福康安的懷抱，徐、商固然沒有好結果，馬春花也沒有好下場。

第三組南蘭為核心，苗人鳳機緣巧合，娶了美女南蘭，南蘭卻追隨風度翩翩的田歸農，而田歸農自從有了南蘭，卻夢魘纏身，不殺苗人鳳便不得安寧。

第四組，是毒手藥王的幾個成年弟子，以薛鵲為核心，薛鵲愛大師兄慕容景岳，慕容卻已娶妻，薛鵲將大師兄的妻子毒死，又被大師兄害得駝背；二師兄姜鐵山對薛鵲一往情深，慕容景岳卻又回來糾纏，終於害死了姜鐵山父子，最後是慕容景岳和薛鵲一起命喪黃泉。如此情感糾葛，聽起來更加驚心動魄。

說起來，書中還有第五組，那是《書劍恩仇錄》中的情感故事，以陳家洛為核心，霍青桐愛陳家洛，陳家洛卻愛上她妹妹喀絲麗，導致霍青桐吐血；陳家洛為了復國大計，竟又將喀絲麗送給乾隆，她做政治犧牲，導致喀絲麗身亡。

在《飛狐外傳》最後，陳家洛率領紅花會群雄南下，到北京陶然亭祭奠香香公主，那場景十分感人，不僅祭奠了香香公主，也祭奠了程靈素，和所有不得善終的情人們。

一部小說中出現如此之多的愛情故事，有兩情相悅，也有單相思；有激烈追求，更有纏綿哀怨，有這麼豐富的愛情故事，《飛狐外傳》的可讀性當然就強。

二、命運支配下的袁紫衣

袁紫衣應是《飛狐外傳》一書的女主角，因為她是主人公胡斐傾心的對象。可是，書中有個古怪現象，袁紫衣的出場時間並不多，不過是程靈素出場時間的幾分之一。

為什麼會這樣？是因為她要逃避胡斐。在一部以胡斐為主人公的書裡，不斷逃避胡斐的袁紫衣，當然不會有太多的出場機會。當然，袁紫衣缺席，不等於她不在場，敏感的程靈素，每時每刻都能感到袁紫衣的氣場壓力，如同電影《蝴蝶夢》中德溫特伯爵的新夫人，時時刻刻都生活在前伯爵夫人的陰影中。

關於袁紫衣，需要討論三個問題。一是，她為什麼要和胡斐作對？二是，她為什麼要強奪武林各派掌門人？三是，她為什麼最終要離開胡斐？

先說第一個話題：袁紫衣為什麼要與胡斐作對？

袁紫衣與胡斐第一次作對時，她還不認識胡斐。之所以要與胡斐作對，是因為胡斐要殺害鳳天南，而她想要保護鳳天南不被殺害。所以她設法將胡斐引開，導致鳳天南殺害了鍾阿四一家，並開始逃亡。袁紫衣所以要救鳳天南，因為他是她父親，袁紫衣來中原之前，師父交代，要她救父親三次，以保全父女倫理。

袁紫衣和胡斐作對的第二個原因，是她聽到紅花會三當家趙半山對胡斐的誇獎，對胡斐產生了強烈的興趣，出於年輕人的好勝心，要找胡斐較量，看看他是不是像趙半山所說的那樣值得欽佩。於是她偷盜了胡斐的包袱，進而與胡斐同行，且在胡斐完全不備時將胡斐推下水，嘲笑說他是泥鰍，以此滿足她的好勝心。

與胡斐作對的第三個原因，是在與胡斐相處的過程中，對胡斐產生了意想不到的好感。直白點說，就是在不知不覺中愛上了胡斐。但胡斐身邊已經有了程靈素，更重要的還是，因為她是個尼姑，而非俗人，不能動情，更不能與人談情說愛。於是她就只有主動疏遠胡斐，以作對的形式對待胡斐，希望胡斐也與她疏遠。再加上胡斐在追殺鳳天南，她要救父親，自然更要與胡斐作對。

袁紫衣要與胡斐作對，實際上還有更加隱秘的原因，因為她不能談請說愛，卻又情不自禁地要接近胡斐，如此就產生了自己與自己的矛盾，甚至可以說是自己與自己的戰爭。自己與自己作對當然十分煩惱，如何能發洩心中的不滿？只有一個辦法，那就是去和胡斐作對。假如胡斐恨她、怨她，她不就解脫了？

再說第二個話題：她為什麼要爭奪多家掌門人？

袁紫衣要爭奪多家掌門人，書中解釋說，原因是要破壞福康安籠絡天下武林的陰謀。這當然也解釋得通，因為長期受紅花會群雄的長期薰陶，她很可能具有這樣的政治智慧和遠見。更何況，她又從天池怪俠袁氏霄那裡學到了許多門派的武功，若不找機會顯一顯身手，豈不是如錦衣夜行？

除此之外，袁紫衣要不斷爭奪掌門人，還有更深刻也更隱秘的心理動機。我們知道，袁紫衣是一個極其苦命的人，她的痛苦包括兩個方面。一是，想為母親報仇，卻不忍對父親下手，反而三次救父親；她非但不能因為救了父親而感到快樂，反而因救父而感到痛苦和茫然，因為這個父親恰是強姦她母親並毀掉她母女一生幸福的人。

其二是，袁紫衣情不自禁地愛上了胡斐，卻不能和他在一起，因為她是尼姑；附加的苦楚是，她還因為救父親與胡斐三次對敵，有苦無法與人訴說，有情而不能與情郎相伴，只能故意躲避。

這兩個心結自始至終都在糾纏著她，而她卻無力自己解開，心裡的鬱悶和憤怒可想而知。如何宣洩自己的鬱悶？只有一個辦法，那就是找人打架以洩憤，也就是去找各個門派的掌門人，和他們比武，宣洩自己的積鬱和憤懣。

如果我們瞭解袁紫衣的第一個心結，我們就能理解，為什麼她要和胡斐作對，要把胡斐推入泥潭中。如果我們瞭解袁紫衣的第二個心結，即深愛胡斐卻不能不逃避，那就能夠理解她找人比武洩憤的行為。

任何一個心結都能讓人發狂，而袁紫衣卻被兩個情結同時糾纏。這就能解釋，為什麼袁紫衣不與胡斐同行，進而送兩隻玉鳳凰給胡斐；一方面避而不見，另一方面又追蹤盯梢，這不是因為她喜歡做作，而是因為她身為尼姑，實有不得已的苦衷——簡而言之，袁紫衣有極大的身分認同危機：她是母親的仇人鳳天南的女兒，是個有心上人的尼姑。在這樣的糾結折磨之下，她沒發瘋就已是奇蹟。

再說第三個話題：袁紫衣為什麼要離開胡斐？

這部小說的結尾令人傷感，袁紫衣要遠離胡斐而去，不僅胡斐難過，就連那匹白馬也縱聲悲嘶，不明白這位舊主人為什麼不轉過頭來。袁紫衣要離開胡斐，看起來，原因似乎很簡單，因為她是出家尼姑，法號圓性。從小就隨師父出家，長期在青燈古佛前長大，更曾發誓要終生禮佛，不得不壓抑情感，避開情緣。

在經歷了一場天性和信仰的矛盾戰爭煎熬中大病之後，她似乎終於下定了決心，要擺脫世俗情愛的糾纏。所以，在離開胡斐之前，她雙手合十，念了一首佛偈：「一切恩愛會，無常難得久。生世多畏懼，命危於朝露。由愛故生憂，由愛故生怖。若離與愛者，無憂亦無怖。」問題是：這是袁紫衣的真心表達嗎？

恐怕不是。證據是，袁紫衣傷病未癒，因得到福康安要抓捕胡斐的消息，不顧身體傷病和旅途勞頓，帶病前往滄州給胡斐報信，讓胡斐早做防備，以免受害。若她當真要相信「若離於愛者，無憂亦無怖」，為什麼還要來報信？更好的證據是書中有個細節，胡斐熱血上湧，喝道：「咱們死活都在一塊！你胡說些什麼？跟著我來。」而圓性被他這麼粗聲暴氣的一喝，心中竟是甜甜的感到受用，並且老老實實地縱馬跟在了胡斐身後。她若不是關心胡斐，為什麼不報完信後立即離開，而是留在胡斐身邊？為什麼在胡斐遇險時，她要奮不顧身地參加戰鬥？

現在的問題變成了：袁紫衣既然愛胡斐，為什麼最後又要離開？答案是，她無法解決自己的身分認同危機，只能到佛法中去尋求解決的辦法，所以要離開。進一步的問題是，佛法中當真有解決愛情的良藥嗎？這個問題，遠遠超出了小說的範疇。針對小說，我們只能說，命運支配下的袁紫衣，不管走到哪裡都無法忘記胡斐，因而也就永遠都無法擺脫愛的痛苦，和逃避的空虛。

三、馬春花的綻放與凋零

馬春花是飛馬鏢局總鏢頭馬行空的女兒，在正式成為鏢頭徐錚的未婚妻時，就做了福康安的情人，其後嫁給徐錚，最後又進京與福康安相聚。本書主人公胡斐在商家堡時，曾得馬春花一言救助之恩，其後多次報答。所以，馬春花也算得上是《飛狐外傳》中重要女性角色。她的故事值得一說。

有關馬春花，要討論三個問題。一是，她為什麼在訂婚之日竟成了福康安的情人？二是，她為什麼還要去北京見福康安？三是，如何看馬春花的人生故事？

先說第一個話題，馬春花為什麼在訂婚之日竟成了福康安的情人？

這個問題，需要分段或分層回答。

首先，是因為特殊情境。

所謂特殊情境，是指馬行空知道了商家堡是他的仇人商劍鳴的家，怕商劍鳴夫人不利於自己一家，為防患於未然，當機立斷地作主讓女兒馬春花和師哥徐錚訂婚。這一決定，讓徐錚喜出望外，而讓馬春花震驚且憤懣。恰好在此前，徐錚以師哥兼未婚夫的身分對她進行管束，讓馬春花非常不滿。此時訂婚，等於是公開授權讓徐錚管束自己，這讓馬春花加倍不痛快。

其次，是因為馬春花的特殊個性。馬春花從小練武，又跟父親走鏢，且向來受父親和師哥等人的寵愛，性子有點野，當然也有點任性。雖然早就知道遲早要和師哥訂婚，但真的事到臨頭，又不明事情的起因是父親發現商家堡正是仇家的老巢，因而在憤懣之下，下意識地作出了任性的舉動。

再次，是因為馬春花的特殊心理。所謂特殊心理，一是指馬春花正處於遲滯的青春逆反期，這可以從她對師兄徐錚的態度上可以看出，不僅是師妹式的驕縱，而是一種莫名的厭煩和焦躁。此外，每個少女都有自己的綺夢，那就是夢想找到合乎理想的如意郎君。具體的理想是什麼，或許並不清楚，但越朦朧就越美好。

最後，是因為福康安的特殊風采和特殊手段。假如馬春花從未走出家門，或從未在商家堡逗留過，或許對徐錚師兄的反感就不那麼強烈。來到商家堡，被年輕俊俏的商寶震熱烈追求，意識到美貌的價值，情況就大不相同。而福康安更是英俊十分，而且雍容華貴，氣度不凡，是馬春花見所未見。所謂特殊手段，是指福康安的笛聲如囈如訴，如夢如詩，彷彿發自靈魂的甜言蜜語，讓人如沐春風，根本無法抗拒。福康安的目光和笛聲，讓馬春花瞬間綻放。

總而言之，馬春花在訂婚之日即成為福康安的情婦，是少女任性、鬱悶心理、逆反心理的疊加累積到臨界點，「玉人魔笛」一點火星，即能點燃生命衝動。

再說第二個話題，馬春花為什麼要去北京見福康安？與福康安的一夜情，馬春花留下了怎樣的印象和記憶？書中沒有說，我們不得而知。我們知道的是，馬春花在父親死後，很快就與徐錚結婚，並生下了福康安的雙胞胎兒子。馬行空去世後，這家鏢局的生意沒有從前好了，但夫妻倆苦心經營，倒也足夠養家糊口。如果福康安沒有派人來找，馬春花和徐錚肯定會一直這樣生活下去。問題是，福康安派人來了，當了大內侍衛的商寶震假公濟私，殺了徐錚；馬春花又殺死了商寶震，為徐錚報了仇，算是盡到了妻子的責任。

馬春花去北京與福康安再聚，也有多種原因。

首先，是為兩個兒子著想，因為這是福康安的孩子，而福康安所以派人來找馬春花，正是因為他與正妻沒有兒子，而馬春花卻為他生下了兩個孩子。在馬春花看來，這兩個孩子回到父親身邊，很可能過上更好的生活，因而在反覆權衡之下，才答應陪孩子去北京。

其次，在福康安的爪牙與馬春花夫婦糾纏的過程中，商寶震殺死了徐錚。徐錚既死，馬春花送孩子去見福康安，就少了一份道德歉疚，因為丈夫徐錚已死，她的行為就說不上是背叛丈夫、背叛婚姻。作者安排商寶震殺死徐錚，正是為了解除馬春花的道德壓力，即說明馬春花並不是個道德敗壞的女性。

再次，馬春花對福康安，也還有一份珍藏在內心最深處的私密記憶和幻想。當年的一夜情，對福康安來說只不過隨手拈花惹草，而對馬春花來說則是無法忘懷的身心體驗。福康安離開後再無音訊，馬春花對福康安也沒有非分之想；而今得知福康安還惦記著她和孩子，過去的一切委屈都得到了撫慰。也就是說，馬春花決定去見福康安，並不完全是為了孩子著想，也有自己的幽微動機。

最後，徐錚死前，鏢局的生意已經凋敝；徐錚死後，鏢局就再也無法開下去。馬春花同意去見福康安，也是為孩子和自己生活考慮。這一理由雖然並不是最重要，但基於現實生活的理由，不能忽略。

再說最後一個話題：如何看待馬春花的人生故事？

馬春花帶孩子來到北京之後，福康安及其家人對這兩個孩子都十分喜愛。福康安本人也愛屋及烏，對馬春花也沒有完全忘情，把她包養了起來。只不過，福康安的母親對馬春花，就是另一種態度了，因為她是漢人，又是舞刀弄棒出身，貴族之家容不得這樣的人。實際上，還有更隱秘的理由，那就是，從福康安母親的角度看，為了保住這兩個孩子，就必須消滅孩子的母親。所以，福康安母親決定給馬春花下毒，福康安不敢反對，馬春花終究死於非命。

馬春花的悲劇人生，該如何看待，如何評價？

首先，這當然是命運和環境的悲劇。馬春花人生悲劇的罪魁禍首，當然是好色的福康安。馬春花之死，則是要揭露滿清統治階級即權貴之家的殘酷歹毒。福康安的母親看起來雍容華貴、心慈面軟，但對待馬春花卻如此冷酷無情，非但不憐惜馬春花的生命，甚至也不考慮兒子福康安的心情。而福康安，雖然並沒有下手毒殺馬春花，卻也沒有違抗母親，可算是殺害馬春花的幫凶和同謀。

其次，馬春花的人生悲劇，也表現了馬春花本人心智個性的弱點。福康安在商家堡吹笛，馬春花飛蛾撲火，火與飛蛾都有責任。更不用說，福康安一去無消息，顯然是官家子弟薄倖無情，而馬春花竟第二次飛蛾撲火，註定了這隻飛蛾的最終命運。也就是說，馬春花心智淺薄，頭腦簡單，一廂情願，甚至還不無虛榮心，馬春花心智個性的這些弱點，也是她悲劇命運的一股力量。

最後，即便如此，馬春花仍非尋常女性。她心地善良，一度救助胡斐，就是最好的證明。更重要的是，馬春花心底有一股反抗命運的力量，證據是，在她臨死前，託付胡斐將兩個兒子帶走，這是她對對貴族之家的最後一擊。

四、「三無美女」南蘭

南蘭出身於官宦之家，因機緣巧合，她成了苗人鳳的妻子；又因夫妻生活不如意，而與田歸農私奔；與田歸農一起的生活也不如意，於是她花容憔悴，生命凋零。

與小說主人公胡斐的兩次邂逅，提升了這一人物的重要性。對這一人物的認知和評價，常常是兩個極端，要麼是命運感嘆，覺得她是受難者，值得同情；要麼是道德批判，覺得她拋棄丈夫和女兒與田歸農私奔的行為不可寬恕。

兩種看法當然都有道理，其實還可以深入一層，分析南蘭的個性和心理。那就會發現，南蘭是個「三無美女」。所謂「三無」，是指無能、無知、無愛。具體說，其一，因為無能，她才嫁給苗人鳳；其二，因為無知，她才與田歸農私奔；其三，因為無愛，她才到胡一刀夫婦墓前轉悠。下面分別說。

先說第一個話題，因為無能，她才嫁給苗人鳳。

在小說中，南蘭嫁給苗人鳳，是因為她父親被人殺害，是苗人鳳救了她。苗人鳳中毒，南蘭幫他吸出毒素，有過身體接觸，才不得不嫁給苗人鳳。假如她是武林中人，能夠嫁給打遍天下無敵手苗人鳳，肯定覺得十分幸運、十分榮耀、十分幸福。問題是，她不是武林人物，甚至討厭人動拳動刀，所以對丈夫苗人鳳並不欣賞，更不佩服。

由於出身於完全不同的社會階層，價值觀念和生活習慣都不一樣。她完全不理解苗人鳳為什麼每天練劍，不理睬她，讓美人春閨寂寞。偏偏苗人鳳還不識相，羨慕胡一刀夫婦幸福美滿，誇獎胡一刀夫人與丈夫生死同心。這樣一來，美女南蘭就覺得自己更不幸了，對丈夫苗人鳳有深深的不滿。

這些當然都是真實的。但這一真實故事，還可以有另一種解釋，那就是，南蘭是因為父親被殺，沒有能力獨自在這個世界上生活下去，才不得不嫁給苗人鳳。因為她從小就生長在富貴中，習慣於被人養育、被人呵護，卻沒有任何獨自生存能力。父親帶著寶刀和她進京獻寶，恐怕不僅是顯擺寶刀鋒利，也是顯擺女兒美貌；若非如此，那就是南蘭離開父親就不能生活，所以父親走到哪裡，女兒就要跟到哪裡。父親被殺了，南蘭就抓瞎了，苗人鳳是她唯一的救命稻草，所以她就嫁給了苗人鳳。

說南蘭無能，並不是想當然，那個時代的傳統是，女子無才便是德，美女不需要任何生存能力，只要有好父親和美貌，就能做富貴中人。

說南蘭無能，不僅是指她沒有生存能力，也是指她沒有任何生活情趣。在與苗人鳳結婚之後，她既不喜歡拳劍武功，也不會琴棋書畫，甚至也沒有操持家務的興趣。所以她活得很無趣，更活得很無聊。

這個美女的無能，更在於她沒有自我檢討能力，於是把自己的無聊和空虛歸咎於苗人鳳不夠溫柔體貼。這樣說，可不是為苗人鳳辯護，苗人鳳雖然號稱打遍天下無敵手，但確實不是個好丈夫。但那是另外一個話題，這裡著重說南蘭沒有能力經營自己的生活和人生。

再說第二個話題：因為無知，才與田歸農私奔。

南蘭是她與苗人鳳、田歸農這個三角關係的核心人物，看起來是人間愛情故事的一種常見模式。這部書中的開頭，就是她離開苗人鳳、追隨田歸農的場景，為了追求真愛，不惜拋棄丈夫，也拋棄年幼的女兒，毅然與心上人私奔，即便丈夫追來、女兒啼哭，以至於被少年胡斐當面斥責，也無論如何不改她追求愛情的初衷。看起來，南蘭好像是個「愛情至上」主義者。

同樣，南蘭的這段故事，也可以作另一種解釋。那就是因為無知，才會與田歸農私奔。說她無知，證據是，她並不瞭解田歸農，不知道田歸農的甜言蜜語不僅是因為嫉妒苗人鳳，要報復苗人鳳；更是因為要利用她，獲得苗家收藏的藏寶圖。

說南蘭無知，不僅是說她不知人，更是說她不自知，也就是她不知道自己的生活過得不好，是因為自己沒有生活能力、更無生活情趣，誤以為只要有人陪伴、有人誇獎、有人寵愛，就會有幸福愛情與人生。

對這一點，書中也說得非常明白，她之所以與田歸農偷情，甚至願意拋棄丈夫和女兒跟田歸農私奔，只不過是因為田歸農會哄她誇她，用甜言蜜語填充她空虛的精神世界。

南蘭的無知充分體現在她完全不知道人類話語可能揭示真相，但也可能是徹頭徹尾的謊言。證據是，與南蘭私奔之後，田歸農的甜言蜜語就日漸減少。原因是，他要每天練武，以防苗人鳳打擊報復；更重要的原因是，田歸農沒有找到藏寶圖，意圖落空，談情說愛的興味自然減小。

最重要的原因是，田歸農本來就是這樣的人，風流倜儻，言語動人，只不過是一種社會角色的臺詞。南蘭雖然無能又無知，但也不是傻瓜，仍保留了對生活的感知能力。她當然能夠敏銳地感受到田歸農的變化，從而再度陷入寂寞和空虛之中，患上了嚴重的憂鬱症。

再說第三個話題，因為無愛，她才到胡一刀夫婦墓前轉悠。

故事的結尾處，南蘭出現在胡斐父母的墳前，是一個極有意思的安排。只可惜，作者並沒有認真說明這一安排的全部意義，只讓讀者看到這一人物的功能性作用，即讓她告訴胡斐：胡一刀的墳裡有一把寶刀，讓胡斐有兵器可用，從而在與圍捕者的戰鬥中，有機會扭轉戰局。這一功能當然重要，但並非全部。

南蘭的病因，既不完全是苗人鳳不懂風情，也不完全是田歸農變心或真相畢露，而是因為南蘭從來就不懂得愛。這個生於富貴之家的美女，從小就被充裕的物質條件餵養，但卻沒有習得或建構靈魂，說穿了，就是缺乏愛心。也就是說，她不懂得愛，只需要別人愛她、哄她、滿足她。如果她有愛的能力，就不會把生活過成這樣；如果她有愛心，就不會拋棄幼女去追逐甜言蜜語。南蘭最大的悲劇，是無能、無知、無愛三者相互作用，讓她患上精神官能症，憂鬱是她的宿命。

她不知道自己為什麼如此不幸，於是跟隨田歸農來到滄州後，一個人來到胡一刀夫婦墓前。她是追隨自己的下意識來到這裡，緬懷和苗人鳳在一起的日子。因為在她新婚之際，苗人鳳就曾帶她到胡一刀夫婦的墓前祭奠，同時還說了胡一刀夫人的愛情典範。經歷了田歸農濃情轉淡，當然會想起苗人鳳當年的話其實並不是要傷害她，而是希望他們之間的愛情也能夠像胡一刀夫婦那樣圓滿。所以，南蘭在胡一刀夫婦的墓前，應該閃回當年苗人鳳帶她來此地說話的場景。出現這樣的場景，可以一舉數得，既表現她在懷念苗人鳳，同時表達對與田歸農關係的不滿，同時也還在琢磨胡一刀夫婦的愛情真諦。

五、程靈素的美麗心靈

程靈素是無嗔大師的關門弟子，是慕容景岳、薛鵲、姜鐵山的師妹，也是藥王門的現任掌門人。自從被胡斐請來為苗人鳳治眼療毒，此後就一直跟隨胡斐，與胡斐結義兄妹，直到為胡斐吮毒而身亡。

程靈素容貌平平，算不上是美女，但她的心靈十分美麗，光彩照人。她的一生雖然短暫，但她生而無愧無怨、死亦無悔無憾，她以美麗心靈定義了人生價值，讓人欽仰追慕。這一人物值得討論。

關於程靈素，要討論的問題有：其一，她為什麼與師兄、師姐截然不同？其二，她為什麼要追隨胡斐？其三，她為什麼要為胡斐犧牲自己？

先說第一個話題，程靈素為什麼與師兄、師姐截然不同？

程靈素與慕容景岳、薛鵲等人，相互間睚眥必報，同門師兄弟竟然弄得不共戴天。而程靈素與他們確實不一樣。為什麼會如此不同？這個問題值得追問。

人與人不同，部分來自先天遺傳，部分來自後天習得，還有部分來自自我選擇和自我建構。程靈素師兄妹的遺傳天性有怎樣的不同，書中沒有任何介紹，我們不得而知，因而無法就此進行討論。可以討論的題目，只能是後天習得和自我建構。

所謂後天習得，是指每個人在社會交往的過程中，由耳濡目染，獲得特定社會及特定社區的價值觀念和行為規範。每個人的成長，都會受父母師長的教誨，同時也會受到同齡人的影響。也就是說，師長與同輩是個人習得的兩大資源。程靈素與師兄師姐們雖然是同一個師父，但這個師父卻在不斷進步，其名號由大嗔變成一嗔，從一嗔變成微嗔，又從微嗔便為無嗔，就是師父進步的標誌。所謂嗔，就是生氣、不滿，也就是負面情緒。所謂大嗔，也就是負面情緒很多。

慕容景岳等人進入師門時，師父還是大嗔。他們成長在這樣的師父門下，必然會害怕大嗔、感染大嗔、複製大嗔。他們的行為也證明了這一點，始終生活在自己的欲望與嗔怒中，互相影響，互相塑造，以至於欲望與嗔怒填滿了他們的心靈，還認為滿足欲望和發洩嗔怒就是人生的全部，從而無法進行自我建構。

而程靈素進入師門時，師父已成了微嗔，進而成了無嗔。在與微嗔與無嗔的傳播和交流過程中，勢必感染微嗔，進而學習無嗔，心懷溫暖和光明。在業務學習方面，固然能夠全心全意，迅速掌握《靈樞》與《素問》的精髓；而在心智成長方面更能健康成長，能成全自己的靈性與素心，從而做更好的自己。

證據是，程靈素曾對胡斐說，小時候曾因為自己的容貌不美，而將家裡的鏡子全都丟到井裡，這是典型的嗔怒表現。但胡斐見到的程靈素，則已處在微嗔與無嗔之間，姜小鐵故意踩踏了她辛辛苦苦栽種的七星海棠，而她卻以德報怨，在離開藥王谷之前，努力化解師兄之間的仇怨，設法幫助姜小鐵療毒續命。她這樣做，是遵從師命，也是出自本心，師命和本心其實有相同本質，就是有愛而無嗔。

再說第二個話題，程靈素為何要追隨胡斐？

這個問題，答案有不同層次，或者說有不同因素。因為使命，因為喜歡胡斐，因為自我實現的需求，因為對胡斐的愛。胡斐初見程靈素，請她指點尋找「藥王」的路，而不知道她就是新一代藥王。程靈素讓胡斐挑糞澆水，胡斐照做；程靈素讓他吃飯喝湯，胡斐照吃；姜小鐵來踐踏藥草，胡斐出手救助，程靈素讓他隨自己去解決師門恩怨，胡斐照去；程靈素讓他不可離開她身邊、不可擅自動手，胡斐沒有遵從，但那也是為了保護程靈素。

這些，當然讓程靈素產生好印象，但程靈素最終隨胡斐走出藥王谷，去給苗人鳳療毒，卻是出於治病救人的使命。因為她是無嗔大師的弟子，學習醫藥，本就是為了治病救人。與此同時，她也要以自己的醫術和醫德洗刷師兄師姐們造成的師門污點，光大藥王谷門楣。

與胡斐一路同行，程靈素經歷了江湖歷險，也經歷了業務實習和提升，是她的情感之旅，也是她的成長之旅。在這一過程中，程靈素的最大變化，是不知不覺喜歡胡斐，進而不知不覺地愛上了胡斐。

什麼時候開始由喜歡變成了愛？雖然沒有明確的分界點，但胡斐要與她結拜兄妹時，程靈素表現出失落和惆悵，足以證明她對胡斐的感情已不止於喜歡。那一刻，她也曾動念離開，但胡斐的熱情邀約，讓她改變了主意。這一改變，是愛的證明，實際上也提升了愛的品質。愛與喜歡不同，不僅包含喜歡，更包含了尊重、理解，和情不自禁的關心。

她知道胡斐的至愛，是那個叫袁紫衣的神秘姑娘。如果是薛鵲，會毫不猶豫地毒死對方，奪取心上人。程靈素未必沒有類似衝動，但她並沒有那麼做，這就是她與薛鵲的不同，也是欲望與愛情的不同。

她愛胡斐，把胡斐的情感念想置於自己的情感願望之上。只有一次，程靈素是真的生氣了，那是因為胡斐為報答馬春花的恩情，胡斐要再次孤身闖入戒備森嚴的福康安帥府去找雙胞胎，不惜冒生命危險，把她的勸阻當作耳邊風。換作其他人，胡斐如此不聽勸阻，如此一而再、再而三，甚至三而四，多半會生氣離開。但程靈素卻沒有離開，而是設法幫助胡斐脫險，一如既往。因為她愛胡斐，而胡斐就是這個樣子。

再說第三個話題，程靈素為什麼要為胡斐犧牲自己？

與胡斐在一起的日子，就是幸福的日子，哪怕危機重重，擔驚受怕，只要與心上人在一起，真正的有情人都會心滿意足。與胡斐一起化妝出席天下掌門人大會，把這場隆重的盛會變成一場鬧劇，並最終讓胡斐和正派英雄脫離險境，是程靈素的一場傑出表演。程靈素的所作所為，不只是為了胡斐，也是為了維護藥王門的聲譽和真諦；她的行為鼓舞了天下正氣，也達到了自我實現的人生高峰。

最後，石萬嗔、慕容景岳和薛鵲連袂出現，找到了程靈素和胡斐，索取無嗔著述的《藥王神篇》。程靈素點燃了七星海棠煉製的蠟燭，作為掌門人清理了門戶，且毒瞎了石萬嗔的雙目。但胡斐卻也為此中了碧蠶毒蠱、鶴頂紅、孔雀淡三種劇毒，無藥可醫，若及時斬斷一臂尚可活九年。但程靈素卻不忍讓胡斐斷臂，而是選擇為胡斐吮毒，自己去死，讓心上人雙臂完好，長久地活下去。

程靈素為什麼要這麼做？不同的人，可能會有不同的答案。真正的答案，仍然是由多種因素構成，最重要的因素當然是愛，為愛犧牲，要讓愛人活著，且還要完美地活著；讓愛人活下去，且還要長久地活下去，才是對人間愛情的終極注解。另一因素，是神聖的職業精神，七星海棠之毒無法可解？程靈素卻要為心愛之人找到一種解決的辦法。醫藥之祖神農嘗遍百草，創造了職業倫理的光輝典範，而程靈素的行為，正是醫藥家職業倫理史上的又一座里程碑。

程靈素的美麗心靈，不僅可歌可泣，同時也發人深思。

六、薛鵲故事的「天龍八部氣」

薛鵲是「毒手藥王」的弟子，是慕容景岳、姜鐵山的師妹，程靈素的師姐。她愛大師兄慕容景岳，最後卻嫁給了二師兄姜鐵山，並與大師兄反目成仇。

程靈素學成之前，藥王谷中充滿了「天龍八部氣息」，同門之間充滿怨毒仇恨。薛鵲雖與程靈素同門，師父也是同一人，只不過有「大嗔」與「無嗔」之分。師父號大嗔，也就是意味著大不快、大憤懣，無法控制自己的負面情緒，當然也就無法教弟子提升心智，更遑論提升道德倫理水準。這也就意味著，薛鵲與慕容景岳、姜鐵山兩位師兄，雖然學了些用毒法門，但其心智卻停留於極低水準，無法成長進步。所以，雖是「藥王」弟子，卻以「毒手」聞名江湖。

關於薛鵲的人生悲劇，要分三個話題討論。其一，她的愛情及其行為分析。其二，師兄弟間的關係為何無法改變？其三，薛鵲與慕容景岳故事的結局。

先說第一個話題，薛鵲的愛情及其行為分析。

薛鵲與大師兄慕容景岳的仇怨史，說起來讓人毛骨悚然，也匪夷所思。開始時，薛鵲深愛大師兄，但大師兄卻愛上了別人，薛鵲一氣之下將大師兄的愛人毒死。而後慕容景岳對薛鵲展開報復，將薛鵲變成了駝背，再也無法治癒。無奈之下，薛鵲只能嫁給二師兄姜鐵山，從此，薛鵲夫婦與大師兄慕容景岳成了不共戴天的生死仇敵，相互打擊報復，輾轉不休，師父對此也束手無策。

薛鵲的愛情如何演變成不死不休的仇恨？如果不假思索，會得出簡單的結論，說他們道德敗壞，是先天性邪惡之徒。把人分別貼上善與惡的標籤，雖然簡單明瞭，卻不利於深入瞭解人性。薛鵲和慕容景岳的行為，與其說是因為他們天生邪惡，不如說是因為他們心智水準太低，也可以說是心智殘缺不全。

為了更好地說明問題，這裡要引入「心智複雜度」這個概念。一度心智，是能夠感知自己的欲求和願望，並按照這一欲求和願望行動，大部分靈長類都具有一度心智。二度心智比一度心智高，是不僅能感受自己的欲望，也能感受並理解他人的情感和願望。三度心智當然更高，即不僅能感受自己和他人的情感，且能依據自己的生活經驗和知識，以推理方式，去感受和理解協力廠商。文明社會中的人，起碼要擁有二度心智，即：既能感受和理解自己，也能感受和理解他人。

再來看薛鵲的行為，她知道自己愛慕容景岳，但卻不理解、更不接受慕容景岳愛上別人，這是典型的一度心智，也就是普通靈長類動物水準。在動物世界裡，一個雌性動物對一個雄性動物產生欲望，採取的方法與薛鵲一樣，也就是殺死敵手，奪得欲望對象。

值得注意的是，慕容景岳的心智與薛鵲處於同樣水準，他只知道自己愛上了某個人，卻不理解薛鵲對他的愛；因而，當薛鵲毒殺了他的愛人，他就毫不猶豫地對薛鵲展開報復性攻擊。這也是典型的動物行為。

薛鵲駝背後，與姜鐵山結為夫婦。在薛鵲嫁給姜鐵山之後，慕容景岳卻又想起了薛鵲的好處，反過來不斷糾纏薛鵲。薛鵲生下兒子小鐵，與姜鐵山成了利益共同體。為抵抗慕容景岳的侵犯，姜鐵山鑄鐵為屋。他們沒有能力去分析前因後果，更沒有能力去展望未來，只能深陷在自己的仇怨情緒中，師兄弟之間充滿怨毒和仇恨。而在這種怨毒和仇恨的支配下，他們成了叢林生物，生活即是噩夢。

再說第二個話題，師兄弟間的關係為何無法改變？

上面的故事情節，是薛鵲等人的前史。現實的情況是，程靈素栽種的七星海棠，姜鐵山的兒子小鐵故意前來踐踏，因此中了七星海棠之毒。程靈素要為小鐵療毒，想再次調解薛鵲夫婦與慕容景岳間的敵對關係。程靈素設法召集三人，這三人見面就開始相互毒害，程靈素貼出師父的遺言，他們得知師父的死訊，沒有絲毫悲傷，而是立即向程靈素追問師父的《藥王神篇》。程靈素又出示師父的另一遺言，說這三人若念及師父，就讓他們看《藥王神篇》；若這三人沒有思念之情，則恩義斷絕。這三人並不悔改，而是立即向程靈素發起攻擊。最後，程靈素不計前嫌，以德報怨，主動上門為小鐵療毒，並帶上慕容景岳幫忙，想借此化解這三位之間的仇怨。小鐵是被治好了，但讓這三人和解的目標並未達成。

師兄弟間的關係為何無法改變？長期在不良情緒控制下，他們習慣了仇怨，從而失去了正常的人類感情。證據是，當他們得知師父死訊時，並沒有表現出任何悲傷哀悼之情。這不意味著他們沒有正常的師徒之情，而是在那一剎那，對《藥王神篇》的強烈欲望淹沒了他們的正常情感。進而，又想到師父把《藥王神篇》給了程靈素，他們沒有能力反省自己，不懂得自己的行為讓師父失望；而是本能地覺得師父「偏心」，從而產生對師父的怨恨，進一步消除了對師父的正常感情。

進而，程靈素主動上門為姜小鐵療毒，薛鵲夫婦並無感激的表示。原因是，他們想到的是小鐵中毒是因程靈素而起，再想到師父的「偏心」，不由得心生怨恨，使得他們的禮貌和理性沒有任何發揮空間。也就是說，長期被不良情緒支配的人，已形成一種習慣性病態，其行為心思徹底被自己的情緒所控制。由於他們認知複雜度極低，只能感受自己的感受，自然就不可能進行換位思考。

再說第三個話題，薛鵲與慕容景岳故事的結局。

他們的故事結局出人意料。簡單說，無嗔大師逝世，被逐出師門的「毒手神梟」石萬嗔出山，逼迫慕容景岳等人拜在他門下。姜鐵山堅決不從，石萬嗔毒死了姜鐵山，慕容景岳和薛鵲即拜石萬嗔為師。慕容景岳又毒死姜小鐵，並與薛鵲結為夫婦。進而，石萬嗔、慕容景岳和薛鵲一起來找程靈素爭奪《藥王神篇》。導致胡斐中毒，程靈素為胡斐吮毒而死。但程靈素留下的七星海棠煉製的蠟燭也毒死了慕容景岳和薛鵲，並毒瞎了石萬嗔的雙眼。

這一結局中有兩個問題。一是，他們為何要拜在石萬嗔門下？這個問題，答案相對簡單，那就是心智低等的人或動物難以教化，但卻服膺強力統治。石萬嗔的武功毒力比他們強，他們不能不折服。另一個問題是，薛鵲為何與殺子仇人結為夫婦？回答仍然是，她的心智水準極低，對慕容景岳的欲望一旦成為首選，殺夫與殺子之仇就會退居其次。更何況，對慕容景岳的愛慕，是她的初心，亦即是她人生的第一個強烈欲望。

用欲望這個詞，而不談感情，則是因為，在與動物類似的人的心裡，欲望清晰可感，而情感則模糊不清。人類常常以擬人手法比喻動物母子之愛，殊不知薛鵲之類人物的母子關係，才是動物感性的真相。

由薛鵲故事可以看出，所謂「天龍八部氣」，是由於處於動物心智水準的人類所造成。簡單說，就是只知道自己的欲望和感受，而不懂得他人的情感心思。薛鵲從生到死，心智都沒有發育成熟，沒有成為文明社會中人。

《倚天屠龍記》

一、《倚天屠龍記》：生命意識與社會理想

如何理解《倚天屠龍記》這部作品？具體說，如何理解這部作品的思想主題？

大家很可能想到小說中的那段傳言：「武林至尊，寶刀屠龍，號令天下，莫敢不從。倚天不出，誰與爭鋒？」這部書的書名，就與此有關。小說的故事情節，也始終圍繞尋找並爭奪屠龍刀這一線索展開。只不過，武林人尋找謝遜、爭奪屠龍刀，只是為了「號令天下，莫敢不從」八個字。不知道屠龍刀的真正秘密而盲目追求，或者說，知其然而不知其所以然，是這部小說主題思想的基礎層面。

後來我們知道，屠龍刀和倚天劍是由郭靖、黃蓉鑄造，他們把《武穆遺書》藏在屠龍刀裡，把《九陰真經》藏在倚天劍裡，是希望得到寶刀和兵書的人能夠率領漢族人民大眾推翻異族統治，建立民族國家，這是「號令天下，莫敢不從」。如果驅除異族的領袖對自己的人民實施殘暴統治，就希望得到寶劍和武功秘笈的人能夠刺殺暴君，這是「倚天不出，誰與爭鋒」。也就是說，屠龍刀和倚天劍的傳言，寄託著前輩俠士郭靖夫婦的政治理想，希望理想的傳承人出現。這是小說主體思想的核心層面，也是這部書作為「射鵰三部曲」最後一部的依據。

小說的張無忌是那個政治理想的傳承人嗎？可以說是，卻又不盡然。說是，是因為張無忌當了明教教主，得到了屠龍刀和《武穆遺書》，也是漢人大眾反抗聯盟的最高領導人。說不盡然，則是因為張無忌並沒有把反抗元朝暴政的大業進行到底，而是把《武穆遺書》贈給了徐達，也是由朱元璋、徐達等人最終完成反元大業，建立明王朝。

這不難理解，張無忌畢竟是虛構人物，武俠人物不能改寫歷史。問題是，張無忌中途退休，愛上蒙古郡主趙敏，此事應如何解釋？

要把這事說清楚，必須瞭解和理解張無忌是怎樣的一個人。而要瞭解張無忌，則要從他的成長經歷入手，也正是理解《倚天屠龍記》主題思想的有效路徑。

張無忌的童年，要比郭靖、楊過幸福得多，不僅有完整的父愛和母愛，義父謝遜對他關愛更多也更深。然而也正因為謝遜，張無忌回歸大陸後，人生慘不堪言：父母雙雙離世，自己又中了玄冥毒掌，從童年到少年，每天都掙扎在死亡線上，連蝶谷醫仙胡青牛也無法將他治癒。

此事是影響張無忌個性和人生理想的一大關鍵：由於每天都與死亡為伴，讓小小年紀的張無忌對莊子的死亡思索有了超乎年齡的強烈共鳴。雖不貪生怕死，卻由此對生命有深刻理解，並加倍珍惜。他不僅珍惜自己的生命，而是珍惜所有人的生命。證據是，他自修醫術，治病救人。

武俠小說中人，誰都想練好武藝，也就是傷人和殺人的技藝；張無忌卻是反其道而行，苦苦修煉醫術，也就是治病救人的技藝。這就是張無忌與一般武俠小說的主人公截然不同之處。

張無忌學醫，開始是為了救治常遇春，後來推廣到為所有的傷者、病者、中毒者服務。更重要的是，醫者仁心，成了張無忌特有的精神氣質。他不僅用醫術救人，而且還用生命救人，證據是，在護送楊不悔去崑崙山的路上，薛公遠、簡捷等人要殺楊不悔吃，張無忌讓他們吃了自己、放了楊不悔。進一步的證據是，當滅絕師太大肆殺戮明教大眾時，張無忌再次挺身而出，願意承受滅絕師太三掌，以換取明教徒眾的生存，體現了生命意識的價值。

張無忌成長過程中的另一大難題，是父親張翠山屬於武當派，母親殷素素屬於天鷹教，而武當派和天鷹教卻勢不兩立。師爺張三豐雖然胸襟開闊，見識不凡，但仍然叮囑張無忌不要與邪魔外道為伍，更不要加入明教。但結果，張無忌不但加入了明教，且當上了明教的教主。

張無忌是不是違背了張三豐的指示？是不是加入了母親的黨派，而背叛了父親的黨派？不能這麼說。張無忌是無意中捲入六大名門正派圍剿明教光明頂之戰，他的動機，只是為了救人。而他的目的，也只是想排解糾紛、彌合矛盾、平息衝突。證據是，他在救助了明教之後，立即投入了救助六大門派的行動中。張無忌之所以接受明教教主之位，是為了不讓明教分崩離析；而他當上明教教主之後，即改變明教的方針政策，即不再與六大派為敵，進而要團結所有漢人，大家一起反抗蒙古人暴政。這是張無忌的社會理想。

張無忌為何要中途退休？原因包括，其一，他看到漢人反抗蒙古暴政的大勢已成，不可逆轉，他可以交棒退休了。其二，朱元璋的陰謀固然讓他失望灰心，也讓他看到了自己政治才幹的局限，不僅不如朱元璋，也不如周芷若、趙敏，因而不足以繼續擔當大任。其三，更重要的是，他的人生理想並不是成為政治領袖，寧可去做治病救人的開業醫生。擔任明教教主，是形勢所迫，不得不臨時救急，那是勉為其難；隨著明教事業的順利開展，他自然要卸任交班。

張無忌為何要追求蒙古郡主趙敏？原因其實很簡單，那是因為趙敏愛他，而他也愛趙敏。之所以成為問題，是因趙敏是蒙古郡主，而明教正在反抗蒙古暴政。

心智不夠發達的人，因為頭腦簡單，常常會對一些社會群體形成刻板印象，並且由刻板印象形成立場偏見。例如，基於正邪之分，就認為邪派中的一切人都是壞人；基於民族之分，就認為與之對立的民族中一切人都不可交往、更不可戀愛結婚。

張三豐曾說過，不可拘泥於正派、邪派的概念，正派中人，只要作惡，就是邪徒；邪派中人，只要仗義，那就是好人。以此類推，漢人中有可惡之人，蒙古人裡也有可愛之人。如果打破刻板印象和立場偏見，就不難理解，張無忌領導漢人反抗蒙古人的統治，是公事；而他與蒙古郡主戀愛，是個人私生活。趙敏此前曾欺侮過漢人武林，罪孽不小；

但為了張無忌，她放棄了郡主身分，放棄了與漢人為敵的立場，從此不再作惡，這樣的趙敏，怎不能成為張無忌的戀人？

與趙敏戀愛，不僅符合張無忌化干戈為玉帛的生命意識及人文精神，實際上也是他天下人和平共處的社會理想的重要組成部分。只有充分理解張無忌對趙敏的愛，才能夠充分理解張無忌的人文精神和社會理想。這種人文精神和社會理想，具有明顯的現代性。

在世紀新修版中，作者讓張無忌答應周芷若，不和趙敏拜堂成親，只是照樣過夫妻生活、照樣生娃娃。這一改動，不僅委屈了趙敏，矮化了張無忌，而且也模糊了張無忌的人文理想，在我看來，是狗尾續貂。

二、張無忌的功夫與個性

作者在《倚天屠龍記》後記中說，張無忌「或許，和我們普通人更加相似些。」意思是說，張無忌性格平庸，做事拖泥帶水，缺乏自己主見，非常容易受別人影響，容易受環境支配。

作者的話當然有道理，不能不信，卻也不能全信。張無忌實際上還有超出普通人的一面，例如，少年張無忌就堅持不說謊話，寧死不透露謝遜消息；例如他主動學醫救人；進而，萬里迢迢護送楊不悔去找父親；寧挨滅絕師太三掌而救助明教大眾，排解六大門派和明教之間的矛盾衝突；決不當皇帝，要和趙敏在一起……等等，都是平庸的我們望塵莫及的英雄壯舉。

好在金庸先生有一項特殊才能，那就是通過武功刻畫主人公的個性。陳家洛的百花錯拳，郭靖的降龍十八掌，楊過的黯然銷魂掌等等，都是這些主人公的個性提示。以此類推，張無忌的功夫也應該表現張無忌的個性。且讓我們按照這個路徑來討論，看看能找出怎樣的線索或答案。

有關張無忌的功夫和個性，我們需要討論以下幾個問題。一是，張無忌最拿手的功夫是什麼？二是，九陽神功和乾坤大挪移表現了什麼？三是，太極拳、太極劍又說明什麼？

先說第一個問題：張無忌最拿手的功夫是什麼？

答案可能很多，有人會說九陽神功，有人會說乾坤大挪移，有人會說太極拳和太極劍，這些當然都不算錯，但卻不是最好的答案。最好的答案是：張無忌最拿手的功夫，其實不是武功，而是醫術。

這樣說的證據是，第一，他在這門功夫上所花的時間最長，前後數年之久。第二，他學習這門功夫時，有當代第一名醫即蝶谷醫仙胡青牛指點，明師出高徒，胡青牛死後，張無忌的醫術就不做第二人想。第三，張無忌醫術高明到什麼程度，有很多成功案例可說，峨嵋派的紀曉芙、崑崙派的何太沖夫婦等人，都可以證明這一點。假如我們要問張無忌的人生理想是什麼，他多半會說，最想做一個懸壺濟世的大夫，治病救人，與世無爭。

我們要討論的是，通過這門功夫，如何瞭解主人公張無忌的個性？

首先，我們看到，在學醫過程中，張無忌表現了極高的天賦與靈氣。在進入蝴蝶谷的第一天，張無忌就通過翻閱醫書而入門；幾天之後，他就給常遇春看病配藥，雖然藥下得有些猛，在胡青牛看來，還會影響常遇春的壽命，但畢竟才學幾天呀。進而，張無忌沒學多久，就能對蝶谷醫仙胡青牛提出問題，甚至與胡青牛展開討論，其中固然有作者誇張的成分，也有胡青牛寂寞的因素，但能與當世第一名醫討論問題，不能不說張無忌這小子有靈氣、有天賦，有超強的自學能力。

其次，更重要的是，張無忌學醫的動機，並不是為了打發時間，而是有一個強烈誓願，那就是用自己的醫術將常遇春的壽命搶回來。也就是說，張無忌天生就有醫者仁心，這是成為好醫生的首要稟賦。也許是張無忌有仁愛心，天生就適合學醫；也許是在學醫的過程中，培育了仁愛心，或讓仁愛心更加強烈也更加自覺。總之，張無忌個性的最大特點，就是他超群的仁愛心。他對救人的興趣，遠遠超過了練武殺人或傷人的興趣。只有《天龍八部》中的段譽和虛竹，才能與張無忌的靈性和仁愛相比。現實世界中的普通人，如何能望其項背？

接下來的問題是，九陽神功和乾坤大挪移表現了什麼？

如果沒有醫術，張無忌就沒有辦法救助那隻傷口化膿的猿猴，自然也就不可能獲得九陽真經，這說明了，救助他人就是救助自己。同樣，如果張無忌沒有救人之心，他就不會在滅絕師太殺戮明教銳金旗教眾時挺身而出，願意以身相代，他也就不會被說不得和尚帶到光明頂；如果他不到光明頂，當然也就沒有機會進入明教密道；如果不進入明教密道，當然就不可能學到乾坤大挪移神功。

這兩門功夫與張無忌個性的關係還不止於此。心細的讀者自會注意到，張無忌修煉這兩門功夫都是自學，無人教導或指點。這就進一步說明，張無忌天資聰穎，有極強的自學能力。張無忌因為中了玄冥掌，只有九陽神功才能清除陰寒之毒，張三豐帶他到少林寺求助，就為了這個。

實際上，九陽之說，或為古代傳說的日出處，或為道家的純陽，也是張無忌個性的重要表徵，即心地光明澄澈且溫暖和煦。乾坤大挪移是武功技擊的一種方式，略近似於《天龍八部》中慕容氏的「以彼之道，還施彼身」，這門功夫也是明教教主的身分象徵；張無忌正是在修煉了這門功夫之後，才有能力排解六大門派與明教的衝突糾紛，最後當上了明教教主。而這門功夫其實也與張無忌的心理願望的表徵：六大門派中的武當派是他的父系，明教中的天鷹教是他的母系，父系與母系勢不兩立，而他要做的事情就是乾坤大挪移，化解父系和母系的矛盾衝突。

最後一個問題是，太極拳、太極劍又說明什麼？

小說中張無忌學習太極拳、太極劍的過程極其精彩，出人意料，而且懸念叢生。其時張三豐已經受傷，俞岱岩癱瘓，武當山上沒有其他高手，為了對付生死存亡的危機，張三豐把新創未久的太極拳和太極劍教授給張無忌。張三豐在現場教，張無忌在現場學，並且現學現賣，立即拿這門功夫與西域少林高手過招。張無忌很快就領會了這門功夫的要點，不是要記住多少招式，而是領會太極精神，將招式全部忘卻，然後用以克敵制勝。這短故事，不僅再次表明張無忌的學習能力和過人靈性，而且表明這套功夫與他的個性十分對路，好像專門為他創制。

為什麼說太極拳、太極劍與張無忌的個性十分對路？所謂太極，是指天地未開、混沌未分陰陽之前的狀態，這也正是張無忌的心智及個性狀態。太極混沌，看似稚嫩簡單，卻能包蘊萬物，化生萬物，即太極生兩儀、兩儀生四象、四象生八卦、八卦衍萬物。所謂太極圓轉，如長江大河滔滔不絕，也正是張無忌心智的勢能。這位好好先生看似糊裡糊塗，實際上融匯陰陽，具有極大的創生力量。

實際上，這部《倚天屠龍記》中，主人公張無忌的成長經歷及其故事情節，可以說是「通往太極之路」。張無忌出生在冰火島，掙扎於生與死之間，徘徊在父親黨派與母親黨派，即所謂正派與邪派的邊界線上，冥冥之中似乎有一種命運的力量要將他撕裂；而張無忌奮發圖存，其目標就是要縫合裂隙，超越矛盾對立，讓生命圓滿。

回歸武當山，學會太極拳、太極劍，張無忌的武功才算是大成，而張無忌本人才算是找到了目標，成了更好的自己。世人不知太極真相，卻說張無忌個性平庸，實際上是不識張無忌的真面目。

三、張無忌如何成為一代名醫？

張無忌命途坎坷，只因不懂得「惡徒謝遜已死」一說的奧妙，更不習慣說謊，導致父母雙亡，自己也中了玄冥神掌，連張三豐也束手無策。漢水船上，張三豐救了明教弟子常遇春，常遇春毛遂自薦，帶張無忌去找蝶谷醫仙求醫。名醫胡青牛並沒有治癒張無忌，而張無忌卻出人意料地學了醫術，成了一代名醫。

張無忌學醫的動機、過程和意義，值得專題討論。

關於張無忌學醫經歷，要分幾個話題。一是，張無忌學醫的初始動機。二是，張無忌學醫的的具體過程。三是，張無忌學醫的意義。

先說第一個話題，張無忌學醫的初始動機。

常遇春帶張無忌到蝴蝶谷求醫，無奈名醫胡青牛有一個規矩：非明教子弟不救。常遇春說張無忌是武當張翠山之子，胡青牛斷然拒絕；常遇春說他媽媽是天鷹教的殷素素，胡青牛才另當別論，條件是：醫好後必須加入明教。沒想到，張無忌寧可不治，拒絕入教。常遇春無奈，提出以一命換一命，求胡青牛治療張無忌，他自己則放棄就醫。胡青牛的決定是：既不治張無忌，也不治常遇春。

當胡青牛發現張無忌好像是中了玄冥神掌，這是他從未見過的傷情，他立即改變主意，嘗試為張無忌醫治。他還想出了自圓其說的理由：「我先將他治好，然後將他弄死。」這樣，既滿足了他的好奇心，又不違背非明教子弟不治的誓言。於是，他開始為張無忌治療，對門外的常遇春則只供飲食，不顧傷情。

常遇春寧可自己不治，為張無忌贏得就醫機會，張無忌無法心安，要設法醫治常遇春，這就產生了學醫救人的初始動機。於是主動和胡青牛談論醫學問題。胡青牛明知張無忌對醫學一無所知，但忍不住與他對談，並將他的著作《帶脈論》給張無忌看。張無忌提出新問題，胡青牛又讓他看的另一部著作《子午針灸經》。張無忌就「截心掌」的有關問題向胡青牛請教，胡青牛說了幾句，很快就意識到這與常遇春的傷情有關，遂閉口不言。張無忌只得從《黃帝內經》、《華佗內昭圖》、《王叔和脈經》、《孫思邈千金方》等醫書中尋找治療方法。

張無忌聽胡青牛說，若不在七天之內治療，常遇春就可能武功全失。所以，在學醫的第七天，張無忌嘗試醫治常遇春。一個聰明大膽，一個體魄健壯，竟治好了常遇春的傷。

學醫七天就能治病救人，當然只能發生在傳奇故事中。書中所寫，卻也並非毫無道理。其一，張無忌學過武當派內功，瞭解若干人體知識；因受傷兩年，又有傷病的切身體驗。其二，胡青牛人生寂寞，習醫成癡，有人與他談論醫學問題，自然歡喜到滔滔不絕。其三，更重要的是，張無忌聰明過人，自學能力、交流能力、領悟能力俱佳。其四，整個治療過程，都是在胡青牛的監督之下。

再說第二個話題，張無忌醫學訓練的過程。

首先，治好了常遇春。張無忌算是完成了任務，沒有必要繼續學醫。只因胡青牛說，按照常遇春的體魄，至少能活到八十歲，因張無忌用藥有誤、針灸手法不對，以後每逢陰雨都會周身疼痛，只能活到四十歲。常遇春不以為慮：「大丈夫濟世報國，若能建功立業，便三十歲亦已足夠，何必四十？」但張無忌卻於心不安，暗暗立志，要學好醫術，讓常遇春延年益壽，這是他繼續學醫的充分理由。

於是，張無忌開始了正規的學習。首先是孜孜不倦地閱讀醫書，遇到疑難問題，隨時向胡青牛請教。胡青牛發現張無忌散入三焦的寒毒無法清除，即便以精深醫術為他調治，也只能延長數年生命而已，於是他徹底改變了對張無忌的態度。開始對張無忌悉心指點，張無忌有時提出一些奇問怪想，也能啟發胡青牛的醫學靈思。

胡青牛不禁感嘆：「以你的聰明才智，又得遇我這個百世難逢的名師，不到二十歲，該當便能和華佗、扁鵲比肩。」可見，張無忌學醫有驚人的天賦。

進而，張無忌學了兩年醫學基礎理論後，又獲得了臨床實習的良機。因胡青牛見死不救，導致銀葉先生不治而逝，金花婆婆怨恨難消，來找胡青牛報仇。先將紀曉芙等十五個名門正派弟子弄成各種離奇傷病，要看胡青牛是否當真是非明教子弟不治。胡青牛果然如此，給了張無忌臨床實習的機會。張無忌本來也不會出手，只因受傷者中有他認識的紀曉芙，遂毫不猶豫地為她診治。其他人眼見胡青牛生病，也就紛紛懇求張無忌為他們醫治。好在，胡青牛雖然見死不救，但張無忌向他請教疑難問題，他倒也知無不言。原因是，張無忌所說的每個病症，都是「假設有個明教弟子」，在胡青牛的指導下，張無忌大顯身手。

進而，這十五個人的病情出現反覆，使得張無忌的臨床實踐得到更為複雜精微的訓練。原因是，胡青牛的妻子，即「毒仙」王難姑，不斷給這些病人下毒，而且每個人的中毒症狀都不相同。王難姑所以如此，一方面，是要與丈夫比賽，看看到底是毒仙強，還是醫仙強；另一方面，則是知道金花婆婆很快會來，不願讓她看到非明教弟子在蝴蝶谷被醫治痊癒。這樣一來，張無忌的臨床實習期就不斷延長，而他的醫術，也得到了更好的錘煉。

再說第三個話題，講述張無忌學醫有什麼意義？

作者用三回篇幅，講述主人公張無忌在蝴蝶谷的生活經歷，目的是向胡青牛來此求醫，實際上是讓張無忌學醫。這有什麼意義？要分層回答。

其一，張無忌學醫經歷，從理論到臨床，課程設置由簡入繁，層層深入；胡青牛授業，不僅教醫術、更教醫學理論，加上學生問難、老師作答，討論互動，揭示了專業學習之道。更重要的是，學習過程與傳奇情節相結合，精彩誘人。

其二，作者如此設計，是故事情節的需要。讓張無忌學醫，不僅是要拯救常遇春，也不僅是要幫助紀曉芙療傷，更重要的目的是在其後。例如，紀曉芙托張無忌把年僅九歲的楊不悔送到崑崙山坐忘峰，一路上，張無忌靠醫術為自己和楊不悔解脫厄難，繼而考醫術讓崑崙派弟子詹春做他們的嚮導。

作者安排張無忌學醫，還有更長遠的目標。例如，讓他為猿猴做手術，獲取九陽真經，治癒玄冥神掌之傷。又如，他以高超醫術為明教銳金旗、韋一笑、楊逍、殷天正、俞岱岩、殷梨亭等人治病療傷。

其三，作者如此設計，是要借張無忌學醫、行醫的經歷，描寫人物個性，揭露人性的秘密。不僅要刻畫常遇春俠義心腸，交代胡青牛見死不救的原因；更重要的是，揭露華山派弟子薛公遠、崆峒派弟子簡捷、崑崙派掌門人何太沖等人如何恩將仇報。要揭示正派與邪派之分，不能只看標籤，而要看具體的人。

其四，更重要的，是要刻畫主人公張無忌醫者仁心的形象：張無忌學醫動機，出自他的俠義仁心；學醫過程，表現了他的心智天賦及其成長過程；學醫經歷及其結果，塑造了張無忌精神氣質的核心。張無忌雖沒有成為職業醫生，但他有醫者仁心，不僅醫治人類疾病，還醫治人類認知偏見。

四、張無忌的情感歷程

人們對張無忌的個性缺乏深入瞭解，有諸多誤讀。我聽到過最離譜、最令人震驚的說法，是說張無忌是個「渣男」。意思是說，他見一個愛一個，沒有選擇，沒有主見，沒有標準，甚至沒有原則。果真是這樣嗎？我不認為是這樣。說張無忌是「渣男」的人，很可能像書中的殷離那樣，不識張郎是張郎。

現在我們就說張無忌的情感歷程。分為三個問題，一是初戀時不懂愛情；二是四女同舟的奇妙心思；三是張無忌的最愛究竟是誰？

先說第一個問題：初戀時不懂愛情。

這是說張無忌邂逅朱九真的一段經歷。其時，張無忌還是個少年，青春期剛剛開始，突然見到朱九真這樣一個美麗小姑娘，情不自禁地神魂顛倒，眼裡是她，耳裡是她，心裡是她，夢裡還是她；遠遠望著她，就會心跳不已；她和自己說一句話，就更會興奮很長時間；受她關切照顧，更是感激涕零。一日不見如隔三秋，三日不見好像是半輩子，發現對方另有所愛，當然就如墮地獄，痛苦不堪。

這就是張無忌與朱九真相見和相處時的情形，結果卻出人意料，朱九真對張無忌的好感，實際上出自其父親朱長齡的刻意安排，也就是要朱九真籠絡張無忌，獲得金毛獅王謝遜的消息。張無忌知道後，如冰水澆頭，對朱九真的情感也化為烏有。

張無忌對朱九真的那種感受，主人公張無忌以為是愛情，讀者也以為是愛情。可以作一個輔助性提問：假如張無忌沒有發現朱長齡、朱九真父女的陰謀，他對朱九真的感情是否還會繼續？答案是：可能會，也可能不會。如果是繼續保持感情，那就有可能是真正的愛情；如果不能保持感情，而是隨著時空轉化而逐漸淡化消失，那麼，這種感受就不能被稱作是感情。

在實際生活中，很多人都有類似的經歷，在少年時，對某個異性產生了強烈的迷戀，輾轉反側、寤寐思服，自以為是愛情，但這種感受往往不能長久，一旦時過境遷，這種感受隨即淡化消失。回想起來，自己都會覺得莫名其妙。這種情形其實不難理解，那不過是青春期男女的正常生理和心理反應，青春期的特點是身體發育，尤其是性器官開始發育，性意識也隨之產生。張無忌對朱九真的那種感受，不過是性意識產生的現象和證明，與真正的愛情無關。朱九真不過是張無忌性意識產生和投射的結果，若沒有朱九真，很可能會有牛九真、楊九真、馬九真。

接下來的問題是：張無忌與四女同舟時的奇妙心理。

所謂奇妙心理，是張無忌曾夢想過同時娶了趙敏、周芷若、小昭和殷離四位姑娘。這一情節，被一些讀者當作張無忌貪心或「濫愛」的證據。

我們要面對的問題是，如何解釋張無忌的這個夢呢？首先，這是普遍人性本能，或者說是普遍的男性本能導致的普遍心理。如果我們瞭解人類性關係史，知道在遠古時代，男女性關係並不是一夫一妻制，而是自由亂交。後來才產生了性禁忌，禁止兄弟姐妹之間的性關係，直至禁止同一家族部落內的青年男女性關係。但這種禁忌，並不包括一個人對多位非禁忌範圍的異性的性關係。

按照榮格心理學說，每個人的心中不僅有意識層次，有個體無意識層次，還有集體無意識層次。對多位異性的性興趣或性關係想像，正是人類的集體無意識。其次，在張無忌的時代，一個男子有數位妻妾，是一種正常的社會現象，那時候的婚姻制度並不是一夫一妻制，而是容許一夫多妻。所以張無忌有這樣的夢想並不稀奇。實際上，張無忌在做夢之後感到慚愧，那才有點稀奇，這種慚愧心理，有可能是作者強加給他的，當然也可能是張無忌自己產生的。

再次，關鍵是，四女同舟時張無忌夢想娶了四位少女，畢竟只是一個夢想而已，即使這種夢想資訊飄過意識層面，也沒有形成張無忌的明確意志，更沒有成為他的人生理想，而他也沒有為此產生任何行動。要判斷一個人的情感事實，不僅要看這個人的無意識欲望心理，更要看這個人的意識、意志和行為。張無忌只是想了想，很快就打消了這個念頭。

在這裡，我們要認真分析張無忌的情感歷程，分析他與這四個姑娘相處時的情形，分析他對這四個姑娘的感情。成年以後，張無忌首先與蛛兒邂逅，由於張無忌摔斷了腿，受到蛛兒的照顧，張無忌心存感激；進而，知道這個蛛兒是自己的表妹，張無忌又產生了親近之心；進而，當蛛兒被人追殺、被人嘲笑之際，張無忌表示要娶蛛兒為妻。張無忌對蛛兒有情，但只是感激之情、親人之情，而不是男女之情；即便是答應娶她為妻，也只是夫妻關係而已，與愛情無關。

張無忌與小昭的關係，其實也是如此。小昭從小離開母親，到光明頂當臥底，作為女僕，受到楊逍、楊不悔父女的懷疑和欺凌，面對張無忌的友善和關愛，情不自禁地把張無忌當作了依戀對象。小昭對張無忌的依戀和溫情，當然也感動了張無忌，投桃報李，對小昭更加關愛。但這種關愛也只是關愛而已，與愛情其實還有明顯的一段距離。因為作者喜歡小昭的溫柔，就讓張無忌也處於情感恍惚中。最新修訂版中，作者對這方面的改動更為明顯，實際上超出了張無忌的情感邊界。

真正讓張無忌心動的，其實只有兩個姑娘，即周芷若和趙敏。

在周芷若、趙敏這兩個姑娘當中，張無忌的最愛究竟是誰？這是我們要討論的第三個問題，也是有關張無忌情感的關鍵問題。

看起來，張無忌更愛周芷若，因為周姑娘美貌如花，性格溫柔，且是張無忌的舊識。自從再見周芷若後，張無忌就對周芷若產生了明顯的牽掛，對此，敏感的蛛兒很快就發現了這一點。而對趙敏，張無忌開始時並無非分之想，直到人人都發現趙敏愛上了張無忌，張無忌才為之心動。也就是說，張無忌與周芷若的關係，是張無忌主動；與趙敏的關係，是趙敏主動、張無忌被動。由此可以得出張無忌愛周芷若，或張無忌更愛周芷若的結論。

問題是，在與兩位姑娘的相處過程中，情況發生了重大變化。在張無忌與周芷若、趙敏的關係上，兩次發生「乾坤大挪移」：第一次是張無忌以為趙敏欺騙了他，決心要趙敏報仇，並與周芷若訂婚。第二次是相反，發現騙人的並非趙敏，而是周芷若，到最後，張無忌才明白了自己的心思。當周芷若問他：「倘若我們四個姑娘，這會兒都好好活在世上，都在你身邊，你心中真正愛的是哪一個？」張無忌猶豫了一段時間後，給出了明確答案：「……芷若，我不能瞞你，要是我這一生再不能見到趙姑娘，我是寧可死了的好。這樣的心意，我以前對旁人從未有過。」答案很清楚，很明白，沒有絲毫的含糊。

之所以仍有人要繼續糾纏「張無忌最愛哪一個」這個問題，是由於作者在書的後記中說張無忌「似乎他對趙敏愛得最深，最後對周芷若也這般說了，但在他內心深處，到底愛哪一個姑娘更加多些，恐怕他自己也不知道。」這話看似有理，實際上是作者固執己見。這樣說，很可能與他認為張無忌「與我們普通人更相似些」這一刻板印象有關，從而以作者的權力剝奪了張無忌的自由意志。

五、紅梅山莊與「驚天一筆」

紅梅山莊是崑崙山深處的一處人家，主人朱長齡，是朱子柳的後人，因祖傳一陽指絕技，得外號「驚天一筆」。張無忌歷盡千辛萬苦，將楊不悔送交其父楊逍，謝絕楊逍的報答，獨自在崑崙山中旅行，為救一隻被獵狗追逐的小猴子，結果被獵狗咬傷，流血昏迷，醒來時已身在紅梅山莊。

在這裡，張無忌遇到朱子柳的後人朱長齡、朱九真，及武三通的後人武烈、武青嬰，讀者會想起《射鵰英雄傳》和《神鵰俠侶》中前輩，自有親切感。更重要的是，在這裡，張無忌愛上朱九真，中了朱長齡的圈套，得到了寶貴的人生教訓。紅梅山莊可以說是張無忌成長的驛站，是朱長齡，也是作者的「驚天一筆」，值得專題討論。

關於張無忌的這段經歷，可分為幾個話題說。一是，張無忌情竇初開。二是，朱長齡驚天一筆。三是，這段故事的真正目的。

先說第一個話題，張無忌情竇初開。

在紅梅山莊醒來，僕人告訴張無忌，是小姐救了他。僕人說，他能動了，應該去向小姐磕頭感恩。當張無忌走入「靈獒營」，發現救他的人，正是唆使獵狗咬他的人，感恩之言無法出口。小姐微笑而後招手，當他與朱九真小姐正面相對，見小姐容顏嬌媚，又白又膩，立即心跳加快，耳中嗡嗡作響，背上發冷，手足忍不住輕輕顫抖，進而不敢抬頭，臉上全無血色，轉而又脹得通紅。張無忌有生以來第一次感受到美貌女子驚心動魄的魔力，情竇初開。

對朱九真的迷戀，是張無忌進入青春期的重要指標。見朱九真之前，有一個重要細節，即張無忌把丫環小鳳當作小姐，磕頭謝恩，引得僕役們哄笑。這一細節是一個重要鋪墊，丫環如此富麗，小姐自然尤其高貴；張無忌自慚形穢，朱九真就更加高不可攀。在這種心情下，見到朱九真，不能不受到強烈衝擊。從此，眼裡只有朱九真，心裡全是朱九真，夢裡還是朱九真。一日不見，如隔三秋；幾天沒見，就惶惶不可終日。

少年情竇初開時，任何一個進入眼簾的異性，都可能成為其迷戀的對象。重要的不是對象，而是迷戀本身，對象只是心靈的幻影。武俠小說中出現這樣的情節，表明作者對人性和情感的書寫確實不同凡響。

張無忌迷戀朱九真，除了情竇初開的常規原因外，還有一個重要原因，那就是對家庭生活的本能渴望。在南極冰火島上，他住的是山洞；回到故鄉後，很快就父母雙亡，先在武當山，後在蝴蝶谷，都不是正常的家庭生活。身處富麗堂皇的紅梅山莊，處處感受到家的氛圍，激發了對家庭生活的無意識嚮往。

再說第二個話題，朱長齡「驚天一筆」。

當朱九真、武青嬰、衛璧三個成年人，打得少年張無忌吐血，衛璧仍要下殺手時，朱長齡突然出現，擋住了衛璧的殺手。繼而扇了朱九真一耳光，還喝斥女兒不許哭；繼而義正嚴辭地說「我朱家世代相傳，以俠義自命……三個大人圍攻一個小孩，還想傷他性命，你說羞也不羞，羞也不羞？」最後，竟動手將朱九真精心培養的幾十條獵犬全都打死。朱長齡的驚人之舉，深深震撼了張無忌。

進而，朱長齡讓朱九真親自服侍張無忌，讓張無忌飄飄欲仙。朱長齡還暗示，如果張無忌願意，可以收他為徒。進而，朱長齡還說，武當派張翠山是他的恩公，並將張無忌帶到張翠山的畫像前。進而，朱長齡說恩公張翠山的義兄金毛獅王謝遜被人追殺，逃到了紅梅山莊，為了保護張翠山的義兄，朱長齡不惜把整個紅梅山莊燒毀。緊接著，朱長齡又帶著張無忌進入地道，拜見金毛獅王。張無忌發現金毛獅王不是真正的金毛獅王，不得不提醒朱長齡。見朱長齡被假扮的金毛獅王打傷吐血，仍猶豫未決，不敢得罪，張無忌不得不把自己的身分和經歷和盤托出，告訴朱長齡，金毛獅王眼睛瞎了、頭髮金黃，眼下還在冰火島。

朱長齡的外號是「驚天一筆」，那是形容他的武功。這裡所說的驚天一筆，則是指他的奇謀秘計。他早已聽說張翠山的兒子名叫張無忌，待見到張無忌以武當長拳對抗衛璧時，對他的真實身分就更加肯定了。他也知道張無忌寧死不肯說出金毛獅王的下落，所以不惜打死獵犬、編造恩公張翠山故事、火燒山莊、讓人假扮金毛獅王，讓張無忌主動說出金毛獅王的下落，並主動提出要帶他們去見其義父謝遜。朱長齡如此做，目的十分明確，是要抓住金毛獅王，奪得屠龍刀，從而「號令天下，莫敢不從」。說白了，就是權欲薰心，想當武林盟主。

張無忌本來就年輕識淺，又被朱九真迷得暈暈乎乎，根本就不會思索，落入朱長齡精心設計的陷阱而毫不知情。若不是朱九真急於要和心上人約會，若不是張無忌跟蹤朱九真，張無忌和謝遜的命運必將徹底改寫。好在，謝遜教過張無忌自解穴道的秘法，讓張無忌解開被朱九真點中的穴道，跟蹤朱九真，偷聽到朱長齡、武烈等人的陰謀，及時醒悟。想起母親的臨終遺言，愧疚悔恨之下，毫不猶豫地奔向懸崖，但求一死。

再說第三個話題，這段故事的真正目的。

張無忌逃向懸崖，朱長齡追趕而至，抓住了張無忌，結果是兩人同時跌落到懸崖下的一個平臺上。奇謀秘計一場空，讓朱長齡惱羞成怒，將張無忌逼入一個岩洞中。張無忌爬到岩洞的另一頭，竟是別有洞天，這裡花香四溢、鮮果懸枝，鳴禽歌唱，風景如畫，有如洞天福地。更重要的是，在這個人跡罕至的翠谷中，那一隻腹有經書的老猿猴在此煎熬了七八十年，在等待這個有緣人。

作者寫作紅梅山莊的這段故事，真正目的，就是要讓張無忌來到此地獲取九陽真經，讓玄冥神掌之傷徹底痊癒。也就是說，紅梅山莊這段經歷，竟是不折不扣的過場戲。

金庸小說的精彩，就在於出人意料地抵達目標，但真正精彩的卻是抵達目標的過程。遭遇紅梅莊主朱長齡的「驚天一筆」，迷戀美女並昏昏然落入陷阱，都是張無忌必修的人生課目，也是張無忌必須經歷的成長過程。

這段故事還沒完。張無忌練成九陽真經，經歷了五年時間，從少年長成了青年。內功增強了，個子長高了，但張無忌還是那個張無忌。朱長齡欺騙他、逼迫他，他非但不計前嫌，而且以德報怨，在漫長的五年中，供應朱長齡鮮果從未中斷，讓他在岩洞的另一頭活了下來。當張無忌練成九陽真經，以縮骨功來到岩洞的這一頭，朱長齡依然如故，為自己沒有張無忌那麼好運而憤憤不平。於是再次設計，讓張無忌跌落懸崖，摔斷雙腿。張無忌又經歷一場大考，仍是不及格。

朱長齡這麼做，不是特意要恩將仇報，而是想找「山洞」裡的九陽真經，繼續其「無敵於天下」的美夢。他毫不猶豫地再次爬進岩洞，拼命縮骨前行。結果是，驚天一筆朱長齡從此嵌在岩洞中，進也進不得，退也退不出。

六、張無忌的成名之戰

張無忌的成名之戰，當然是指等六大派圍攻明教光明頂，明教中楊逍、五散人乃至白眉鷹王殷天正盡數負傷時，張無忌挺身而出，先後與崆峒、少林、華山、崑崙、峨嵋、武當派高手交手，一戰成名。

此戰的最大困難是，要與對手作戰，卻不能傷害對手，更不能激怒對手，只能讓對手遵守規則，知難而退。以張無忌的身分、武功、見識和能力，要做到這一點幾乎是不可能的任務。讓主人公去完成不可能完成的任務，是對作者想像能力和寫作能力的一大挑戰。我們看到，作者精心設計、合理安排，讓張無忌完成了任務，且還合情合理，值得一說。

關於這場成名之戰，要談三個問題。一是，張無忌參戰動機、時機和準備。二是，六場戰鬥的安排及其合理性。三是，此戰的精彩與奧妙。

先說第一個話題，即張無忌參戰的動機、時機和準備。

張無忌個性溫和謙遜，要當著成千上萬的人挑戰六大派武林高手，幾乎是不可能的事。更何況，他要挑戰的對象還是武林正派，其中包括武當派。張無忌如果出手，必須有十分強烈的動機。書中給出了動機。張無忌來到時，適逢殷天正與武當派張松溪比拼，很快他就知道，與張四叔作戰的人是自己的親外公。一邊與父親有關，一邊與母親有關，張無忌當然不會出手。但當殷天正精疲力竭，崆峒派的唐文亮乘火打劫時，張無忌就想出手了，因為他不能看著自己的外公殷天正遭人侮辱。殷天正重傷唐文亮後，真的無力繼續戰鬥了。

此時，少林空智大師下令誅滅所有魔教中人，而在場的明教教眾也都知道此時大數已盡，全都爬起身，齊聲念誦明教經文：「焚我殘軀，熊熊聖火，生亦何歡，死亦何苦？為善除惡，惟光明故。喜樂悲愁，皆歸塵土。憐我世人，憂患實多！憐我世人，憂患實多！」張無忌不忍千百人被屠殺，而他們英勇就義的場景，更讓他熱血賁張。更重要的是，經文顯示明教宗旨，是為善除惡，憂患世人，有大仁大勇的胸襟，既能讓俞蓮舟心動，當然也會讓張無忌心動。如此場景，大大增加了張無忌挺身救難的動力。這一時機，也是他選擇出手的重要因素。

此時的張無忌，不僅修練了九陽真經內功，又修練了明教乾坤大挪移技法，在武功方面已有足夠實力。更重要的是，他在光明頂上，聽了少林寺僧圓真，即成崑的供述，知道這一切與成崑有關，想到義父金毛獅王謝遜被成崑扭曲一生，張無忌要抓住成崑、調解糾紛的理由就更加充分了。

再說第二個話題，六場戰鬥的安排及其合理性。

第一場是對崆峒派高手宗維俠等人，張無忌先是以渾厚的內力逼退對方，後以七傷拳贏得勝利。第一戰的成敗，不僅影響現場局勢，更會影響張無忌的自信心。好在，金毛獅王早已將七傷拳的口訣傳授給張無忌，他以熟悉的拳法與人對敵，自然會充滿自信，而不會心虛。更重要的是，張無忌還是胡青牛的弟子，懂得內力不足的人練習七傷拳會傷害自身，所以，他不僅以言語提醒宗維俠，而且還在實戰中幫助對方療傷，這樣一來，對方會心服口服。

第二場是對付少林空性大師。中間還有一個小插曲，即張無忌要找圓真對質，圓音和尚說，圓真已死，問為什麼不找張翠山對質？這讓張無忌無明火起，將圓音抓了起來，顯示了極高的武功。空性因此出面挑戰。張無忌學過乾坤大挪移，對付空性的辦法是，先學空性擅長的龍爪手，每一招都是現學現賣，但卻能後發先至。空性敗後要自廢手指，張無忌及時制止，少林高僧對他敬佩且感激。

第三場是對華山派掌門人鮮于通。張無忌知道他曾傷害過胡青牛兄妹的罪魁禍首，所以一邊作戰一邊揭露他的醜史。對付鮮于通的辦法仍然是以其人之道還治其人之身，將鮮于通的毒氣逼向鮮于通本人，鮮于通對自己使用的金蠶毒蠱極端恐懼，不得不當眾承認自己暗殺師兄白垣的罪行，鮮于通因此身敗名裂。

第四場分前後兩段，第一段是華山派高矮二老要維護本派聲譽，出面挑戰張無忌。高老心智有限，唯矮師兄馬首是瞻，每句話都鸚鵡學舌，如同相聲，逗樂觀眾，調節氣氛。第二段，是華山二老請崑崙派掌門人何太沖夫婦聯手，以兩儀劍法和反兩儀刀法圍攻張無忌。張無忌不懂太極兩儀之學，驚險重重，先利用魯莽的西華子阻礙對方，後得周芷若提示，才擺脫危機。何太沖夫婦偷襲張無忌，卻釘死了鮮于通，且被張無忌餵下兩顆「毒泥丸」，不敢與張無忌為敵。

第五場是對峨嵋派滅絕師太，這一戰最為凶險。張無忌尚未出手，寶劍就被對方削斷。好在他接受了楊逍和韋一笑的提示，搶攻輔以輕功，並奪峨嵋弟子的劍投向對方，讓滅絕師太精疲力竭，手中倚天劍落入張無忌手中。張無忌感激周芷若出言提醒，唯獨不奪她的劍，丁敏君出言譏諷，恰好張無忌將倚天劍交給周芷若，讓她還給她師父。滅絕師太突然下令，要周芷若刺殺張無忌，周芷若應命出手，將張無忌刺成重傷。這一意外結局，影響深遠，且意味深長。

第六場是對武當派宋青書。張無忌受傷，武當五俠不願乘火打劫，宋青書卻自告奮勇，一半是出於正義感，另一半是出於嫉妒心。看到周芷若關心張無忌，宋青書醋性發作，對張無忌施展重手，被乾坤大挪移，變成自取其辱。宋青書的個性和命運，在此埋下伏筆。殷梨亭要殺楊逍報仇，張無忌一聲「殷六叔」，終於暴露了他的身分，結果是，武當四俠為張無忌療傷，光明頂之戰到此結束。

再說第三個話題，此戰的精彩與奧妙。

張無忌完成了不可能完成的任務，獨自應戰了六大門派高手，終於讓六大門派與明教暫時休戰。此戰真正的精彩之處，其實還不在於張無忌的武功、醫學、毒學知識的綜合運用，而在於通過每一場戰鬥，刻畫出不同人物的不同個性。崆峒派三人，唐文亮恩怨分明，宗維俠謝恩，常敬之偷襲，人品各自不同。少林空性習武成癡，心性純淨。華山掌門鮮于通，心機幽暗，人品卑劣。崑崙派掌門何太沖虛榮自負，心胸狹窄；峨嵋派掌門滅絕師太性情剛烈，心狠手辣。武當五俠則俠義寬厚，正氣凜然。其他在場人物，如周芷若、丁敏君、宋青書以及明教方面的殷天正、楊逍、韋一笑等等，無不通過各自不同的言行舉止，顯露個性。

此戰的另一精彩之處，是讓張無忌負傷。張無忌並非傷在戰場上，而是傷在罷戰時，並非傷于敵手，而是傷於曾關心他的周芷若之手，這一情形，不僅讓張無忌的仁厚個性和周芷若的行為習慣得到充分展示，更重要的是，張無忌受傷本身是罷戰的重要條件。假如他沒有受傷，武當五俠勢必要出手，那會讓張無忌陷入真正的絕境。正因為他受傷而罷戰，才顯示出正派與邪派的真正區別。

此戰最重要的精彩奧妙，不是讓張無忌一戰成名，而是讓張無忌成了明教教主。從而整頓明教，並開創中原武林的全新局面。

七、美妙神奇的「倚天屠龍功」

所謂「倚天屠龍功」，是指武當派宗師張三豐，根據武林傳言，即「武林至尊，寶刀屠龍，號令天下，莫敢不從。倚天不出，誰與爭鋒」這廿四個字創作的一套武功。這套武功也只有一個傳人，那就是張三豐的五弟子張翠山，也就是本書主人公張無忌的父親。

說這套武功美妙神奇，是因為這套武功不僅威力非凡，而且它的創作緣起、傳承方式、實戰效果及其後續影響都十分傳奇，同時還具有心理描寫、性格描寫、推動故事情節等多種功能。這個話題，值得專題討論。

「倚天屠龍功」的美妙神奇，可以從三個方面看。一是，它的創作緣起和傳承方式。二是，它的錘煉方式和實戰效果。三是，它的關鍵作用及其遺憾。

先說第一個方面，倚天屠龍功的創作緣起及其傳承方式。

本書第四回，名為《字作喪亂意彷徨》。講述張三豐夜不能寐，半夜時分來到空寂無人的大堂中，臨空書寫王羲之的《喪亂帖》。寫罷《喪亂帖》十八個字，接著又寫「武林至尊，寶刀屠龍」等廿四個字。寫著寫著，筆劃越拖越長，勁力愈來愈大，寫字過程變成了練武過程，逐漸形成一套完整的武功。

這段情節，看似離奇，實則有充分的心理依據。包括三個關鍵點。第一個關鍵點是悲憤。此事的背景是，武當七俠之一俞岱岩中毒，被人委託臨安龍門鏢局送回武當山，不料總鏢頭在武當山下將俞岱岩交給了旁人，導致俞岱岩腿骨、指骨全都被捏斷。張三豐九十誕辰遭遇如此不幸，心裡憤懣可想而知；俞岱岩生死未卜，其傷痛之情更是不言而喻，這種心情，只能以《喪亂帖》才能抒發，諸如「喪亂」，諸如「荼毒」。

第二個關鍵點是思索。老四張松溪向來心思細密，根據種種跡象推測此事的緣由，認為俞岱岩所以受傷，很可能與屠龍刀有關。張三豐宣洩悲憤之後，必然會轉入思索，自然會想起武林傳言，隨手就寫出這六句話，廿四個字。

第三個關鍵點是，張三豐是一代武術宗師，習武超過八十年，任何一個動作都可能轉化為武功，正如任何音樂家聽到任何聲音都會想到音樂，畫家看到任何色彩都會想到繪畫，科學家看到任何現象都會聯繫到自己的專業。張三豐創作這套武功的過程，是憤懣、思索的過程，最後形成武功，可謂水到渠成。

這套武功之所以只有張翠山一個傳人，也有十分合理的原因。一是，他滿懷傷痛惱怒，輾轉反側，最後決意去打鏢師出氣，不料路過大廳時，看到師父寫字，於是不敢再動。二是，張翠山綽號「銀鉤鐵劃」，左手銀鉤，右手鐵筆，為了名副其實，著意加強書法訓練，當師父寫字時，他自然會格外關注，且因為懂行，自然會用心學習。三是，當書法轉化為武功，張翠山自然無限欣喜，要找師兄、師弟們一起來學習，但師父卻說，遠橋、松溪他們不懂書法，便是看了，也領悟不多。因此，張翠山便成了這套武功唯一的傳人。

再說第二個方面，這套武功的鍾煉方式和實戰效果。

這套武功源自張三豐興致所至，張翠山是唯一傳人，不能不刻意求工。所以，師父走後，他留在原地，不斷演練這套武功，直到第二天日頭偏西。經過小半夜加大半天的訓練，終於掌握了這套武功的大致套路。接下來，就是實戰檢驗。

書中安排了多次實戰錘煉。首先，是張翠山在前往臨安的路上，遇到龍門鏢局總鏢頭都大錦，要打人出氣，自然而然地使用這套新學的武功。沒想到，只用了「天」字的一撇、一捺和「下」字的一豎，就將龍門鏢局三位鏢頭打得稀里嘩啦。驚喜之下，張翠山也就不再發狠，只要求他們將鏢銀用於救助災民。

其次，來到臨安之後，張翠山買了衣衫和一把扇子，在扇子上寫下了這廿四個字，看起來是將武功還原為書法，這一細節表明，張翠山隨時隨地都在揣摩和練習這套武功的深層奧妙。

再次，在張翠山夜探龍門鏢局遭遇暗襲時，仍然是用這套武功，讓三位少林寺高手只有招架之功，而無還手之力。與此同時，張翠山對這套武功的領悟又深了一層，對這套武功的使用也更加熟練自如。

最後，在王盤山島上，天鷹教中兩位大力士，搬起兩塊大石整治了驕狂的崑崙劍客；接著想測量武當派高人的斤兩，將兩塊大石拋向張翠山，他仍然是以這套運用自如的「倚天屠龍功」，將兩塊大石頭挑向空中，再次證明這套武功實戰效果。

書中的這些安排，有多種藝術功能。其一，是進一步驗證張翠山的身分，讓這位銀鉤鐵劃名副其實，當得上這套書法武功的最佳傳人。其二，作為練武之人，學會了一套新的功夫，自然要不斷揣摩，千錘百煉，這不僅符合練武者的習慣，同時也表現了張翠山聰穎而堅毅的個性。其三，這套武功的演練過程，並不是在練武場上，而是在實戰過程之中，以此不斷製造故事情節的傳奇效果。

再說第三個方面，倚天屠龍功的關鍵作用及其遺憾。

作者設計「倚天屠龍功」，最關鍵的作用，是要讓張翠山以此對付金毛獅王謝遜。天鷹教在王盤山島揚刀立威，本以為幾位堂主出面就足以應付任何不測，不料螳螂捕蟬黃雀在後，金毛獅王突然現身，形如猛獸天神，武功高得驚人，島上無人是他的對手。更大的問題是，屠龍刀固然要被金毛獅王奪取，島上所有人都將要死於非命。原因很簡單，金毛獅王奪得了屠龍刀，必然要殺人滅口，確保屠龍刀的消息不再洩露。他出現之前就將所有船隻砸爛，顯然不留活口。

好在，金毛獅王雖然可怕，卻不是完全不講理的人，而且，他對武當派弟子似乎也多少有些另眼相看。於是提出，只要張翠山有任何一門技藝勝得過他，他就不殺張翠山和殷素素。如此情形，逼迫張翠山運用「倚天屠龍功」，以鐵筆在在山崖上寫下「武林至尊，寶刀屠龍」等廿四個字。

無論是書法還是武功，都讓金毛獅王望塵莫及。金毛獅王並不知道這套武功是由大宗師張三豐所創，還以為張翠山是臨時信手拈來，他不得不甘心認輸，從而不得不信守承諾，讓張翠山和殷素素活命。以便三個人一起踏上通往南極冰火島的航程，讓傳奇延續。

以上事實足以證明，作者讓張三豐創造這套武功，讓張翠山不斷練習這套武功，真正的目的就是要在這關鍵時刻，贏得金毛獅王的賭約。進一步的證據是，當賭約結束，目標達成，這套精彩絕倫的武功就不再提及。張翠山從此之後很少使用這套武功，更沒有把這套武功傳授給他的兒子張無忌。說起來，這真是一大遺憾，張無忌的一生，與屠龍刀、倚天劍有著千絲萬縷的聯繫，如果他能繼承這套武功，並將這套武功發揚光大，豈不是既合情合理，且更加發人幽思？

八、張翠山與殷素素的愛情故事

張翠山和殷素素是張無忌的父親和母親。他們的愛情故事，重要性不言而喻。張翠山是張三豐的弟子，在武當七俠中排行第五；殷素素是天鷹教主殷天正的女兒、殷野王的妹妹、天鷹教紫薇堂堂主。武林中向來講究正邪之分，正派與邪道勢不兩立，這兩個人能走到一起，相識並相愛，當然是作者設計安排，並有深意在焉。這兩人相遇並相識，與屠龍刀關係密切，屬於《倚天屠龍記》一書情節主線，而這一愛情故事的悲劇結局，體現了這部小說的複雜思想主題。

張翠山與殷素素的愛情故事，分為三個階段，一是，他們的相識；二是，他們的相愛與結合；三是，愛情故事的結局。

先說第一個階段：張翠山與殷素素的相識。

張翠山與殷素素分屬於正邪兩派，在現實中也處於矛盾對立面，兩個南轅北轍的人，本不該走到一起。但俞岱岩受傷，龍門鏢局被滅門，讓他們走到了一起。

故事背景是：天鷹教要強奪屠龍刀，不料被武當派俞岱岩無意間獲得，殷野王、殷素素兄妹在錢塘江船上發動襲擊，分別以毒蚊鬚針、毒七星釘打傷俞岱岩。奪得屠龍刀後，殷素素付出兩千兩黃金，托臨安龍門鏢局將俞岱岩送往武當山，不料讓俞岱岩再次受傷。總鏢頭說，對方揚言若出事就要殺光龍門鏢局中人，張三豐派張翠山前往臨安保護龍門鏢局，不料他趕到時，凶案已經發生，且在場守候的少林僧一口咬定，殺人者就是張翠山。幕後黑手正是殷素素，她假扮張翠山殺人，只有一半原因是為了嫁禍，另有一半原因是：她喜歡張翠山的瀟灑模樣。

書中有個有趣的細節，是張翠山見到恢復女裝的殷素素，立即轉身上岸，原因是殷素素豔光四射，驚心動魄，讓張翠山手足無措。這對俊男靚女雖非一見鍾情，但顯然是相互吸引。殷素素故意裝扮成張翠山，而張翠山不斷提醒自己要鎮定，就是生動的證明。只不過，他們都知道，在嚴峻的現實世界裡，他們相互產生好感只能為自己帶來極大的麻煩。

張翠山說連殺龍門鏢局數十人，未免過於狠辣；殷素素就讓他走人，說自己沒打算跟他結交。張翠山要幫殷素素拔出三枚毒鏢，殷素素一定要張翠山承認說錯了話，才讓他拔鏢療毒，說明他們的價值觀和行為方式確實截然不同。正因為張翠山俠義救人，顧不得男女有別，為此挨了常金鵬一掌，殷素素便改口稱他「張五哥」。聽說天鷹教要在王盤山島聚眾展示屠龍刀，張翠山要去跟蹤調查，不得不與殷素素繼續同行。

張翠山成了王盤山島上最尊貴的客人，半是因為武當派名聲，半是因為殷素素的青睞。假如此事能夠順利結束，張翠山多半會與殷素素分道揚鑣。但金毛獅王的出現，徹底改變了張翠山和殷素素的命運。

於是開始第二階段：張翠山與殷素素相愛與結合。

金毛獅王綁架了張翠山和殷素素。這一厄運，是所謂禍兮福所依，使得張、殷二人的情感有了重大轉機。書中寫出了轉折變化的具體階段。

首先，金毛獅王看到二人情狀，多次點明二位是「一對璧人」；後來乾脆說，假如他想不出屠龍刀的秘密，二位就陪他一輩子：「你兩位郎才女貌，情投意合，便在島上成了夫妻，生兒育女，豈不美哉？」雖然張翠山理性上無法接受，但他的潛意思卻不能不受此暗示。

其次，張、殷二位有一次自救機會，張翠山想與殷素素商量如何襲擊金毛獅王，不料嘴唇碰到了對方臉頰，他想解釋自己不是輕薄，殷素素卻說「你喜歡我，我是很高興。」這讓張翠山怦然心動。後來，張翠山正面與謝遜對掌，希望殷素素用蚊鬚針打中金毛獅王中，他們便可脫身。但殷素素卻始終沒有出手，張翠山不明因由，後來才知道，那是殷素素故意如此。假如那時她傷了金毛獅王，二人逃回大陸，張翠山就不願跟她在一起了。只有脫離原有的社會環境，她才能與張翠山不分開。金毛獅王逼迫他們二人隨行，正合殷素素的心意。

再次，船在海上遇到狂風巨浪，大家命垂一線，成了張、殷關係的關鍵性轉機。張翠山發現自己對殷素素的關懷，竟甚於自己的安危，從而有了一個念想，即「和她一齊死在大海之中，不可分離。」殷素素則率先表態：「張五哥，我倆若不死，我要永遠跟你在一起。」張翠山也心情激蕩，說「我也正要跟你說這一句話，天上地下，人間海底，我倆都要在一起。」

又次，金毛獅王突發瘋病，張翠山和殷素素面臨另一場危機。躲開金毛獅王的攻擊，相互間柔情激增。張翠山率先提議在冰山上結為夫婦，並率先發誓：結為夫婦，禍福與共，始終不負。殷素素隨之發誓，願二人生生世世永為夫婦；又在誓言中又加上一段：「日後若重回中原，小女子洗心革面，痛改前非，隨我夫君行善，決不敢再殺一人。若違此誓，天人共棄。」這一由衷的誓言，表明她願意遵從俠義道價值觀和行為方式，掃除了二人關係的最後一片陰雲。

最後，張翠山和殷素素率先抵達冰火島，進入真正的二人世界，在這裡相愛結合，自然而然，順理成章。金毛獅王來時，殷素素已經懷孕。小說主人公出生時的啼哭聲，治癒了金毛獅王的瘋病，冰火島成了平靜祥和的伊甸園。

再說第三個階段，張翠山與殷素素愛情故事的結局。

張翠山和殷素素在海外，過了九年幸福美滿的愛情生活。他們不願意讓兒子終生流落海外，遂決定回歸大陸故土，開始了愛情故事的最後轉折。

尚未抵達大陸時，就在海上遇到了天鷹教與武當、崑崙兩派的衝突。衝突的緣由，正是當年王盤山島留下的謎團。武當派疑心天鷹教暗害了張翠山，崑崙派疑心本門兩名年輕劍客被殷素素所害，十年來與天鷹教衝突多次，死傷甚多。張翠山和殷素素尚未踏上故土，就遇到了天大的難題：要揭開王盤山島的事實真相，勢必說出金毛獅王謝遜；謝遜的仇人遍天下，如今卻是他們的義兄。

殷素素的機靈，加上俞蓮舟的隱忍，暫時解決了海上難題，但回到大陸後，難題更多。在通往武當山的路上，俞蓮舟、張翠山、殷素素一行，遭遇了多次圍追堵截。後來，張無忌竟被人擄走。幸得張松溪等人接應，才終於登上武當山。

登上武當山，又遇到另一道難題，那就是臨安龍門鏢局滅門案。進而，在張三豐百歲誕辰時，崑崙、崆峒、少林、峨嵋等各大門派的首領相約來到武當山，名為祝壽，實則是要為龍門鏢局滅門案追問金毛獅王謝遜的下落。張松溪等人商量，要以「真武七截陣」對付圍攻，俞岱岩殘廢，只能讓殷素素作替補，不料俞岱岩發現殷素素就是當年托鏢人，殷素素這才告訴俞岱岩，當年是她發射了蚊鬚針，導致張翠山自殺，殷素素殉情，他們的故事終於以悲劇收場。

張翠山與殷素素的悲劇，是因為正邪兩派涇渭分明，也是因為不願說出金毛獅王的下落，更是因為殷素素當年傷害了俞岱岩，但也因為那把屠龍刀。他們的死，讓人震撼，讓張無忌成為孤兒，更給他留下了人生難題。

九、趙敏為什麼最可愛？

在小說的最後，周芷若詢問張無忌，在他生活中出現的四位姑娘，他最愛哪一位？張無忌給出了肯定回答，說是最愛趙敏，找不到趙敏，他寧可去死，而對別人卻從未有過這樣的感情。作者金庸先生卻偏偏要搞怪，在小說《後記》中留言，說張無忌雖然這樣說了，但他究竟最愛哪個姑娘，他其實搞不清楚。實際上，並不是張無忌搞不清楚，而是作者堅持要他搞不清楚。我們不能與作者抬槓，即不能說張無忌最愛趙敏，那就只好換一個說法：趙敏為什麼最可愛？

關於趙敏，要討論三個話題。一是，她的形象與個性。二是，她為愛人而捨棄自己的社會身分。三是，她與張無忌愛情的特殊意義。

先說第一個話題，趙敏的形象與個性。

趙敏第一次出現，是在西北綠柳山莊中，招待以張無忌為首的明教群雄。書中說，「自來美人，不是溫雅秀美，便是嬌豔姿媚，這位趙小姐卻是十分美麗之中，更帶著三分英氣，三分豪態，同時雍容華貴，自有一副端嚴之致，令人肅然起敬，不敢逼視。」這也是趙敏在張無忌眼裡的形象。周芷若、小昭、殷離三位姑娘也都是美女，周芷若是絕色美人，小昭有異族美女，殷離在練習千蛛萬毒手之前也是容顏明麗，但這三位美女，都沒有趙敏的英氣。書中，趙敏曾問過張無忌，她和周芷若兩人誰更美？張無忌脫口而出：自然是你美。

趙敏的個性與其他姑娘不同，首先家庭環境及童年經歷要比其他姑娘幸運得多，她是大家閨秀，成長順遂，不乏愛心，心理成熟，精神健康。其次是文化涵養不同。作為蒙古姑娘，要愛就愛，要恨就恨，情感真摯，不會忸怩作態，行為落落大方。在靈蛇島上，聽殷離說張無忌咬她讓她難忘，趙敏立即去咬張無忌，咬重了怕他痛，咬輕了怕無痕，就先咬一口，再用「去腐消肌散」將牙印爛得更深。這一細節，是趙敏個性的典型例證。

張無忌被波斯三使者圍攻，為了救險，她竟接連使用與敵人同歸於盡的招數，即崑崙派「玉碎崑岡」、崆峒派「人鬼同途」、武當派「天地同壽」。當謝遜問她為什麼如此不要命時，她說，是看到張無忌抱著受傷的殷離，她不想活。這不是說趙敏對張無忌的愛比別人更深，而是說她的個性更直率勇敢，心裡有愛就直接表達，希望與愛人在一起就勇敢去追求。

更難得的是，她愛張無忌，能充分理解並尊重對方的感情。王府武士先後打殘了武當派的俞岱岩、殷梨亭，她知道張無忌深愛三叔和六叔，就把療傷藥膏和祛毒藥方藏在金盒裡，提前送給對方。她要張無忌答應她三件事，第一件是要看屠龍刀，真正目的不過是要與他同行。她知道張無忌對義父謝遜感情極深，一旦從金花婆婆的話中聽出謝遜消息，立即說「咱們須得趕在頭裡，別讓雙眼已盲，心地仁厚的謝老前輩受這惡毒老婆子欺弄。」後來，當她探聽出謝遜被少林寺囚禁消息，就獨闖張無忌與周芷若婚禮，要張無忌和她一起去救謝遜。

再說第二個話題，趙敏為愛而捨棄自己的社會身分。

在愛張無忌的姑娘中，殷離是張無忌表妹，關係最親。小昭是光明頂僕役，隨張無忌出生入死，都成了明教中人，關係自然很近。周芷若與張無忌雖有門派矛盾，但有船上餵飯之德、光明頂上提示之恩。而趙敏與張無忌則是民族之敵，且有官民階級之分，所以敵意最深，距離最遠，相愛的困難最大。

趙敏的社會身分，是汝南王女兒，邵敏郡主，是瓦解漢人武林工作的負責人，是明教教主張無忌最大的敵手。趙敏的工作，就是要阻止張無忌團結漢人反抗蒙古統治者的事業。但當張無忌在綠柳山莊奪取解藥，讓她抓捕明教群雄的計畫失敗；在武當山為以太極拳、太極劍打傷阿大、阿二、阿三，讓他瓦解武當派的圖謀不成；在大都萬安寺將被她關押的六大門派高手全都救出，讓她消滅漢人武林精英的事業功敗垂成。張無忌的三次成功，都是對趙敏的挫敗。但趙敏卻不以為意，在綠柳山莊失敗後還給張無忌送禮；在武當山失敗後還告訴張無忌療傷藥方；在大都失敗後，仍然請張無忌喝酒。原因是：她愛張無忌。當愛情與她的工作目標衝突時，她優先選擇愛情，坦然地面對自己工作的失敗。

更加難能可貴的是，當她攪散張無忌與周芷若的婚禮，被周芷若打傷，與張無忌一起去救金毛獅王謝遜，先後遭遇哥哥王保保和父親汝陽王時，她不惜與哥哥決裂，進而又拒絕了父親的最後勸誡。汝陽王說得很明顯，如果堅持要和張無忌在一起，就不再是他的女兒。這意味著，趙敏愛張無忌，必須放棄榮華富貴、放棄郡主身分、放棄自己的家庭。連張無忌也勸她回家養傷，但趙敏仍然選擇與張無忌在一起，共同面對不可預知的江湖人生。趙敏放棄自己的身分和家庭，雖然不是要與家庭決裂，更不是要與父兄對立，她的選擇仍需極大的勇氣。

趙敏的選擇，有可能是一時衝動。但她明知道張無忌的身分是明教教主，明知道明教的奮鬥目標是將蒙古人逐出中原，以她的心智與見識，不可能不知道與張無忌在一起，不僅意味著要犧牲自己的社會身分，甚至還要犧牲自己的民族身分。她不可能沒有想到，作為蒙古郡主，在以反抗蒙古為奮鬥目標的人群中，會有怎樣的社會壓力和心理壓力。但她還是毅然作出了自己的選擇。

再說第三個話題，趙敏與張無忌愛情的特殊意義。

趙敏放棄了自己的社會身分、民族身分，決心與張無忌永遠生活在一起，而張無忌是反抗蒙古統治的領導人，趙敏的選擇是否意味著她成了蒙古民族的叛徒？這話也可以反過來問：當張無忌放棄明教教主身分，追隨趙敏去蒙古，他是不是也因此而成了漢民族的叛徒？這個問題，是這部小說的重要思想內涵。

要回答這個問題，要點是，須分別群體與個體的關係。張翠山與殷素素的愛情悲劇，固然是正派與邪派勢不兩立，真正的原因卻是衝突雙方共同的認知局限。即把正派與邪派當作標籤，並且混淆群體與個體的區別。只有少數智者明白，群體的區分與個體的區分，分屬不同的認知層次。如張三豐所說，正派中人作惡，就是邪惡之徒；邪派中人行善，就是正派人物。換句話說，正派中有邪惡之徒，如華山派掌門鮮于通，並不表明整個華山派都是壞人；邪派中有英雄豪傑，如明教中有彭瑩玉、說不得、范遙這樣的人，也不表明整個邪派都成了英雄群體。張無忌成為明教教主，改變明教的奮鬥目標、價值觀念和行為規則，使得明教與六大門派團結一心，成為一個民族整體，問題又到了另一個層面。民族關係也是如此，蒙古統治者殘暴，並不表明每一個蒙古人都是殘暴者；漢人群體受難，也不表明漢人中沒有凶殘之徒。以此類推，趙敏與張無忌相愛，只是個人情感關係。趙敏離開家庭，放棄身分，並不表明她就是民族的叛徒。

《倚天屠龍記》設計趙敏與張無忌的愛情故事，是一個偉大的構想。這一構想的思想意義，超出了常規認知模式，值得我們深入研討。

十、周芷若為什麼不那麼可愛？

在小說《倚天屠龍記》中，周芷若是個重要人物。她是峨嵋派弟子，繼任峨嵋派掌門人。與主人公張無忌童年時曾見過一面，對張無忌有勸食餵飯之恩，青年時重逢，張無忌與她之間相互好感明顯，且有婚姻之約，婚禮卻沒能完成，更無緣共度人生。周芷若天生美貌，性格溫柔，作風端莊，自有其可愛之處。但周芷若終非張無忌的良配，實際上，她的性格與心靈也沒有人們以為的那麼可愛。

周芷若為什麼不那麼可愛？這就是我們今天的話題。在這裡要提出三個證據，一是她曾欺騙張無忌，盜取了屠龍刀和倚天劍；二是她為了報復張無忌，說自己是宋青書的妻子；三是她暗中練習九陰真經，影響了她的氣質和心靈。

先說第一個證據，周芷若曾欺騙張無忌盜取屠龍刀和倚天劍。

這是小說中的一段重要情節。張無忌、謝遜和周芷若、趙敏、殷離五個人來到一座海島，突然間殷離被害、趙敏失蹤、張無忌和謝遜都中了十香軟筋散之毒，屠龍刀和倚天劍也不見了蹤影。根據種種跡象，謝遜和張無忌都以為這是趙敏所為，為此，謝遜要張無忌與周芷若訂婚，以便讓張無忌幫助周芷若驅散體內的毒素。周芷若開始還不答應，說張無忌喜歡趙敏，直到張無忌發誓要找趙敏報仇，才勉強同意做張無忌的未婚妻。謝遜眼盲，張無忌頭腦簡單，都沒有發現其中有疑點。後來真相大白，才知道真正的凶手不是趙敏，而是假裝正經的周芷若。

周芷若對此事是怎麼解釋的呢？她說自己是迫不得已，因為師父滅絕師太臨死前交代，要她如此這般。她欺騙張無忌，原因不在她，而是師父的遺言，師父的話，她不能不聽。這一解釋看似有理，按照周芷若的處境和性格，她也確實非如此不可。此事早有徵兆，在六大派圍剿光明頂時，師父命令周芷若刺殺張無忌，周芷若雖感到為難，但還是刺了張無忌一劍，讓張無忌受傷。

問題是，她聽師父的話，卻只聽了一半，師父要她假裝與張無忌好，而不要對張無忌產生真感情，她卻沒有照師父的遺言去做。可見周芷若對師父的遺言，其實是有選擇地聽從。既然有選擇地聽從，為什麼只聽從盜取屠龍刀這一半？

更深的真相是，周芷若其實是個有政治野心的人，不但要做峨嵋派掌門人，還有更大的政治夢想，證據是，她和張無忌一起遊大都，說到隨著明教抗元事業的進展，張無忌有朝一日要當皇帝。張無忌賭咒發誓說不富，周芷若非常失望。在欺騙張無忌情節中，還有一條重要線索，就是她會演戲。這個太會演戲的人，誰知道她有多少真愛？

再說第二個證據，為了報復張無忌，她說自己是宋青書的妻子。

在少林寺屠獅大會上，周芷若與武當派弟子宋青書一同露面，說宋青書是她的夫君，讓宋青書為她打先鋒，爭奪武功第一的名頭。不料宋青書耀武揚威的時間不長，就被他的二師叔俞蓮舟打得全身骨折，九死一生。張無忌擔心宋青書的性命安危，當晚去周芷若處，要為宋青書治傷。峨嵋門下說，掌門人冰清玉潔，與宋青書沒有夫妻之實，只有夫妻之名。周芷若後來也向張無忌解釋說，她說宋青書是自己的夫君，是為了氣張無忌，並非出自真心。張無忌曾在婚禮上逃走，讓周芷若當眾蒙羞，她要報復張無忌，似乎完全說得過去，甚至是天經地義。實際上，張無忌當真就是這麼想的，他原諒了周芷若，體諒周芷若。

這事其實沒那麼簡單。我們不妨設想：倘若宋青書沒有被俞蓮舟打傷，周芷若該如何？是說夫妻關係是謊言、是做戲，還是當真會與宋青書成婚？按照周芷若的身分，她不能或不敢公然欺騙整個武林，也就是說，與宋青書成婚的機率很大。

此事的奧妙是，宋青書很可能就是周芷若的備胎。她愛張無忌，而宋青書愛她，是選擇自己所愛，還是選擇愛自己的人？向來是男女情愛與婚姻的難題。宋青書長相英俊，武功高強，智勇雙全，更重要的是，他還是宋遠橋的長子，是武當派第三代掌門的不二候選人。以周芷若的務實性格，很可能對此有過權衡。

進而，她在比武之前宣布與宋青書是夫妻關係，固然是要報復張無忌、維持自己的體面，但卻還有更深的目的，那就是要讓張無忌心神不定，以便她奪取武功第一的名頭。在場人中，她唯一沒有把握戰勝的，只有張無忌一人而已。假如這事成功了，她一定會說，這也是按照師父的遺言辦事，師父要她光大門楣，讓峨嵋派在武林中揚眉吐氣。假如此願成真，誰分得清師父遺願與個人野心？

最後，就算以上假設都是無端推測，有一點是肯定的，那就是當宋青書生命垂危之際，周芷若毫不關心，冷漠無情。這與她是否愛她無關，事關她的心地與品性：即使與宋青書沒有真感情，看在峨嵋與武當兩派關係份上，看在宋青書曾做過她的打手的份上，她也應該對宋青書的生命安危有最起碼的關心才是。周芷若曾以對他人溫柔善良感動過張無忌，而她對宋青書如此漠不關心，張無忌該作何感想？

再說最後一個問題：她暗中練習九陰真經，影響了她的氣質和心靈。

要討論這個問題，最好是複習一下《射鵰英雄傳》，那部書中的梅超風，就是偷了師父的九陰真經，把一部堂堂正正的武學經典，練成了「九陰白骨爪」這樣的邪門武功。金庸小說的特點，是把武功與個性相結合。梅超風練出邪門武功，是因為她本身就有邪氣。如今周芷若也練成了「九陰白骨爪」，大可照方抓藥，即是因為周芷若本身有邪氣，才把武功練成了邪門，小說中黃衫美女出面，專門說出周芷若武功的名稱，肯定不是無的放矢。

當然也可以說，周芷若是因為練習了九陰真經，受武功影響，使得自己的行為、個性和心理都有所改變。證據之一，是在婚禮上，周芷若向前來攪局的趙敏出手，就有鬼魅之氣，讓在場的武林高手冷汗直冒。證據之二，是周芷若殺害了易三娘夫婦，並偷襲趙敏和張無忌，行為更加詭異而歹毒。作為正派掌門人，即使她對趙敏嫉妒仇恨成狂，如何能濫殺無辜的易三娘？

張無忌雖不以思考能力見長，但卻有發達的靈性直覺，他對周芷若說自己最愛的是趙敏，已經表明了他的情感態度，不會與周芷若共度人生。而以周芷若的野心或事業心或政治抱負，也不會去愛辭去明教教主的張無忌。在修訂版中，作者卻讓周芷若去找張無忌說了一大堆廢話，那真是狗尾續貂，大煞風景。

十一、周芷若心智特徵及其局限

周芷若美貌驚人，而且富有心計。證據是，張無忌協助殷離打敗丁敏君，丁敏君邀周芷若來為她報仇，周芷若不願多惹是非，假裝被殷離內力所傷。更好的證據是，在海島上，周芷若驅逐趙敏、殺害殷離、給張無忌和謝遜下了「十香軟筋散」、偷了屠龍刀和倚天劍，卻假裝是受害者，騙過了眼盲的謝遜和心盲的張無忌。

更厲害的是，她還對張無忌說：「我是個最不中用的女子，懦弱無能，人又生得蠢。別說和絕頂聰明的趙姑娘天差地遠，便是小昭，她這等深刻的心機，我又怎及得上萬一？你的周姑娘是個老老實實的笨ㄚ頭……」。只不過，她的心智特徵與趙敏明顯不同，雖富有心計，卻仍有局限，值得專門討論。

關於這一話題，可以談論三點。一是，她模仿趙敏的言行。二是，她自編自導自演的大戲分析。三是，她最後的幾場表演。

先說第一個話題，周芷若模仿趙敏的言行。

人的心智活動，本質是訊息活動，包括兩大部分，即訊息刺激和訊息交流，訊息生產和訊息輸出，前者是基礎，後者是表現。人的心智特徵，也就是基於每個人心智活動習慣形成的模式。而人的訊息活動，與人的社會化有關。社會學家提出「社會劇本」概念，對我們理解人類心智活動很有幫助。

人類的多數社會活動，是按照特定的社會劇本表演的。個人的社會角色不同，在特定社會劇本中的臺詞和行為要求也就不同。所以，我們的家長總是希望自己的孩子「聽話」，實際上是要求孩子學會按照社會劇本行事，家長是最早的導演。如果孩子不按社會劇本表演，家長導演就會提醒，乃至責罰。當一個人學會了按社會劇本表演，並且能在不同情境中作出相應的合適表演，人們就會說，這個人的心智成熟了。

由於個人的天賦和習慣不同，社會化程度和水準就不同，心智活動的特徵和水準也就不同。人類心智水準可分為不同等級，諸如：機械模仿型、主動學習型、自主生產型。每個人都是從低級向高級發展，後者是前者積累和升級。

周芷若的心智特徵是什麼？一是很聰明，二是很聽話。前者有利於她的心智發展，後者卻又不利於她的智力升級。海島上的心計表現，雖然是由周芷若實施，但行動計畫卻是由滅絕師提出的。一旦離開具體的指導，周芷若心智的局限性就會暴露。證據是，她要張無忌答應替她做一件事，此事不違背武林俠義之道云云，其實是模仿趙敏。早在武當山上，趙敏答應提供治療俞岱岩、殷梨亭的靈藥，條件是張無忌要答應替她做三件事。孤證不立，還有一例，當張無忌和周芷若濃情蜜意之際，跟蹤在後的趙敏曾冷笑兩聲；後來張無忌和趙敏在大都的一家飯店裡相遇，周芷若也在暗中冷笑兩聲。周芷若的冷笑固然是報復，但也是明顯模仿趙敏。

再說第二個話題，周芷若自編自導自演的大戲分析。

所謂自編自導自演的大戲，是指周芷若率領峨嵋派在少林寺屠獅大會上表演。此時，周芷若已經練成了九陰白骨爪，當然也取得了峨嵋派同門的信任，並在峨嵋派內樹立了個人權威，進而率領峨嵋派征服群雄、稱霸武林。

滅絕師太臨死前，說她有兩大宏願，一是驅除韃虜，二是峨嵋派稱霸武林。在少林寺武林大會上，周芷若是要實現師父的第二個心願。問題是：如何稱霸武林？滅絕師太並沒有提前寫好劇本，需要周芷若自編、自導、自演。

周芷若和峨嵋派在少林寺英雄大會上的表演，分為若干單元。首先，在大家議論比武規則、遴選公證人時，峨嵋派尼姑靜迦就提出異議，認為用不著推舉什麼公證人，「二人相鬥，活的是贏，死的便輸，閻王爺是公證人。」司徒千鐘說好男不和女鬥，靜迦竟然打出

「霹靂雷火彈」將他炸死。夏冑為司徒千鐘抱不平，周芷若向靜迦點頭示意，靜迦打出兩枚「霹靂雷火彈」，將夏冑炸死。其次，周芷若對俞蓮舟、殷梨亭說，「張真人顧念舊日情誼，不許武當弟子與本派為敵，那是他老人家的義氣，可也正是他老人家保全武當威名的聰明處。」言下之意，武當派宗師張三豐不如峨嵋派的掌門人。隨即，又是一輪「霹靂雷火彈」襲擊。楊逍指揮明教五行旗表演，才抑制了峨嵋派。再次，周芷若命宋青書打頭陣，以九陰白骨爪殘殺了丐幫兩位長老。最後，周芷若親自出手，打得殷梨亭沒有還手之力，俞蓮舟救殷梨亭，眼見就要與周芷若兩敗俱傷，張無忌出手救人，被周芷若重傷。至此，在場無人敢再出手，周芷若武功第一，稱霸武林。

這段情節，可以作道德判斷，也可以從心智角度加以研究。

首先，周芷若的劇本看似成功，實際上，卻是暴露了她的心智局限。若不是張無忌及時出手，周芷若必定會死於俞蓮舟之手。她以為自己的武功勝過張三豐及俞蓮舟，只不過是自我膨脹。而這種自我膨脹，正是心智局限的表現。

其次，周芷若的成功，不過利用了張無忌。若不是張無忌宅心仁厚，周芷若不可能是張無忌的對手，更不可能傷害對方。她如此不擇手段地利用愛自己的人，且毫無顧忌地傷害自己所愛，是道德瑕疵，更是負面情緒導致心智扭曲。

最後，周芷若的心智局限，還表現在她不知道如何稱霸武林，更不知道怎樣君臨天下。她的種種表現，無非是以霸道稱雄，整出戲劇的表演，既無俠道情節，更無王道主題，說穿了，不過是江湖黑道、叢林故事的翻版。這也說明，周芷若其實沒有創新社會劇本的能力，這也正是她心智局限的重要證據。

再說第三個話題，周芷若最後的幾場表演。

周芷若的最後表演，主要有兩場戲。一是見鬼故事，即周芷若再次見到殷離，以為是遭遇鬼魂，嚇得魂飛魄散。所以如此，是因為她心裡有鬼。殷離是被她親手所殺，而這一情節，不在滅絕師太的劇本梗概中，是周芷若的臨場發揮，因此她心裡不踏實。再見殷離，自然會驚恐萬分，懇求少林僧做法消災。這一表現，可以說她良知未泯，也可以說是她的精神局限：既有今日，何必當初？

另一場戲，是由周芷若自編自導。那就是將趙敏抓獲，藏在樹叢中，然後將張無忌引領到附近，問張無忌：在趙敏、殷離、小昭和周芷若四個姑娘中，他最愛的是哪一個？她的編導設計，是以為張無忌當著她的面，不可能說出愛別人的話。不料張無忌說：「我對你一向敬重，對殷家表妹心生感激，對小昭是意存憐惜，但對趙姑娘卻是刻骨銘心的相愛。」張無忌的臺詞，出乎周芷若的意料，這也表明，周芷若作為編劇和導演，心智非常有限。理由是，她並不真正懂得張無忌的感情，並不真正懂得人性；甚至可以說，她不真正懂得愛。

十二、殷離的心意誰懂得？

殷離是明教白眉鷹王殷天正的孫女、殷野王的女兒、張無忌的表妹，卻和金花婆婆（明教紫衫龍王）在一起。在與張無忌有關的四個姑娘中，殷離的經歷最為淒慘，個性最為奇特，心思最為迷離。看起來，她與張無忌的緣分最深，童年相識，青年重逢，有過婚姻之約，張無忌還曾親手為他立過「愛妻殷離」的墓碑；但實際上，她和張無忌就是無緣，開始是張無忌拒絕她，最後是她拒絕張無忌。

關於殷離，要討論三個問題。一是，她為什麼會有殷離、蛛兒兩個名字？二是，她為什麼對咬她的少年張無忌念念不忘？三是，她為什麼會拒絕成年張無忌。

先說第一個問題，她為什麼有殷離、蛛兒兩個名字？

這與她的身世經歷和個人天性有關。她的真名應該是殷離，即殷野王的女兒。她曾對張無忌說，在她很小的時候就發現媽媽不開心，經常哭泣。媽媽告訴她，那是因為爸爸娶了小妾，冷落了她們娘兒倆。小小的殷離為了讓媽媽開心，就殺了爸爸的小妾，以為這樣就可以奪回爸爸。不料媽媽為此自殺，爸爸則要處死她。

殷離這樣做，首先是出於對母親的一片至情，母女相依為命，母親的悲傷就是她的悲傷，小小年紀就要保護媽媽，為媽媽打抱不平。同時，也是因為年幼無知，她不知道在她生活的那個年代，很多男人都有三妻四妾，尤其是當正妻不能生男孩傳宗接代，丈夫娶妾就更加堂而皇之。妻子雖痛苦鬱悶，卻只能接受這樣的宿命。最後，殷離這樣做，除了至情、無知，也因為她個性偏激、行為凶悍，兒童殺人畢竟是超常規現象。所以如此，當然也是因為在天鷹教中出生長大，耳濡目染，習得了魔教的價值觀和行為方式，把殺人之事當作正常選項。

在殷離將要受到父親的懲罰時，是金花婆婆，即紫衫龍王把她從殷野王的手下救出，所以她從此與金花婆婆生活在一起。殷離在小說中第一次出現，就是跟著金花婆婆來到蝴蝶谷，見到張無忌。

金花婆婆為什麼要救殷離？這是個值得思考的問題。金花婆婆是出於善意、要將受難的殷離救出火海嗎？或許是這樣。但也有另一種可能，那就是紫衫龍王要把白眉鷹王的孫女抓做人質：明教四分五裂，紫衫龍王勢單力孤，抓住殷離這一人質，以便牽制羈絆白眉鷹王。當時雖無確切而具體的目的，但具有政治頭腦的紫衫龍王把殷離當作一個棋子，則完全可能。

只要看看她對殷離的態度、與殷離的關係就不難明白，她和殷離既非師徒，更非母女，殷離稱她為婆婆，但兩人的關係卻是不冷不熱、不親不疏。殷離或許不明白自己是人質，但肯定意識到金花婆婆不見得是她生命的保護傘，所以在將近成年之際，她開始練習「千蛛萬毒手」，為自己取名蛛兒，為的是總有一天要面對自己的父親，面對命運的終極審判。為此，她不惜毀掉自己的容貌，寧可變成一個人見人厭的醜姑娘。殷離變成蛛兒，是殷離命運和性格轉變的標誌。從此，殷離有兩個名字，有兩種身分，也有兩個自我：一是殷離、一是蛛兒。

接下來的問題是：她為什麼對咬她的少年張無忌念念不忘？

當殷離再次在書中出現，已經不是清秀的小姑娘殷離，而是醜陋的少女蛛兒。她對化名曾阿牛的張無忌說，自己的至愛是那個將她手腕咬傷的少年張無忌，雖然阿牛哥說願意娶她、她很開心，但她無法忘卻那個咬她的少年，希望那個少年張無忌能對她好。這一說法，讓張無忌百思不得其解，讀者勢必同樣驚奇。細心的讀者或許已經看出，此時的殷離即蛛兒有心理病，而且病得不輕。否則，就不會無中生有，把想像當作真實，對怕她恨她的少年張無忌念念不忘。

蛛兒有病，毋庸置疑。一個健康人怎麼會以蜘蛛為名？問題是，殷離的病從何而來？

首先，當然是因為童年的經歷，殺了爸爸愛妾、迫使母親自殺、導致爸爸也殺她，這讓她既恐懼、又內疚，無法面對人生現實，只好逃避到自己的內心世界，並且把自己的內心與外在世界隔離開來。其次，少年張無忌也確實給殷離留下了極其深刻的印象，這少年的話連金花婆婆也不大懂，這少年也不怕金花婆婆的威脅利誘，這少年長相英俊，雖然有病，卻仍然氣質不凡。

再次，少年張無忌拒絕跟她回靈蛇島，還在她手上留下了一道深深的傷口；理性之人當然明白，少年張無忌對殷離沒有愛情，只有害怕；但殷離的理性卻已殘缺，她的心理活動要點，恰恰是拒絕現實。所以，在殷離內心深處，拒絕承認張無忌的拒絕，而用自己的想像編織生活的幻象，在想像中，她希望張無忌怎樣，張無忌就怎樣。

又次，殷離此生，除了殺戮、恐懼、憤怒、內疚，剩下一片荒涼，與金花婆婆一起去蝴蝶谷，很可能是她一生中最美好的記憶，而這記憶中恰好有張無忌。於是在下意識想像中，把所有童年溫馨記憶都投射到張無忌這個焦點上。人生愈是荒涼，與張無忌在一起的虛幻景象就愈加美好，也更加彌足珍貴。所以，對少年張無忌的情感想像，就固結在殷離心裡，雖然病態，卻無法捨棄。

最後一個問題是：她為何要拒絕成年張無忌？

小說最後，殷離死而復生，嚇得作惡的周芷若魄散魂飛，張無忌則喜出望外。可是到最後，殷離在溫柔地看著張無忌半晌、目光神情變幻之後，卻對張無忌說：「……你是個好人，你待我這麼好，我該好好愛你的。不過我對你說過，我的心早就給了那個張無忌啦。我要尋他去。」為什麼會這樣？這是殷離留給我們的最後一個謎題。

這一謎題的答案，有三個選項。選項一，殷離仍然有病，仍然堅持生活在自己的幻想之中，拒絕現實。選項二，殷離病已經好了——因為她臉上的醜陋病象已經消失——但卻無法留在成年張無忌身邊，因為這裡已有了趙敏，還有周芷若。殷離從小就痛恨男人三妻四妾、三心二意，她渴望單純的愛情，因而無法留在張無忌身邊，既是不願讓張無忌為難，也是為了她自己的尊嚴。選項三，殷離的病已經好了，如今又受現實刺激，只好回到內心、回到自己的想像世界中去，與那個想像出來的、與自己永不會分離的少年張無忌一起度過漫長的餘生。她是病了？還是沒病？不妨仁者見仁，智者見智。

總之，在趙敏、周芷若、小昭、殷離四個姑娘中，殷離的經歷最為淒慘，個性最為倔強偏激，心思最為曲折迷離。她的心意誰懂得？無語問蒼天。

十三、小昭的形象沒有真正完成

《倚天屠龍記》的讀者，大多都喜歡小昭。就連小說作者金庸先生也不例外，他曾公開說過，在與張無忌有關的幾個姑娘中，他最喜歡小昭。

大家覺得小昭可愛，是因為她始終低姿態，甘於做丫環侍女，照顧張無忌飲食起居，無微不至，且千依百順。且不說這種喜歡的深層心理，有社會性別觀念的無形影響，對小昭的認知恐怕不但相當浮淺，而且相對片面。談論小昭可愛時，很可能忽略了她的身分，忘記了她是明教紫衫龍王黛綺絲的女兒，是波斯明教的新一代聖女，她當侍女只是她掩飾真實身分的表象，她的個性並未得到充分展開。

關於小昭，要討論幾個問題。一是，她為什麼會出現在光明頂上？二是，她為什麼要跟隨張無忌？三是，為什麼說她的形象沒有完成？

先說第一個話題，小昭為什麼會出現在光明頂上？

張無忌追殺混元霹靂手成崑，來到楊不悔的臥室，第一次見到小昭。其時，楊不悔正要殺小昭，張無忌不忍心，出手制止了楊不悔。死裡逃生的小昭，遂指點張無忌進入明教秘道，去追殺成崑。

在明教秘道中，張無忌發現小昭長得很美，才知道之前她是故意扮醜像，問她為什麼這樣？小昭說，這樣小姐就不生氣。因為秘道的出路被成崑堵死，張無忌不得不看明教前任教主陽頂天的遺書，不得不練習明教武功秘笈乾坤大挪移。兩個人生死與共，張無忌對小昭的印象極佳。

問題是：小昭為什麼會出現在光明頂上？為什麼楊逍要給小昭戴上鐵鍊鐐銬？楊逍對張無忌解釋說，小昭的知識見解超過她的年齡，還故意掩蓋真面目，發現她身分可疑，來光明頂肯定有不可告人的圖謀，為防止她傷害楊不悔，才對小昭使用鐵鍊鐐銬。後來，苦頭陀范瑤發現小昭很像紫衫龍王黛綺絲，按理說楊逍也應該有同樣的感覺，但楊逍沒有告訴張無忌這一點，要麼是楊逍故意隱瞞，要麼是作者無意疏漏。直到波斯明教派人迎接聖女，我們才知道，小昭是紫衫龍王的女兒、也是新一代聖女。她到明教光明頂，是要盜取乾坤大挪移秘笈。

這也就意味著，小昭的真實身分，是間諜、特工。她扮成醜女，謊稱自己是漢人的孩子，謊稱父母雙亡，繼而在楊逍、楊不悔身邊做侍女，當然是要掩蓋自己的真實身分、真實目的。由此可見，小昭年齡雖小，卻不簡單，更不天真。真正天真的人是張無忌，他對小昭全無戒心，即使楊逍提醒小昭身分可疑，他沒有花一點時間和精力去想：小昭究竟是什麼人？她到光明頂究竟有何目的？我並不是說小昭另有圖謀，更不是說小昭暗藏壞心，只是強調一點，那就是這個小昭遠不是我們想像的那麼單純，她的心機比張無忌要深得多。

再說第二個話題，小昭為什麼要緊跟張無忌？

張無忌當上明教教主，對明教的理想目標、價值觀念、行為規範進行了改革後，要離開光明頂，去迎接金毛獅王謝遜。他吩咐小昭留在光明頂，小昭也沒有提出異議，卻也沒有聽從張無忌的安排，而是跟在張無忌後面，張無忌只得同意。進而，張無忌又安排小昭留在武當山，小昭再次採取跟隨戰術，使張無忌不得不帶她同行。後來，張無忌安排她在蝴蝶谷附近，小昭說想借用趙敏的倚天劍，斬斷她的鎖鏈，再次說服了張無忌。最後，張無忌要去迎接謝遜，勸小昭不要跟隨，小昭乾脆說：你與趙敏一起去，我更得跟去照顧你，她又如願以償。

小昭為什麼要緊跟張無忌？簡單的答案是：她愛張無忌，所以堅持要與他同行。這個答案並不算錯，只不過，問題可能不那麼簡單。小昭離開光明頂，真正的原因，或許與張無忌完全無關。真正的原因是，小昭已經獲得了乾坤大挪移秘笈，作為聖女特工，她已經圓滿完成任務，當然要離開。跟在張無忌的後面，很可能只是同道，而非特意追隨張無忌。被張無忌發現，這才將計就計。

小昭堅持跟隨張無忌，還有一個原因，是張無忌和藹可親，對她真心關愛，讓她有真正的安全感，從而深深依戀。之所以這樣說，是因為小昭出生後，就被寄養在外，雖然母親在世，仍然孤苦伶仃，很少享受親情溫暖。張無忌的關懷，讓她十分依戀，但這依戀，並不等同於愛情。同處一室而無任何綺念，則說明小昭對張無忌的感情，只是純淨的人際依戀，而非熾熱的男女愛情。

要借倚天劍斬斷鎖鏈，當然也是一個不可忽視的原因。趙敏的提醒，尤其是張無忌超出主僕關係的表白，才使得她對張無忌的感情悄悄發生了變化。張無忌與趙敏同行，她說她更要跟去照顧時，對張無忌的愛情才得到明晰表達。小昭始終克制自己的情感，一方面是不想讓張無忌為難，另一方面則是聖女身分的限制。到最後，張無忌和謝遜的船被波斯明教炸毀，母親黛綺絲得知她已獲得乾坤大挪移秘笈，勸她表明聖女身分時，她已別無選擇：要救張無忌的生命，就只能犧牲自己的感情。小昭隨波斯明教的坐船離開時，她對張無忌的感情也到達頂峰。

再說第三個話題，為什麼說小昭形象沒有真正完成？

小昭留給讀者的印象，始終是丫環侍女，但這只是她的表象，而不是她個性真相。做楊不悔的侍女，那是不得已而為之；繼而做張無忌的侍女，雖說是她心甘情願的選擇，但卻掩飾了她的風采、才華與個性。證據是，在綠柳山莊，楊逍等明教骨幹全都中毒，張無忌回到山莊去取解藥，蒙古軍隊對明教群雄展開圍攻時，是小昭指揮明教徒眾作戰，保護了楊逍等骨幹領導人的安全。聯繫楊逍所說，聯繫她的身分及其工作性質，小昭應該心智成熟、心機深沉、知識淵博、才華出眾、能力超群，只可惜，書中卻沒有給她展示才華與個性的更多機會。

小昭說，她出生不久，母親黛綺絲就將她寄養在別處。她如何生活？如何成長？如何受教育？受了什麼教育？在什麼情況下接受聖女指環？她是自覺自願還是迫不得已？小小年紀就去光明頂做特工，她是否猶疑退縮過？她不得已去做侍女，也習慣了當侍女，在侍女包裝內，小昭究竟是怎樣的一個人？她如何進入明教秘道？為何勞而無功？楊逍和楊不悔給她戴上鐐銬鎖鏈，她是否記恨？取得乾坤大挪移秘笈後，她準備如何使用？……有關小昭的人生，有太多空白。

作者對小昭的身分與個性，顯然缺乏更加精細的設計。小昭對張無忌的感情，顯得粗糙而簡單，她對張無忌的情感變化與升級，並未得到精細敘述與描寫。

順便說一句，世紀修訂版中，增加了小昭與張無忌情感線索，但總體上是狗尾續貂，非但沒讓小昭形象更加突出，反而讓這一人物形象受損。原因是，作者渲染小昭離開張無忌之後的濃情，而沒對此前的小昭個性作深刻展示，結果是小昭作為情人、作為聖女這兩個相互矛盾的身分形象都因此受損。

十四、紀曉芙為什麼無怨無悔？

紀曉芙是峨嵋派俗家弟子，滅絕師太的徒弟，原是武當派殷梨亭的未婚妻，不幸被明教光明左使楊逍綁架並強姦。令人驚奇的是，她對自己的這段不幸經歷竟無怨無悔，不僅將生下楊逍的孩子，還將孩子取名楊不悔。滅絕師太為她指出報仇自新之路，並答應事成之後就提拔她當接班人，她沒有答應，因而被師父處死。臨死前，她還委託張無忌將女兒送往遙遠的崑崙山，交給其父楊逍收養。紀曉芙在書中出場次數有限，但她的遭遇和選擇，卻讓人難以忘懷。

關於紀曉芙，要討論的問題是，其一，她是怎樣的一個人？其二，她為什麼對自己的遭遇無怨無悔？其三，她的人生悲劇的實質。

先說第一個話題，紀曉芙是怎樣的一個人？

首先，她是個不幸的人。在任何時代、任何社會中，一個年輕女性被綁架並被強姦，都是莫大的不幸。在數百年前，有這種遭遇會倍加不幸。原因是，社會中人蒙昧無知，非但對遭此不幸的人缺乏同情，反而把這不幸看成是受害者的終身污點。經歷過這種無法抗拒的不幸遭遇的人，常常被人另眼相看，以至於終生無法抬頭做人。證據是，在離蝴蝶谷不遠的樹林中，紀曉芙的不幸傷痛，就被自己的同門師姐丁敏君無情揭露，以至於不得不從此離開師門，漂泊求生。

其次，她是個善良的人。證據一，她首次露面，是在武當山為張三豐祝壽時，張翠山、殷素素雙雙自殺，唯有她摘下黃金項圈送給孤兒張無忌，說「好孩子，我們大家都會好好照顧你。」證據二，在同一場景中，她對未婚夫殷梨亭說：「六哥，我實在對不住你，只有來生圖報了。」明明是自己遭遇不幸，得不到別人的安慰，卻主動去安慰別人。證據三，她隨正派中人君圍攻彭瑩玉，逼對方交出白龜壽，詢問金毛獅王消息；丁敏君刺瞎了彭瑩玉一隻眼，正要刺瞎對方另一隻眼時，紀曉芙三次伸劍擋住了丁敏君。丁敏君惱羞成怒，才揭露紀曉芙的不幸隱私。證據四，當丁敏君受重傷時，彭瑩玉要殺丁敏君滅口，紀曉芙又攔截對方，說她是自己同門師姐，對方無情，她卻不能無義。

再次，她是個有主見的人。證據是，當她師父滅絕師太聽說傷害她的人是楊逍，對她說：「你失身於他，回護彭和尚，得罪丁師姐，欺騙師父，私養孩兒……這一切我全不計較，我差你去做一件事，大功告成之後，你回來峨嵋，我便將衣缽和倚天劍都傳了於你，立你為本派掌門的繼承人。」做師父要她去做的事，是徒弟的本分；而能讓自己立功、回歸師門的事，就更是機會難逢；更何況，還有倚天劍、掌門繼承人等優越條件？但紀曉芙卻搖頭拒絕了。

滅絕師太究竟要紀曉芙去做什麼事，書中沒有明寫，因為滅絕師太將紀曉芙帶到遠處去說，讓旁人無法聽到。張無忌只能看到，紀曉芙搖頭拒絕。在這樣的高壓下，如果不是心裡有堅定的主見，怎麼敢拒絕師父？拒絕的結果，是紀曉芙被滅絕師太一掌打死。

再說第二個問題，紀曉芙為什麼對自己的遭遇無怨無悔？

紀曉芙遭楊逍綁架與強姦，以致懷孕生女，事後竟然將女兒取名楊不悔，此事是小說中最驚人的情節之一。乍看實在令人費解：為什麼會這樣？

首先，楊逍對紀曉芙可以說是綁架和強姦，也可以說是跟蹤與糾纏。據紀曉芙對滅絕師太說，她住店對方也住店，她打尖對方也打尖，她斥責對方瘋言瘋語，她動手時，對方將她的劍奪了過去。她逃走，對方也不追，只是第二天她的劍放在枕頭邊。她好言求懇，又說峨嵋派不是好惹的；對方說，「一個人的武功分了派別，已自落了下乘，姑娘若跟著我去，包你一新耳目，教你得知武學中別有天地。」滅絕師太聽了這話，也頗為心動。紀曉芙當然不會跟他去，但無論如何也無法擺脫對方的糾纏，終被對方所擒並失身，數月後才乘機逃離。

其次，紀曉芙懷孕生女，將孩子取名為不悔，看起來頗似典型的斯德哥爾摩綜合症，即被綁架者對綁架者產生了感情。楊逍對紀曉芙的糾纏和綁架，固然是以強制手段，罔顧她的意願，欺辱女性尊嚴；但換個角度看，紀曉芙的婚約，同樣是父母之命、媒灼之言，何嘗顧及她的意志和尊嚴？假如沒有楊逍糾纏以致失身的事情發生，紀曉芙多半會聽從父母之命，遵照社會風俗，嫁給武當派的殷梨亭。

按照紀曉芙與殷梨亭的性格，他們很可能有 份平靜的婚姻生活。問題是，她遭遇了楊逍，失去了貞潔，按照當時的價值觀，不能再嫁人，只能認命。她在身不由己的情況下失身，卻被丁敏君斥為不貞，只能以「不悔」維持心理平衡。

再次，紀曉芙不悔，還有更深刻的原因，那就是兩個男人的比較。殷梨亭性格軟弱，沒有主見，像個沒長大的孩子，或者說是長不大的男人；相比之下，楊逍心智成熟，個性突出，行為瀟灑，神采飛揚，具有不可抗拒的男性魅力。在此後漫長的日子裡，在無邊的孤獨寂寞中，想到生活中的兩個男人，不難比較出二者的不同。紀曉芙的不悔心理，也就不難理解。

只有一個小問題，既然不悔，紀曉芙為何不帶著女兒去找楊逍？這是現代人的想法，在古代，有這種想法就算是淫蕩。更何況，楊逍是魔教中人，與峨嵋派勢不兩立，紀曉芙怎能背叛師門？

再說第三個話題：紀曉芙人生悲劇的實質。

紀曉芙已有婚約，卻被楊逍綁架並強姦，不但婚姻無望，飽受歧視，還要日夜擔心師父的責罰，最終也無法逃脫悲慘結局，毫無疑問是一齣人生悲劇。

紀曉芙人生悲劇的罪魁禍首是楊逍，這一點也無可辯駁。假如紀曉芙是在自由情境下，自主選擇了楊逍，放棄與殷梨亭的婚約，那是另一回事。問題是，紀曉芙沒有這樣的自主和自由，所以，楊逍的行為有不可推卸的罪責。

更大的問題是，紀曉芙的人生悲劇，不僅是因為楊逍，也是因為當時的婚姻習俗、貞潔觀念及其相關社會輿論。滅絕師太宣布紀曉芙有五項罪行，失身於人、欺騙師父、私養孩兒三項罪名，就是證據。失身、生女，怎能算是紀曉芙的罪過？如果不是害怕師父處罰、害怕雪上加霜，何至於要「欺騙」師父？

最大的問題是，紀曉芙即使有「罪」，罪不至死。滅絕師太說，只要她去做一件事——也就是以色相誘惑楊逍，並殺了楊逍報仇——不但可以赦免她的各項罪名，還要選她當掌門接班人。因為紀曉芙不願這樣做，被數罪並罰，從而被師父處死。不聽師父的話，不願放棄自己的意志而屈從師父指示，就被滅絕師太無情處死，這才是紀曉芙人生的最大悲劇。

這一悲劇是實質，是把人作為工具，卻不尊重當事人的情感和意志。

十五、「蝶谷醫仙」與「見死不救」

「蝶谷醫仙」和「見死不救」這兩個外號屬於同一個人，即名醫胡青牛。

張無忌隨父母回歸故土，即受了玄冥神掌之傷，張三豐窮盡心力也無法根治，只得讓明教弟子常遇春將他帶到皖北蝴蝶谷，求當世名醫胡青牛診治。此人被譽為「蝶谷醫仙」，可見其醫術通神。

實際上，此人所以高明，在於精通醫學，即知其然而且知其所以然。只不過，此人也有一個怪癖，那就是只救治明教弟子，對非明教中人則見死不救。張無忌在蝴蝶谷中，不僅求醫，而且學醫，與胡青牛相伴的兩年多時間，值得不斷追憶。胡青牛這個人，也值得專題討論。

關於胡青牛，要討論的問題是：其一，蝶谷醫仙為何見死不救？其二，醫仙與毒仙的奇異愛情。其三，胡青牛與張無忌的關係。

先說第一個話題，蝶谷醫仙為何見死不救？

早在張無忌進入蝴蝶谷之前，張三豐就聽說，胡青牛雖是蝶谷醫仙，卻又是出了名的見死不救。見到胡青牛，立即印證了這一點。

胡青牛的脾氣為什麼如此古怪？書中給出了三個答案。

第一個答案是，因為曾經受到過被救者嚴重傷害，所以見死不救。具體說，是胡青牛年輕時，曾立志治病救人，懸壺濟世。華山派鮮于通年輕時，在貴州苗疆中了金蠶毒蠱，胡青牛三日三夜不睡將他治癒。其後，胡青牛與鮮于通結拜兄弟，還將自己的妹妹胡青羊許配給他為妻。卻不料鮮于通恩將仇報，竟將妻子胡青羊迫害致死，不僅忘恩負義，更背叛了結義之情。這段經歷，讓胡青牛十分憤懣，以至於對人性失去了信心，從此就有了「見死不救」的名聲。

第二個答案是，胡青牛是明教中人，立誓只救明教弟子，對非明教弟子則一律見死不救。證據是，金花婆婆和她的丈夫銀葉先生中毒，到蝴蝶谷求醫，被胡青牛一口拒絕。拒絕的原因，就是他們並非明教中人。實際上，這位金花婆婆其實是明教紫衫龍王，但她丈夫卻是明教之敵。因為胡青牛見死不救，銀葉先生終於毒發身死。後來金花婆婆來報仇，讓胡青牛夫婦為她丈夫償了命。

第三個答案是，因為胡青牛的妻子，即「毒仙」王難姑，一心要與丈夫比賽爭勝，要證明「毒仙」勝過「醫仙」。胡青牛總是能將妻子下毒的人治好，從而讓妻子王難姑不快。王難姑不服氣，不斷想出各種離奇古怪的辦法與丈夫賭賽，讓胡青牛左右為難。為了避免傷害夫妻感情，最終想出了一條妙招，那就是非明教中人不治。因為王難姑也是明教徒，不會對明教中人下毒。也就是說，胡青牛之所以定下只醫治明教徒，對非明教中人見死不救的規矩，並不是明教與其他門派有矛盾，即所謂正邪之分，而是要避免與妻子賭賽。

上述三個答案雖然有所不同，但並不相互矛盾。鮮于通恩將仇報，而胡青牛卻無法為妹妹報仇伸冤，使得蝶谷醫仙抑鬱憤懣，心理與個性逐漸變得古怪。見死不救的結果，必然會讓很多人像金花婆婆那樣懷恨在心，輾轉報復的結果，只能讓胡青牛的心理和個性變得越來越古怪。所以，常遇春雖是明教中人，由於他要以自己的命換取張無忌的命，胡青牛一氣之下，對常遇春也見死不救。

再說第二個話題，「醫仙」與「毒仙」的奇異愛情。

蝶谷醫仙變成見死不救，根本原因，在於胡青牛和王難姑之間奇異古怪的愛情。他們從同門師兄妹變成情侶，由情侶變成夫妻，毫無疑問是相親相愛。證據是，王難姑如此刁鑽古怪，沒完沒了地胡攪蠻纏，胡青牛非但沒有絲毫怨恨，反而不斷自責，說自己辜負了對方的深情。另一方面，當胡青牛服下王難姑的三蟲三草毒藥，說自己「活在人世殊無意味，寧可死了，一了百了」時，王難姑十分惶恐，深怕丈夫生命不保，立即承認：「都是我不好，你決不能死，我再也不跟你比試了。」若不是因為愛情，胡青牛、王難姑何至於此？

他們的愛情之所以奇異，是他們雖然相親相愛，卻又相互爭強鬥勝，誰都不甘服輸。胡青牛和王難姑的這種奇異的愛情關係，與《神鵰俠侶》中的王重陽和林朝英的關係頗為相似。不同點是，王重陽和林朝英因為爭強鬥勝而終於失去了情緣，咫尺天涯，至死都無法走到一起；而胡青牛和王難姑則有幸結為夫婦，雖然曾生活在一起，卻又因為賭賽加賭氣，王難姑亦曾離家出走。王重陽和林朝英、胡青牛和王難姑，如此奇異個性和感情，值得深思探究。

人類所有頂尖專業人士，都有一個共同特點，那就是，對各自專業極端癡迷。若非對專業極端癡迷，就不可能達到頂尖。若不極端癡迷毒藥，王難姑不可能成為「毒仙」；若不極端癡迷醫學，胡青牛也不可能成為「醫仙」。如此看來，王難姑不斷挑戰胡青牛，看起來脾氣古怪，行為匪夷所思，真正的原因，表面是因為她爭強好勝，實質是因為她對自己所學專業的極度癡迷。同理，胡青牛總是能設法治好病人，讓王難姑不得不發起新的挑戰，原因不是因為他好勝，而是他對醫學極度癡迷，對未知病毒有極端好奇心。如胡青牛所說，此事上癮，無法克制。

胡青牛和王難姑在專業上，都是極端癡心人；而在生活中，他們也是有情人，當專業癡心與夫妻情感發生矛盾衝突時，就會出現這種奇異愛情景觀。

再說第三個話題，胡青牛與張無忌的關係。

胡青牛與張無忌，有多重關係。

首先，是非正式醫患關係。張無忌隨常遇春到蝴蝶谷求醫，但遭到胡青牛明確拒絕。因為他是武當派張翠山的兒子，不是明教中人；他媽媽雖然是天鷹教堂主，但張無忌卻明確表示自己不願加入明教，所以胡青牛不得不按規矩拒絕醫治。後來，胡青牛主動為張無忌醫治，是因為張無忌受玄冥神掌所傷，胡青牛極端好奇之下，才決定先將他治好，再將他弄死。所以，他們是非正式醫患關係。

其次，兩人是非正式師徒關係。說是非正式，是因為張無忌既未經過入學考試，更沒有拜師禮儀。但張無忌的學醫過程，得到了胡青牛的悉心指導。剛開始時，是因為寂寞，才回答張無忌的問題。緊接著，是看到張無忌孜孜不倦，確有學醫的天賦，才與他進行專業答疑，並討論互動。胡青牛是名師，因為他不僅精通醫術，在醫學上也有驚人的造詣；張無忌是高徒，不但聰穎，更有醫者仁心。

再次，兩人是非正式同道及朋友關係。張無忌在蝴蝶谷求醫、學醫期間，胡青牛固然是在醫治、教導張無忌，而張無忌也在醫治並幫助胡青牛。說他們是同道，證據是，當胡青牛夫婦雙雙中毒時，是張無忌救治了他們倆。張無忌仁厚心地與俠義情懷，對胡青牛產生了無形的影響，讓他看到了仁心厚愛，從而使他扭曲心理得到很大程度的矯正。說他們是朋友，證據是，胡青牛原想弄死張無忌，但當危機來臨時，胡青牛主動開出奇異藥方，讓張無忌獨自逃生。

十六、金毛獅王謝遜的人生景觀

在《倚天屠龍記》中，最難忘的人物形象，不見得是主人公張無忌，而是他的義父金毛獅王謝遜。

謝遜的故事，是一段驚世傳奇；謝遜的形象，亦是複雜、生動而飽滿。西方諺語說：人，一半是天使，一半是魔鬼，謝遜就是這樣的典型。在謝遜的人生中，先入魔道，再入人道，最後歸於佛道，歷盡憤懣傷痛、曲折坎坷，最後在少林寺暮鼓晨鐘裡幡然醒悟，讓人感慨，更發人深思。

我不知道作者是否有意把魔教的金毛獅王和正派的滅絕師太作為對比，這兩人相向而行，走向截然不同的人生結局，算得上是這部書中最值得分析和研究的人物。

謝遜的故事，明顯可以分為三段。第一段是魔道階段，因師父成崑當面侮辱他的妻子，摔死他兒子，殺死他全家，謝遜憤怒成狂，變成了殺人魔王。由於找不到成崑本人，謝遜便對無辜者展開極為殘酷的殺戮，並在殺戮之後寫下「殺人者成崑」字樣，逼迫成崑露面。他不知道，這正是成崑的算計結果。

謝遜是明教金毛獅王，而成崑要顛覆明教，謝遜作惡越多，人們對明教的痛恨就越深。謝遜在小說中第一次露面，是在王盤島長嘯殺死在場人，可算是謝遜魔道巔峰之作。第二階段是人道階段，他是張無忌慈祥的義父，願意用自己孤寂餘生換取張無忌的幸福前程；也願意為尋找張無忌而甘冒被武林圍攻、追殺的風險。他知道，武林中人人都在尋找謝遜，有的是為了報仇，更多人是為了屠龍刀。在這一階段，謝遜成了受難者，被丐幫俘虜在前，被少林寺關押在後，從此再也沒有走出少林寺。第三階段是佛道階段，是謝遜故事的尾聲，結局出人意料，更意味深長。

關於謝遜，要討論三個問題。其一，張無忌第一聲啼哭如何能治好他的瘋病？其二，他何時發現周芷若盜取屠龍刀？其三，他為何要自廢武功、皈依佛門？

先說第一個問題，張無忌第一聲啼哭如何能治好謝遜的瘋病？

這一情節，是小說中最為傳奇、最富想像力的一幕，也是最有思想性、寓言意義的一幕。主人公張無忌是絕世良醫，還不會說話，更沒有學過任何醫術，僅以一聲嬰兒啼哭就治好了當世魔王的瘋狂病，這一寓言，揭示了本書的主題。問題是，此事過於離奇，讓人難以置信，嬰兒哭，狂病癒，是否可能？

答案是：在醫學心理學上，這是可能的。正如俗話所說，心病還要心藥醫。謝遜發瘋發狂，原是由受到嚴重刺激而起，妻子被殺，強烈震驚和憤怒，嚴重壓抑了他的良知和理性。而一心復仇卻找不到仇人，讓他越來越瘋狂，固結成心理病症。嬰兒張無忌的啼哭，正是殺人狂謝遜的對症良藥，讓他恢復良知和理性，從此病癒。

更深層的原因是，對嬰兒的愛憐和保護是人類本性，甚至是所有動物的本能。事關種群存續，這是大自然或老天爺精心設計的產物。謝遜雖然是殺人狂，但卻沒有徹底泯滅人性，只不過其本性被憤怒情緒長期淹沒而已。如今嬰兒的啼哭，喚醒了被淹沒的人性本能，良知激發，狂性頓去，完全可能。

進而，真正細心的讀者肯定會發現，謝遜的人性良知能被嬰兒啼哭喚醒，有其適當基礎或前提條件，這是另一種本能，即自我保護、自我存續的本能。這話怎麼講？當謝遜和張翠山、殷素素三人來到冰火島，他就意識到再也回不去了，如何在這種環境中生存？就成了眼前最大的現實問題。

由於謝遜雙目已盲，一個人註定無法在這樣的環境中生存下去。也就是說，為了自己生存，必須與張翠山夫婦合作，不能繼續相互殺戮。不是說謝遜有意識要與張翠山夫婦合作，因為謝遜仍處於瘋狂中，他的理性意識非常混亂。此事奧妙是，人的生存本能是在下意識深處，有極為強大的驅動力，支配人類的思想行為。在謝遜意識到之前，他就被生存本能所支配，加上嬰兒啼哭喚醒憐惜本能，謝遜病癒就不稀奇啦。

再說第二個問題：謝遜何時發現周芷若盜取屠龍刀？

當謝遜、張無忌、趙敏、周芷若和殷離來到一個荒島，很快就發生了意外，殷離被害，趙敏失蹤，屠龍刀被盜，謝遜和張無忌等人中了「十香軟筋散」毒。凶手不可能是謝遜或張無忌，更不可能是被害的殷離，只有趙敏和周芷若兩人有作案的可能。當時的情形似乎很簡單，既然趙敏失蹤，她的疑點自然就最大。所以，謝遜讓張無忌和周芷若訂婚，以便幫周芷若驅毒。

問題是，在謝遜被關押在少林寺地洞裡之後，張無忌又發現一串連環畫，說明謝遜知道周芷若才是凶手。這一細節雖有些破綻，但謝遜明白誰是凶手應該沒有問題。問題是：謝遜是何時發現周芷若盜取屠龍刀的？答案只有兩個，一是他早就發現了，只是沒有和張無忌說；二是他開始並未發現，是回到大陸之後才推理出來的。

這兩個答案都有問題，假如說他早就發現了真相，為何他不及時告訴張無忌，反而要張無忌與周芷若訂婚呢？這不是讓張無忌上當受騙嗎？假如說他一開始沒有發現真相，問題就是，以謝遜這樣一個老江湖，為什麼竟沒有及時發現事實真相？

我覺得第二種答案更合乎情理，即謝遜當時沒把周芷若當作嫌疑人，是回到大陸之後才推理出真相。

謝遜當時沒有發現真相，原因有四，一是謝遜目盲，看不到趙敏、周芷若是什麼模樣，更無法察覺周芷若的表情。二是當時他中了「十香軟筋散」，雖非迷藥，但驅毒要緊，足以讓他警覺遲鈍。三是他和張無忌在一起，心裡溫馨平和，對張無忌充分信任，對和他在一起的姑娘同樣信任。四是謝遜在冰火島生活多年，警覺性大為退化，更重要的是他從魔道回歸人道，動物警覺性肯定也會大大退化，而人性弱點自然隨之生長。所以，謝遜沒有及時發現事實真相，有非常充分的理由。而後來他推理出真相，理由也很充足，謝遜畢竟有豐富的江湖經驗和智慧，且曾和周芷若單獨相處，必定會發現某些蛛絲馬跡。

再說最後一個問題：謝遜為何要自廢武功、皈依佛門？

作者這一設計安排，值得我們認真思索。直接原因，是謝遜被關押在少林寺的日子裡，每天都聽到寺裡的暮鼓晨鐘，和尚念經聲，聲聲入耳，觸動心靈，讓他感悟。作者曾專門介紹說，謝遜本來是個生具至情而天資聰穎的人，這樣的人更容易被點化，更容易自我醒悟。

深一層原因，是從謝遜恢復人性良知的那一天起，必然會反思自己的殺人罪孽，尤其是十三拳打死少林空見掌門，更讓他內疚於心，無法面對；而今打瞎了仇人成崑的雙眼，大仇得報，唯一關心的義子張無忌長大成人，雖經驗不足，但卻心地光明、福澤深厚，此生再無牽掛。他要自廢武功，既是要把成崑的恩澤還清，也是不願再用武功殺人造孽，更是讓前來找他報仇的人放心報仇雪恨。也就是說，他自廢武功，是真心懺悔。而事既了、心已空，皈依佛門，一心向佛，就成了唯一選擇，也是必然歸宿。

十七、滅絕師太是怎樣的一個人？

滅絕師太是峨嵋派的掌門人，是紀曉芙、周芷若等人的師父。這位師太愛恨分明，嫉惡如仇，立場堅定，與魔教勢不兩立、不共戴天，因而殺氣沖霄，雙手沾滿鮮血。

滅絕師太的行為，雖然也能理解，卻與佛門中人的身分很不相符。這與《倚天屠龍記》一書主題相關：正派中可能有魔頭，而邪派中也可能有君子。所以，在正派與邪派衝突故事中，不能把正邪名號的標籤太當回事。

那麼，滅絕師太究竟是怎樣的一個人？

關於滅絕師太，我們要討論三個話題。一是，她如何處理紀曉芙事件；二是，她如何面對張無忌的請求；三是，她為何要死而讓周芷若活著。

先說第一個話題，她如何處理紀曉芙事件。

滅絕師太在書中第一次出現，是到蝴蝶谷附近處理紀曉芙事件。所謂紀曉芙事件，是峨嵋派弟子紀曉芙在出差時，被明教光明左使楊逍強迫發生性關係，並生下了一個孩子，紀曉芙從此不敢回歸師門。

在這裡，我使用了「強迫發生性關係」這個短句，而沒有用強姦一詞，是因為事情的過程有些微妙，而事情的結果更加出人意表，紀曉芙生下了女兒，並給女兒取名楊不悔，這意思不必多說。

滅絕師太處理紀曉芙事件，過程一波三折。在聽了紀曉芙的遭遇之後，她的第一反應是：「這不是你的錯。」看起來，大有原諒寬宥紀曉芙之意。不過，聽說施暴者是明教光明左使楊逍，滅絕師太無比震怒，因為她的師兄孤鴻子就是被楊逍活活氣死的。於是劇情有了出人意料的轉折，她對紀曉芙說：「你失身於他、回護彭和尚、得罪丁師姐、欺瞞師父、私養孩兒……這一切我全不計較，我差你去做一件事，大功告成之後，你回來峨嵋，我便將衣缽和倚天劍都傳了於你，立你為本派掌門的繼承人。」

她要紀曉芙做什麼事？小說中沒有明寫。紀曉芙臨死前，託張無忌把楊不悔送到她爹爹那裡，說「我不肯害她爹爹」，可以推測，滅絕師太讓紀曉芙去殺害楊逍，紀曉芙不肯答應。此事的結果再次出人意料，滅絕師太出手將紀曉芙處死，且命令丁敏君去殺楊不悔。

無罪、傳位、死刑，是三種完全不同的刑罰。滅絕師太宣判三次，三次判決如此不同，表明了這位峨嵋掌門人沒有一定之規。如果有，那就是復仇高於一切，能殺死楊逍就是接班人，不願幹就該處死。

進而，問題還沒有那麼簡單。書中有個細節值得注意，紀曉芙轉述當日楊逍之言，說「一個人的武功分了派別，已自落了下乘。姑娘若跟著我去，包你一新耳目，叫你得知武學中別有天地。」滅絕師太竟不假思索地說：「那你便跟他去瞧瞧，且看他到底有什麼古怪本事。」紀曉芙提醒說：「他是個陌生男子，弟子怎能跟隨他去？」滅絕師太這才醒悟：「不錯，你叫他滾得遠遠的。」滅絕師太的反應，表面上看，是滅絕師太潛心武學，頭腦簡單；

仔細想，其中也可能含有她的潛意識渴望，不僅是要去瞧瞧武功，還要去瞧瞧那個人。她讓紀曉芙以色相誘殺楊逍，也含有古怪心思。她最後處死紀曉芙，固然是對楊逍和紀曉芙的憤恨，也可能有嫉妒成分。這叫無明之火。

接下來的問題是，她如何面對張無忌的請求。

這是指六大派圍攻明教光明頂戰役中，屠殺明教銳金旗徒眾，別的人都停手了，只有滅絕師太在繼續屠殺，肢殘頭飛的情景十分恐怖。到了天亮時分，滅絕師太對魔教徒眾說：「哪一個想活命的，只須出聲求饒，便放你們走路。」但明教徒眾無人求饒，滅絕師太就一一斬斷他們的右臂。張無忌奮不顧身，衝向戰場，救死扶傷，且希望滅絕師太罷門之言受到嘲弄，張無忌對滅絕師太說：「你為什麼要殺死這許多人？每個人都有父母妻兒，你殺死了他們，他們家中孩兒便要伶仃孤苦，受人欺辱。你老人家是出家人，請大發慈悲吧！」滅絕師太見識過張無忌的驚人內力，回答說，「你接得住我三掌，我便放了這些人走路。」

滅絕師太一掌，就將張無忌打得吐血，隨即命令弟子：「將一干妖人的右臂全都砍了。」這表明，滅絕師太不接受張無忌所說「你是出家人，請大發慈悲」的請求。在她的心裡，屠殺魔教徒眾是正義之舉，不能慈悲。張無忌吐血之後，要求完成三掌賭約，滅絕師太察覺張無忌的內力正大渾厚，絕非妖邪一路，但還是打出第二掌，讓張無忌爬不起身。待到張無忌再次站起來，要求接受第三掌時，滅絕師太竟有憐才之念；第三掌要麼不打，要麼說會手下留情。殷野王出言威脅，而張無忌又堅持救人，滅絕師太只能全力打擊，絲毫不留餘地。

有意思的是，這一掌是峨嵋派絕學，名叫「佛光普照」，其中諷喻之意自不待言。滅絕師太偏激執拗，殘忍冷酷，人如其名——滅絕師太的名號，據她本人解釋，是要對魔教滅而絕之。她對魔教恨之入骨，看上去是因為她的政治和道德立場，真正的原因卻是由於她的親哥哥及本門師兄都被魔教所害。正邪對峙之中，既有公憤，也有私仇。屠殺魔教徒眾之際，她以為是除魔，卻不知自己墮入了魔道。

值得注意的是，滅絕師太在暗夜中殺人，肆無忌憚；到天亮時，就改殺頭為砍臂；而到陽光普照時、光天化日下，她才終於停止了殺戮。書中的這些細節描寫，準確刻畫了滅絕師太行為的細微差異，實際上是在捕捉的潛意識。

最後一個問題是，她為何要死而讓周芷若活著？

圍攻光明頂的六大門派精英，全都被趙敏率領的官方高手捕獲，且全都中了十香軟筋散之毒，被關押在元大都萬安寺的高塔中。張無忌成了明教教主，決定營救六大派精英，一致對抗蒙古統治者。明教光明右使范遙取得十香軟筋散的解藥，讓六大派精英跳下高塔，武當派帶頭這樣做了，少林派也這樣做了，其他人都這樣做了，唯獨滅絕師太不受張無忌恩惠，有意求死。與此同時，她讓周芷若一定要活下去，一定要按照自己囑咐去做。於是，周芷若真的照做了。

滅絕師太為什麼要死？說她是以此表示正邪誓不兩立，但這不能解釋為什麼她讓周芷若及其他門徒都接受了張無忌的救助。也許是因為范遙開的那個惡性玩笑，說他和滅絕師太是老情人、說周芷若是他們的女兒，於是滅絕師太以死證明自己的清白；也許恰恰相反，發現自己這一生荒涼寂寞，沒有情人，甚至沒有正常的人類情感，所以絕望而去。

究竟是什麼原因，我們不得而知。值得注意的是，她臨終前交代周芷若，讓周芷若接替掌門，設法找到金毛獅王謝遜，獲得屠龍刀，光大峨嵋派。她是峨嵋派老掌門，要弟子光大峨嵋派，這一理想目標，當然不難理解。有意思的是，她讓周芷若以色相誘惑張無忌，但卻不能對張無忌產生真情，否則生男世世為盜、生女代代為娼。算起來，這是她第二次讓自己的弟子施展美人計了，紀曉芙沒有答應，周芷若答應了。其中的政治目的毋庸多言，而她對男女情感的無知、蔑視、糟踐中，是否也有對情感的渴望和嚮往呢？我們不得而知。

十八、宋青書何以會面目全非？

宋青書是張三豐首徒宋遠橋的兒子，是張無忌的同門師兄弟，也是張無忌的情敵。如果不出意外，他多半是武當派第三代接班人。此人第一次露面，是六大派圍攻光明頂時，其武功之強、相貌之俊、身分之貴、才智之高，讓峨嵋派弟子驚豔。而此時，張無忌還是滅絕師太的俘虜。宋青書外號「玉面孟嘗」，江湖上都說他慷慨仗義、濟人解困，名聲鵲起。由於對周芷若一見鍾情，不能自已，宋青書高開低走，墮入人生歧途，玉面孟嘗最終面目全非，他的故事值得一說。

關於宋青書，可討論的有幾點。一是，他對周芷若一見鍾情。二是，他的墮落、上當與掙扎。三是，他作為主人公張無忌形象的反襯。

先說第一個話題，宋青書對周芷若一見鍾情。

宋青書第一次見到周芷若，就情不自禁地墜入情網。有意思的是，宋青書對周芷若的情感苗頭，還是殷離最先發現。殷離問張無忌是不是喝醋，張無忌莫名其妙，殷離說：「他在瞧你那位周姑娘，你還不喝醋？」張無忌再看，果然如此。

宋青書鍾情周芷若，有細節可以證明。細節一，在與滅絕師太見面後，殷梨亭說要走，宋青書卻說要和峨嵋派一起走。此前，殷梨亭曾對滅絕師太說，武當派是擔任接應同道工作，而現在，宋青書卻要和峨嵋派一起走，不去接應別人，原因很明顯，那就是希望與周芷若一起走。以便他有更多機會，展示自己的才能及其吸引力。韋一笑再來騷擾時，宋青書果然展現了非凡的記憶力和調度指揮能力，讓韋一笑稱讚峨嵋派有這等人才、滅絕師太了不起。細節二，當晚，宋青書主動向滅絕師太請教武功。看起來是出於練武人的習慣，實際上是要表現自己謙虛、好學，如孔雀開屏，目的是博取美人周芷若青睞。

宋青書鍾情周芷若，還有一個更重要的證據，那就是，當周芷若奉命刺傷張無忌後，武當派的長輩決定不再出手，宋青書卻主動請戰。他所以如此，是因為他一直在看周芷若，而周芷若則在看張無忌。張無忌對正反兩儀陣時，是周芷若出言提醒；而周芷若奉命刺傷張無忌時的表情，讓宋青書妒心欲狂。所以，當張無忌受傷時，宋青書仍要出手與他對敵。

一開始，他還能按正派角色的要求表演，勸說張無忌不必再為明教作戰，但當他發現周芷若對張無忌滿臉關懷之色，立即妒火中燒，出手越來越重，必欲將張無忌置於死地而後快。結果是，張無忌施展乾坤大挪移，讓宋青書的拳腳全都打在自己身上，臉頰腫起，指印烏青。

再說第二個話題，宋青書墮落、上當與掙扎。

宋青書再次露面，已落入了丐幫長老陳友諒的掌握中。事情的背景是，宋青書偷窺峨嵋派女生寢室，被其七師叔莫聲谷發現，莫聲谷要按門規處罰，宋青書頂撞了莫聲谷，並與莫聲谷動手。宋青書不敵莫聲谷，陳友諒出手幫忙，讓莫聲谷命喪宋青書之手。陳友諒以此要脅宋青書，不僅讓他投入丐幫，還要他向祖師爺張三豐、父親宋遠橋及諸位師叔下毒，以便要脅張無忌。

宋青書的墮落之路，經歷了三個階段。第一個階段，是偷窺峨嵋女生寢室，這行為當然不正派。但若宋青書僅僅是想看心上人一眼，也算不上是什麼了不得的大罪。莫聲谷聲言要處罰他，也不過是要這位未來的掌門人接受點教訓而已。宋青書的真正墮落，是連這點教訓也不願接受，竟因此而與師叔動手。所以如此，是因為宋青書自負心高，早就以未來掌門人自居，不把師叔們放在眼裡。如此自負的人，如何能接受處罰？如何能讓偷窺女生寢室的醜聞公開？他與莫聲谷動手，真正的動機，不過是想遮蓋自己的醜聞，以惡劣方式掩蓋輕浮行為。

說宋青書上當，是指他被陳友諒利用而不自知。陳友諒為什麼恰好出現在他與莫聲谷打鬥現場？原因很簡單，那是陳友諒早就在跟蹤宋青書，要尋找機會接近這位武當派新星。陳友諒幫助宋青書殺害莫聲谷，與其說是要幫宋青書的忙，不如說是要製造要脅宋青書的把柄。假如宋青書不與莫聲谷動手，陳友諒當然就沒有機會挾制宋青書；假如宋青書不以大錯掩蓋小錯，陳友諒更是無縫可鑽。所以，宋青書殺莫聲谷，半因宋青書氣盛自負，半因落入陳友諒陰謀陷阱。

說宋青書掙扎，是指陳友諒要他回武當山下毒，否則就要揭露他殺害莫聲谷的罪行，宋青書當時不能不答應。但很快就找機會逃跑了，因為他發現丐幫要下的不是迷藥，而是毒藥。陳友諒追上他，他還是想堅守自己的底線，即不願親手將自己的長輩置於危險境地。這說明，宋青書雖然被情感欲望所迷，又自負地與師叔莫聲谷動手，從而犯下大錯，被人要脅利用，但他還是保持了最後一絲理性，決不願意再向長輩下毒手。這也說明，宋青書在本質上不是壞人。

再說第三個話題，宋青書作為主人公張無忌形象的反襯。

宋青書再次出現，是在少林寺屠獅大會現場。此時，他又換了一種身分，那就是峨嵋派弟子、掌門人周芷若的丈夫。開始時，他還以大鬍鬚掩蓋真容，當周芷若宣布他的真實姓名，並說他是自己的丈夫時，宋青書才露出自己的真面目。他以九陰白骨爪打死丐幫兩位長老，得意洋洋之際，又接受俞蓮舟的挑戰。結果被俞蓮舟以太極拳破了九陰白骨爪，且把他所有骨頭都打斷，讓他奄奄一息。

表面上看，這段故事是說宋青書被情欲所迷，最後墮入深淵而不能自拔，大名鼎鼎的玉面孟嘗，終至於面目全非，讓人唾棄。實際上，宋青書如此下場，癡迷周芷若只是一半原因，另一半原因卻是嫉妒張無忌。實際上，作者設計宋青書這一人物，正是要讓他作為主人公張無忌形象的反襯。

宋青書嫉妒張無忌，不僅是因為周芷若；更重要的原因，是武當派的長輩們對張無忌的喜愛和關心，甚於對天子驕子宋青書。證據是，在光明頂上，當殷梨亭發現曾阿牛就是張無忌時，宋遠橋、俞蓮舟、張松溪、莫聲谷等一擁而上，全都喜極而泣，緊接著是武當四俠幫他療傷，如捧鳳凰。進而，趙敏率人襲擊武當山，又是張無忌替張三豐解圍；進而，六大派高手被困大都萬安寺，還是張無忌出面拯救！從祖師爺張三豐，到父親宋遠橋，無不把張無忌當作最大驕傲。在宋青書看來，這簡直是老天不公，既生瑜、何生亮？按理說，宋青書才是武當派最亮的明星、最美的鳳凰。因為張無忌，宋青書黯然失色，叫他如何能忍受？

宋青書願意做周芷若的裙下之臣，固然是因為他癡迷周芷若，但還有更深的內心衝動，那就是要借此機會除掉張無忌。證據是，宋青書的最後遺言，是一個疑問句：「殺了……殺了張無忌麼？」由此可見，殺張無忌，才是宋青書內心深處最為強烈的衝動，做慣了鳳凰，如何甘心作張無忌的陪襯？因為不願做張無忌的陪襯，結果就做了他的反襯。宋青書的人生故事讓人感嘆，更值得深思。

十九、丁敏君為什麼如此討厭？

丁敏君是峨嵋派俗家弟子，是滅絕師太的徒弟，是紀曉芙、周芷若的師姐。這個人出場次數不算多，留給人的印象卻很深，因為她招人厭煩。如果要製作一份金庸小說中討厭人物排行榜，丁敏君肯定能名列前茅。

此人的最大特點，是心理失衡、怨氣沖天。對敵心狠手辣、殘酷無情，對同門則尖酸刻薄、不留情面。她第一次出場，是在蝴蝶谷附近圍捕彭瑩玉時，只因師妹紀曉芙阻止她刺瞎彭瑩玉的另一隻眼，她不但當眾揭露同門隱私，進而突然刺傷師妹，進而與師妹拼命廝殺。雖然她的相貌並不醜陋，彭瑩玉卻故意給她取外號，叫「毒手無鹽」，說的是她的靈魂形象。丁敏君為什麼如此討厭？這個問題值得專門討論。

關於丁敏君，要分幾個話題說。一是，控制不住的滿腔妒火。二是，情感壓抑和心理空虛。三是，希望受寵但心智淺薄。

先說第一個話題，控制不住的滿腔妒火。

各派圍攻彭瑩玉，是要逼迫他交出天鷹教的白龜壽，查詢金毛獅王及屠龍刀的下落。身負重傷的彭瑩玉最後一擊，將圍攻者打傷，只有丁敏君和紀曉芙還能行動。丁敏君刺瞎了彭瑩玉的右眼。當她要刺對方左眼時，紀曉芙多次出言並出劍阻止，讓丁敏君怒不可遏，於是當眾揭露紀曉芙有私生子的隱私。

丁敏君如此憤怒，不僅是因為紀曉芙阻止她傷人，只要聽聽她的話，就知道此事另有原因。丁敏君要紀曉芙刺瞎彭瑩玉另一隻眼，紀曉芙說：「他先前對咱二人手下留情，咱們可不能回過來趕盡殺絕。小妹心軟，下不了手。」丁敏君說：「你心軟？師父常讚你劍法狠辣，性格剛毅，最像師父，一直有意把衣缽傳給你，你怎會心軟？」由此可見，讓丁敏君如此憤怒的真正原因，是師父有意把衣缽傳給紀曉芙。紀曉芙說，你放心，師父便是要傳我衣缽，我也是決計不敢承受。丁敏君怒了，「好啊！這麼說來，倒是我在喝你的醋啦。我什麼地方不如你了，要來領你的情，要你推讓？」這段話，充分暴露了丁敏君怒氣的原因。

孤證不立，再舉一例。多年後，滅絕師太臨終時命周芷若擔任掌門人，丁敏君率先發難，說：「你是本門最年輕的弟子，論資望，說武功，哪一樁都輪不到你來做本派掌門人。」進而公開引述苦頭陀的惡作劇臺詞，即滅絕師太是苦頭陀的老情人、周芷若是他們的女兒。周芷若說她不該敗壞師父的聲譽，丁敏君非但不改口，反而說周芷若尚未得同門公認，便想作威作福，分派她的不是。

由此可見，同門中人有誰得到師父重視，就會成為她妒恨的對象。丁敏君是不是想當掌門人？我們不得而知，但她確實妒賢嫉能，且隨時會引爆滿腔妒火。

再說第二個話題，丁敏君內心壓抑的情感空虛。

如果仔細閱讀丁敏君的故事，就不難發現，她對男女私情總是十分敏感，她似乎也非常喜歡公開談論這個話題，喜歡揭露情感隱私。證據一，在圍攻彭瑩玉時，她在惱怒之下，公開揭露了紀曉芙失身於楊逍的隱私，並且說出她私生孩子的事「瞞得過師父，卻瞞不過我。」證據二，在反對周芷若繼任掌門人時，她完全不考慮師父的道德品格，更不顧師父的聲譽，竟懷疑周芷若是師父滅絕師太與苦頭陀的私生女兒。進而，她又質問周芷若：為什麼師父屍骨未寒，她要重回大都，悄悄的來尋魔教教主張無忌，即「姓張的小淫賊？」

丁敏君對周芷若尋找張無忌一事如此敏感，是因為早在六大派圍攻光明頂一役中，滅絕師太與張無忌比武時，她就已注意到周芷若與張無忌的關係非同一般。滅絕師太失去還手之力，靜玄命令大家攔阻張無忌，丁敏君就對周芷若說：「周師妹，攔不攔在你，讓不讓也在你。」張無忌奪了峨嵋派弟子的劍，只有周芷若的劍沒有被奪，丁敏君又說：「周師妹，他果然待你與眾不同。」進而又挑撥說：「你眼看師父受這小子急攻，怎地不上前相助？你手中有劍，卻站著不動，只怕你在盼望這小子打勝師父呢。」因為她這一席話，滅絕師太才注意到周芷若的行為。滅絕師太命令周芷若殺張無忌，周芷若照辦，張無忌受傷。從這一例子看，丁敏君對男女情感格外敏感，儼然是本門中義務道德監督員。

丁敏君為何如此敏感？任何人的情感隱私，為何她總能一目瞭然？應該有其深刻的心理原因，那就是她的情感欲望長期被壓抑。從她的名號看，應該是俗家子弟，按理說可以嫁人結婚。但從書中看，她顯然沒有未婚夫，沒有愛她的人，也沒有她愛的人，正常的人類情感欲望無法得到滿足。

假如她明白佛理，篤信宗教，自願一生鑽研佛法，當然可以彌補內心的空虛；問題是，她並不明白佛理，所以一直沒有削髮出家，顯然是要在俗世中生活。假如她對武功有真正強烈的興趣，能夠在練武中找到自己的精神寄託，或也能讓自己身心平衡；問題是，她好像對武功並沒有強烈興趣，不能在練武過程中找到精神寄託，因而她的武功水準始終不高，既不如師妹紀曉芙，也不如師妹周芷若。

如此，她情感無所寄託，內心極度空虛。她對紀曉芙和周芷若的嫉妒，不僅是因為她們倆先後受到師父的寵愛，也因為她們倆都有愛情。

再說第三個話題，丁敏君希望受寵但心智淺薄。

丁敏君沒有未婚夫，也沒有其他愛好，唯一出路是能夠得到師父的重視和寵愛。她喜歡表現自己，目的是希望受到師父的關注和寵愛，從而獲得存在感和價值感。只不過，丁敏君知識有限，視野偏狹，心智淺薄，使得她的自我表現，非但達不到讓師父寵愛的目的，往往還適得其反。證據是，她隨師父到蝴蝶谷，遭遇金花婆婆，見對方老態龍鍾，病骨支離，竟然對師父無禮，於是就要表現自己，攔住金花婆婆說：「你也不向我師父賠罪，便這麼想走麼？」金花婆婆在她劍鞘外輕輕一捏，她更怒氣衝天，伸手拔劍，卻無法拔出劍來，自然神情狼狽。

更好的例子是，在六大派圍攻光明頂時，韋一笑故意混入峨嵋派營地酣睡，而後擒住靜虛並撒腿就跑，滅絕師太追了三圈都無法追上。靜虛被韋一笑吸血而死，丁敏君要表現自己的高見，說韋一笑「便是不敢和師父動手過招，一味奔逃，算什麼英雄？」結果是，馬屁拍在了馬腿上，滅絕師太賞了她一個耳光。丁敏君的心智淺薄，於此可見一斑。

世界上心智淺薄的人有很多，不見得都像丁敏君那樣招人厭煩。丁敏君所以如此，是因為心智淺薄，所以得不到師父寵愛；因為得不到師父寵愛，所以妒氣沖天；因為滿懷嫉妒，心智更加難以成長進步。惡性循環之下，就變得越來越無法克制自己的嫉妒之火，從而越來越令人討厭。說起來，丁敏君其實很可憐。

二十、易三娘形象的多重價值

易三娘是誰？恐怕只有非常細心的讀者才記得，此人是杜百當的妻子，這對老夫妻出現在《倚天屠龍記》第三十五回書中。張無忌和趙敏來到少林寺附近，就是寄居在她家；後來她和丈夫帶著張無忌挑柴送進少林寺，並讓張無忌留在少林寺廚房裡；最後，她和丈夫杜百當被周芷若殺害了。

假如不記得易三娘，那是情有可原。因為易三娘只是個功能性人物，她的主要作用，是讓小說的故事情節得以順利開展。張無忌和趙敏總要有個地方住，進而，張無忌總要有個緣由和機會混進少林寺，以便探查金毛獅王的蹤跡。易三娘就是給張無忌提供住處，並給他提供進入少林寺機會的人。讀者的目光大多集中在主人公張無忌和趙敏身上，對易三娘這樣的人物很容易忽略不計。

話說回來，假如記得易三娘，那也不稀奇。因為在金庸筆下，即便是對易三娘這樣的小人物，也不敷衍潦草，而是賦予這樣的人物以獨特的光彩，呈現出多重價值，在敘事功能之外，這一形象還有不可忽略的審美價值。在小說中我們看到，作者完整地呈現了人物的身分、性格、情感亮點和命運結局。

先說身分。易三娘夫婦是武林中人，來自川北，如今的身分是復仇者。在少林寺附近居住，是有所為而來。說白了，是因為他們的兒子當年被金毛獅王謝遜所殺，他們來到少林寺，是要找謝遜報復殺子之仇。為了復仇，他們做了充分準備，知道謝遜武功高強，他們專門創製了一套守多攻少的武功。更值得注意的是，知道謝遜獅吼功厲害，杜百當五年前就刺破耳鼓，成了聾子；據易三娘說，一旦見到謝遜，她第一件事就是刺聾自己的耳朵。由此可見，他們為了復仇，早已有了破釜沉舟的決心，他們的復仇意志不可逆轉。

再說個性。張無忌和趙敏來到易三娘住處附近，與杜百當搭訕，杜百當沒有理睬。易三娘主動解釋說，她丈夫耳聾，隨即把二人請進了家。張無忌和趙敏假扮兄妹借宿，易三娘一眼看穿，問他們是不是背父私奔？趙敏面紅耳赤地承認了，立即贏得了易三娘的好感，答應了他們借宿的請求，並且把唯一的臥室讓出。

易三娘說「我年輕時節，也是個風流人物。」這就充分說明，易三娘不僅天性善良，而且個性爽朗，慷慨大方。一般復仇者遇到類似情況，多半會將借宿者拒之門外，多一事不如少一事；但易三娘卻不是這樣，不僅主動讓房、讓床，而且還主動給年輕的借宿者做好吃的。對此，杜百當沒有任何異議，這說明，丈夫也是善良人。

當天夜裡，玉真觀西涼三劍上門尋仇，易三娘對他們說：「咱們不過一件小事上結了梁子，又不是當真有什麼深仇大怨。事隔多年，玉真觀何必仍苦苦相逼？常言說得好，殺人不過頭點地。」所以如此，首先當然是復仇為重，不願因小失大。但類似的話，易三娘前後說了兩遍，故意忽略對方盛氣凌人，這也足以說明，易三娘確實不想招惹是非，不願讓仇怨升級。其後雙方和解，易三娘說，她們只想報仇，絕不會覬覦屠龍刀。這就進一步說明，易三娘明白事理，不貪不嗔。

再說情感亮點。易三娘為什麼會收留張無忌和趙敏？除了易三娘天性善良且慷慨外，還有一片慈母之心，樂於成全年輕人。這樣說的證據是，易三娘想進入少林寺，讓張無忌扮成老兩口的兒子，一家三口給少林寺送柴，以免引起不必要的懷疑。這本是個計策，易三娘卻假戲真做，深深沉入母與子的情境中，恍惚間，把張無忌當作了自己的兒子。張無忌受到感染，出於同情之心，說了句：「媽，我不累，你老人家累了。」這句話一出口，易三娘立即淚奔，假意用包頭巾擦汗，擦的卻是淚水。

張無忌在易三娘的柴擔上取下兩捆乾柴，放在自己的柴擔子上，這一行為，更讓易三娘心情激動，腳步蹣跚。書中的這一情景，大大感動了在場的少林寺僧人，也讓用心的讀者熱淚盈眶。此後，易三娘和張無忌的母子戲，就表現得更加真切而自然。正因如此，張無忌才得以順利留在了少林寺。

這段「母子送柴」戲動人心弦，是小說中最為感人的場景之一。不僅有很高的審美價值，同時也有多重敘事功能。首先，易三娘對張無忌這個陌生的年輕小夥子如此多情，是出自她的慈母之心，也就是說，是因為她對兒子的一片深情無所附麗，這才表現在張無忌這個替身身上。不難設想，假如她兒子健在，這個母親會有怎樣的幸福生活。

其次，易三娘的表現，也間接證明了當年謝遜殺害易三娘的兒子，給她造成了怎樣的不幸。

再次，易三娘的行為不僅感動了旁人，更感動了身邊的張無忌，使得張無忌的情感立場悄悄發生了位移變化。張無忌是為義父謝遜而來，當然不會對想要與謝遜為難的人產生好感，但面對如此深情的易三娘，卻不能不在她慈母深情中體會她的深深傷痛。這樣一來，張無忌也就不得不認識到，金毛獅王謝遜當年憤怒復仇，給人世間造成了怎樣的罪孽。

再說命運結局。易三娘夫婦的結局早已註定，這對夫婦來少林寺找謝遜報仇，根本就沒有想過要活著回去。只不過，誰也不會想到，這對苦難的夫婦之死竟然是遭受池魚之殃，死於素不相識的周芷若之手。只因易三娘好心收留張無忌和趙敏，就遭受如此無妄之災。周芷若雖然沒有殺害這對夫婦的主觀故意，但她不僅剝奪了這對夫婦的生命，也剝奪了他們唯一的生活目標，剝奪了他們最後的一點希望。周芷若憤怒成狂，一如當年的謝遜，而她的罪孽，比謝遜更甚。無論人們怎樣同情周芷若，殺害易三娘的罪孽，都無法輕易諒解。

陳墨品金庸(上)

作者：陳墨
發行人：陳曉林
出版所：風雲時代出版股份有限公司
地址：10576台北市民生東路五段178號7樓之3
電話：(02) 2756-0949
傳真：(02) 2765-3799
執行主編：朱墨菲
美術設計：吳宗潔
行銷企劃：林安莉
業務總監：張瑋鳳

初版日期：2020年3月
版權授權：陳墨
ISBN：978-986-352-794-7

風雲書網：http://www.eastbooks.com.tw
官方部落格：http://eastbooks.pixnet.net/blog
Facebook：http://www.facebook.com/h7560949
E-mail：h7560949@ms15.hinet.net
劃撥帳號：12043291
戶名：風雲時代出版股份有限公司

風雲發行所：33373桃園市龜山區公西村2鄰復興街304巷96號
電話：(03) 318-1378
傳真：(03) 318-1378
法律顧問：永然法律事務所 李永然律師
北辰著作權事務所 蕭雄淋律師

行政院新聞局局版台業字第3595號 營利事業統一編號22759935

定價 ：380元

國家圖書館出版品預行編目資料

陳墨品金庸 / 陳墨著. -- 初版. -- 臺北市：風雲時代,
2020.02 冊； 公分

ISBN 978-986-352-794-7 (上冊：平裝). --
1.金庸 2.武俠小說 3.文學評論

857.9 108022145